K.

Myla Goldberg

# Die Buchstabenprinzessin

Roman

Deutsch von
Christiane Buchner und Martina Tichy

KINDLER

Die Originalausgabe erschien unter dem Titel «Bee Season»
bei The Doubleday Broadway Publishing Group,
Random House, Inc., New York

1. Auflage September 2004

Satz aus der Minion PostScript InDesign
bei Pinkuin Satz und Datentechnik, Berlin
Druck und Bindung GGP Media GmbH, Pößneck
Printed in Germany
ISBN 3 463 40467 2

Für meine Familie

Das Reich der Buchstaben ist das Reich der Glückseligkeit.
*Abraham Abulafia* (1240–ca. 1292)

Seid ihr wirklich stolz auf mich?
*Rebecca Sealfon,*
Siegerin des Nationalen Buchstabierwettbewerbs 1997

PUNKT ELF UHR vormittags lassen sämtliche Lehrerinnen in sämtlichen Klassenzimmern der McKinley-Grundschule ihre Schüler aufstehen. Die Begeisterung, mit der die Stühle kollektiv über den Boden schrappen, rangiert irgendwo zwischen Pflichtversammlung in der Aula und Kopfläuseappell. In der Mischklasse von Ms. Bergermeyer sind sie besonders lustlos – dort sitzen neben den Viertklässlern auch die Schwächeren aus der Fünften, das weiß schließlich jeder. Eliza Naumann kann jedenfalls ein Lied davon singen. Seit man sie vor drei Jahren zu einer Schülerin erklärt hat, von der keine Glanzleistungen zu erwarten sind, hat sie sich an die ausgeblichenen Poster von Hunde- und Katzenbabys gewöhnt, die ratlos vor aufgetürmten Schachtelbergen stehen, Leitern zu erklimmen versuchen und Hüte tragen, die ihnen viel zu groß sind, unter Überschriften wie «Das schaffst du schon», «Mit Geduld und Spucke» und «Da wächst du schon noch rein».

Seit Generationen wachen diese Tierbabys, die ab der dritten Klasse sämtliche Klassenzimmerwände von Eliza zierten, über Dreierkandidaten, die es nie zum Schüler der Woche bringen, über Sechstplatzierte, die nie einen Preis gewinnen, und über o-beinige kleine Mädchen, denen nie die Jungs in der Pause nachlaufen. Als Eliza nun mit ihren Mitschülern aufsteht, ist sie schon darauf gefasst, sich bald wieder hinzusetzen, denn sie hat keinerlei Grund zu der Annahme, der Ausgang ihres ersten Buchstabierwettbewerbs könnte sich in irgendeiner Weise vom Ausgang aller anderen schulischen Ereignisse unterscheiden, die bisher offenbar allesamt nur dazu da waren, ihre Mittelmäßigkeit zu bestätigen, zu befördern oder offen zur Schau zu stellen.

Die Stimme, mit der Ms. Bergermeyer die zu buchstabierenden Wörter angibt, hat etwas von der porösen Beschaffenheit der Fertigbetonwände im Klassenzimmer. Eigentlich müsste man da kleine Brösel abpulen können, denkt Eliza, aber komischerweise geht das nicht. Dafür kann man die Stimme wegzaubern, und das ist angenehmer, als sich von ihrem dumpfen Klang die Laune verderben zu lassen, vom Tonfall einer Frau, die sich im Lauf der Jahre damit abgefunden hat, Amerikas zukünftige Versicherungsvertreter, Bahnbedienstete und unzufriedene Hausfrauen zu unterrichten.

Eliza hört nur halb hin, während die Bergermeyer sich durch die Sitzreihen arbeitet. In den schlaueren Klassen kleben bestimmt keine versteinerten Kaugummiklumpen an den Stuhllehnen, und die Schreibflächen der Pulte sind nicht mit Stiften, Zirkelspitzen und Scheren traktiert worden. Vielleicht wurden am Ende jedes Quartals die verunstalteten Tische und Stühle der ganzen Schule in Klassenzimmer wie ihres geschoben – war da nicht eine ganze Reihe jungfräulicher Pulte, die in den letzten Ferien verschwunden und durch ihre alten, hässlichen Verwandten ersetzt worden waren?

Jetzt ist die Bergermeyer noch zehn Stühle weg. Melanie Turpin, die in jeder Grundschulklasse einen Bruder oder eine Schwester hat, setzt sich wieder hin, nachdem sie TEHKANNE buchstabiert hat, denn das schreibt man natürlich mit zwei E, das weiß sogar Eliza. Auch dass man EIDEXE mit CHS schreibt und PERSONAHL ohne H, ist ihr klar. Und plötzlich wird dieser Wettbewerb interessant. Eliza buchstabiert nämlich sämtliche Wörter richtig. Sodass sie, als Ms. Bergermeyer ihr das Wort AUGENLID gibt, stolz das ID ohne E dazwischen verkündet. Nach der ersten Runde zählt Eliza zu den wenigen, die noch stehen.

DREI JAHRE vor ihrer ersten Begegnung mit dem Wettbuchstabieren sitzt Eliza in Ms. Lodowskis zweiter Klasse, einem tierbabyposterfreien Klassenzimmer. Ihr Schuluniversum ist noch heil und ganz, der Weizen muss von der Spreu erst noch getrennt und mit den schöneren Pulten bedacht werden. Zwar sind manche Schüler schneller fertig als andere, aber Eliza fällt das nicht auf, und sie könnte nicht sagen, an welcher Stelle innerhalb des Arbeitsblätterausfüllkontinuums sie selbst steht.

Sie kämpft mit dem großen Schreibschrift-Q, das überhaupt noch nicht wie ein Q aussieht. Außerdem ist sie abgelenkt, weil schon den ganzen Vormittag lang Schüler aus dem Klassenzimmer gerufen werden, und dies anscheinend nicht wegen einer Missetat. Sonst ginge es ja wohl kaum nach dem Alphabet. Als Letzter war Jared Montgomery dran – wenn sie also aufgerufen werden soll, dann muss das bald sein. Es ist wie im Sportunterricht, wenn man vergeblich darauf wartet, in eine Mannschaft gewählt zu werden; es ist sehr wichtig, dass sie gewählt wird, das spürt Eliza schon im Bauch, seit die Lodowski bei K ist. Sobald ihr Name fällt, wird sich ihr rebellischer Magen bestimmt beruhigen, werden ihre schwitzigen Hände trocknen, und das große Schreibschrift-Q wird endlich aussehen wie ein Buchstabe und nicht mehr wie eine missglückte Zwei.

Die zweite Klasse ist eine ganz besondere Klasse, das weiß niemand besser als Ms. Lodowski. Unter ihrem kundigen Blick werden die kleinen Schützlinge, bis dahin ungestalte Lehmklümpchen, in Form gebracht. Als gescheiterte Doktorandin der Altphilologie freut sich Ms. Lodowski besonders, dass ihre Lehrerinnenkarriere ihr die Rolle der Fortuna zugedacht hat. Wie hätte sie damals schon ahnen können, dass ihre unvollendeten klassischen Studien nur die Vorbereitung auf ihre eigentliche Berufung als Herrscherin über das Begabtenförderungsprogramm an der McKinley darstellten?

In Ms. Lodowskis Wohnung, die sie mit einem Kanarienvogel namens Minerva teilt, stapeln sich Fotoalben, in denen der Werdegang ihrer begabtesten Förderschüler durch die Highschool bis ins College dokumentiert ist. In ein paar Jahren werden die ersten ihrer einstigen Schützlinge Ziele erreichen, die sie letztlich ihrer leitenden Hand zu verdanken haben.

Ms. Lodowski ist stolz auf ihre Urteilskraft. Um ausgezeichnete von mittelmäßigen Schülern trennen zu können, berücksichtigt sie die mündliche Beteiligung am Unterricht, die Hausaufgaben und die Leistung bei Klassenarbeiten ebenso wie die gesamte Persönlichkeit und das Verhalten eines Kindes. Am Vorabend des großen Tages geht sie mit einem roten Stift ihr Klassenverzeichnis durch und flüstert bei jedem eingekringelten Namen mit kindlichem Entzücken: «Begabt. Du bist drin!»

STEVEN SILLS buchstabiert PASTE mit zwei S. Eliza buchstabiert es mit einem S und ist damit die Letzte, die noch steht. *So fühlt sich das also an, wenn man groß ist,* denkt sie mit Blick auf die Köpfe ihrer sitzenden Klassenkameraden.

Rechnen in der fünften Stunde darf sie ausfallen lassen. Unter Dr. Morris' wachsamem Blick marschiert sie zusammen mit den Siegern aus den anderen Klassen in die Schulcafeteria und setzt sich auf einen der Plastikstühle, die so eng sind, dass es einem nach zehn Minuten unweigerlich das Blut abschnürt. Zwei Löcher im Sitz bohren sich in die kleinen Hinterteile, sodass sich, noch lange nachdem die Sitzenden wieder aufgestanden sind, die kreisrunden Abdrücke abzeichnen. Praktisch alle Stühle wackeln, und die ganze Reihe windet sich die Bühne entlang wie ein hinkender Tausendfüßler.

Vor den Fenstern auf der linken Seite kommen die Busse mit der Nachmittagsschicht der Vorschüler an. In der Küche werden Hunderte von Tellern abgespült. Hinter der Tür ist ein beruhigendes Rauschen zu hören, wie bei einem Sommerschauer. Eliza bekommt plötzlich ein schlechtes Gewissen, weil sie einen Klacks Instantkartoffelpüree in der ovalen Vertiefung ihres Tellers übrig gelassen hat, statt ihn in den Mülleimer zu schaben, hat Bedenken, dass der Wasserstrahl nicht stark genug sein könnte, um ihrer mittäglichen Faulheit Herr zu werden.

Dr. Morris gehört zu der Sorte von Direktoren, die ihre Schüler vor ihrem Büro einzeln verabschieden, bevor die Kinder zum Bus laufen. Die Aufsicht über den schulinternen Buchstabierwettbewerb gibt ihm die willkommene Gelegenheit, die intelligentesten seiner Schüler unter die Lupe zu nehmen. Die Kinder, die er nun vor sich hat, sind die Zierde der Schule. Ihre Namen werden die Lehrer noch lange im Gedächtnis behalten, um dann eines Tages sagen zu können: «Die war immer mein Liebling», oder: «Das habe ich doch gleich gesagt, dass der es zu etwas bringen wird.» Eliza ist die Ausnahme von dieser Regel. Als Dr. Morris sie in der Gruppe entdeckt, kommt ihm eine Szene in den Sinn, an die er sich nur vage erinnern kann. Er lächelt irritiert, sie wird rot und sieht weg.

DIE BEGEGNUNG zwischen Dr. Morris und Elizas Vater, an die sich Dr. Morris nur dunkel erinnert, findet am Elternsprechtag statt, einen Monat nachdem Ms. Lodowski von Kathy Myers direkt zu John Nervish übergegangen ist, ohne Elizas Namen zu nennen. Saul Naumann erfährt vom Ausschluss seiner Tochter nur zufällig durch eine Frau aus seiner Gemeinde, die nach dem Schabbatgottesdienst quer über die

Kuchentafel verkündet, dass ihr Sohn als begabt eingestuft worden sei. Der Junge ist in Elizas Klasse, aber Eliza hat Saul nicht das Glückwunschschreiben überreicht, das ihm Aaron in ihrem Alter abgeliefert hatte und das ihm damals vorgekommen war wie die Gratulation zu einem Lottogewinn.

Dr. Morris schüttelt bei diesem Elternsprechtag viele Hände, Sauls ist nur eine davon. In Dr. Morris' Büro befinden sich ein Schreibtisch mit einem gerahmten Foto seiner Tochter, zwei quietschende Stühle und ein Fenster, das auf den schuleigenen Spielplatz hinausgeht. Auf einem kleinen Bücherbord reihen sich Bände mit den Lehrplänen des Schulbezirks an Sachbücher, die verschiedene Kategorien von Kindern wie «lernbehindert», «frühreif», «psychisch instabil» und «hyperaktiv» umfassen. Dr. Morris hat kopierte Seiten aus diesen Büchern parat, um sie bei Bedarf den Eltern auszuhändigen.

«Guten Abend, Mr. Naumann. Schön, dass Sie gekommen sind.» Dr. Morris sieht den Sohn vor sich – gescheit, linkisch, allerdings ein bisschen still. Die Tochter kennt er zwar vom Sehen, aber er kann nichts Näheres über sie sagen. Er lässt den Blick über ihre Akte schweifen, um eventuell auf Hilfreiches zu stoßen, findet aber nichts. «Eliza ist ein reizendes Kind.»

«Danke. Wir halten sie auch für etwas ganz Besonderes. Deshalb war ich ja etwas überrascht, dass sie nicht mit ihren Klassenkameraden zusammen zu den Tests für die Begabtenförderung eingeladen wurde.»

Morris lächelt bemüht. Jedes Jahr gibt es mindestens einen Mr. Naumann.

«Ach, Mr. Naumann, das ist ein wenig übertrieben ausgedrückt. Es werden ja immer nur einige wenige Kinder aus der Zweiten getestet, ein ganz geringer Prozentsatz der Klasse, von dem Ms. Lodowski glaubt, er würde von einem beschleunigten Curriculum profitieren.»

«Die Gescheiten.»

«Gescheit kann ein Kind auf vielerlei Weise sein, Mr. Naumann, und auch auf vielerlei Weise etwas ganz Besonderes.»

Den letzten Teil des Satzes richtet Dr. Morris an das Bild auf seinem Schreibtisch. Zu dumm, dass Saul dieses Bild von seinem Platz aus nicht sehen kann, sonst hätte er vielleicht daraus geschlossen, dass es für Dr. Morris um ein heikles Thema geht. Das Bild von Rebecca Morris bekommen normalerweise nur Schüler zu sehen, die Mr. Morris dabei erwischt, dass sie das Wort «gestört» benutzen. Diese Schüler führt Dr. Morris dann in sein Büro, wo er ihnen das Bild zeigt und sie das Wort noch einmal sagen lässt, diesmal seiner Tochter ins Gesicht.

«Natürlich kann man auf vielerlei Weise etwas Besonderes sein», fährt Saul fort, nicht ahnend, dass er sich auf Glatteis begibt. «Nur kam mein ältester Sohn ins Begabtenförderungsprogramm, und ich dachte eben, dass ...»

Dr. Morris ist nun krebsrot im Gesicht. «Statt sich darauf zu konzentrieren, was Ihnen Ihrer Meinung nach fehlt, Mr. Naumann, schätzen Sie lieber, was Sie haben. Eliza ist ein reizendes, hilfsbereites Kind.»

«Natürlich. Darum geht es ja gar nicht.»

Dr. Morris sieht vor sich, wie Rebecca auf wackeligen Beinen zu dem Kleinbus läuft, der sie morgens abholt, sieht das selige Lächeln, das erstrahlt, wenn sie ein Tier zu Gesicht bekommt, und sieht ihre Freude angesichts eines gelben Apfels, der in mundgerechte Stücke zerteilt ist. Dr. Naumann soll ihm verdammt noch mal aus den Augen gehen.

«Tut mir Leid, Mr. Naumann, aber unsere Zeit ist um. Ich möchte die anderen Eltern ungern warten lassen.»

«Aber ...»

«Auf Wiedersehen, Mr. Naumann. Schön, dass Sie vorbeigeschaut haben.»

AB DER DRITTEN wird Elizas Klasse für das Rechnen und Lesen in Gruppen aufgeteilt. Elizas Lesegruppe heißt «Die Rennautos». Es gefällt ihr dort ganz gut, bis sie dahinter kommt, dass die andere Lesegruppe «Die Raketen» heißt. Die Raketen lesen aus einem Buch, auf dessen Umschlag in prächtigen Lettern «Die Werke der Großen» steht. Als sie Jared Montgomery fragt, was dort drinsteht, erklärt er ihr, seine Gruppe würde Auszüge aus «dem Kanon» lesen, und Eliza kommt sich zu dumm vor, um zu fragen, ob man darunter noch etwas anderes versteht als ein Lied, bei dem alle nacheinander das Gleiche singen. Ob ihr das Lesen mehr Spaß machen würde, wenn ihr jemand sagen würde, welche Bücher richtig gut und welche nur so lala sind? Irgendwann gewöhnt sie sich zwar an die ausgeblichenen Motivationsplakate mit den längst gestorbenen Tierbabys und an die Lesefibeln aus den fünfziger Jahren, deren einschläfernde Wirkung sich mit jeder Dekade verstärkt, aber es bleibt das dumpfe Gefühl, dass sie mit ihrer Gruppe im Kreis herumrast, bis jemand abwinkt, während die anderen Kinder zum Mond fliegen.

NACH EINER halben Stunde sind sämtliche Viertklässler ausgeschieden, mit Ausnahme von Li Chan, der sich nie die Haare wäscht und sogar noch zwei Fünftklässler und eine Sechstklässlerin überlebt. Als sich Li schließlich bei FOLLIKEL vertut, grölen die ausgeschiedenen Viertklässler «Stinkbombe, Stinkbombe», bis Dr. Morris das Licht an- und ausschaltet, um die Gemüter zu beruhigen.

Eliza bekommt KONSERVE, SEKRETÄRIN und PLACEBO. Bei ZEREMONIELL und QUANTENSPRUNG sind nur noch Brad Fry, Sinna Bhagudori und sie übrig.

Sinna ist das gescheiteste Mädchen der Schule, das weiß jeder, und Brad der gescheiteste Junge, wenn auch vermutlich nicht ganz so gescheit wie Sinna. Eliza ist dagegen höchstens einigen Schülern ein Begriff, weil sie den schuleigenen Limbo-Rekord gebrochen hat, woraufhin ihr Name ein paar Wochen lang im Musikraum an der Tafel gestanden hatte. Der Limbo-Preis geht allerdings sowieso immer an die Kleinsten.

Sinna hat blaue Kontaktlinsen und einen großen Busen. Im Jahr davor hatte sie noch braune Augen, deshalb ist allen klar, dass das Blau nicht echt ist, auch wenn sie steif und fest behauptet, bei vielen Menschen ändere sich in der Pubertät die Augenfarbe.

Brad spielt in der Pause meistens Fußball und hat lauter Muttermale im Gesicht. Angeblich geht er im Sommer immer in ein Ferienlager für Kinder, die freiwillig Mathematik und Biologie pauken, obwohl er selber behauptet, er fahre in ein Fußballcamp. Aber das nimmt ihm natürlich auch keiner ab.

Ein paar Mal, als Eliza dran ist, spurtet Sinna schon voreilig aufs Rednerpult zu, und Dr. Morris muss sie ermahnen zu warten. Während Sinna wieder zu ihrem Stuhl zurückkehrt, stellt sich Eliza vor, sie wäre ein Fernsehstar und ihr Konterfei erschiene im Vorspann, mit ihrem Namen in fetten weißen Lettern darunter.

Sinna buchstabiert IMMANENT mit nur einem M. Sie will sich schon wieder setzen, als Mr. Morris sagt: «Ich fürchte, das ist nicht korrekt.» Es wird ganz still, wie bei einem Stromausfall, bevor irgendwer auf die Idee kommt, eine Taschenlampe zu holen. Sinna beißt sich auf die Lippen und geht von der Bühne.

Brad kommt als Nächster dran, aber vor lauter Verblüffung darüber, dass Sinna ausgeschieden ist, muss er bei KLASSIFIZIEREN dreimal nachfragen, bis er es schließlich mit zwei F buchstabiert. Obwohl er das Gegenteil behauptet, glaubt er wie alle anderen, dass Sinna die Gescheitere ist. Es bleibt also nur noch Eliza übrig, die KORRESPONDENZ mit geschlossenen Augen buchstabiert, damit sie nicht die drei Reihen von Schülern ansehen muss, die sie ungläubig anstarren.

In ihrer Phantasie tritt Eliza ans Rednerpult, für das sie auf einmal groß genug ist, und setzt vor einer bis auf den letzten Platz gefüllten Cafeteria zu einer Ansprache an.

*Ein paar von euch kennen vielleicht meinen Namen, doch den meisten von euch bin ich wahrscheinlich unbekannt. Ich kenne euch dagegen gut. Und was ich jetzt sage, ist für euch ebenso wichtig wie für mich.*

Es ist die Einleitung zu einer Rede aus einer besonders eindrucksvollen abendlichen Tutorenveranstaltung, und diesen Anfang fand Eliza schon immer gelungen. Danach folgt zwar kein direkter Inhalt mehr, aber Elizas Lippen bewegen sich weiter, und die Musik schwillt an. Am Ende der Rede wischen sich alle Schüler, vor Rührung lächelnd, ein paar Tränen aus den Augenwinkeln, und Lindsay Halpern macht an ihrem Tisch zwischen sich und Roger Pond Platz für Eliza.

ELIZA STEHT vor der geschlossenen Tür zu Sauls Arbeitszimmer, der Briefumschlag brennt wie Feuer in ihrer Hand. Hat sie wirklich einen triftigen Grund, um ihn zu stören? Sie ist nicht krank, das Haus steht nicht in Flammen, und der Bezirkswettbewerb ist erst für das Wochenende angesetzt. Doch bis ihr Vater von selbst das Zimmer verlässt und sie ihm den Brief persönlich aushändigen kann, vergehen womöglich noch zwei Stunden.

Eliza beschließt, trotzdem zu warten. Vielleicht muss ihr Vater ja irgendwann zur Toilette oder bekommt Hunger und geht in die Küche. Sie horcht an der Tür, vernimmt aber keinen Laut. Ein Blick nach unten belehrt sie, dass sie unbewusst den Umschlag erneut geöffnet und den Brief herausgezogen hat. Einige Wörter sind schon verschmiert, das Blatt ist nicht mehr so scharf gefaltet wie anfangs. Erst jetzt bemerkt Eliza, dass ihr Nachname falsch geschrieben ist. Plötzlich überkommt sie ein unbändiges Verlangen, den Brief zu zerreißen, zu verbrennen oder in den Mülleimer zu werfen. Stattdessen faltet sie ihn brav wieder zusammen, befeuchtet mit der Zunge den nicht mehr haftenden Klebestreifen und schiebt den Umschlag unter der Türritze durch.

Sauls Arbeitszimmer hat keinen Wandschrank und ist dadurch noch kleiner als Elizas Zimmer: Mit Ausnahme der Toiletten ist es der kleinste Raum im Haus. Zusätzlich beengt wirkt es durch die wandhohen Bücherregale und die mehr oder weniger vom Einsturz bedrohten Papierstapel, die flächendeckend vom Fußboden emporwachsen. Notizbücher von unterschiedlicher Dicke und Bindung ragen wie Sprungbretter über schmaleren Schichten hervor. Die Papierfluten stauen sich bei Sauls Schreibtisch, sie haben ihn scheinbar wie ein Stück Treibgut an seinen Platz katapultiert. Auf dem Schreibtisch liegt kein überflüssiger Schnickschnack herum, kein intelligenter Timeplaner: Der verfügbare Platz wird samt und sonders von Büchern und Notizen in loser und gebundener Form eingenommen. An der Wand über dem Schreibtisch sorgen zwei gerahmte Bilder von Mordecai M. Kaplan und Gershom Scholem für die nötige Inspiration. Die kleine Schreibtischleuchte stellt eine der beiden künstlichen Lichtquellen dar. Dass der Raum keine Fenster hat, schadet nicht – sie wären ohnehin von den Bücherregalen verstellt worden.

Die Regale bilden die einzige Ausnahme in diesem Chaos. Sauls Bücherbestände sind streng alphabetisch geordnet, was bedeutet, dass die neuesten Taschenbücher Rücken an Rücken mit in Ehren ergrauten, ledergebundenen Ausgaben zu stehen kommen und Englisch an Hebräisch und Jiddisch grenzt. Saul hat sich nicht nur gegen jede Form von Sprachtrennung entschieden, sondern in Einzelfällen auch Bücher mit gleich klingenden Anfangsbuchstaben nebeneinander gestellt, selbst wenn das nicht ihrer Reihenfolge im Alphabet entspricht. Deshalb findet sich der hebräische Schriftsteller Shmuel Yosef Agnon unter «A» neben Aharon Appelfeld, obwohl der Nachname des Literaturnobelpreisträgers mit einem *ajin* und der des Literaten mit einem *alef* beginnt. Mag sich auch manch gestandener Gelehrter über die Anordnung seiner Bibliothek empören – für Saul ist sein Refugium ein mit Papierbergen gefülltes Kinderzimmer, in dem sein Forscherdrang im Schein zweier 80-Watt-Birnen wachsen und gedeihen kann.

Wenn Saul sein Arbeitszimmer betritt und die Tür hinter sich schließt, klappt er zugleich das Buch der Alltäglichkeiten zu und stellt es ganz oben aufs Regal, bis familiäre Pflichten oder dringende Notfälle ihn wieder zurückrufen. Kein Wunder also, dass er das leise, schabende Geräusch überhört, mit dem sich Elizas Umschlag unbemerkt zu dem Papierwust auf dem Boden seines Arbeitszimmers gesellt, sichtbar nur für den, der Augen hat, zu sehen.

SAUL NAUMANN verbringt die ersten Jahre seines Lebens als Sal Newman, Sohn von Henry und Lisa Newman, einer Expertin in Sachen Oster- und Weihnachtsdekoration. Aus Henrys Sicht spricht alles dafür, dass sein einziges Kind in seine Fußstapfen als Automechaniker treten wird: Von frühester Kindheit an schraubt Saul Zündkerzen ein und wechselt Öl. Obwohl er die Mischung aus Autoabgasen und Männerschweiß genauso wenig ausstehen kann wie den harten Werkstattboden und das kalte Blech- und Drahtgewirr, aus dem die heiß geliebten Motoren seines Vaters bestehen, hütet Saul diese Sinneseindrücke in seinem Herzen, da sein Vater ihm in ihrem Beisein ab und zu ein Lächeln zuteil werden lässt.

Als Saul dreizehn ist, geht seine Mutter mit ihm auf den Dachboden und zeigt ihm die Schachtel. Sie enthält das Foto eines bärtigen Mannes mit zwei langen Schläfenlocken und einem schwarzen Hut, der einem Jungen die Hand auf die Schulter legt. Zunächst kann Saul gar nicht glauben, dass der kleine Lockenkopf, dem die Fransen bis übers Hemd hinunterhängen, sein Vater Heimel Naumann sein soll und der bärtige Mann sein Großvater Jehuda. Er lernt das Wort «orthodox». Seine Mutter zeigt ihm einen Weinkelch und zwei Kerzenleuchter aus Messing; sie beschreibt ihm eine Welt, die sich nach der Schrift richtet, eine Welt mit wenig Raum für Veränderung, und sie erzählt ihm, wie sie mit Heimel durchbrannte, nachdem Jehuda erklärt hatte, sie sei nicht jüdisch genug. Saul sieht seine Geburtsurkunde und erfährt vom Entschluss seines Vaters, dem Glauben abzuschwören und sich fortan Henry Newman zu nennen, nachdem Jehuda Sauls Geburt ignoriert hatte. Henrys Sohn Saul, den er im Bestreben, die väterliche Liebe wiederzuerlangen, nach Jehudas Bruder Salomon genannt hatte, hieß von da an nur noch Sal.

Lisa ist es auch, die ihrem Sohn heimlich Bücher zukommen lässt und freitagabends, wenn Henry allein unterwegs ist, hin und wieder mit Saul in eine nahe gelegene Synagoge geht. Das bleibt ihr Geheimnis, bis Henry eines Abends überraschend nach Hause kommt, als die beiden gerade die Schabbatlichter anzünden. Von dem Zeitpunkt an besteht Saul darauf, mit seinem eigentlichen Vornamen angesprochen zu werden.

Nach dem ersten Highschool-Jahr hört Saul endlich auf, Interesse an Autos vorzutäuschen, und sein Vater hört auf, Interesse an ihm zu zeigen. Als Lisa an Krebs stirbt, wird aus dem Haus ein einsamer, zweigeteilter Ort, da das letzte Bindeglied zwischen Vater und Sohn in einem Sarg unter der Erde zu Staub zerfällt. Bald darauf beginnen die Streitereien, nie gewalttätig, aber zusehends verletzend.

Sauls Flucht auf ein geisteswissenschaftliches College besiegelt den Bruch endgültig. Als er seinen Studentenstatus dazu benutzt, um sich aus Vietnam herauszuhalten, spricht Henry sich offiziell von seinem undankbaren jüdischen Hippiesohn los.

Saul entdeckt LSD und jüdische Mystik zur gleichen Zeit, ein Zufall, der ihm beides umso bedeutsamer erscheinen lässt. Auf seinen Acidtrips erlebt Saul das Gefühl, außerhalb von Raum und Zeit zu stehen und über eine gesteigerte Wahrnehmung zu verfügen, genau so, wie es in der Tora beschrieben wird. Einmal habe er mehrere Seinsschichten durchschritten, beteuert er, ähnlich wie die alten Mystiker, die auf einem Wagen sechs Schlösser in sechs himmlischen Königreichen durchquert hätten, um bei Gott im siebten Himmel anzulangen. Saul wird zur Campusberühmtheit und zum legendären LSD-Guru. Als nach seinem ersten Uniabschluss der Vietnamkrieg immer noch nicht beendet ist, versteht es sich fast von selbst, dass er das Rabbinerstudium beginnt.

Mit einem Stipendium gelangt Saul an die Baruch-Jeschiwa. Im ersten Jahr wird ihm das Stipendium allerdings wieder aberkannt, da er im Namen der Bewusstseinserweiterung seinen Zimmergenossen dazu überredet, eine Pille einzuwerfen, und der daraus resultierende Horrortrip besagten Zimmergenossen dazu bringt, splitternackt und blauweiß bemalt in das Büro des Dekans zu laufen und sich zum neuen israelischen Premierminister zu erklären.

Nach der Rückkehr an seine Alma Mater wohnt Saul kostenlos bei ein paar Erstsemestern, zu denen sein Ruf gedrungen ist, auf dem Dachboden eines Hauses außerhalb des Campus. Der Dachboden ist vor einiger Zeit bei einem Brand schwer in Mitleidenschaft gezogen worden und verfügt über keinerlei Stromanschlüsse oder Wärmeisolation. Aufrecht stehen kann Saul nur in der Mitte des Raumes. Die Beleuchtung der Wohnung besteht aus weihnachtlichen Lichterketten, angeschlossen an eine Verlängerungsschnur, die sich von einem der unteren Zimmer über die schmale Dachbodentreppe nach oben schlängelt.

Saul verbringt Stunden in der Bibliothek mit dem Studium jüdischer Geschichte und Philosophie nach einem strikten, selbst auferlegten Plan, der seine Anstrengungen während seiner Zeit als ordentlicher Student bei weitem übertrifft. Er nimmt regelmäßig an Gottesdiensten und Fortbildungskursen in einer nahe gelegenen Synagoge teil, übt in der Einsamkeit seines Dachbodens die traditionellen Lieder und träumt davon, eines Tages einer Gemeinde vorzustehen, wenn nicht als Rabbiner, dann zumindest als Kantor.

Diese geborgte Existenz hat ihre Schattenseiten. Zwar hat Saul in seiner Eigenschaft als Anführer der Studentenschaft in sexuellen und psychedelischen Belangen jederzeit Zugang zu Drogen und weiblichen Erstsemestern, doch diese Rolle nutzt sich allmählich ab. Seine Acidtrips werden zu Déjà-vu-Erlebnissen. Er hat tiefe Furchen in den Pfad seiner Bewusstseinserweiterung gegraben und fällt immer wieder in denselben halluzinatorischen Offenbarungstrott. Seine Affären mahnen ihn zusehends an sein Alter und daran, dass er nie im Traum daran gedacht hätte, noch mit dreiundzwanzig Jahren in den Räumen eines ausgebrannten Dachbodens auf einer verdreckten Doppelmatratze mit unbeholfenen Teenagermädchen zu schlafen. Immer öfter träumt Saul von einem eigenen Arbeitszimmer, einem Job, der ihm Zeit lässt, seinen Interessen nachzugehen, und von eigenen Kindern, denen er seine hart erkämpften Lebensweisheiten vermitteln kann.

FREITAGABENDS sitzt Eliza mit ihrem Bruder in der ersten Reihe der Synagoge Beth Amicha. Während Aaron die Antwortgebete rezitiert, ohne in sein Gebetbuch zu schielen, konzentriert sich Eliza auf einen Fleck auf der Bima zwischen Rabbi Mayer und ihrem Vater und bemüht sich, den monotonen Klang der im Chor lesenden Gemeinde auszublenden. Das Ganze erinnert sie ein bisschen an Fische in einem Aquarium, die mechanisch das Maul auf- und zuklappen und ausdruckslos durchs Glas starren.

Mit dem Sprechgesang der Gemeinde im Hintergrund nimmt Eliza die braun gesprenkelten Linoleumfliesen ins Visier und denkt an den Auszug aus Ägypten. Jeder einzelne Fleck am Boden wird zu einem Juden im flatternden Gewand, der vierzig Jahre lang durch die Wüste zieht, um das Gelobte Land zu erreichen. Von den Sandalen bekam man bestimmt scheußliche Blasen. Vor Elizas innerem Auge zieht ein ganzer Stamm von Charlton Hestons vorbei: bärtig, selbstgerecht und mit Sonnenfalten im Gesicht. In ihre Tagträume platzt die Stimme von Rabbi Mayer, der die Gemeinde auffordert aufzustehen, was Eliza prompt befolgt, um nicht durchblicken zu lassen, dass der Boden vor ein paar Sekunden noch der Sinai war.

Rabbi Mayer ist ein hoch gewachsener, kräftiger Mann mit breiter Stirn und buschigen Augenbrauen, die schon grau sind, obwohl das Haar auf seinem Kopf noch dunkel ist. Seine Gemeinde betrachtet er mit unverhältnismäßig winzigen Augen, die er zusätzlich zusammenkneift, um nicht mehr von der Welt zu sehen als nötig. Beth Amicha war nicht gerade die Gemeinde seiner Träume, doch Beth Amicha hat sich ihn als Rabbiner gewünscht. Und angesichts des Missverhältnisses von Vorstadtrabbinern gegenüber Vorstadtsynagogen – auf zwei Rabbiner kommt eine Synagoge – hat sich Orel Mayer unter Preisgabe seiner geistlichen Ideale für ein festes Gehalt entschieden. Als konservativer Jude missbilligt er die laxen reformerischen Tendenzen von Beth Amicha. Anfangs hatte er gehofft, die Gemeinde zu neuen Höhen der Frömmigkeit anspornen zu können, aber wenn er am Samstagabend die geflochtene Hawdalakerze anzündet und ihre Schatten an den Synagogenwänden flackern, ist er oft allein. Beth Amicha sieht im Schabbat eher eine Freitagabendpflicht. Die meisten Gemeindemitglieder haben noch nie einer Hawdalafeier beigewohnt, nie das Zischen gehört, wenn die Hawdalaflamme mit dem Wein gelöscht wird, den eigentlichen Moment, an dem der Schabbat zu Ende geht. Rabbi Mayer sehnt sich danach, einer Gemeinde vorzustehen, die diesen Klang zu schätzen weiß. Aber ein gutes Rabbinat ist schwer zu finden, und er tröstet sich damit, dass er immerhin nicht das Leben eines Wanderrabbiners führt, der lediglich die Beschneidungen, Hochzeiten und Bar Mizwas fremder Leute begleitet.

Wenn Saul der Gemeinde vorbetet und dabei auf seiner Gitarre mitschrammelt, wirken seine Arme noch schlaksiger, als sie ohnehin schon sind. Sein selbst gebastelter Rekonstruktivismus siedelt ihn auf der Judentumsskala links von der Mitte an; eine religiöse Haltung, von der die Gemeinde hoffte, sie würde ein Gegengewicht zu Rabbi Mayers Einstellung bilden, sodass sich die Gottesdienste in der Beth Amicha irgendwo in der Mitte einpendeln würden. Indem er den strengen Traditionalisten spielt, gibt Rabbi Mayer den Gemeindemitgliedern das Gefühl, Juden zu sein, von denen ihre Eltern begeistert wären, und indem er Gitarre spielt und Gebete in Mitsing-Events verwandelt, eröffnet Saul ihnen die Möglichkeit, so viel Spaß zu haben, dass sie vergessen, warum sie gekommen sind: hauptsächlich aus schlechtem Gewissen. Rabbi Mayer ist der Zahnarzt, Saul der Lolli, den die Gemeinde geschenkt bekommt, weil sie ihren Termin eingehalten hat.

Die meisten Gebete sind englisch, nicht hebräisch. Das

Jüdische Gebetbuch versucht, diesen Missstand zu kompensieren, indem es möglichst altmodische Wendungen benutzt. Hebräische Sätze enthält es natürlich auch. Eine begabte Minderheit kann diese grammatisch analysieren, ohne die leiseste Ahnung zu haben, was sie bedeuten, und für diejenigen, die unmittelbar nach Einlösung ihrer Bar-Mizwa-Schecks die hebräische Phonetik vergessen haben, sind Transkriptionen in Englisch vorhanden.

Im Vorwort des Gebetbuchs wird behauptet, die Transkriptionen seien der «raschen und einfachen Lesbarkeit» halber beigefügt worden. Diese gnädige Lüge verschleiert jedoch die Tatsache, dass sich hier ein erbitterter Lektor auf ausgeklügelte Weise gerächt hat, weil er in seiner Kindheit diese Sprache hat lernen müssen. SCH ersetzt T; ein P wird eingefügt, wo ein F passender wäre. Folglich wird gnadenlos offenbar, wer Hebräisch lesen kann und wer nicht. Falsch klingende Silben kollidieren in luftigen Höhen mit ihren korrekt ausgesprochenen Verwandten, sodass der Gottesdienst eher einem Sprachtherapiekurs ähnelt als einer frommen Zusammenkunft.

Aaron rezitiert das Hebräische nur ein kleines bisschen schneller als alle anderen, bloß, um zu zeigen, dass er es kann. Er muss nicht einmal ins Gebetbuch schauen, er kann den gesamten Gottesdienst mit geschlossenen Augen von Anfang bis Ende auswendig hersagen. Seit er acht ist, sagen alle, er sollte Rabbiner werden. Dass er das immer noch so gern hört, ist ihm peinlich. Wenn er die Synagoge betritt, stellt er sich vor, dass sich Köpfe drehen und aufgeregt geflüstert wird: «Da kommt der Sohn des Kantors.» In den vier Wänden von Beth Amicha ist er Klassensprecher, Fußballkapitän und Musicalstar in einem. In seinem imaginären Gemeindejahrbuch ist er «beliebtester und erfolgversprechendster Jugendlicher» und wird sogar mit einem besonders schönen Superlativ als «bester Nachwuchsjude» ausgezeichnet. In Beth Amicha lächelt ihm wahrscheinlich manchmal sogar ein Mädchen zu, er ist grundsätzlich richtig angezogen und weder zu groß noch zu bleich.

Eliza kann Hebräisch lange nicht so gut lesen wie ihr Bruder: Während sie sich mühsam von rechts nach links über die Seite tastet, um die ersten fünf Wörter zu entziffern, ist das Gebet schon halb vorbei. Statt zu dem akustischen Durcheinander beizutragen, hält sie lieber den Mund.

NOCH JAHRE nach seinem Rausschmiss aus dem Büro von Dr. Morris hegt Saul die Hoffnung, dass Eliza ihren Grundschuldirektor Lügen strafen wird. Halbjahr für Halbjahr verbannt er sämtliche Erinnerungen an frühere Zeugnisse aus seinem Gedächtnis und reißt jeden braunen Umschlag mit der Gier eines Raubtiers auf, das sich auf die Beute stürzt.

Eliza sitzt so gebannt vor einer Wiederholung von «Taxi», dass eine Salzbrezel in der Flugbahn zwischen der Tüte und ihrem Mund zum Stillstand gekommen zu sein scheint. Der verschlossene braune Umschlag liegt knapp hinter dem Brezeltütenschatten auf dem Küchentisch. Jim Ignatowski und Alex Rieger sind wesentlich angenehmer als das Klicken, mit dem sich ankündigt, dass Saul sein Arbeitszimmer verlässt. Wenn Eliza sich ganz stark auf Alex Riegers blutleere Lippen konzentriert, kann sie die Geräusche ihres herannahenden Vaters völlig ausblenden.

Eliza ist sieben, Eliza ist neun, Eliza ist sechseinhalb. Sie ist in irgendeinem Alter zwischen der zweiten Klasse und heute.

Jim Ignatowski schielt sich die Augen aus dem Kopf nach Latke Gravas, diesem komischen kleinen Ausländer, und Eliza ist bei ihnen in der Taxizentrale, riecht praktisch Louis' Zigarre, während er aus seiner Kabine Befehle bellt, würde am liebsten den Kopf in Latkes ölverschmierten Overall vergraben. Die Hand ihres Vaters reißt sie heraus.

Eliza wünscht sich, seine Hand läge aus einem anderen Grund auf ihrer Schulter, giert grundsätzlich nach seiner Aufmerksamkeit. Sie tut, als wäre sie völlig in ihren Fernsehfilm vertieft, damit die Hand ein bisschen länger liegen bleibt. Diesen Trick hat sie von Saul selbst gelernt, obwohl dessen Konzentrationsfähigkeit natürlich echt ist, so viel ist ihr klar.

Das hat man zum Beispiel gemerkt, als der Krankenwagen kam, weil Mrs. Feruzza sich die Hüfte gebrochen hatte. Obwohl die gellende Sirene die Wände erzittern ließ, schwört Saul, er habe keinen Ton gehört, da er in eine Neuübersetzung von Pico della Mirandola vertieft gewesen sei. Eliza ist sich nicht sicher, ob ihr Vater ein dringendes Klopfen an seiner Zimmertür hören würde. Was, wenn sie verblutete, erstickte, erblindete, wenn das Haus abbrennen, ein entlaufener Sträfling ihr ein Messer an die Kehle halten würde? Nächtelang ist sie wach gelegen und hat gegrübelt, ob ihr Vater ihr rechtzeitig zu Hilfe eilen würde.

Die Hand auf ihrer Schulter ist fort; der leere Umschlag flattert auf den Boden. Unwillkürlich beobachtet Eliza, wie der Blick ihres Vaters über die Noten schweift. Seine Miene erschlafft: War sie erst hoffnungsvoll, ist sie jetzt resigniert. Rechnen 3. Naturkunde 3. Sozialkunde 3. Fleiß 2. Betragen 1. Lesen 2. Rechtschreibung 1. Dann das gequälte Lächeln, das Kopftätscheln. Das Türklicken, mit dem sich Sauls wortloser Rückzug ins Arbeitszimmer ankündigt, übertönt den Fernseher jedes Mal. Später, beim Einschlafen, hat Eliza dann das enttäuschte Gesicht ihres Vaters vor Augen.

ZU SPÄT fällt Eliza ein, dass es vielleicht ein Fehler war, die Nachricht über ihren Sieg beim Buchstabierwettbewerb unter der Tür durchzuschieben. Ihr Vater hat keinerlei historischen Grund zu der Annahme, ein Umschlag von ihr enthielte Gutes. Als Saul am ersten Tag aus seinem Büro kommt, ohne sie für ihren Sieg zu loben, geht sie davon aus, dass er das Öffnen des Umschlags auf einen Zeitpunkt mit besserer Stimmung verschoben hat. Sie will lieber nichts sagen, um die Überraschung nicht zu verderben, und stellt sich mit Wonne Sauls Miene vor, wenn er endlich den wahren Inhalt des Umschlags begreift, spult diesen imaginären Augenblick immer wieder vor ihrem inneren Auge ab, um sich zu beruhigen.

Als drei Tage ohne eine Bemerkung von Seiten ihres Vaters vergangen sind, stellt sich Eliza, die so daran gewöhnt ist, eine Enttäuschung zu sein, allmählich die Frage, ob die Einzigartigkeit ihres Erfolgs sie dazu veranlasst hat, dessen Bedeutung zu überschätzen. Schließlich ist Rechtschreiben eine Fertigkeit, die durch Wörterbücher überflüssig gemacht wird. Die ständigen Einser in Rechtschreibung auf ihren Zeugnissen haben noch nie zu viel Lob geführt. Vielleicht ist es ihrem Vater sogar peinlich, dass seine Tochter nichts anderes gut kann als Rechtschreiben? Seine Tochter, die immer noch nicht das hebräische Alphabet aufsagen kann? Mit der typischen Einsichtigkeit, die mit mangelndem Selbstbewusstsein einhergeht, hält Eliza diese Möglichkeit für die Wahrheit und beschließt, nichts zu sagen, bis er das Thema anspricht.

Am Freitagabend ist Elizas Vorsatz ernstlich erschüttert. Es sind nicht einmal mehr vierundzwanzig Stunden bis zum Bezirkswettbewerb. Selbst wenn ihr Vater von ihrem Sieg nicht beeindruckt ist, müsste er inzwischen doch zur Kenntnis genommen haben, dass es gewisse Transportfragen zu klären gilt. Saul hat sich seiner Pflicht als Kinderchauffeur nie entzogen und ist eine treue Stütze jeder Fahrgemeinschaft.

Inzwischen traut sich Eliza jedoch überhaupt nicht mehr, das Thema anzuschneiden. Wie so oft bei Ungesagtem, haben Elizas Gedanken Geschwüre bekommen, sind Körnchen des Zweifels zu tödlicher Gewissheit angewachsen. Aus Sauls Schweigen hat sie geschlossen, ihr zufälliger Erfolg komme zu spät und sei ungenügend. Nach dem abendlichen Gottesdienst kann sie nicht einschlafen. Sie bleibt im Bett liegen, bis sie es nicht mehr erträgt, sich zum hundertsten Mal vorzustellen, wie Dr. Morris sie tadeln wird, weil sie nicht als Buchstabierabgesandte der Schule zur Verfügung stand. Es ist weit nach Mitternacht. Sie beschließt, ihrer Mutter in der Küche einen Besuch abzustatten.

MIRIAM NAUMANN ist ein Mensch gewordener Kolibri, dessen Flügel so schnell schwirren, dass man sie ohne Zeitlupenkamera nicht sieht. Die silbergrauen Fäden in ihrem Haar haben etwas Elektrisches an sich, als wäre ihr Kopf ein Nest aus Drähten, die in den Körper führen. Für Eliza wohnt dort drin ein aufgeladenes Superhirn; überhaupt sieht es im Kopf ihrer Mutter wahrscheinlich aus wie beim Feuerwerksfinale zum Nationalfeiertag. Dass Miriam allnächtlich nur drei Stunden Schlaf braucht, fördert diesen Eindruck zusätzlich. Saul hat, nicht ohne Neid, ausgerechnet, dass das spartanische Schlafbedürfnis seiner Frau ihr jährlich zweieinhalb Monate mehr Wachzustand als dem Durchschnittsmenschen beschert.

Eliza hat die Kanzlei ihrer Mutter zwar noch nie zu Gesicht bekommen, ist sich aber sicher, dass diese ebenso besessen sauber gehalten wird wie die Küche. Ablageflächen werden dort täglich gewienert, ebenso der Fußboden. Das Geschirr ist nach einem präzisen Plan in die Schränke geräumt und wird in exaktem Abstand voneinander nach einem Größen-, Farb- und Funktionsschema gestapelt, das nur Miriam vollständig durchschaut. Miriam wirft nichts unnötig weg und besteht auf maximaler Kühlschrankauslastung, sodass eine Palette von Plastiktöpfchen benötigt wird, um von der einzelnen übrig gebliebenen Frikadelle bis zur nicht aufgegessenen Salatportion sämtliche Speisereste zu beherbergen. Die Tupperware, die sie zu diesem Behufe einsetzt, gestapelt in den Schränken unter dem Herd, ist ein Vorbild an militärischer Präzision.

Miriam putzt nachts. Als Eliza sich an den Küchentisch setzt, wischt ihre Mutter gerade in ihren Lieblingsgummihandschuhen die Resopalflächen. Bis auf das Ticken der Herduhr und das Kratzen der grünen Seite von Miriams Schwamm ist alles still. Eliza könnte stundenlang hier sitzen, ohne dass ihre Mutter sie bemerken würde, das weiß sie. In einem Konzentrationswettkampf würde Miriam ihren Mann jederzeit auf die Matte legen.

«Mom?»

Miriam blickt überrascht auf. «Elly? Wann bist du denn hier reinspaziert?»

«Erst vor ein paar Minuten. Ich kann nicht schlafen.»

Miriam bearbeitet die Theke so umsichtig wie ein Masseur einen schmerzenden Muskel. In den frühen Morgenstunden ist sie immer am entspanntesten. Eine Zeit lang hatte Eliza Schlaflosigkeit vorgetäuscht, um mit ihrer Mutter aufbleiben zu können – eine List, die Miriam mit der Zeit enttarnte. Für Eliza ruft Putzmittelgeruch seitdem gleichzeitig Geborgenheit und Frustration hervor.

«Schlafen Saul und Aaron schon?»

Wenn Miriam mit ihren Kindern spricht, ist Saul immer Saul und nie «Dad». An diesen Sprachgebrauch hat sich Eliza auch nach elf Jahren noch nicht gewöhnt. «Saul» aus dem Mund ihrer Mutter klingt, als wäre ihr Vater nicht ihr Vater, sondern bloß irgendein Mann, der zufällig bei ihnen wohnt.

«Ja. Die schlafen.»

Miriam dreht den Putzschwamm von Grün auf Gelb, schaltet von Scheuern auf Wischen herunter. Die Theke glänzt wie eine Eisbahn. Eigentlich hatte Eliza ihrer Mutter von dem Buchstabierwettbewerb erzählen wollen, aber so, wie ihre Mutter putzt, würden ihre Worte mit dem nächsten Wasserstrahl wahrscheinlich einfach weggespült werden. Eliza hat zunehmend den Verdacht, dass sie den Wettbewerb überhaupt nicht gewonnen hat, das Schweigen ihres Vaters beweist ja, dass sie sich das alles nur eingebildet hat.

Eliza sagt also lieber nichts. Wenn das mit dem Wettbewerb nicht wahr ist, möchte sie sich noch ein bisschen länger in der Illusion wiegen.

Miriam wendet sich nun dem Kühlschrank zu. Sie nimmt ein Glas Meerrettich, eine Flasche Worcestersoße und eine Packung Margarine, wischt alles mit einem Küchentuch ab und reiht die Gegenstände akkurat auf dem Boden auf. Das Kühlschranklicht lässt Miriam und die Nahrungsmittel in einem weichen, gelben Schimmer erscheinen. Ohne sich an den Titel erinnern zu können, summt Eliza auf einmal die Melodie einer Glühbirnenwerbung vor sich hin, die sie mit dem Anblick ihrer Mutter am Kühlschrank assoziiert.

«Mom?»

Miriam fährt herum wie jemand, den man beim Schlafen im Unterricht erwischt hat.

«Ich Trottel, ich hab ganz vergessen, dass du da bist.» Miriam hält Eliza das Glas hin. «Möchtest du etwas Meerrettich?» Miriam ist die Einzige in der Familie, die überhaupt Meerrettich isst und am Schluss auch noch das Glas auskratzt.

«Nein danke. Sag mal, putzt du eigentlich so viel, weil du es gern tust oder weil du sonst nicht einschlafen kannst?»

Das Kühlschranklicht verwandelt Miriams Silberhaar in Gold. Die Worcestersoße steht wieder exakt in der Mitte des mittleren Fachs in der Kühlschranktür. Ein Glas Erdbeeren hat seinen Platz zwischen Meerrettich und Margarine auf dem Boden eingenommen. Miriam zieht die Augenbrauen zusammen. Ob sie die Frage gehört hat? Als Eliza ihrer Mutter in die Augen schaut, strömen ihr unermessliche Intelligenz und unendliche Ferne entgegen.

MIRIAM IST das Kind wohlhabender Eltern, die Fortpflanzung mit Patriotismus gleichsetzen. Mit jeder Fehlgeburt bekommt Melvin und Ruth Grossmans Wunsch nach einer großen, lärmenden Familie à la Kennedy jedoch ein Dämpfer versetzt und verwandelt sich in eiserne Entschlossenheit. Einige von Ruths Schwangerschaften dauern grausam lange an, sodass man sich Hoffnungen macht und Namen aussucht, bis es dann doch wieder qualvoll endet. Aber das verstärkt den Eifer der Paares nur noch. Vier kinderlose Ehejahre haben aus Ruth und Mel wahre Partisanen im Kampf zwischen eisernem Willen und untüchtigem Mutterleib gemacht. Als Ruth schließlich schwanger wird und ein kleines Mädchen zur Welt bringt, ist zwar eine Schlacht gewonnen, aber der Krieg verloren: Nach Miriams schwieriger Geburt kann Ruth keine weiteren Kinder mehr bekommen. Dementsprechend wird Miriam zum Hort all der Erwartungen, die Mel und Ruth für ihre fünf ursprünglich geplanten Nachkommen gehegt hatten. Diese ehrgeizigen Bestrebungen sickern durch eine Reihe von hochkarätigen Kinderfrauen und Privatlehrern bis zu Miriam durch – Geld spielt keine Rolle, denn der einzige überlebende Sprössling verdient überall von allem nur das Beste.

Miriam legt schon als Kind zwanghafte Verhaltensweisen an den Tag. Sie verbietet den anderen, ihre Spielsachen anzufassen, und verlangt, dass ihre Unterwäsche zweimal gewaschen wird, bevor sie wieder in ihre Schublade kommt. Mel und Ruth interpretieren die exzentrischen Züge ihrer Tochter als Zeichen für ihre Genialität und bestehen darauf, ihr ihren Willen zu lassen, um ihr geistiges Wachstum zu fördern.

Bei ihrem Eintritt in ein renommiertes Internat im Alter von zwölf begreift Miriam den Grad ihrer mangelnden Sozialisation. Dort intensiviert sich ihre natürliche Liebe zum Lernen durch den gnadenlosen Spott ihrer Klassenkameraden, und die Bibliothek wird rasch zu ihrer einzigen Zuflucht außerhalb des Unterrichts.

Miriam ist eine glänzende Schülerin und Studentin. Im College wird ihre Konzentrationsfähigkeit zum Mythos, als sie ein Feuerwehrmann aus dem Gebäude holt, nachdem er sie im Magazin der Bibliothek in ein Buch vertieft entdeckt hat, obwohl die gellenden Sirenen alle anderen längst aus dem Haus gescheucht haben.

Miriam und Saul lernen sich kennen, als sie ihr Jurastudium abschließt und er als wissenschaftlicher Assistent für einen Judaistikprofessor arbeitet. Saul hat mit den Drogen abgeschlossen, um sein Leben dem Studium der Mystik zu widmen. Er weiß inzwischen, dass LSD eine falsche Tür war, die Simulation einer Erfahrung, die einem erst nach Jahren eifrigen Studiums zuteil werden kann. Er betrachtet seine früheren, auf Drogen fußenden Einsichten als Tontauben, die beim ersten Hauch wahrer Transzendenz in tausend Stücke zerspringen. Die Erfahrungen der alten Mystiker wird er wohl nie teilen, aber er will es wenigstens für den Rest seines Lebens versuchen. Miriam verkörpert die intellektuelle Disziplin, von der Saul spürt, dass er sie brauchen wird, um sein Ziel zu erreichen. In ihren unkonventionellen Macken sieht er charmante Anzeichen für ihren hellwachen Verstand. Er findet sogar ihre bucklige Haltung anziehend: Ihr Kopf ist immer leicht vorgestreckt, als würde sie das Kleingedruckte in einem Buch lesen. Er mag ihren kompakten Körper, der weder dick noch dünn ist, und sie macht angenehmerweise kein Getue um ihr Gewicht. Als sich ihre Bekanntschaft vertieft, fühlt sich Saul von Miriams geheimen Gedankengängen so angezogen wie von einer siebenfach verschleierten Salome.

Die Anfangsphase der Brautwerbung besteht aus gemeinsamen Abendessen in der Campus-Cafeteria; anschließend sitzen sie nebeneinander in Vorlesungen wie «Gott und die Pest: Religiöses Erwachen im Mittelalter» oder «Kritisches Denken: Wahrheit und Lüge im Vietnamkrieg». Saul ist von Miriams unersättlicher intellektueller Gier fasziniert, besucht die Vorlesungen nur, um zu beobachten, mit welch gewissenhaftem Eifer sie die Worte aufsaugt. Noch Wochen später kann sie die Thesen des Professors, ohne ein Wort mitgeschrieben zu haben, Punkt für Punkt wiederholen und anschließend verteidigen oder auch vernichten.

Bis zum Jurastudium sind Miriams gesamte Kontakte eingeschlechtlich: Jungs sind ein Wahlfach, das sie nicht belegt. Ein paar missglückte Verabredungen hat sie zwar hinter sich, aber Saul ist der erste Verehrer, der auf ihre Interessen eingeht, der erste, der ihr nicht mit Popcorn und seichter Hollywoodkomödie kommt, um sie anschließend in seine Wohnung zu lotsen. Sauls weitreichende Erfahrungen mit der weiblichen Studentenschaft an seiner Alma Mater haben ihn gelehrt, wie man gut zuhört. Bei Miriam ist er geduldig, er lockt sie mit seiner Beständigkeit.

Miriam ist dankbar für seine Aufmerksamkeit. Da ihr bewusst ist, dass ihr ungewöhnliches Temperament ihre Beziehungsoptionen stark einschränkt, war sie schon bereit gewesen, jemand mit wesentlich verkümmerteren sozialen Fähigkeiten zu nehmen. Obwohl sie nicht fromm ist, gratuliert sie sich dazu, dass sie mit einem Juden zusammen ist und ihn ab und zu sogar in die Synagoge begleiten darf, um die

Gelegenheit zu haben, religiöse Gruppenrituale zu analysieren.

Gegen Ende der dritten Woche ihrer Bekanntschaft vertieft sich Miriam in der Intimsphäre ihrer Lesekabine in die abgenutzten Bibliotheksexemplare von «Joy of Sex» und «The Hite Report». Sex ist wie Bügeln oder Reifenwechseln eine zentrale Fertigkeit, die man sich aneignen muss, um im Leben zurechtzukommen. Ein persönlicher Bericht von einem Orgasmus, der den Körper wie eine gigantische Welle durchfahren habe, fasziniert sie besonders.

Und so landen Miriam und Saul denn – nachdem sie einen Monat lang zweimal die Woche gemeinsam zu Abend gegessen und anschließend Vorlesungen besucht haben – im Bett. So lange hat Saul noch nie mit dem Sex gewartet. Obwohl Miriam noch unausgesprochene Bedenken hegt (sie wäscht ihre Wäsche immer noch am liebsten zweimal und kennt sich genauestens mit der Zahl der Mikroorganismen aus, die bei einem Kuss den Wirt wechseln), ist sie von Sauls großem Erfahrungsschatz fasziniert und weiß, dass er ihre beste Chance auf körperliche Befriedigung darstellt. Zum Glück gehen sie zu ihm. Ihren Körper hinzugeben ist Miriam ja einigermaßen bereit, aber ihre Handtücher und Bettlaken?

Saul hätte zwar seine neue Bettgefährtin am liebsten selbst ausgezogen, aber Miriam lässt ihn nicht, sondern stellt sich mit dem Rücken zu ihm, während sie Bluse und Hose zusammenfaltet und ordentlich auf einen Stuhl legt, bevor es weitergehen kann. Saul staunt über Miriams weichen Körper, über die Frau hinter der Gelehrten. Er findet ihren Busen und die ausladenden Hüften herrlich, nennt sie sein Birnchen im Schlafrock, ein Kosename, bei dem Miriam errötet, über den sie sich aber insgeheim freut.

Miriam ist fasziniert davon, wie hager Sauls Körper ist. Sie ist dankbar für die Gelegenheit, ihn bis in alle Winkel zu erforschen, seine langen Gliedmaßen und Finger – schließlich ist das ihr erster Anschauungsunterricht in männlicher Anatomie. Miriams Schüchternheit ob ihrer Nacktheit verfliegt vorübergehend angesichts des neuartigen Anblicks der seinen. Sie interessiert sich mehr für sein Skrotum als für seinen Penis, ist fasziniert davon, wie sich dessen Haut bei der leisesten Berührung wellt, wie es sich durch Kälte und zunehmende Erregung zusammenzieht und nach dem Liebesakt, durchtränkt mit der Wärme der Laken und ihrer Körper, zu einem schlaffen Sack entspannt.

Saul und Miriam haben beide keine Familie, und das verbindet sie. Saul ist als Enterbter allein, Miriam seit dem Autounfall der Eltern in ihrem ersten Collegejahr Vollwaise. Beide wollen Kinder. Miriam hat den Glauben an die Fortpflanzung als einzige Daseinsberechtigung von ihren Eltern geerbt und will ihr Einzelkinddasein wettmachen. In Saul sieht sie den Hausmann, der ihr ein Leben nach den elterlichen Idealen ermöglichen wird, ohne ihre Autonomie zu beschneiden. Saul sieht seinerseits in Miriam den Weg zu einem Arbeitszimmer voller Bücherregale und einem Lebensstil, der mystisches Gedeihen begünstigt. Beide sind absolut sicher, dass all dies identisch mit Liebe ist.

ALS ELIZA am Samstagmorgen bei ihrem Bruder an die Zimmertür klopft, versucht dieser gerade, seine Brust im Spiegel objektiv zu betrachten. Wenn er so tut, als gehöre sie jemand anderem, kann er sie vielleicht distanzierter anstatt durch die gewohnte hässliche Brille beurteilen. Das Klopfen seiner Schwester bewirkt ein umfassendes Erröten, bei dem die blasse Haut von der Stirn bis zum Bauchnabel verschiedene sonnenbrandartige Schattierungen annimmt.

Aaron zögert, bevor er öffnet. Hemd oder nicht Hemd, das

ist hier die Frage. Früher haben Eliza und er sich ständig mit nacktem Oberkörper gesehen. Aber da hatten die sechs Jahre zwischen ihnen noch keine Bedeutung, waren ihre blassen, schmächtigen Oberkörper im Schatten der Bäume hinter dem Haus noch nicht zu unterscheiden. Da hatte Aaron noch nicht erfahren, dass eine blasse, schmächtige Brust eine Belastung sein kann und dass sechs Jahre Altersunterschied ein wucherndes Universum sind, wenn an dem einen Ende ein Bruder sitzt und am anderen eine Schwester.

Aaron will die Shirts gegen die Skins jedoch ehrlich antreten lassen, und zwar ohne zu kneifen, wenn er für das falsche Team spielt. Er will sich auch wohl fühlen, wenn er nur eine Badehose anhat. Und dafür muss er die Tür so öffnen, wie er ist.

Ohne Hemd sieht Aaron noch verletzlicher aus als sonst, als hätte man ihn bei einer Tat ertappt, die er lieber im Schutz einer zweiten Haut hätte begehen sollen. Wie der Sprung in einer Fensterscheibe zieht sich eine dünne Ader von der linken Halsseite bis zum Oberkörper. Eliza bemüht sich, beim Anblick ihres Bruders nicht zusammenzuzucken. Sie hat sich zwar über Aarons Oberkörper noch nie Gedanken gemacht, ist aber davon ausgegangen, dass er noch so aussehen würde wie beim letzten Mal, als sie ihn zu Gesicht bekam, was, wie ihr jetzt bewusst wird, schon ziemlich lange her ist. Die Brustwarzen ihres Bruders sind seither größer geworden. Und schwarze Kringelhaare sind gewachsen, spärlich und dünn, als hätte sie die Anstrengung, aus so blasser Haut so dunkel hervorzusprießen, schon erschöpft.

Aarons Brusthaare bringen noch anderweitige Körperbehaarung ins Bewusstsein, die Eliza ausgesprochen unbehaglich ist. Sie konzentriert sich auf das Gesicht ihres Bruders. Als sie aufblickt, bemerkt sie allerdings, dass ihr Bruder sie beim Betrachten seines Oberkörpers beobachtet hat. Schnell blickt sie wieder nach unten und stellt fest, dass sogar auf seinen Füßen mittlerweile Haare gewachsen sind.

«Sag mal, könntest du mich vielleicht wohin fahren?», sagt Eliza zu dem Flaum ganz vorne auf Aarons linkem kleinen Zeh.

LANGE VOR Körperbehaarung und Buchstabierwettbewerben fährt Aaron seine Schwester ständig irgendwohin. Ihre bevorzugten Fortbewegungsmittel sind bei Regen das Wohnzimmersofa und bei gutem Wetter der umgestürzte Baum im Garten. Auf dem Baumstamm fühlen sich ihre Reiseziele zwar echter an, das finden beide, aber Eliza hat trotzdem eine ganz besondere Schwäche für das Sofa, denn dort kann sie neben statt hinter ihrem Bruder sitzen und den drohenden Gefahren frontal die Stirn bieten. Solche Gefahren lauern natürlich ständig. Neben ihrer Aufgabe als Steuermann hat Eliza den offiziellen Auftrag, die Monster, Tintenfische und Pumas zu erspähen, mit denen sich die beiden erbitterte, blutige Schlachten liefern. Bei den Angriffen lässt Eliza gern ihrem Bruder den Vortritt. Aaron kennt sämtliche geheimen Tricks der Ninja Turtles und Jediritter; ein paar hat er ihr sogar beigebracht. Eliza findet es selbstverständlich, dass ihr Bruder für solche Spiele zur Verfügung steht, ihr käme nie in den Sinn, über seinen Mangel an gleichaltrigen Spielkameraden näher nachzudenken. Sie flüchtet sich auch zu Aaron, wenn sie ängstlich aus einem Albtraum erwacht, und sein warmes Bett gibt ihr die Zuversicht, dass sie beschützt wird, falls die nächtlichen Monster wiederkehren.

An Elizas erstem Vorschultag führt Aaron sie mit der Reife des Sechstklässlers durch die Tür der McKinley-Grundschule. Er zeigt ihr das Sekretariat, die Cafeteria und die Schulbibliothek, beschreibt ihr die geheime Abkürzung zu den Schaukeln auf dem Spielplatz und erklärt ihr, wie man der Trillerpfeife der Lehrerin zum Pausenende möglichst lange entwischt. Eliza beginnt die Vorschule im Vertrauen darauf, ihr um sechs Jahre älterer Bruder habe alle schultypischen Monster, Tintenfische und Pumas bereits bezwungen: Aaron, der Eliza zu Neptun oder bis hinunter auf den Meeresgrund bringen kann, Aaron, der ein angreifendes Mastodon mit einer Hand aufspießen kann, während er mit der anderen einen Neandertaler vertreibt, Aaron, dessen verklärtes Bild in der Vorstellung seiner Schwester noch vier Monate haften bleibt, bevor es von der Wirklichkeit eingeholt wird.

SEIT AARON den Führerschein hat, hat ihn noch nie jemand um seine Chauffeurdienste gebeten. Das ist wahrscheinlich auch gut so, denn Aaron fährt extrem vorsichtig und begreift das Auto als einen Teil seiner selbst – etwas, das folglich jederzeit attackiert werden könnte. Noch jemand im Wagen könnte seine Zaghaftigkeit in den Overdrive kippen lassen.

«Wenn Dad dich nicht fährt, dann lässt er mich wahrscheinlich auch nicht», erwidert Aaron auf die Bitte seiner Schwester. So lange, wie er schon ganz leise spricht, ist ihm nicht mehr klar, dass er sich ursprünglich einmal bewusst dafür entschieden hat. Eliza hat sich zwar daran gewöhnt, erinnert sich aber noch gut daran, wie die beiden, mit Ruten bewaffnet, durch den Garten liefen und Aaron dabei brüllte: «PASS AUF, SPACE DEMON, denn jetzt komm ICH, CAPTAIN A, und ich BALLERE dich in die dreizehnte GALAXIE!»

Aaron fühlt sich komisch, so ohne Hemd vor Eliza, aber wenn er jetzt eines anzieht, wird erst recht offenbar, dass er vorher keines angehabt hat. Außerdem will er wirklich stundenlang mit nacktem Oberkörper herumlaufen können, auch draußen, ohne einen Gedanken daran zu verschwenden.

«Du hörst mir nicht zu», beschwert sich Eliza, wirft eine Socke grob in Aarons Richtung und trifft ihn an der linken Brustwarze – ein unbeabsichtigter Schuss ins Schwarze. «Der Wettbewerb ist heute Nachmittag in Norristown. Irgendwer muss mich hinfahren.»

Aaron entscheidet sich doch für die Hemdvariante. «Welcher Wettbewerb?», fragt das blaue T-Shirt mit Brusttasche, das er sich über den Kopf zieht.

Eliza ist froh über die Kleiderwahl. Mit T-Shirt sieht Aaron weniger nach willkürlich zusammengesetzter Bilderbuchfigur – Vogelkopf auf Männerkörper mit Ziegenbockbeinen – und wieder mehr wie ihr Bruder aus. «Das hab ich doch schon gesagt. Der Bezirkswettbewerb.»

«Muss man dafür nicht erst den Schulwettbewerb gewinnen?» Jetzt, wo Aarons Brustwarzen bedeckt sind, klingt seine Stimme gleich lauter.

Eliza verdreht die Augen und grinst.

«Gott, Elly, wie hast du denn das geschafft?»

Ihre Miene verdüstert sich.

«Ich meine, Gott, Elly, das ist ja toll!»

«Na ja.» Eliza klingt jetzt so leise wie ihr Bruder.

«Nein, echt.» Aaron legt ihr die Hand auf die Schulter. Bloß gut, dass er das T-Shirt anhat. «Ich bin total beeindruckt. Dad ist bestimmt stolz wie Oskar, wetten? So was liebt er doch.»

Eliza zuckt schwach mit den Achseln. Sie ist den Tränen nahe. Es wird Zeit, das mit dem Umschlag anzusprechen.

ELIZA GEHT hinter Aaron die Treppe hinunter. Obwohl die Tür zum Arbeitszimmer offen steht, wird es Eliza mulmig, als sie über die Schwelle tritt. Sie beneidet Aaron um die Leichtigkeit, mit der er hineingeht, als sei Sauls Büro ein ganz normaler Raum.

Drinnen ist es dunkel bis auf einen gelben Lichtkegel über Sauls Schreibtisch, der ein Meer von schwebenden Staubpartikeln beleuchtet. Saul ist in ein ledergebundenes Buch mit widerspenstigen Seiten vertieft, die beim Umblättern ein knarrendes Geräusch von sich geben.

«Du, Dad?» Aarons Frage wird von dem Staub auf unzähligen Buchrücken geschluckt. Irgendwie ist hier sogar die Luft mit Wissen durchtränkt, denkt Eliza. Aaron probiert es noch einmal, diesmal lauter.

Jetzt dreht sich Saul unvermittelt um. Wie unsere Mutter, schießt es Eliza durch den Sinn.

«Hallo, Aaron! Ich lese gerade von der Wanderung der Mystiker nach Israel – das damals natürlich noch nicht offiziell Israel war, aber …»

«Dad, hast du diese Woche einen Umschlag von Eliza gekriegt?»

Saul blickt ihn verständnislos an, als ergäbe nicht einmal der Name seiner Tochter einen Sinn. «Einen Umschlag? Sollte ich denn einen Umschlag kriegen?» Elizas Magen verkrampft sich, sie bringt kein Wort heraus. Mit Blicken fleht sie Aaron an weiterzureden.

«Elly sagt, sie hat den Buchstabierwettbewerb gewonnen.»

Sauls Miene leuchtet auf. «Na, das ist ja toll! Den Klassenwettbewerb. Wisst ihr, ich habe mit dreizehn …»

«*Nein*, Dad.» Eliza wird ungeduldig. «Nicht bloß den Klassenwettbewerb. Den *Schul*wettbewerb.» Die Staubkörner tanzen auf ihrer Atemluft.

«Na, das ist ja …» Saul sieht Eliza an, als hätte sie ihm soeben eine köstliche Frucht zu Füßen gelegt. «Das ist ja eine Überraschung!»

«Aber ich hab's dir doch schon erzählt. Du weißt es doch schon die ganze Woche», faucht ihm Eliza entgegen. «Und du hast überhaupt nichts gesagt!» Die Tränen drücken gegen ihre Augäpfel, aber sie verbietet sich zu weinen.

«Eliza. Ellybelly. Ich hab's nicht gewusst. Woher sollte ich das denn wissen? Wann hast du's mir erzählt?»

Elizas Gesicht färbt sich rosa. «Der Umschlag. Ich habe ihn dir am Montag unter der Tür durchgeschoben.»

Stille. Erst jetzt fallen Eliza die Zettelstapel auf, die sich auf dem Boden türmen wie Schneehaufen. Saul grinst.

«Dann wird er wohl irgendwo da unten sein.»

Saul, Aaron und Eliza schaufeln sich durch die Papierschichten. Schließlich findet Aaron einen Umschlag, die Schrift verschmiert von Elizas schwitzigen Händen, zusammengeklebt an der Stelle, an der sie ihn aufgerissen hatte.

«Ist er das?»

Für den Bruchteil einer Sekunde stellt sich Eliza vor, sie würde den Umschlag öffnen, und er wäre leer, der Brief wäre von den dichten Papierstapeln links um ihn herum absorbiert worden. Sie unterdrückt den Impuls, ihn ihrem Bruder aus der Hand zu reißen.

Aaron merkt, dass sein inneres Bild von Eliza der Realität um drei Jahre hinterherhinkt: Er sieht sie noch immer als eine schüchterne Zweitklässlerin an, die stumm darauf Acht gibt, dass sie morgens ihre Strümpfe auf ihre T-Shirt-Farbe abstimmt. Seit wann trägt sie eigentlich den Scheitel links, und hat sie schon immer so nervös ihre Wangen eingesaugt?

Die Geste, mit der Saul die Hand nach dem Umschlag ausstreckt, erinnert Eliza an Leute, die zum ersten Mal die Tora halten, mit steifen Armen vor lauter Angst, die kostbare Last falsch anzufassen. Es gefällt ihr, dass er einen Brieföffner nimmt, und nicht einfach die Finger. Das Lächeln, das jetzt einen Moment lang über sein Gesicht huscht, löscht ein jahrelanges Zeugnistrauma aus.

«Das», sagt Saul ehrfurchtsvoll, «ist ja wunderbar.»

NACH DEM ersten halben Jahr Vorschule erlebt Eliza, wie ihr Bruder verprügelt wird. Was alle für einen Übungsalarm hielten, hat sich mit dem Eintreffen der McKinleyschen Feuerwehr als ein kleines, echtes Feuer entpuppt. Obwohl das Blech mit den Hühnernuggets längst gelöscht ist, muss ein vorgeschriebenes Prozedere eingehalten werden, was den Schülern der McKinley eine unverhoffte Pause verschafft, während die Feuerwehr die notwendigen Vorkehrungen trifft. Nachdem Eliza als Vorschülerin der Vormittagsschicht das Erlebnis einer echten Mittagspause eigentlich erst in der ersten Klasse erwartet, freut sie sich besonders, dass sie schon mal einen Vorgeschmack bekommt.

Eliza wartet bei den Schaukeln, bis sie an der Reihe ist. Nur noch vier sind vor ihr in der Schlange, aber inzwischen ist das Geheul des Feueralarms schon eine ganze Weile verstummt, die Feuerwehrleute gehen zu ihren Wagen zurück, und sie bezweifelt allmählich, dass sie noch drankommt, bevor alle wieder ins Klassenzimmer geschickt werden. Sie beschließt, ihren Platz in der Schlange aufzugeben und den Geräuschen nachzugehen, die hinter den immergrünen Büschen auf der anderen Seite der Wiese hervordringen.

Vielleicht sind das Holly Ermeline und Gina Gerardi, denkt sie, die wollten doch diese roten Beeren pflücken und sich damit die Fingernägel bemalen, obwohl das eine ziemlich blöde Idee ist, denn die Beeren sind giftig. Eliza mag Holly und Gina nicht besonders, aber man sollte ihnen wenigstens sagen, dass sie sich hinterher die Hände waschen sollen.

Als Eliza näher kommt, merkt sie, dass in dem Gebüsch zu viel los ist, als dass es Gina und Holly sein könnten. Sie hat das ungute Gefühl, sie sollte umkehren. Aber gleichzeitig lädt sie das Gefühl mit leiser, einschmeichelnder Stimme ein, weiterzugehen. Es ist derselbe Instinkt, der neugierige Kinderhände an die brennende Herdplatte führt, obwohl man ihnen doch gesagt hat, dass sie ganz, ganz heiß ist.

Eliza erkennt zwei Gestalten, die eine dritte in der Gewalt haben. Ihr erster Gedanke ist *Hund*. Neulich haben ein paar Jungs den streunenden Hund, der manchmal vor der Schule herumlungert, mit Steinen beworfen. Der Hund, von den Steinewerfern Sucker getauft, rennt bei seinen panischen Fluchtversuchen gegen die Bäume, ist aber am nächsten Morgen wieder da und wartet auf die nächste Runde von Quälereien. Bei dem Gedanken, dass sie den Hund wieder erwischt haben, wird Eliza wütend, vergisst für einen Augenblick ihr Alter und ihre Größe und marschiert auf die Büsche zu – bereit, sich sogar mit Marvin Bussy anzulegen, um Sucker zu beschützen.

Ein paar Schritte von den Büschen entfernt, sieht sie ein Stück Haut aufblitzen. Das, was sie für einen Hund gehalten hat, ist gar keiner – trotz des jaulenden Geräuschs. Aus der Nähe erkennt sie jetzt in den beiden stehenden Gestalten Marvin Bussy und Billy Mamula. Die beiden nennen sich das BM-Team, was Eliza wirklich ekelhaft findet – auch wenn Aaron ihr erklärt hat, damit bestätigten die beiden doch nur, dass sie ein Stück Scheiße sind. Das war übrigens das einzige Mal, dass ihr Bruder so ordinär geworden ist. Wie die meisten in der Schule hat Eliza Angst vor Marvin und Billy, aber da sie viel jünger ist und noch dazu ein Mädchen, befindet sie sich in der grundschuleigenen Hackordnung so weit unten, dass sie hinter ihrem Rücken ruhig über die beiden schimpfen kann.

Elizas Bereitschaft, einem imaginären Marvin Bussy gegenüberzutreten, schwindet angesichts der Aussicht, dem echten zu begegnen, auch wenn sie schon etwas sehr Schlimmes anstellen müsste, damit er ein Vorschulkind schikaniert. Live hat sie Marvins Gemeinheiten noch nie miterlebt. Sie gehören genauso wie Sex zu den Dingen, die sie nur vom Hörensagen kennt, denn solche Sachen finden normalerweise irgendwo statt, wo sie sich nie aufhält.

Eliza starrt ein paar Sekunden auf die Szene, bis sie merkt, dass das Etwas, das kein Hund ist, erschreckende Ähnlichkeit mit ihrem Bruder hat. Aaron hat genau so ein Hemd wie das zerrissene des Jungen, der auf dem Boden liegt. Aaron hat eine Hautfarbe, die genauso einen merkwürdigen Kontrast zu der dunkelbraunen Erde ergeben würde. Marvin und Billy, die mit dem Rücken zu ihr stehen und völlig vertieft sind in das, was sie tun, haben sie noch nicht bemerkt, aber jetzt kommt ein scheußlicher Moment der Klarheit, denn Eliza merkt plötzlich, dass der Junge auf dem Boden, der fast so aussieht wie Aaron, sie schon die ganze Zeit beobachtet. Seine angstvoll aufgerissenen Augen haben genau die gleiche Form wie die von Sucker, wenn der Hund in blinder Panik davonjagt und dabei zum Gejohle der umstehenden Kinder an Bäume rennt.

Eine halbe Ewigkeit steht Eliza so da. Aarons Blick bleibt starr, lässt sie keinen Moment los, während sein Körper die Bestrafung passiv hinnimmt. Es ist, als wäre er aus dem Fenster geschubst worden und würde sich nun ganz bewusst locker fallen lassen, weil er glaubt, dadurch den Schaden beim unvermeidlichen Aufprall auf der Erde begrenzen zu können.

Bei solch einem schulverweisträchtigen Vergehen können sich Marvin und Billy keine Zeugen leisten. Eliza könnte nach Gina und Holly rufen, könnte so tun, als würde sie hinter den

Büschen nur die beiden vermuten. Dann müssten Marvin und Billy aufhören, und der arme Junge wäre gerettet. Eliza spult das Szenario immer wieder vor ihrem inneren Auge ab, um nach Schwachstellen zu suchen, findet aber keine. Es würde funktionieren.

Marvin und Billy scheinen sich bestialisch zu amüsieren. Eliza steht wie gebannt vor der Unverhältnismäßigkeit von Aktion und Reaktion, will ihren erschlichenen Blick auf diese seltenen Tiere nur ungern aufgeben. Letztlich rührt ihre Untätigkeit jedoch daher, dass sie der Junge am Boden anwidert. Weil er so ruhig daliegt, so stumm ist, seine Augen so weit aufgerissen sind. Sogar ein halb blinder Straßenköter würde sich wehren. Sogar Sucker würde nicht einfach daliegen und sein Schicksal ohne einen Mucks über sich ergehen lassen. Wenn Eliza sich einmischt, muss sie ihren Bruder berühren. Er wird Hilfe beim Aufstehen brauchen. Und sie könnte auf keinen Fall diesem Jungen helfen, der nie im Leben Aaron sein kann – Aaron, der die geheimen Tricks der Ninja Turtles und Jediritter kennt, Aaron, der Eliza aus Albträumen rettet, Aaron, der nie im Leben so jämmerlich daliegen würde.

Eliza wird keinem Menschen verraten, dass Marvin und Billy diesem jämmerlichen Aaron Beeren und immergrüne Nadeln in die Brust reiben und dabei grölen, sie würden ihm seine Blässe jetzt endgültig austreiben. Oder dass blutige Kratzer von den immergrünen Nadeln auf seiner Fast-Brust nicht zu unterscheiden sind von Resten zerquetschter Beerenschalen. Was ihr Fast-Bruder wohl denkt, als sie sich wortlos abwendet und wieder zu den Schaukeln zurückgeht, den Büschen stur den Rücken zukehrt und beim Ertönen der Glocke, ohne sich umzudrehen, nach drinnen geht?

«IHR SOHN hatte einen Unfall. Er sagt, ihm fehlt nichts, aber er braucht saubere Kleider. Könnten Sie bitte vorbeikommen?» – Die ruhige Stimme der Schulschwester ruft Bilder von Pfützen und zerrissenen Hosen à la Norman Rockwell hervor. Als Saul in der Schule auf die blasse Marmorstatue von Sohn mit bandagierter Brust trifft, fordert er eine Erklärung.

«Was zum Teufel ist hier passiert?», faucht er die Schwester wütend an.

«Ich bin hingefallen», sagt Aaron so leise, dass es keiner hört.

«Er sagt, er sei hingefallen», echot die Schwester, die gebaut ist wie eine Highschool-Sportlehrerin und sich von Sauls Anwesenheit kein bisschen einschüchtern lässt.

«Aaron.» Saul wirbelt herum und sieht seinem Sohn in die Augen. «Was ist wirklich passiert? Sag schon. Wer hat dich so zugerichtet?» Hingefallen taugt eindeutig nicht als Begründung. Es ist zwar nichts Ernstes passiert, aber die Kratzer und blauen Flecken, die sich bereits lila verfärben, sprechen eine zu deutliche Sprache, als dass sie eine harmlose Ursache haben könnten. Aarons Erklärung ist genauso unglaubwürdig wie seine Ausrede im vorigen Monat, der Reißnagel, auf den er sich gesetzt hat, sei von der Pinnwand quer durchs Klassenzimmer auf seinen Stuhl gefallen.

«Aaron», sagt Saul sanfter, um seinen Sohn vielleicht doch noch zu überzeugen. «Es ist okay, wenn du mir sagst, wer es war. Die müssen lernen, dass so ein Benehmen einfach nicht geht. Du musst doch in der Pause spielen können, ohne Angst vor Schlägern zu haben.»

Doch darauf fällt Aaron nicht herein. Wenn er jetzt petzt, bezahlt er dafür später. Vielleicht nicht dieses Jahr, aber bestimmt nächstes oder übernächstes. Marvin und Billy hat er auf dem Hals bis zur Highschool. Dann kommen die beiden entweder in ein Heim für Schwererziehbare oder fangen eine Lehre an, sodass er außer Hiebweite ist. Für den Augenblick ist aber die beste Strategie, den Mund zu halten und ihnen möglichst aus dem Weg zu gehen.

«Du sagst es mir nicht, was?» Saul seufzt. Aaron schüttelt den Kopf und starrt weiterhin auf den Boden. In Sauls begründete väterliche Empörung schleicht sich komischerweise Stolz. Eine Stimme, die eigentlich nicht ihm gehört: *Mein Sohn ist keine Petze,* steigt in ihm empor, aus derselben amorphen Quelle, aus der sein gelegentlicher Drang kommt, den Sportteil zu lesen, zum Abendessen ein Bier zu trinken oder den Ölwechsel an seinem Wagen selbst vorzunehmen. Solche flüchtigen Gelüste sind Überbleibsel seiner widerstreitenden Gefühle für seinen verstorbenen Vater, einen Mann, der Aarons Entschluss, nicht zu petzen, mit Sicherheit begrüßt hätte.

Sein Sohn zieht die mitgebrachten Kleider an. «Du musst nicht in den Unterricht zurück, wenn du nicht willst», bietet Saul ihm an. «Du kannst mit mir heimfahren.» Aaron schüttelt den Kopf, und im gleichen Moment kommt Dr. Morris herein.

«Guten Tag, Mr. Naumann, schön, dass Sie gleich gekommen sind. Aaron, ich habe gehört, was passiert ist. Gut, dass du schon wieder obenauf bist. Bist du sicher, dass du nicht darüber reden willst?»

Aaron nickt.

«Ich kann mir nämlich sehr gut denken, wer das war, aber ich kann sie nicht bestrafen, wenn du mir nicht sagst, ob ich richtig liege.»

Aaron zuckt die Achseln.

«Und wenn ich dich frage, ob es Marvin und Billy waren?»

Aaron wird rot. Es ist gemein, dass er so leicht rot wird. «Ich bin hingefallen.» Er kriegt das Bild nicht aus dem Kopf, wie Eliza auf die Büsche zukam und ihr Gesichtsausdruck plötzlich wechselte. Als er sie entdeckte, hatte er lächerlicherweise gedacht, sie beide könnten sich verbünden. Mit ihr an seiner Seite könnte er das böse Duo B & M ein für alle Mal erledigen. Er wollte Eliza schon rufen, aber in dem Moment erkannte sie ihn. Plötzlich wurde sie zu einer Fremden und schaute ihn an wie einen Fremden. Die Eliza, die er sich vorgestellt hatte, war letztlich genau so ein Phantasieprodukt wie der Aaron, in den er sich mit ihrer Hilfe verwandeln wollte.

«Ich bin hingefallen», sagt er noch einmal.

Dr. Morris schüttelt den Kopf und schickt Aaron ins Klassenzimmer zurück. Saul bittet er kurz in sein Büro, wo er ihm versichert, man würde Aaron im Auge behalten und Marvin und Billy ebenfalls, um zukünftigen Ärger zu vermeiden. Als Saul wieder geht, hält ihm Dr. Morris zwei zusammengetackerte Blätter hin. «Das schutzbedürftige Kind» steht in schnörkeliger, Einfühlungsvermögen suggerierender Schreibschrift auf der ersten Seite. Saul lächelt gezwungen und nimmt diese Auffrischungsimpfung in Sachen Erziehung zögerlich entgegen. Die Erinnerung an seinen Vater ist verflogen. Anstelle von Stolz verspürt er nur noch den Wunsch, seinen Sohn, der kleiner, blasser und schlauer ist als die meisten anderen Kinder, vor den B.M.s dieser Welt zu beschützen. Als Aaron später von der Schule kommt, hat Saul sich bereits gewappnet.

«Weißt du, du bist schlauer als die», überfällt er Aaron praktisch schon an der Haustür. «Im Endeffekt hast du damit eigentlich überall die besseren Karten.» Bevor Aaron etwas erwidern kann, winkt er ihn zu sich. «Komm mit.»

Er geht mit seinem Sohn zu seinem Arbeitszimmer. Aaron bleibt vor der Schwelle stehen. Bisher ist dieses Zimmer für Kurzbesuche reserviert gewesen – schnell den Vater etwas fragen oder ihm etwas ausrichten und dann gleich wieder hinaus. Es fällt in dieselbe Kategorie wie das elterliche Schlafzimmer: ein Raum, in dem die Erwachsenen erwachsene Dinge treiben.

«Weißt du, warum ich mich hier drinnen so wohl fühle?» Saul deutet auf seinen Schreibtisch und die bis an die Decke reichenden Bücherregale ringsum. «Weil dieser Raum voller Dinge steckt, die mich glücklich machen. Aber noch glücklicher würde mich machen, wenn ich all das mit dir teilen könnte, das ist mir heute klar geworden.»

Sauls Gegenwart ist in diesem Raum so übermächtig, dass Aaron das Gefühl hat, in den Körper seines Vater geschlüpft zu sein, mitten durch sein Herz, das plötzlich so groß ist wie eine Tür.

Saul bedeutet Aaron, sich hinzusetzen, und legt seinem Sohn die Hände auf die Schultern.

«Die Jungs, die dich da so traktieren, die spüren, dass du etwas Besonderes bist. Und das macht sie wahnsinnig. Die merken genau, dass sie nicht haben, was du hast. Deshalb wollen sie es dir nehmen, aber wir beide wissen, dass sie das nicht schaffen. Wir beide sind ein Team, Aaron. Und was wir beide hier drinnen tun, das macht doppelt wett, was die da draußen treiben. Abgemacht?»

Aaron stellt sich vor, wie er, der Ninjajediritter, mit seinem Vater an der Seite auf eine ganze Armee von Marvin Bussys losstürmt. Gemeinsam können er und sein Vater die Welt für sämtliche Aarons zu einem sicheren Ort machen.

«Abgemacht», sagt Aaron.

SO KURZFRISTIG kann Saul seine Tochter nicht zur Norristown Highschool begleiten, er hat nämlich bereits zugesagt, Adam Lubinsky auf seinen Eintritt in die jüdische Männlichkeit im nächsten Monat vorzubereiten. Miriam ist bereits fort; Samstag ist für sie schließlich fast ein normaler Arbeitstag. Aaron und Eliza sitzen nebeneinander im Auto, und Eliza darf zum ersten Mal vorn mitfahren. Sie ist weder den Gurt quer über den Oberkörper noch die freie Sicht auf die Straße ohne den Kopf ihres Vaters im Blickfeld gewohnt. Als sie sich zu ihrem Bruder dreht, findet sie dessen Anblick am Steuer eines echten Autos reichlich absurd. Bei ihrer letzten gemeinsamen Reise flog er noch ein Raumschiff zum Pluto.

Was sich für Elizas Begriffe von ihrer heutigen Fahrt nicht so wahnsinnig unterscheidet.

«Wie ist denn die Norristown High so?», fragt sie möglichst beiläufig. Hoffentlich pustet Aarons Antwort diese riesige schwarze Wolke weg, die ihren Kopf umwabert, sobald sie an den Bezirkswettbewerb denkt.

«Weiß ich nicht», sagt Aaron zu dem Wagen vor ihm. «Jedenfalls größer als die Abbington.»

Wie kann man beim Fahren nur die Straße aus den Augen lassen? Aaron versteht das nicht. Wenn Saul fährt, dreht er immer seinen Kopf zwischen der Straße und seinem Gesprächspartner hin und her, wie ein Zuschauer bei einem turboschnellen Pingpongmatch. Früher hatte das Aaron nicht weiter gestört, aber als er dann seinen Führerschein gemacht hatte, wurde ihm klar, was alles passieren kann, wenn man mal eine Zehntelsekunde nicht aufpasst. Vielleicht sollte er Eliza erklären, warum er sie nicht ansieht, überlegt er, schließlich könnte ihnen ein Hirsch vors Auto laufen, oder ein anderer Wagen könnte urplötzlich bremsen oder die Spur wechseln, und dann könnte er sie nicht rechtzeitig bei ihrem Buchstabierwettbewerb abliefern, wobei er sowieso, je länger er darüber nachdenkt, nicht versteht, wie sie da überhaupt hingekommen ist.

*Danke, sehr hilfreich*, würde Eliza am liebsten sagen. Für

Aaron ist ihr Buchstabierwettbewerb natürlich keine große Sache, der nimmt ja an den «Olympischen Denkspielen» und dem «Jahrmarkt der Wissenschaften» teil. Aber die hatten beide schon mal in der Norristown stattgefunden, und deshalb könnte er ihr ruhig ein bisschen erzählen, wenn er wollte.

Eliza fällt der erste Samstag ein, an dem Aaron plötzlich nicht mehr mit ihr spielen wollte. Selektiv, wie ihr Gedächtnis ist, hat es dieses Ereignis aus seinem Kontext gelöst: Sie verbindet es nicht mehr mit dem Feueralarm in der Woche davor, als sie gerade ein halbes Jahr Vorschule hinter sich hatte. Sie erinnert sich nur noch, wie sie ihren Bruder fragt, ob er mit ihr spielen will, und wie Aaron die Augen verdreht. «Wieso denn?», sagt er. «Du bist doch viel zu klein. Das ist mir zu dämlich. Ich hab was Besseres zu tun.» Und damit marschiert er in Sauls Arbeitszimmer, als sei das das Selbstverständlichste der Welt. Dabei müssen sie sich immer wieder anhören, dass sie ihren Vater dort nicht stören sollen, außer es ist etwas wirklich Schlimmes passiert. Aber Aaron geht einfach rein und kommt nicht wieder heraus. Am ersten Samstag versucht Eliza noch, allein zu spielen, als selbst ernannte Pilotin, Monsterspäherin und oberste Jediritterninjaturtle in einem, aber es ist nicht wie sonst. «Das ist mir zu dämlich», hämmert es immer wieder in ihrem Kopf.

Aaron entzieht sich seiner Schwester radikal. Wenn er nicht bei Saul im Arbeitszimmer sitzt, übt er in seinem Zimmer Gitarre, und manchmal geht er in den Park. Eliza ist zu diesen Ausflügen nicht eingeladen. Anfangs ist sie traurig, dass sie ausgeschlossen wird, aber mit der Zeit wird ihr bewusst, dass der zunehmende Abstand von Aaron ihr andererseits ermöglicht, seinen bescheidenen gesellschaftlichen Status ehrlich zu betrachten. Wenn sie ihn zufällig in der Mittagspause trifft, sitzt er allein vor seinem Essen. Wenn sie ihm heimlich in den Park folgt, bekommt sie mit, wie er sich eifrig und gleichzeitig voller Angst darum bemüht, bei Basketball- oder Fußballspielen in eine Mannschaft zu kommen. Wenn überhaupt, wird er nur mit großem Widerwillen aufgestellt. Einmal schlägt ihm einer den Basketball so fest aus den Händen, dass er hinfällt und sich den Arm am Asphalt aufschürft. Und keiner hört, dass er «Foul» schreit. Eigentlich gut, dass sie die Wahrheit erfahren hat, bevor der soziale Rang ihres Bruders auf sie abfärbt, sagt sich Eliza. Wirklich schwierig ist nur, die Albträume alleine auszuhalten.

An der nächsten Ampel riskiert Aaron einen Blick auf seine Schwester. Sieht sie eigentlich intelligent aus? Er bemüht sich um eine objektive Einschätzung, so ähnlich wie bei seiner Brust am Morgen, aber Eliza wirkt wie immer. Wie sahen nochmal die schlauen Mädchen damals bei ihm in der Fünften aus? Denise Li mit ihrem knalllila Brillengestell und Jenny Howlitzer mit ihren uncoolen T-Shirts? Den beiden sieht Eliza jedenfalls nicht ähnlich.

«Bist du nervös?», fragt er, den Kopf nach vorn gestreckt und die Hände ums Lenkrad geklammert.

«Weiß nicht genau», erwidert sie. «Bis vorhin war ich mir ja nicht mal sicher, ob ich überhaupt hinkomme.»

Sie sitzen seit einer Weile hinter einem Lastwagen fest, weil Aaron nicht die Spur wechseln will, obwohl das schon ein paar Mal locker gegangen wäre: Eliza hat sich umgedreht. Auf dem Laster prangt ein grinsendes Huhn mit Schal und Ohrenschützern über dem Slogan «Die Schlaumaier von Frost Kost». So ein dämlicher Rechtschreibfehler in so unmittelbarer Nähe muss doch ein schlechtes Vorzeichen sein.

«Hast du ehrlich gedacht, Dad hat von dem Buchstabierwettbewerb gewusst und ihn einfach ignoriert?» Aaron schüttelt ungläubig den Kopf. «Mensch, Elly, auf so was hat er doch gewartet, seit du –»

«Seit du nicht in die Begabtenförderung gekommen bist»,

wäre ihm beinahe herausgerutscht, das ist Eliza klar. Seit dem denkwürdigen Elternsprechtag hat keiner in der Familie in ihrer Gegenwart dieses Wort mehr ausgesprochen, genauso wie «Pubertät» rar geworden war, als Aaron in der neunten Klasse immer noch nicht in den Stimmbruch gekommen war. Kaum war er ein Jahr später so weit, tauchte das ominöse Wort plötzlich wieder im allgemeinen Sprachgebrauch auf, als wäre nichts gewesen; «Begabtenförderung» war jedoch nach wie vor tabu. «Seit du in die Schule gekommen bist», biegt Aaron seinen Satz nun um – seiner Meinung nach gerade noch rechtzeitig, damit seine Schwester nichts merkt. Doch in Elizas Kopf schreit es so laut «Du bist dämlich», als hätte Aaron ihr den Satz ins Gesicht gesagt.

ALS AARON acht ist, erscheint ihm Gott. Es geschieht nachts im Flugzeug, auf dem Heimweg von der Beerdigung seines Großvaters, den er zu Lebzeiten nie kennen gelernt hat. Er hat einen Fensterplatz und betrachtet schon den ganzen Flug über die winzigen Lichter weit unten, die natürlich Gebäude sein müssen, das sagt ihm sein Verstand, aber ihm kommt das Ganze trotzdem vor wie eine riesige schwarze Decke mit lauter Perlen drauf. Als das Flugzeug in eine Wolke fliegt, verschwindet plötzlich das Gefühl unendlicher Weite. Vor seinem Fenster wird es undurchdringlich weiß, und in dem Wolkenmeer erscheint ein pulsierendes rotes Licht. Fasziniert starrt Aaron hin. Mit jedem Pulsschlag verwandelt sich die Wolke mehr in eine verzauberte Welt. Ob Gott in allen Wolken wohnt oder ob ihr Flugzeug sich bloß zufällig die richtige ausgesucht hat? Das Erlebnis hat für Aaron solch eine intime, persönliche Bedeutung, dass er nie auf die Idee kommt, irgendjemandem davon zu erzählen, und folglich seinen Glauben an einen allwissenden, allgegenwärtigen Gott noch fünf

Jahre länger behält, bis ihn endlich jemand aufklärt, dass es nur das rote Blinklicht an der Tragfläche war.

DIE FRAU an der Anmeldung zum Buchstabierwettbewerb ist schon in fortgeschrittenem Alter und sieht entsprechend zerledert aus. Sie nimmt Elizas Bibliotheksausweis vom Tisch: «Eliza Naumann.» Nachdem sie ihre Liste überflogen hat, streicht sie mit einem roten Stift den Namen durch. Die weichen Falten an ihrem Hals erinnern Eliza an Schildkrötenhaut. «Hast du zufällig einen Ausweis mit Foto dabei?»

«Einen Ausweis mit Foto?»

Die Brille ist der Frau bis zur Nasenspitze gerutscht, sodass man die Altersflecken auf ihren Wangen vergrößert sieht. Der eine hat die Form von Ohio. «Hast du nicht von der Sache in Bucks County gehört?»

Eliza schüttelt den Kopf.

«Da ist ein Junge auf den fünften Platz gekommen, und dann stellte sich heraus, dass er überhaupt nicht auf der Teilnehmerliste stand. Er hatte seinen Schulwettbewerb nämlich nicht gewonnen, aber seine Mutter wollte ihn trotzdem beim Bezirkswettbewerb antreten lassen. Deswegen müsste ich jetzt eigentlich von allen Teilnehmern einen Ausweis mit Foto sehen, aber wenn du keinen dabei hast, ist das auch nicht so schlimm. Als Kind hat man schließlich nicht immer seinen Pass dabei. Außerdem sieht man dir an, dass du dazugehörst.»

Sie zwinkert Eliza zu. Als sie in Richtung Aula deutet, weht Eliza ein Geruch von Zigaretten und Körperpuder entgegen.

Die Aula hat Plüschsitze, einen Balkon und eine große Bühne, die hinter einem schweren purpurroten Vorhang verborgen liegt. Aaron setzt sich in die vorletzte Reihe, damit er möglichst unauffällig wieder verschwinden kann, denn vermutlich bleiben Eliza und er ja nicht lange.

Die Teilnehmer werden nach Geschlechtern getrennt zu den Künstlergarderoben hinter der Bühne gebracht. In der Mädchengarderobe hängen große, mit Glühbirnen eingefasste Spiegel an der Wand. Die Birnen sind von einer dicken Staubschicht bedeckt, und nur ein paar davon brennen überhaupt. Eine flackert wie ein verliebtes Glühwürmchen.

Vor einem Spiegel stehen mehrere Mädchen und bürsten sich immer wieder den Pony zurecht. Eine der ganz Kleinen scheint zu beten. Ein paar stehen stocksteif da und formen lautlos Buchstaben mit den Lippen. Die einzige Erwachsene ist die offizielle Wettbewerbsbetreuerin, und die sitzt mit ihrem Namensschild samt fleißigem Bienchen am Blazer untätig in einer Ecke und unterbricht lediglich alle paar Minuten die Stille, um die Mädchen aufzufordern, jetzt noch mal aufs Klo zu gehen.

Eliza hat als Einzige keinen Rock und kein Kleid an; außerdem haben die anderen Vokabellisten in der Hand, von denen sie sich gegenseitig abfragen. Wieso hat sie bloß die ganze Woche damit vergeudet, auf ein anerkennendes Nicken von ihrem Vater zu warten, wo sie doch für den Wettbewerb hätte lernen können! Plötzlich ist sie froh, dass Saul nicht da ist, sonst hätte sie nur mitansehen müssen, wie sich seine Miene enttäuschter denn je wieder verschließt. Als der Wettbewerb endlich beginnt, werden die Kinder auf die Bühne geführt und angewiesen, sich auf den Platz mit der eigenen Startnummer zu setzen. Dieser Saal ist viel größer als die Aula in der McKinley – zum ersten Mal steht Eliza auf einer richtigen Bühne. Das Startnummernschild fest umklammert, wirft sie einen Hilfe suchenden Blick auf das Banner mit der Aufschrift «*Times-Herald*-Buchstabierwettbewerb».

Die Kinder trotten zu ihren Stühlen wie ein Häuflein rekonvaleszenter Patienten, das sich hoffnungslos auf dem Krankenhausgelände verirrt hat und nun darauf wartet, in die Zimmer zurückgebracht zu werden. Ein kleiner Junge in der letzten Reihe hyperventiliert leise vor sich hin. Zwei Reihen vor Eliza beißt sich ein Mädchen die Nagelhaut ab. Ein weiteres Mädchen lutscht vernehmlich an einer Haarsträhne.

Der Vorhang öffnet sich: Schwerer Stoff rauscht über den Boden, rostige Seilzüge quietschen, und ein paar Kinder schreien erschrocken auf. Der Eindruck, dass das Publikum eine Welle ist, die sie jetzt gleich überflutet, verstärkt sich durch den donnernden Applaus. Einem Fünftklässler rutscht ein «Mo-» heraus, und er beißt sich gerade noch auf die Zunge, um das verräterische «-m» zu unterdrücken. Gnädigerweise übertönt das Geklatsche seinen Fauxpas. Die Frau, die noch vor ein paar Sekunden Eliza und die anderen zum Toilettenbesuch ermahnt hatte, tritt jetzt nach vorn und säuselt mit süßlicher Stimme ins Mikrophon.

«Guten Tag. Mein Name ist Katherine Rai, und ich heiße Sie herzlich willkommen zum Bezirksentscheid in unserem *Times-Herald*-Buchstabierwettbewerb.» Wieder Applaus. «Der Buchstabierwettbewerb ist eine uramerikanische Tradition, mit der die jugendliche Wissbegier und die Beschäftigung mit unserer Muttersprache gefördert werden sollen. Jeder Einzelne auf dieser Bühne hat bereits gewonnen. Jeder Einzelne ist nur hier, weil er oder sie bereits außerordentliches Wissen und außerordentliche Fähigkeiten unter Beweis gestellt hat. Jeder Einzelne gehört zu den Begabtesten und Klügsten in unserem Schulbezirk. Wir sind heute nicht hier, um gegeneinander anzutreten. Dies ist kein Wettbewerb, sondern ein Fest: eine Feier der korrekten Rechtschreibung und der Leistung. Liebe Eltern, bitte denken Sie daran, dass Ihr Kind bereits gewonnen hat, welchen Platz es auch immer heute erringt. Liebe Schüler, ihr dürft stolz sein – stolz auf euch und darauf, dass ihr hier seid.»

Noch einmal Applaus. Ob die Leute klatschen, weil sie sich

verpflichtet fühlen oder weil sie dieses verlogene Gerede tatsächlich glauben? Eliza ist sich nicht sicher.

Die Frau redet weiter in diesem Tonfall, der Eliza lebhaft an rosafarbene und himmelblaue Geburtstagskarten mit verschnörkelter Schreibschrift erinnert. «Und jetzt möchte ich Ihnen den Ansager unseres heutigen Buchstabierwettbewerbs vorstellen. Mr. Stanley Julien, der Direktor der Norristown Highschool persönlich, hat sich freundlicherweise bereit erklärt, diesen jungen Menschen seine Zeit und seine stimmlichen Talente zur Verfügung zu stellen. Stan?»

Mr. Julien joggt auf die Bühne wie der Moderator einer Late Night Talkshow bei der Eingangsmelodie. Noch mehr Applaus. Lächelnd und winkend trabt Mr. Julien zum Pult, wo ein Buch, ein Mikrophon und ein Gummihammer für ihn bereitliegen.

«Danke, Kathy. Ms. Rai ist für die Begabtenförderung an unserer Schule zuständig und macht ihre Sache ausgezeichnet. Außerdem hat sie früher selbst einmal an einem Bezirkswettbewerb teilgenommen, wie mir zu Ohren gekommen ist, stimmt das, Kathy?»

Jedes Jahr der gleiche Film. Ms. Rai kann sich nur zu gut erinnern, wie sie mitten in der sechsten Runde plötzlich dringend aufs Klo musste. In Runde acht, als sie es einfach nicht mehr aushielt, hat sie ihr Wort kurzerhand falsch buchstabiert, um bloß irgendwie von der Bühne zu kommen. Sie strahlt den Direktor gekünstelt an, dass ihre Zähne im Rampenlicht blitzen.

SEIT SEINEM Tragflächenerlebnis entwickelt sich Aaron zum leidenschaftlichen Himmelsbeobachter. Saul wittert im Eifer seines Sohnes eine frühe Neigung zur Astronomie, dabei sind Aaron gerade die Nächte am liebsten, in denen überhaupt keine Sterne zu sehen sind: je mehr Wolken, desto mehr Heimstätten für Gott. Wenn Aaron den Blick himmelwärts richtet, sucht er nichts Spektakuläres, was jedermann neugierig macht, sondern nur einen matten, pulsierenden Schein. Seine Erwartungen sind wohlweislich zurückhaltend: Selbst Moses hat Gott schließlich nur hin und wieder zu Gesicht bekommen.

Während des Achtzehnbittengebets, das die Gemeinde beim Schabbatgottesdienst im Stillen betet, stellt er seine Frage – so schüchtern, dass er sie auch in Gedanken nur flüstert: *In dem Flugzeug saßen doch so viele Menschen. Bist Du mir erschienen, oder habe ich bloß zufällig aus dem Fenster geschaut, wie Du wem anders erschienen bist?*

Nach einer Weile kommt er zu dem Schluss, man könne Gott vielleicht nur vom Himmel aus sehen. Er spart seinen wöchentlichen Vierteldollar Taschengeld, bis ihm bewusst wird, dass es ihn sechzehn Jahre gespartes Taschengeld kosten würde, um sich auch nur den allerbilligsten Hin- und Rückflug leisten zu können. Wenn ihm noch einmal eine transzendente Erfahrung zuteil werden soll, muss Gott also zu ihm kommen; folgerichtig erweitert er den Geltungsbereich seiner Suche. Wenn Gott in einer Wolke oder einem brennenden Dornbusch stecken kann, dann doch ebenso gut in einem Auto oder einer Ananastorte. Von nun an beobachtet Aaron seine Umwelt so intensiv, dass es ihm Kopfschmerzen bereitet. Besorgt geht Saul mit ihm zum Augenarzt. Als Aaron erfährt, dass er ganz normal sieht, ist er beinahe ein wenig enttäuscht. Fast hatte er gehofft, um Gott zu schauen, bräuchte er bloß eine Brille.

KAUM HAT sich Ms. Rai neben den Direktor gesetzt, verwandelt sich die liebreizende Frau mit der Schnörkelschriftstimme in eine Raubkatze auf Beutezug. Ihre manikürte Hand wird zu einer bluttriefenden Klaue, der Hammer fährt hoch wie das Messer einer Guillotine, das auf das zitternde Haupt des nächsten Buchstabieropfers lauert. Wenn der Hammer niedersaust und Ms. Rai «Fehler» knurrt, ist jede Verbindlichkeit aus ihrem Ton gewichen. Manche ihrer Opfer humpeln von der Bühne, als hätte ihnen der Hammer jeden einzelnen Zehenknöchel zertrümmert.

Nicht so Eliza. Von der ersten Runde an stehen ihr die Wörter klar und neonhell vor Augen. Kaum tritt sie ans Mikrophon und hört ihr Wort, erscheint es schon in ihrem Kopf, vom bloßen Klang in seine sichtbare Gestalt übersetzt. Manchmal brauchen die Buchstaben ein paar Sekunden, bis sie sich hinter ihren geschlossenen Lidern geordnet haben: Ein E ersetzt ein Ä, ein Konsonant verdoppelt sich. Eliza ist geduldig. Sie hat keine Angst vor Ms. Rais Hammerklaue. Sie merkt es, wenn ein Wort seine vollkommene Gestalt angenommen hat, wenn BUTAN, SELLERIE und ORANG-UTAN klar und zweifelsfrei vor ihrem inneren Auge erscheinen.

Als schließlich nur noch Eliza und Nummer 24 übrig sind, ein kleiner Junge, dessen blaues Hemd an die Farbe eines desodorierenden Toilettenreinigers erinnert, misst sich sogar die Zeit für Eliza nur noch in Silben. Das Scharren der Stühle, der Hall der Schritte auf der Bühne und das Quietschen des übersteuerten Mikrophons verwandeln sich in Buchstaben, die Welt ist ein leuchtender, vor ihr aufgeschlagener Text. Ohne Zögern nimmt sie LEGGINGS und MENETEKEL in Angriff. Ihre anfängliche Beklommenheit ist wie weggeblasen. Aufrecht steht sie da, nicht einmal mehr verunsichert, weil sie das einzige Mädchen ist, das eine Hose trägt. Jedes Mal wenn sie ans Mikrophon tritt, buchstabiert sie einem anderen Zuschauer ihr Wort vor, als bezeichnete es dessen geheimsten Wunsch.

Eliza gewinnt den Bezirkswettbewerb mit INTUITIV. Ihre Trophäe besteht aus einer vergoldeten Biene mit Brille, die ein Wörterbuch an die Brust drückt und eine brennende Fackel hochhält. Eliza posiert für den Fotografen des *Norristown Times Herald* zunächst allein, dann zusammen mit den Zweit- und Drittplatzierten, mit Aaron und schließlich mit Mr. Julien und Ms. Rai. Sollte sie aufgrund von Tod oder schwerer Krankheit nicht an dem Wettbewerb auf Regionalebene teilnehmen können, teilt man ihr mit, so habe sie umgehend den Buchstabierwettbewerbsausschuss davon in Kenntnis zu setzen, damit dieser Nummer 24 Bescheid geben könne. Nummer 24 heißt Matthew Harris und hat eine Unterfunktion der Hirnanhangdrüse, erfährt sie weiterhin; er wird aber ab nächster Woche mit Wachstumshormonen behandelt. Vor lauter Glück bemerkt Eliza auf der Heimfahrt gar nicht, wie still Aaron ist und dass er sie an jeder Ampel beäugt, als wäre sie ein ehemals braver Hund, der soeben sein erstes Kaninchen zur Strecke gebracht hat. Die ganze Fahrt lang buchstabiert sie Wörter aus dem Radio im Kopf vor sich hin, ihre Trophäe mit beiden Händen fest an sich gedrückt.

AM MORGEN seiner Bar Mizwa widmet sich Aaron mit der Sorgfalt eines Altenpflegers jedem einzelnen Knopf an seinem blauen Anzug. Seine neuen, fachmännisch geputzten Schuhe sind das erste Paar, für das er einen Schuhlöffel braucht; er schlüpft im Unterwasserzeitlupentempo hinein. Der Krawattenknoten gelingt ihm auf Anhieb und ohne fremde Hilfe. Dieser Tag ist wie ein Lutscher, den er langsam schlecken sollte, ohne dem Drang nachzugeben, frühzeitig in den darin verborgenen Kaugummi zu beißen. Er will ihn auskosten bis zum Gehtnichtmehr.

Die regelmäßigen Besuche im Arbeitszimmer seines Vaters sind so nahtlos in die Vorbereitungen auf seine Bar Mizwa übergegangen, dass Aaron gar nicht mehr weiß, seit wann sie auf das große Ereignis hinarbeiten. Der Grundstein wurde vielleicht sogar schon damals in der sechsten Klasse gelegt, als sein Vater ihm zum ersten Mal Einlass in sein Refugium gewährt hatte. Er erinnert sich, wie er spielerisch die Masora zu entziffern gelernt hatte, die besonderen Symbole, die angeben, wie die uralten Worte der Tora und der Haftara zu rezitieren sind. Sollte Aaron je Zweifel an seiner Eignung als Rabbiner gehegt haben, so räumt der Unterricht bei seinem Vater sie aus. Bis in alle Poren, bis in jede Verästelung seiner Adern dringt der Stolz seines Vaters und flüstert ihm seine Berufung ein.

Der Gottesdienst gelingt ihm ohne jeden Aussetzer. Aaron fungiert als Kantor und Rabbiner in einem, spricht der Gemeinde sowohl die Gebete als auch die Erwiderungsgebete vor und singt das Halbe Kaddisch wie ein Profi. Er ist selbstsicher. Er steht aufrecht da. Sein fester Blick schweift von einem Gesicht zum anderen, während er sämtliche Gebete auswendig rezitiert. Als er seinen Part aus der Tora vorträgt, muss ihn Rabbi Mayer kein einziges Mal verbessern.

Aarons frühere Angewohnheit, in Alltagsgegenständen nach Gott zu suchen, ist einer weniger konkreten Vorstellung vom Allerhöchsten gewichen. Er flüstert Gott während des Achtzehnbittengebets zwar keine Fragen mehr zu, bittet ihn aber im Grunde seines Herzens immer noch um eine Offenbarung.

Als Aaron auf der Bima steht und nach Beendigung seines Haftarastücks zügig durch die letzten Segenssprüche geht, durchströmt ihn plötzlich von den Zehen bis zum Scheitel eine Wärme, die sich ausbreitet wie ein großer Fächer. Mit einem Mal beginnt jedes stoffliche Teilchen in ihm zu leuchten. Er spürt sämtliche Fasern seines Körpers und ist zugleich ein fließendes Ganzes. Sein Mund bewegt sich weiter, aber er achtet nicht mehr bewusst auf die Gebete: Sie sind ihm in Fleisch und Blut übergegangen, sie strömen aus ihm heraus wie die Luft aus seinen Lungen. Etwas Großes rollt auf ihn zu, das spürt er, ein Aufbrausen im Meer, das sich zu einer riesigen Welle verdichtet. Und da überspült sie ihn.

Alle Menschen im Raum werden zu einem Teil seiner selbst. Plötzlich sieht er den Tempel aus sechsundvierzig verschiedenen Blickwinkeln, mit sechsundvierzig Augenpaaren. Er ist mit ihnen verbunden, spürt sechsundvierzigmal Thema und Variation eines Herzschlags, sechsundvierzigmal den Rhythmus atmender Lungen und das feine Zusammenspiel warmer und kalter Luftströme auf den Armen, Händen und Gesichtern der Gemeinde. Für einen überwältigenden Augenblick sieht Aaron vollkommen von sich ab, fühlt sich aufgehoben und bedingungslos geliebt.

Der Augenblick verstreicht. Aaron hat die Segenssprüche beendet und bekommt von seinem Vater eine zwölfsaitige Gitarre gereicht. Schon fühlt sich der Moment der Verwandlung ganz fern an, wie ein Traum, dessen er sich beim Erwachen nur mühsam entsinnt. Das sei die eindrucksvollste Bar Mizwa gewesen, die er je erlebt habe, verkündet Rabbi Mayer und überreicht Aaron im Namen der Gemeinde ein «Jüdische Welt verstehen». Man begibt sich ins Nebenzimmer, wo ein koscherer Partyservice das Mittagessen aufgetischt hat. Dass die Hühnerbrüste nicht alle gründlich gerupft sind, wird höflich übersehen.

Ein DJ legt Duran Duran, Eurythmics und Flock of Seagulls auf – Musik, die Aaron normalerweise nicht hört, die aber nun mal bei seinen Altersgenossen beliebt ist. Als Aaron Stacey Lieberman auffordert, hat er keine Bedenken, dass sie vielleicht nur aus Höflichkeit mit ihm tanzt. Und als er gleich beim nächsten Song weitertanzen möchte, lehnt sie nur ab, weil ihr tatsächlich der Fuß wehtut, das sieht ja ein Blinder. Er wird sie nächste Woche anrufen und ins Kino einladen.

Aaron nimmt Glückwünsche und ein dickes Stück Kuchen entgegen. Mit einer Zuckergussblume auf der Zunge kommt er zu dem Schluss, dass er dort vorn auf der Bima Gott erfahren hat. All seine schüchternen Gebete, all das Wolken- und Ananastortenbeobachten haben sich gelohnt. Es muss Gott gewesen sein, denn da war keine Donnerstimme, kein gleißender Lichtstrahl. Seine Erfahrung war so blitzartig, so intim und so verblüffend wie ein pulsierendes rotes Licht in einer Wolke. Aaron behält sie wohlweislich für sich.

ALS ELIZA nach Hause kommt, ist Sauls erster Gedanke: Wie nett, dass man beim Bezirkswettbewerb so schöne Trostpreise bekommt. Erst als sie «Gewonnen! Gewonnen!» ruft und ihm die Arme um die Hüfte schlingt, begreift er, dass die Trophäe kein Trostpflaster ist. Er umarmt sein Töchterchen und will es hoch in die Luft schwingen, muss allerdings auf halbem Weg feststellen, dass er das mindestens fünf oder sechs Jahre lang nicht mehr versucht hat. Er setzt sie wieder ab und schwört sich, wirklich bald mal trainieren zu gehen.

«Das ist ja sagenhaft, Elly! Schade, dass ich nicht kommen konnte. Das war bestimmt ein tolles Erlebnis, was, Aaron?»

Aaron nickt mit einem schiefen Grinsen. Was sagt ein braver älterer Bruder wohl in so einer Situation? «Sie hat ganz schön viele Kinder geschlagen, Papa. Das hätte dir gefallen.»

«Na, und wie. Dabei habe ich dir nicht mal die Kamera mitgegeben.» Saul schüttelt den Kopf. «Aber jetzt kriege ich ja nochmal eine Chance. Du bist doch in der nächsten Runde, oder?»

Eliza nickt. «Der Regionalwettbewerb ist in einem Monat. In Philadelphia.»

Saul klatscht in die Hände. «Na prächtig! Da kommen wir alle mit, das wird ein richtiger Familienausflug. Wenn deine Mutter einen ganzen Monat im Voraus Bescheid weiß, wird sie sich den Tag wohl freischaufeln können. Ich bin so stolz auf dich, Elly, ich hab doch geahnt, dass du uns noch allen zeigst, was in dir steckt. Einen Monat noch, ich kann es kaum erwarten!»

Worauf Eliza klar wird, dass sie nur noch vier Wochen Zeit hat, sich vorzubereiten.

Lernen war bisher für sie immer eine lästige Pflicht gewesen, vergleichbar mit Abwaschen und Zimmeraufräumen, und deswegen hatte sie es immer widerwillig und unkonzentriert gemacht. Hoffentlich verdarb ihr das Lernen nicht die Freude am Buchstabieren. In den ersten Tagen nach ihrem Sieg behält sie stur ihre Angewohnheit bei, sich nach der Schule vor den Fernseher zu pflanzen und Wiederholungen alter Filme anzugucken. Die gerunzelte Stirn ihres Vaters, wenn er sie bar jeder Vokabelliste und jedes Lexikons in ihrem Lieblingssessel erwischt, übersieht sie geflissentlich. Mehr als Sauls unausgesprochene Erwartungen ist es schließlich ihr eigener Verdacht, auf ein verborgenes Talent gestoßen zu sein, der sie dazu bewegt, sich doch ein paar Wörterlisten anzulegen. Bisher war sie noch nirgendwo von Natur aus so gut gewesen, dass sie sich hätte verbessern wollen. Statt «lernen» sagt sie nun «üben»; das Buchstabieren ist ihr Instrument und der bevorstehende Wettbewerb das Konzert, für das sie ihren Part üben muss.

Ein paar Tage später hat Eliza folgende Strategie entwickelt: Zwei Zeichentrickfilme darf sie sehen, dann geht sie in ihr Zimmer. Dort stört sie zwar wahrscheinlich sowieso keiner, aber sie sperrt trotzdem die Tür ab, denn ihr gefällt der

Gedanke, Saul oder Aaron könnten davor stehen und dazu gezwungen sein, einen Zettel drunter durchzuschieben oder auf ihr Auftauchen zu warten. Nach dem Essen gönnt sie sich eine Vorabendserie, und wenn dann Aaron und Saul im Arbeitszimmer Gitarre spielen und ihre Mutter die Küche putzt oder ihre Zeitschriften liest, geht sie wieder in ihr Zimmer. Das Klicken der Tür wird zu ihrem Lieblingsgeräusch, das sie automatisch mit Wohlbehagen erfüllt.

Das Üben kommt Eliza vor wie eine Entdeckungsreise in ihren eigenen Körper. Die Wörter hallen dort wider, als seien sie direkt in ihr verankert. In ihrer Phantasie sitzen sie in ihrer Magenschleimhaut, dehnen sich mit ihrer Lunge aus, hocken in ihrer linken Herzkammer. Bloß gut, dass sie sich noch nie etwas gebrochen hat und man ihr nicht die Mandeln oder den Blinddarm herausoperiert hat, sonst wären womöglich noch Wörter verstümmelt oder gar vollständig entfernt worden, und das hätte ihr inneres Vokabular beschnitten. Ob sie sich die Haare wachsen lassen soll? Das würde vielleicht noch mal ein bisschen Platz schaffen. Wenn sie die Augen schließt, um sich ein Wort vorzustellen, malt sie sich ein Zwiegespräch zwischen Körper und Geist aus, bei dem die verschiedenen Organe all ihre linguistischen Geheimnisse preisgeben.

Mit der Zeit zeigt sich ein Lächeln auf Elizas Gesicht, das eigentlich für Mona Lisa und die Sphinx reserviert ist. *Ich kann von allen Kindern hier im Bus am besten buchstabieren*, denkt sie auf dem Heimweg von der Schule. Nach ein paar Tagen Üben wird sie noch vorwitziger: *Ich kann von allen hier am Küchentisch am besten buchstabieren*, geht ihr durch den Kopf, während Saul, Miriam und Aaron ahnungslos mit ihr am Esstisch sitzen. Etwas Besonderes geschieht mit ihr, das spürt sie. Am Mittwoch erinnert sie sich noch an die Wörter, die sie am Montag und Dienstag gelernt hat. Am Donnerstag erinnert sie sich an alle alten Wörter plus die neuen vom

Mittwoch. Die Buchstaben sind Magneten, und ihr Verstand ist die Kühlschranktür dazu.

Jetzt versteht Eliza auch endlich, warum manche Leute so gern an Talentwettbewerben teilnehmen oder bei Konzerten auftreten. Dass Betsy Hurley in jeder Pause Seilspringen übt, findet sie auf einmal nicht mehr so unmöglich – sie würde ja selber am liebsten ununterbrochen buchstabieren. Heimlich fängt sie an, die besonders komplizierten Wörter aus Ms. Bergermeyers eintönigem Unterricht und den abendlichen Fernsehnachrichten im Kopf vor sich hin zu buchstabieren. Wenn Eliza die Augen schließt, verwandelt sich ihr Verstand in ein Meer aus Vokalen und Konsonanten, in dem sich die Buchstabenwellen türmen, bis das gewünschte Wort an die Oberfläche geschwemmt wird. Dort wirbelt und tanzt es herum, holt neue Buchstaben hoch und wirft alte zurück wie ein Fischer, der seinen Fang sortiert, bis es seine vollkommene Gestalt erreicht hat.

Eliza spürt, wie sie sich verändert. Sie hatte schon oft das Gefühl gehabt, dass sie nach außen hin nicht genug glänzte, dass sich tief in ihr etwas verbarg, was für die anderen unsichtbar war. Vielleicht ging es ihr wie dem Esel in ihrer Lieblingsgutenachtgeschichte: Vielleicht hatte sie jemand in Stein verwandelt. Und wenn sie einen Zauberkiesel fand, vielleicht konnte sie sich dann erneut verwandeln. Auf dem Heimweg von der Schule hat sie schon oft nach dem roten, kreisrunden Kieselstein Ausschau gehalten, der sie aus ihrem unscheinbaren Dasein erlösen könnte. Im Traum findet sie ihn, und dann merkt sich die neue Lehrerin im nächsten Schuljahr ihren Namen plötzlich als Erstes. Dann wünschen sich alle Eliza herbei, wenn sie «Mein rechter, rechter Platz ist frei» spielen, und reservieren ihr beim Mittagessen einen Platz in der Schlange, damit sie bestimmt noch ein Stück Schokoladenkuchen ergattert. Im Traum legt sich Eliza den Zauberkiesel vor dem

Einschlafen unters Kopfkissen, und der Traum wirkt so echt, dass sie beim Aufwachen gleich hingreift. Aber jedes Mal, wenn sie nichts findet, ist die Enttäuschung wieder groß.

Nach einer Woche Üben legt sich Eliza vor dem Einschlafen eine Vokabelliste unters Kopfkissen. Und die liegt dann am Morgen immer noch dort.

SAUL UND MIRIAM feiern ihre Hochzeit im kleinen Rahmen, da keiner von beiden Verwandte hat, die er gern dabei hätte, und die meisten von Sauls Freunden zu einem Abschnitt seines Lebens gehören, mit dem er abschließen will. Miriam lädt einige ihrer Juraprofessoren ein, die ebenso überrascht wie erfreut sind, dass sie bei der Hochzeit ihrer brillanten, wenn auch exzentrischen Studentin dabei sein dürfen. Das Paar wird unter der Chuppa getraut, und dazu wird traditionsgemäß das Glas zertreten, um den Bund zwischen den beiden zu besiegeln. Als Saul mit dem Fuß auf das Glas tritt, aus dem er und seine Frau gerade gemeinsam Wein getrunken haben, zermalmt er im Geist damit seine Vergangenheit zu Staub. Anschließend tritt er wie neugeboren aus der Synagoge.

Das gemeinsame Leben der beiden beginnt verheißungsvoll. Sie finden eine Gegend, in der sowohl eine Anwältin für Immobilienrecht als auch ein Kantor gesucht werden. Miriams Arbeitsvertrag gibt sogar die Anzahlung für ein eigenes Haus her. Saul zeigt Miriam stolz in seiner neuen Gemeinde herum. Dass er verheiratet ist und eine Familie gründen will, hält die schlimmsten Befürchtungen des unwirschen amtierenden Rabbiners in Schach, zu dem er offenbar das Gegengewicht bilden soll.

Der Hippie in Saul genießt die unkonventionelle Rollenverteilung innerhalb ihrer Beziehung. Miriam als Brotverdienerin kümmert sich um die Finanzen der Familie, und zwar so effizient, wie es Saul nie könnte. Saul kümmert sich dafür ums Kochen und Einkaufen. Mit kindlicher Freude hat er, wenn Miriam aus dem Büro kommt, das Abendessen fertig und fragt in flirtendem Ton: «Wie war dein Tag, mein Schatz?» Als der Reiz des Neuen abnimmt, vergisst Saul bisweilen, dass ihr Arrangement eher ungewöhnlich ist, und staunt, dass Miriam aus den Bataillonen von Männern im Anzug und mit Aktenkoffer, die mit grimmiger Miene dem Pendlerzug entströmen, so heraussticht.

Miriam lässt durchblicken, dass sie zum Ausgleich dafür, dass sie den Rest ihres Leben nun teilen muss, ihr Berufsleben für sich behalten möchte. Sie nimmt Saul nie in die Kanzlei mit, und er muss sie nie zu offiziellen Anlässen oder Geschäftsessen begleiten. Es sei nicht so wichtig, dass er den Arbeitsplatz seiner Frau sieht, sagt sich Saul, er respektiere ihr Bedürfnis nach Unabhängigkeit. Beim Abendessen sehen sie gemeinsam die Nachrichten und diskutieren in den Werbepausen über die aktuellen Themen. Manchmal schauen sie sich «Risiko» an und machen um die Wette mit, schreiben ihre Ergebnisse sogar auf Zettel. Saul ist in allen Bibel- und Mythologiefragen sattelfest, Miriam praktisch überall sonst.

Die ersten Jahre sind arbeitsam. Zu Sauls Studien, die er so gewissenhaft betreibt, als wäre er ein um seine Festanstellung bemühter Professor, kommt die Synagoge, wo er den Plan für die Erwachsenenfortbildung aufstellt und die Vorbereitung auf die Bar Mizwa organisiert und betreut. Wenn Saul nicht in der Synagoge ist, sitzt er in seinem Arbeitszimmer. Zum Glück hat seine Frau so viele eigene Interessen, dass er sich nach dem Abendessen wieder dorthin zurückziehen kann. In ihren separaten Aktivitäten liegt eine Gemeinsamkeit, sagt er sich vor, ihr Zusammengehörigkeitsgefühl vertieft sich dadurch, dass sie sich in angrenzenden Zimmern aufhielten.

Und wenn er selbst nur drei Stunden Schlaf brauchte, hätte er es ja auch nicht gern, wenn ihn jemand bitten würde, früher ins Bett zu kommen. Wenn seine Frau unter die Bettdecke schlüpft, schläft er oft bereits tief und fest. Manchmal begleitet sie ihn ins Schlafzimmer, aber wenn sie fertig sind, steht sie wieder auf. Dann fühlt sich Saul an die Uni zurückversetzt, kommt sich vor, als umwerbe er nach allen Regeln der Kunst eine kesse Jurastudentin.

Aaron erscheint auf der Bildfläche wie ein leuchtender Komet. Er bringt eine Klarheit in Sauls Leben, die den Menschen sonst nur rückblickend zuteil wird. Irgendwann muss Miriam doch auch ein Licht aufgehen: *Wir haben uns voneinander entfernt*, werden sie dann zueinander sagen. *Wir müssen uns Schritt für Schritt wieder annähern.* Aber Miriam ist zwar auf Aarons Geburt stolz, betrachtet sie jedoch eher als erreichtes Ziel denn als persönliche Bereicherung. «Sohn gebären» hat in ihrem Innenleben offenbar einen ähnlichen Stellenwert wie «Jurastudium abschließen»: wieder ein Punkt auf der Liste des Lebens abgehakt. Da Miriam sich nicht darauf eingestellt hat, wie viel Sorge und Pflege dieser spezielle Meilenstein erfordert, delegiert sie spätnächtliche Fütterungen und das Wechseln durchweichter Windeln an Saul, der sich freut, dass diese Pflichten ihm seinen Sohn so nahe bringen. Saul wird immer klarer, dass der leuchtende Komet in seinem privaten Universum und nicht in dem seiner Ehe aufsteigt. Er genießt den Besitzerstolz: Das ist *sein* Sohn, *sein* kleiner Junge. Für ihn füllt Aaron die Lücke, die durch seine Geburt erst offenbar wurde.

Mit der Zeit findet es Saul selbstverständlich, ja sogar vorteilhaft, allein ins Bett zu gehen, denn so kann er sich besser auf seine Ziele für den nächsten Tag konzentrieren. Miriams sexuelle Lust hat sich nicht nennenswert gesteigert, seit er sie beim ersten Mal wie eine unerfahrene Elevin empfand, die unter seiner sinnlichen Führung schon noch zur Meisterin heranreifen würde. Immer weniger macht es ihm aus, dass seine Frau erst nachts ins Bett kommt, immer seltener erwartet er sie mit unternehmungslustiger Zunge und ausgestreckter Hand.

Als sich allmählich herauskristallisiert, dass ihre Ehe eine gegenseitige Zweckgemeinschaft ist, versiegt Sauls Liebe und verwandelt sich in Dankbarkeit. Verlegen stellt er fest, dass ihm diese pflegeleichte Ehe gefällt, und insgeheim gibt er zu, dass er für eine konventionellere Situation wohl nicht geschaffen wäre. Nach Elizas Empfängnis verebbt das magere Liebesleben der beiden langsam, aber sicher. Da sie so selten miteinander schlafen, ist er auch nicht in der Gefahr, Sex als Selbstverständlichkeit zu betrachten, was in seinen unwürdigen Collegezeiten schließlich sein Fehler gewesen ist, rationalisiert Saul sich die Situation zurecht. Wenn er erst das Thema Sex aus seinem Kopf verbannt hätte, könnte er sich seinen gelehrten Studien ungehindert widmen, und genau das hat er sich von der Verbindung mit Miriam doch erhofft. Im Übrigen kann er ja jederzeit zu seinen Erinnerungen masturbieren: Der Dachboden ist unverrußt und lichtdurchflutet, die Matratze ein geräumiges modernes Doppelbett, und die jungen Erstsemester wissen genau, was sie zu tun haben.

MIT BEFRIEDIGUNG hat Saul festgestellt, wie viel Zeit Eliza nun in ihrem Zimmer verbringt. Er freue sich sehr, dass sie so viel Eigeninitiative entwickle, sagt er zu ihr. Er bietet ihr auch seine Hilfe an, aber Eliza wacht eifersüchtig über ihre Übungszeit, ist gewissermaßen stolz darauf, allein zu lernen.

Heute Abend hat sich Miriam wie üblich in ihren braunen Veloursessel gekuschelt und blättert Zeitschriften mit so entgegengesetzten Titeln wie *Neoproletarische Rundschau* und

*Familie und Christentum* durch. Eine Weile sitzt sie fast reglos da, bis sie auf eine der gesuchten Stellen stößt. Und dann lacht sie.

Sie lacht wie ein beschwipstes Küken, gackert fröhlich und hemmungslos und so völlig anders, als man es sonst von ihr gewohnt ist. Weshalb Eliza dieses Gegacker ja so mag. Noch lachend, steht ihre Mutter dann schwungvoll auf und setzt sich an ihre elektrische Schreibmaschine, die sie in weiser Voraussicht zuvor eingeschaltet hat. «Grays abenteuerliche Implikation, die *Moral Majority* habe den Anspruch auf die zukünftige Exekutive unseres Landes gepachtet …», tippt sie dann, oder: «Ich halte allein den Begriff einer ‹zentralistischen Opposition› für ein Oxymoron, denn selbst von einem neokommunistischen Standpunkt aus …» Miriam unterschreibt diese hämischen Pamphlete mit einem extra für diesen Zweck erfundenen Pseudonym und steckt sie dann in exklusive Umschläge, die an Redaktionen in Freedom, North Dakota, oder San Francisco, Kalifornien, adressiert sind. Mit ihrer Familie spricht sie zwar über diese Briefe nicht, sie macht aber auch keinen Hehl daraus, dass sie welche schreibt oder dass sie ein spezielles Album führt, das neben dem familieneigenen Konversationslexikon im Schrank steht: Alle in der Familie haben schon einmal die Briefe gelesen, die Miriam sorgsam von den Leserbriefseiten ihrer Zeitschriften ausschneidet. Der erste stammt aus der Zeit, als die beiden Frischvermählten gerade zusammengezogen waren. Weder Saul noch Miriam fällt auf, dass die Zeitschriften die Vorlesungen ersetzt haben, die sie früher gemeinsam besucht hatten, dass die Argumente, die sie früher Saul vorgetragen hatte, nun an Fremde gerichtet sind. Miriams Hinwendung zum Briefeschreiben vollzieht sich so automatisch, dass ihr gar nicht auffällt, was sie damit kompensiert. So schnell arbeitet ihr Verstand, dass er die Lücke ausfüllt, bevor er deren Existenz überhaupt bemerkt. Dass sie sich von ihrem Mann entfernt, ist weniger eine bewusste Entscheidung als ein schleichender Prozess.

ELIZA FÜHLT sich unheimlich stark, nachdem sie Sauls Hilfe abgelehnt hat. Hatte sie doch glatt die Macht, ihren Vater im Namen der Rechtschreibung aus seinem Heiligtum zu locken! Und noch besser: sie muss diese Macht nicht ausspielen. Statt die Gitarrenklänge von Vater und Bruder auszublenden, integriert sie sie in ihr Übungsprogramm, sodass ihre Wörter auf den gedämpft durch die Heizungsschlitze dringenden Akkorden fröhlich dahintanzen. Und selbst die einsamen Gewohnheiten ihrer Mutter haben nicht mehr den Beigeschmack einer Party, zu der Eliza nicht eingeladen ist: Miriams Schreibmaschinengeklapper verleiht Elizas Lerneifer Tempo und Rhythmus.

Das Blättern im Wörterbuch ist wie der Blick durch ein Mikroskop. Jedes Wort teilt sich in Bestandteile mit bestimmten Eigenschaften auf: Präfix, Stamm, Suffix. Eliza erforscht nicht nur die Gesetze, denen die Buchstaben unterworfen sind, sondern auch ihre individuellen Eigenschaften: M und R sind stark und verlässlich, das manchmal stumme G folgt immerhin strengen, nachvollziehbaren Regeln, und sogar das H, das ein P wie ein F klingen lassen kann, gehorcht der Etymologie. Die Konsonanten sind Kamele, die brav die Lasten der Sprache tragen.

Die Vokale sind dagegen eine ganz andere Spezies, das sind glitschige Fische, die in den Wassertiefen funkeln. Vokale sind dehnbar und unstet, mehrdeutig und unzuverlässig. Ein A kann mit einem H gedehnt oder verdoppelt werden, ein U kann allein stehen oder ein O davor brauchen – am Klang kann man das nicht unterscheiden. Es gibt kaum eine Verbindung, die die Vokale nicht eingehen, so ungestüm und inzestuös sind sie in ihrem Vereinigungsdrang. Ein E paart sich ebenso willig mit einem O wie mit einem I oder U, führt oder lässt sich führen. Eliza liebt die Unberechenbarkeit der Vokale, und ihr Lieblingslaut ist das Y. Das Y widersetzt sich der Einordnung, es kann sowohl Konsonant als auch Vokal sein und sieht noch dazu so unglaublich elegant aus. Vor dem Buchstabierwettbewerb war Eliza wie ein Konsonant gewesen: schwerfällig und berechenbar. Mit ihrem Erfolg hat sie sich die vokalischen Weihen geholt. Sie betrachtet von nun an das ganze Leben wie ein Alphabet: Die Schule mit ihrem starren Lehrplan hat etwas ausgesprochen Konsonantenhaftes. Gott mit seinen unerschöpflichen Möglichkeiten ist ein Vokal. Und der Tod? Ist der endgültige Schlusskonsonant.

GEGEN ENDE des Achtzehnbittengebets spielen Aaron und Eliza immer ein Spiel namens «Schäfchen», auf dessen Erfindung sie beide Anspruch erheben. Zum Beginn des Gebets lässt Rabbi Mayer die ganze Gemeinde aufstehen; man soll stehen bleiben, solange man beten möchte, und sich wieder hinsetzen, wenn man fertig ist. Anfangs beten fast alle, doch die meisten sind schnell damit fertig, weil sie sich von ihren Gedanken an die abendlichen Lieblingsserien ablenken lassen oder von dem scheußlichen Parfum der alten Dame mit den gefärbten Haaren, die sich immer direkt unter die Lüftung setzt, sodass der Geruch bis in den letzten Synagogenwinkel dringt.

Deswegen ist es so eine Sache mit dem Zeitpunkt fürs Hinsetzen. Einerseits will man fromm erscheinen, andererseits will man auch, dass der Gottesdienst rechtzeitig zu «Remington Steele», «Falcon Crest» oder «Dallas» aufhört. Nach einer Weile – wenn es allmählich weitergehen soll, aber nicht mehr allzu ehrfurchtslos wirkt – horcht man auf irgendein Zeichen. Ebendarum geht es bei Schäfchen.

Am besten funktioniert Schäfchen an Bar-Mizwa-Freitagen. Dann sind nämlich lauter Leute in der Synagoge, deren Bekannter oder Verwandter am nächsten Morgen zum Mann wird: Neffe, Cousin, Sohn des Chefs … Sie sitzen in der hinteren Hälfte der Synagoge, obwohl vorn noch lauter Plätze frei sind, und wenn sie zum Achtzehnbittengebet aufstehen, wissen sie nie, ob sie sich aufs Gebetbuch konzentrieren oder gedankenverloren einen Punkt in der Ferne fixieren sollen.

Der Trick sind Schabgeräusche. Sobald Eliza und Aaron den richtigen Moment zwischen fromm tun und «jetzt geht's los» gefunden haben, ruckeln sie an ihrem Stuhl, damit es so klingt, als würden sich vorn die ersten Betenden hinsetzen. Diese Geräusche dringen nach hinten, wo man zu dem Schluss kommt, wenn sich die vorderen Reihen hinsetzen, dürfe man das in den übrigen Reihen ebenso. Eliza hat es einmal geschafft, dass sich drei Viertel der Gemeinde mit ihr zugleich hingesetzt haben, ein raffinierter Dominoeffekt. Aaron musste zugeben, dass sie damit einen neuen Rekord aufgestellt hatte.

Nachdem diesmal keine Bar Mizwa stattfindet, können weder Aaron noch Eliza irgendwelche Erfolge für sich verbuchen, denn die regelmäßigen Gottesdienstbesucher legen Wert darauf, sich genau dann wieder hinzusetzen, wenn das kein anderer tut. Drei Gebete, ein Kaddisch und zwei Erwiderungen später kommen die Ansagen für die Termine der Woche, auf die nur noch das Schlussgebet folgt. Es ist das Übliche: Frauentreffen, Sonntagsunterricht und Veranstaltungen für Singles – bis Saul ein besonderes Ereignis ankündigt.

«Eliza Naumann hat die Ehre, beim Buchstabierwettbewerb auf regionaler Ebene unseren Bezirk zu vertreten. Wir wünschen ihr Masseltow und drücken die Daumen.»

Dann geht er zu irgendeinem Fortbildungskurs über, als wäre das, was er gesagt hat, das Normalste der Welt. Eliza muss so heftig grinsen, dass ihr die Wangenmuskeln wehtun. Aaron schaut bewusst nicht zu ihr hin.

Nach dem letzten Gebet gehen alle zum Oneg Schabbat ins Nebenzimmer. Auf einem Tisch stehen schon Tee, Kaffee, Saft und Kekse bereit. Eliza ist ein großer Oneg-Fan, obwohl der Saft immer mit Wasser verdünnt ist und sie zu Hause bessere Kekse haben: Auf dem Teller liegen meistens nur trockene Butterkekse, die man als Ganzes in den Mund stecken muss, damit sie nicht zerkrümeln, aber dazwischen verstecken sich immerhin ein paar Schokowaffeln. Wenn jemand Geburtstag hat, gibt es einen Kuchen aus dem Supermarkt mit ein paar vereinzelten Zuckergussblumen obendrauf.

Eine der Waffeln oder ein Stück Kuchen mit Blume zu ergattern erfordert allerdings einiges Geschick. Man kann ja nicht einfach nach dem Schlussgebet ins Nebenzimmer rennen und sich nehmen, was man will. Man muss abwarten, bis Rabbi Mayer kommt und ein Tischgebet gesprochen hat. Eigentlich ist das ein Glück, denn wenn es nach dem Motto «Wer zuerst kommt, mahlt zuerst» ginge, wären Eliza und Aaron mit ihren Plätzen in der ersten Reihe ziemlich benachteiligt, vor allem wegen der Kaplan-Kinder, die immer ganz hinten sitzen.

Bei den Keksen ist der Trick, sich strategisch günstig zu platzieren. Eliza stellt sich meistens an die Seite des Kekstellers, an der die Waffeln liegen, und stützt sich unauffällig mit der Hand auf den Tisch. Sobald das Tischgebet vorbei ist, liegt ihre Hand dann goldrichtig.

Das mit den Zuckergussblumen ist kniffliger. Den Kuchen schneidet immer ein Erwachsener, und alle müssen sich der Reihe nach anstellen. Man weiß aber nie, nach welcher Methode der Kuchenschneider verteilt, deshalb kann man nur schwer absehen, an welcher Stelle in der Schlange die Chancen auf eine Blume am größten sind. Schlauer ist es deshalb, sich zu merken, welcher von den Erwachsenen eine Blume bekommen hat, und ihn dann beiläufig darum zu bitten. Das funktioniert vor allem bei Frauen, die einem ihre Blume meistens unter dem Hinweis, sie seien auf Diät, mit großzügiger Geste abtreten. Bei den Männern hingegen weiß man nie. Die geben vielleicht ihre Blume ab, um zu zeigen, was sie für nette Kerle sind, es passiert aber genauso leicht, dass sie irgendeinen blöden Spruch machen und sie extra behalten, um trotz himmelschreiender Altersflecken ihre Jugendlichkeit unter Beweis zu stellen. Mit Mrs. Schoenfeld hat Eliza ein ständiges Kuchenabkommen, die hat nämlich keine eigenen Kinder, und ihr gefällt die Vorstellung, es würde sie Eliza näher bringen, wenn sie ihr ab und zu ihre Blume schenkt.

Der Gottesdienst vor dem Regionalwettbewerb fällt zufällig in eine Geburtstagswoche – es gibt also Kuchen. Als Eliza an die Reihe kommt, schneidet ihr Mrs. Schwartz, die sich etwas darauf zugute hält, dass sie niemals Ausnahmen macht, doch glatt außer der Reihe ein Stück mit Blume ab. Als Glücksbringer, erklärt sie dazu.

Er ist überhaupt nicht eifersüchtig, redet Aaron sich ein. Die Sache mit der Ankündigung seines Vaters ist nicht so wichtig. Eliza verdient die Aufmerksamkeit, sie bekommt sonst schließlich so wenig, und die Regionalausscheidung ist eine große Sache. Bloß war er selbst leider schon ein paar Mal beim «Jahrmarkt der Wissenschaften» in die Regionalausscheidung gekommen, und da hatte Saul der Gemeinde nie davon erzählt. Als ihm Mrs. Schoenfeld ihre Blume hinhält, lehnt er ab. Für solche Kindereien ist er zu alt.

Sobald Eliza den Oneg-Tisch geplündert hat, seilt sie sich normalerweise nach draußen ab, um Fangen zu spielen, bis die Familie nach Hause geht. Sonst ist das nie ein Problem, aber heute wollen alle möglichen Erwachsenen mit ihr reden. Am Siddur-Tisch fängt Mrs. Lieberman sie ab und küsst sie auf beide Wangen. Hoffentlich hat das keine Lippenstiftspuren hinterlassen, schießt es Eliza durch den Kopf.

«... ist eine feine Sache und kann noch ganz andere Möglichkeiten eröffnen.»

Die erste Hälfte hat Eliza verpasst. Aaron, der Oneg-Profi, war nämlich gerade ohne Blume und ohne Waffel nach draußen gegangen – ein sicheres Zeichen, dass etwas nicht stimmt. Der Gedanke, dass sie damit etwas zu tun haben könnte, erfüllt sie mit Furcht und Stolz zugleich.

Mr. Schwartz kündigt an, er wolle sie jetzt mal testen, so von Buchstabierkönig zu Buchstabierkönigin. Aus der Nähe sieht man, dass er einen braunen Schneidezahn hat und mehr Falten, als Eliza gedacht hatte. Und dann schlürft er seinen Tee so laut, dass Eliza ihm das Wort WIDERHALL dreimal vorbuchstabieren muss, bis ihr Mrs. Schwartz zu Hilfe kommt und ihren «Phil» ermahnt, Eliza doch nicht schon vorab zu ermüden. Jetzt, wo sie plötzlich seinen Vornamen kennt, kann sich Eliza Mr. Schwartz zum ersten Mal irgendwo anders als in der Synagoge vorstellen und anders gekleidet als mit der üblichen braun gestreiften Krawatte mit dem Fleck an der Spitze.

Als Eliza nur noch wenige Schritte von der Freiheit trennen, lauert ihr George auf. George wohnt in einem der nahe gelegenen Häuserblocks und ist gar kein Jude, kommt aber trotzdem jeden Freitag zum Gottesdienst und besucht auch Sauls Erwachsenenkurse. Eliza hat zufällig einmal mitbekommen, wie er mit ihrem Vater übers Konvertieren sprach und meinte, wenn schon, dann wolle er es «auch richtig», aber er sei sich nicht sicher, ob er «die Kraft dazu» habe. Was das bedeuten soll, ist Eliza schleierhaft, obwohl ihr Aaron erzählt hat, George habe mal auf der Toilette neben ihm gestanden und sei unbeschnitten.

Sie werde morgen nicht nur ihren Bezirk vertreten, sondern ihr Volk, eröffnet ihr George. Er hält sie an den Schultern gefasst und spuckt dabei vor lauter Ernst, aber zum Glück sprühen die nassen Silben in sicherer Entfernung über Elizas Kopf hinweg.

«Jahrhundertelang wurde das jüdische Volk verfolgt und vertrieben. Und du hast morgen die Chance, dieselbe Tapferkeit zu beweisen, die das auserwählte Volk am Leben erhalten und ihm die Kraft gegeben hat, bei seinen beschwerlichen Wanderungen durch die Wüste seinen Glauben zu bewahren. Was du tust, beweist Mut.»

Eliza hat Georges Hosenschlitz im Blickfeld. Am liebsten würde sie «Unbeschnitten, unbeschnitten» skandieren, obwohl sie nach wie vor nicht genau weiß, was das heißt. Sie unterdrückt aber den Impuls, nickt George lächelnd zu und lässt dabei die Buchstaben in ihrem Kopf wirbeln und tanzen, bis sie sich geordnet haben und Georges Geheimnis in all seiner geheimnisvollen Glorie Wortgestalt angenommen hat.

DAS «SPECTRUM» in Philadelphia dient als Konzertsaal, Eishockeyarena und Basketballstadion, und ab und zu wird es sogar für eine Eisrevue gebucht. Seit Aaron aus der Nähe mitbekommen hat, wie Blutspritzer Eis einfärben, hat er sich kein einziges Spiel der Flyers mehr live angeschaut.

Am Morgen des Buchstabierwettbewerbs wirkt das Stadion eher wie das Zuchtbullenzelt auf einer Landwirtschaftsmesse. Freunde und Verwandte sichten die Buchstabierkünstler, um den Gewinner der blauen Schleife vorherzusagen, schätzen kritisch Intelligenz, Stehvermögen und Buchstabier-Know-how ab. Einige Eltern nehmen letzte Korrekturen an ihren Sprösslingen vor. Ein Junge hält eisern still, während eine Hand seine widerspenstige Tolle glatt bügelt, ein weiterer versinkt schier in den Boden, weil seine Mutter einen Hagel ermahnender Worte auf ihn niederprasseln lässt. Unter den Teilnehmern, deren Startnummern aussehen wie Kehllappen an einem Puter, macht sich ein morbides Kameradschaftsgefühl breit. Mit Blicken hier und einem schüchternen Lächeln dort verständigt man sich darüber, dass man im selben sinkenden Boot sitzt.

Eliza merkt nichts von alledem, so sehr freut sie sich darüber, dass ihre Familie dabei ist. Ein Hauch von Ferien liegt über den Naumanns, denn wann waren sie schon einmal alle vier gemeinsam unterwegs gewesen? Sie durchqueren die Stadionhalle, als wären sie auf dem Weg nach Disneyworld oder Mesa Verde, und sind dem Familienurlaub, den Saul schon seit Elizas Geburt versprochen hat, so nahe wie noch nie.

Bei beiden Eltern an der Hand zu gehen ist für Eliza eine Premiere. Sie schwingt die Arme vor und zurück, boxt sie in die Luft wie die glücklichen Kinder in der Kodakreklame. Miriam strahlt, wie sie es sonst nur tut, wenn einer ihrer Leserbriefe abgedruckt wurde. Saul pfeift eine Klezmermelodie vor sich hin und macht zwischendurch Schnappschüsse mit einem Film, der seit dem Geiseldrama im Iran in seiner Kamera steckt. Selbst Aaron redet ein paar Dezibel lauter als sonst. Als Eliza allmählich hinter die Bühne muss, kann sie sich kaum losreißen. Ihretwegen könnten sie an dieser Rocky-Balboa-Statue vorbeiflanieren und die Sitzblöcke A–Z umrunden, bis der Himmel schwarz wird, wenn sie nur weiterhin aussehen würden wie eine glückliche Familie aus dem Fernsehen.

Dass es sich um die Regionalausscheidung und nicht um den Bezirkswettbewerb handelt, erkennt man an den Details:

Die Klappstühle für die Teilnehmer sind gepolstert, anstelle des Hammers steht da ein Glöckchen, und die Einführungsreden haben zwar denselben Inhalt, werden aber nicht von schulischen Amtsträgern, sondern von Lokalpolitikern gehalten. Drei Minuten nachdem der Applaus für die Bühne voller Sieger verebbt ist, scheidet die Erste von ihnen – ein schmächtiges Mädchen mit fettigem Haar und großen, traurigen Augen – aus dem Wettbewerb aus. Der Seufzer, mit dem sie die Bühne verlässt, markiert den wahren Beginn des Wettbewerbs.

Die Spannung durchläuft die Teilnehmer wie ein unsichtbares Stahlseil. Sobald einer aufsteht und ans Mikrophon tritt, spürt jeder in der Reihe, wie es zieht. Die meisten merken gar nicht, dass sie jedes Mal mitbuchstabieren. Die lautlos bewegten Münder erwecken den Eindruck eines Taubstummenchors.

Eliza sieht aus der dritten Reihe nur die Hinterköpfe der Teilnehmer vor ihr. Die Strumpfhose, die ihr Miriam gegeben hat, juckt fürchterlich, und Eliza nutzt die relative Abgeschirmtheit ihres Platzes, um sich ausgiebig zu kratzen.

Die Teilnehmer dürfen um Auskunft über Aussprache, Definition, Etymologie und Gebrauch ihres Wortes in einem Satz bitten, aber sobald sie mit dem Buchstabieren begonnen haben, gibt es keine Gnade mehr. Ein versehentlich genannter Buchstabe kann genauso wenig rückgängig gemacht werden wie ein nervöses Zucken des Chirurgen bei einer Gehirnoperation.

Am schlimmsten ist es, wenn ein Teilnehmer merkt, dass er einen Fehler gemacht hat. Manchmal verschlägt es den Kindern mitten im Wort die Sprache. Sie müssen aber weitermachen, selbst wenn sie im Vergleich zu vorher nur noch ein Abklatsch ihrer selbst sind. Sie müssen weitermachen, bis das Wort mit dem Fehler schließlich komplett ist und das falsche AI oder das T zu viel davon absteht wie ein Fetzen toter Haut.

Pause. Die Zehntelsekunde zwischen der heißen Herdplatte und dem Schmerz. Dann das Glöckchen.

*Ding.*

Es hört sich an wie eine Fahrradklingel, der Ton ist harmlos wie eine Stubenfliege, aber hier nimmt er die atomaren Proportionen eines Science-Fiction-Films aus den fünfziger Jahren an. Und wie im Kino steht das Opfer reglos da, während die korrekte Schreibweise aus dem Mund des Ansagers es anspringt wie ein Monster mit aufgerissenem Maul.

Noch schlimmer ist es, wenn ein Teilnehmer dasteht und nickt wie ein besoffener Gartenzwerg. Ein paar Mal funktioniert der fatale Moment gewissermaßen wie eine Fliegenfalle: Der Ansager hat das Wort längst buchstabiert, aber der Teilnehmer kriegt einfach die Füße nicht von der Stelle. Ein Junge streckt die Hand vor und drückt mit dem Daumen auf eine unsichtbare Fernbedienung, damit sich die Welt doch bitte, bitte für ihn zurückspult.

Allmählich wünscht sich Eliza, weiter vorn zu sitzen. Die Wartezeit kommt ihr vor wie das Ticken einer Achterbahn auf dem Weg nach oben, bevor man den höchsten Punkt überwunden hat und sich in die Schwindel erregende Tiefe stürzt. Liebend gern würde sie die Möglichkeit, sich unbemerkt zu kratzen, gegen einen kürzeren Anstieg und einen schnelleren Sturz eintauschen. Am meisten Angst hat sie davor, dass sich zwischen Gehirn und Mund plötzlich ein verhängnisvolles Hindernis auftürmt, das ihr Wort nicht unversehrt überwinden kann. Anderen Kindern passiert so was, das hört sie. Sie erkennt am Tonfall, dass sie das Wort können, aber dann passiert eine Art unmöglicher Unfall: Das Wort rutscht auf der Zungenspitze aus und kippt kopfüber in einen Zahn. Ein Buchstabe wird verwechselt, B statt P, D statt T, oder es wird nach einer Pause der letzte Buchstabe wiederholt. So etwas kann jedem passieren, die richtigen Buchstaben zu kennen ist nur die halbe Miete, das weiß sie.

Als Eliza endlich drankommt, ist sie auf das Schlimmste gefasst. Stattdessen bekommt sie ELEMENT. Sie singt das Wort praktisch ins Mikrophon.

AARON WÄRE lieber nicht mitgekommen, hat aber wohlweislich nichts gesagt. Bisweilen ist es einfacher, seinem Vater fraglos zuzustimmen, zum Beispiel wenn der Ausdruck «wir als Familie» gebraucht wird. Dann bekommt Saul den gefährlichen Blick eines Löwen, und man verhält sich entweder wie ein Rudeltier oder kriegt es mit dem Alphamännchen zu tun. Aber eigentlich ist Aaron froh über diese gelegentlichen Appelle an seinen Sohneseifer, denn sie bestätigen ihm, dass die vier doch mehr gemeinsam haben als nur ein Dach über dem Kopf.

Mit solchen Gedanken im Hinterkopf setzt Aaron sein aufmerksamstes Brudergesicht auf, während er seine Schwester in den Reihen dieser vorpubertären Schüler sucht, die auf ihren Stühlen herumzappeln wie Insekten, die man vor dem Aufspießen nicht erstickt hat. Er möchte es fertig bringen, seine Schwester in ihrem neu entdeckten Buchstabiertalent zu unterstützen. Natürlich findet er sich selbst albern und unreif – aber trotzdem fällt ihm eben auf, dass Saul die Bühne nicht mehr aus den Augen lässt, seit so viele Teilnehmer ausgeschieden sind, dass man Eliza sieht. Schon längst bevor sie an der Reihe ist, sitzt Saul erwartungsvoll da und scheint völlig unbeeindruckt von der Monotonie des Ablaufs. Die Ansagerstimme, die langen Pausen, wenn die Kinder am Mikrophon Zeit schinden, die immergleichen Fragen – «Könnten Sie bitte das Wort wiederholen? Könnten Sie bitte die Definition wiederholen?» –, nichts kann ihn abhalten: Sein Blick haftet an Eliza. Er sieht sie an wie ein Vater sein neugeborenes Kind, dessen Existenz noch so ungewohnt ist, dass sie ihm vorkommt wie ein Wunder.

Aaron kennt diesen Blick. Er ist sechs Jahre alt, und die kleine Eliza ist frisch aus dem Krankenhaus nach Hause gebracht worden. Als Saul ihm sein Schwesterchen zeigt, kann Aaron nicht fassen, dass so etwas Winziges schon lebendig sein soll. Er nimmt eins der Händchen und erforscht die kleinen Finger. Er merkt nicht einmal, wie er sie in den Mund steckt und mit den Zähnen erkundet. Erst das Gebrüll seiner Schwester lässt ihn abrupt aus seiner Trance erwachen. Saul reißt ihm die kleine Hand weg. Aaron ist furchtbar erschrocken und sieht den abgebissenen Finger schon blutend auf den Tisch fallen. Er hat sein zartes Schwesterchen verstümmelt. Als die Hand noch ganz ist, die Haut unversehrt bis auf einen leichten ringförmigen Abdruck seiner Zähne, traut er seinen Augen kaum.

«NEIN», sagt sein Vater gebieterisch. Der drohende Tonfall baut sich wie eine Säule vor ihm auf.

Mit eingezogenem Kopf wartet Aaron auf seine Strafe. Aber plötzlich bekommt sein Vater eine richtig sanfte Stimme.

«Weißt du, du musst ganz sachte sein. Deine Schwester braucht deine Liebe. Schau mal, wie klein sie ist. Sie wird nie so groß sein wie du. Hilfst du mir, auf sie aufzupassen? Sie braucht uns beide.»

Aaron nickt mit großen Augen, immer noch schockiert von seinem Versehen und verblüfft über die Absolution durch seinen Vater. Marvin Bussy und Billy Mamula kommen erst Jahre später. Noch ist er ein Junge, der an seine männlichen Beschützerfähigkeiten glaubt.

ES DAUERT immer lange, bis der Mikrophonständer zwischen den Teilnehmern, die sich in unterschiedlichen Stadien der Pubertät befinden, entsprechend verstellt ist. Wenn die Kinder, die ihr Wort nicht können, doch bloß raten würden, statt einfach dazustehen, bis ein Preisrichter sie zum Buchstabieren auffordert! Bis manche Teilnehmer den Mund aufmachen, hat Eliza das Wort schon dreimal durchbuchstabiert, der Versuchung, die Strumpfhose einfach auszuziehen, widerstanden und zweimal die komplette Erkennungsmelodie von «Krieg der Sterne» gesungen, die ihr aus unerfindlichen Gründen nicht mehr aus dem Kopf geht.

Ohne es zu merken, hat Eliza sich ein Ritual zurechtgelegt: Drei Teilnehmer vor ihr blendet sie sämtliche Geräusche des Buchstabierwettbewerbs aus und macht die Augen zu. Um sich erklären zu können, woher die bösen Träume kommen, hat sie sich schon von klein auf ihren Kopf als Kino vorgestellt. Albträume rationalisiert sie weg, indem sie sich beteuert, sie sei aus Versehen in einen Film ab achtzehn geraten und müsse lediglich in das Kino rübergehen, wo die Filme ab sechs laufen, um erlöst zu sein. Mit Hilfe dieses mentalen Kinokonstrukts lässt Eliza jetzt eine große leere Leinwand in ihrem Kopf entstehen, auf die die Wörter projiziert werden.

Sie kommt überhaupt nicht auf die Idee, sich irgendwie komisch zu fühlen, weil sie am Mikrophon die Augen schließt. Wie soll sie denn sonst ihr Wort sehen? Nachdem sie die Gesichter der anderen bisher nicht beobachten konnte, weiß sie auch nicht, dass die meisten nach einem kurzen, angestrengten Verziehen der Miene, wie es Leute mit Verstopfung oder Jazzmusiker beim Solo an den Tag legen, mit offenen Augen buchstabieren. Eliza macht die Augen erst auf, wenn sie den letzten Buchstaben gesagt hat und das Wort so real existiert wie ihre Nase. Sie hat keine Angst vor dem Glockenton. Der ist nicht für sie bestimmt.

In Runde sieben werden die Wörter allmählich schwierig. Eliza zögert einen Augenblick bei CHRYSANTHEME, aber als sie die Augen ein zweites Mal schließt, wartet das Wort schon auf sie. Nachdem sie es korrekt buchstabiert hat, sieht sie plötzlich ihren Vater im Publikum; er ist als Einziger beim Applaus aufgesprungen. Beinahe hätte sie gewunken, findet das dann aber doch uncool. Stattdessen will sie ihm zuzwinkern, was mangels geglückter Lidkoordination jedoch nur aussieht, als hätte sie etwas im Auge.

Ohne mit ihr gesprochen zu haben, hat Eliza Zuneigung zu ihrer Nachbarin gefasst, einem konzentrierten, bedachtsamen Mädchen, dessen Startnummernschild schräg über ihrem sprießenden Busen hängt. Als das Mädchen bei SANTOMEER ausscheidet, fühlt sich Eliza verlassen, und nachdem es von der Bühne gegangen ist, meidet Eliza jeden Kontakt mit dem leeren Stuhl neben sich.

MIRIAM SITZT zwar nicht ungern hier, so als Mutter unter Müttern, wird aber dennoch das Gefühl nicht los, sie sollte lieber woanders sein. Sie kennt dieses Gefühl nur zu gut. In den seltensten Fällen spürt sie nicht diesen amorphen Druck, irgendeine anonyme, wichtige Aufgabe erfordere ihre Aufmerksamkeit. Am besten gefällt sie sich, wenn sie drei Dinge zugleich erledigt. Das mitgebrachte Buch besänftigt ihren inneren Aufruhr ein bisschen, aber Saul und Aaron konzentrieren sich so ausschließlich auf den Wettbewerb, dass Miriam ein schlechtes Gewissen bekommt, sobald sie zu lesen anfängt.

Eliza auf der Bühne zu sehen verblüfft sie. Obschon sie sich der biologischen Verbindung natürlich bewusst ist, betrachtet Miriam Eliza nicht wirklich als ihr Kind. Sie war immer davon ausgegangen, jegliche Töchter von ihr würden Einserkandidatinnen werden, die sich von der Horde ihrer Mitschüler frühzeitig und nachhaltig abheben würden. Dass Eliza nun so ganz anders war und zudem für intellektuelle Beschäftigungen keinerlei Interesse aufbrachte, machte sie Miriam unzugänglich. Inzwischen betrachtete Miriam ihre Tochter als Kuckuck in einer Sperlingsfamilie: geliebt und angenommen, aber eben doch ein Kuckuck. Saul gegenüber hat sie das zwar nie so geäußert, weiß jedoch, dass er es spürt und heftig missbilligt. Sie ärgert sich über sein strenges Urteil, denn für ihre Begriffe trägt er eine Mitschuld, indem er Aaron so deutlich vorzieht und ihr das Kind überlässt, mit dem sie am wenigsten anfangen kann.

Elizas Auftritt auf der Bühne macht Miriams Kuckucksbild zunichte. Das liegt nicht daran, dass Eliza die Wörter korrekt buchstabiert. Es liegt daran, dass sie vor dem Mikrophon, konzentriert auf das Wort, das man ihr gegeben hat, genauso aussieht wie Miriam, als sie selber noch klein und so in ihr Buch vertieft war, dass nicht einmal ein brennendes Haus sie ablenken konnte. Diese Erkenntnis tut weh. Denn Miriam weiß aus Erfahrung, dass eine derartige Fähigkeit zur Konzentration aus jahrelanger Einsamkeit herrührt, aus dem Bedürfnis, sich einer Sache ganz zu widmen, weil da sonst nichts ist. Zu spät wird ihr klar, dass die Distanz zu ihrer Tochter sie ihr ähnlicher gemacht hat, als ihr lieb ist.

ZU BEGINN von Runde zwölf werden die verbleibenden Teilnehmer in der ersten Reihe zusammengesetzt. Eliza sitzt neben Nummer 8 und 32, zwei ernst wirkenden kleinen Pakistanis, und Nummer 17, einem rothaarigen Mädchen mit dunklen Augenringen. Die anderen sind alle älter, und Eliza muss immer wieder das Mikrophon herunterschrauben. Wenn das rothaarige Mädchen nicht dran ist, murmelt es einen Spruch vor sich hin, der für Eliza klingt wie «Mein Bär, mein Bär, mein Bär». Nummer 8 schiebt sich abwechselnd die Hände unter die Pobacken und kaut an den Fingernägeln. Eliza starrt ins Publikum, um ihre Familie zu suchen, aber die blendenden Bühnenscheinwerfer lassen einen keine einzelnen Zuschauer erkennen. In rascher Folge knicken Nummer 17 bei DAGUERREOTYPIE und Nummer 8 bei ZYTOLOGIE ein. Jetzt sind nur noch Eliza und Nummer 32, der kleinere der beiden Pakistanis, übrig.

Er trägt eine dicke Brille mit getönten Gläsern und hat etwas von einem Geschäftsmann in den mittleren Jahren, den man in den Vorruhestand abgeschoben hat. Wenn er ein Wort buchstabieren soll, rauft er sich die Haare, als könnte er die Buchstaben einzeln von der Kopfhaut auflesen. Eliza und er meiden Blickkontakt. Als Eliza einmal versehentlich mit der Hand seinen Oberschenkel streift, während er sich setzt und sie aufsteht, reißt er sein Bein weg, als hätte er sich verbrannt.

Irgendwann nach PHARMAKOPÖE bleibt die Zeit stehen. Eliza kennt die kleinen körperlichen Makel von Nummer 32 mittlerweile so gut wie ihre eigenen: das entzündete Nagelbett an seinem linken Zeigefinger, die beiden grauen Haare oben am Hinterkopf, seinen ausgeprägten Fersen-voraus-Gang, wenn er ans Mikrophon tritt. Außerdem knirscht er mit den Zähnen, eine nervende Marotte, die mit jeder Runde schlimmer wird. In Runde zwanzig knirscht er so laut, dass man es bestimmt noch in der hintersten Reihe des Zuschauerraums hört. Der Wettbewerb hat sich in einen Zermürbungskrieg verwandelt. Wenn das so weitergeht, wird Nummer 32 fünfzehn und damit aus Altersgründen disqualifiziert.

Trotz der unglaublichen Spannung, trotz der Tatsache, dass Nummer 32 dieses Spiel offensichtlich schon länger spielt als sie, und trotz des Umstands, dass ihr Magen sich gerade in kleine Fetzen reißt und ihr gleich in einer grellbunten Konfettiwolke aus dem Mund schießen wird, fühlt sich Eliza unbeschreiblich lebendig. Sie spürt, wie sich ihre Lunge dehnt, wie das Blut vom Herzen in die Finger gepumpt wird. Die Wörter treffen sie auf einer Wahrnehmungsebene, die schneller ist als das bewusste Denken, und kommen irgendwo zum Klingen, wo es kein Buchstabieren braucht, weil das schon passiert ist, weil die Wörter bereits in ihrem Ohr zerspringen. Sie ist begeistert. Hellauf begeistert. Und sie könnte ohne weiteres ihr nächstes Lebensjahr auf dieser Bühne bleiben und abwechselnd mit Nummer 32 Wörter ins Mikrophon buchstabieren, bis schließlich die Preisrichter ihren Konkurrenten an seinem fünfzehnten Geburtstag gewaltsam von der Bühne ziehen und Eliza zur Siegerin im *Times-Herald*-Buchstabierwettbewerb der Region Philadelphia und Umgebung erklären.

WAS SICH Saul von dem Wettbewerb in Philadelphia erwartet hat, ist ihm nicht so genau klar, nur mit der Erkenntnis, dass seine Tochter ein mystisches Wunderkind ist, hat er gewiss nicht gerechnet. Doch genau das ist Eliza, wie sie dort oben auf der Bühne steht, an derselben Stelle, an der damals Dave «The Hammer» Schulz seinem Gegner Dale Rolfe die Fresse poliert hat. Mit geschlossenen Augen und völlig entspannt wartet Eliza vor dem Mikrophon vertrauensvoll darauf, dass ihr das nächste Wort erscheint. Runde für Runde steht seine Eliza einfach da. Während die anderen Kinder nicken, zittern oder zappeln, sich kratzen und an sich herumzupfen, ruht Eliza in sich und wendet die Konzentrationstechniken der alten Rabbiner an.

Saul würde am liebsten aufspringen und tanzen; er möchte singen und in dankbarer Demut die Hände zum Himmel erheben. Selbst Isaak Luria hatte einen Lehrer gebraucht. Sogar

Schbatai Zwi und Rabbi Nachman aus Braclaw haben es nicht ohne Unterweisung zu großen Mystikern gebracht. Dass er selbst nicht dazu bestimmt war, ein zweiter Abulafia zu werden, wusste er längst, und heimlich hatte er seine Hoffnung darauf gesetzt, dass ihm einmal ein Schüler begegnet, der in die Geschichte eingehen würde.

Aber ausgerechnet Eliza! Seine stille, unscheinbare Ellybelly, die nur freitags zum Schabbatgottesdienst in die Synagoge ging und bis zum Vortag des Buchstabierwettbewerbs keinen Fuß in sein Arbeitszimmer gesetzt hatte. Vielleicht hat er seine Tochter ja auf Distanz gehalten, um sie vor seinen eigenen unerfüllten Wünschen zu bewahren – das ist jedenfalls die milde Version, die er sich jetzt einredet. Eliza sollte die väterlichen Erwartungen nicht zu spüren bekommen, die zwar unrealistisch, aber dennoch nicht totzukriegen waren. Saul, der den Autos die Bücher vorzog und statt Newman Naumann heißen wollte, weiß nur zu gut, wie es einem geht, wenn man sich entgegen den Absichten eines Elternteils entwickelt. *Wenn ich mich gegen die von meinem Vater geerbten Fehler schon nicht wehren kann*, hatte er sich eingeredet, *so kann ich meine Tochter immerhin vor deren Auswirkungen bewahren.*

Während Eliza sich nun dieses Kopf-an-Kopf-Rennen mit dem ernst wirkenden, bestimmt zwei Jahre älteren Jungen liefert, erkennt Saul plötzlich mit einer unerklärlichen, nicht logisch zu begründenden Gewissheit, dass seine Tochter seine höchsten Erwartungen übertreffen wird. Sie wird gewinnen.

Als Nummer 32 über GLISSANDO stolpert, schnappt das Publikum kollektiv nach Luft, als hätte ihm das fehlende zweite S den Atem geraubt. Beim Ertönen der Glocke erstarrt der Junge am ganzen Körper. Alle Anwesenden außer Saul, der plötzlich seine Bestimmung klar vor Augen sieht, haben das Gefühl, einer Exekution beizuwohnen.

Nummer 32 bleibt auf der Bühne. Wenn Eliza ihr Wort

ebenfalls falsch buchstabiert, wird der Wettbewerb fortgesetzt. Als sie zum Mikrophon geht, ist jeder Muskel des Jungen angespannt, und von seinen Zähnen können eigentlich nur noch Stümpfe übrig sein.

«Nummer 26», verkündet der Ansager im feierlichen Ton eines Hüters der Heiligen Schrift. «Dein Wort ist EYRIR.»

«Eriehr?»

«Eriehr.»

Der Zweifel trifft Saul wie ein kalter Windstoß. Seine Gewissheit, noch vor Sekunden so felsenfest, verflüchtigt sich im Äther. Schon kriecht ihm die Enttäuschung in die Adern. Am liebsten würde er zu seiner Tochter rennen, die da so unbewegt und mit geschlossenen Augen auf der Bühne steht, und ihr zurufen, bevor es zu spät ist: «Mach die Augen auf, schnell! So seh ich aus, wenn ich an dich glaube!»

EYRIR EXPLODIERT in Elizas Kopf wie eine Supernova, unerwartet, aber atemberaubend schön. Das Licht verwandelt den Zuschauerraum in ein Meer undeutlicher Formen, die fremden Silben hallen bis in jede Ecke der Arena. Es ist ungewöhnlich still. Das Wort erzeugt einen süßen metallischen Geschmack auf Elizas Zunge.

Plötzlich taucht sie in eine Unterwasserwelt. Das Licht flackert auf seinem Weg hin zu ihren Augen. Das Stadion kräuselt sich, als wäre es mit Tinte auf die Wasseroberfläche gemalt. EYRIR ist ein feuchtes Etwas, das eine dumpfe, warme Bedrohlichkeit ausstrahlt; sein dunkler Pelz ist zottig vom jahrelangen Urwaldleben. EYRIR ist die namenlose, formlose Angst, die in schlaflosen Nächten spukt. EYRIR soll weggehen, soll verschwinden wie eine Fieberphantasie, sobald ihr Vater ihr die Hand auf die Stirn legt. Aber nein. Sie bittet um die Definition.

«Das ist eine isländische Währungseinheit», erklärt der Ansager mit undurchschaubarer Miene.

«Eriehr.» Eliza hält inne. E? Ae? Irgendetwas stimmt noch nicht. Sie schließt die Augen. Sie denkt weder an Nummer 32, der sich neben ihr schwarz ärgert, noch daran, dass sie bald anfangen muss zu buchstabieren, noch daran, dass irgendwo da im Publikum ihre Familie sitzt. Sie wartet zuversichtlich und geduldig, dass ihr das Wort erscheint. Und dann, als ihre Lider rot vom Licht der Scheinwerfer zu glühen beginnen, zeigt es sich. Eliza holt tief Luft, um ihm Kraft zu verleihen.

*Y, die glitschige Schlange. Y, das sich von einem Vokal in einen Konsonanten verwandeln kann wie Wasser in Eis.*

«E-Y-» Sie atmet aus. «R-I-R.» Sie wartet.

Überwältigende, greifbare Stille. Nichts rührt sich. Vielleicht ist der Tod kein tiefer Schlaf, aus dem man nicht mehr erwacht, sondern das Leben, auf einen unentrinnbaren Moment konzentriert, geht Eliza durch den Kopf.

Die Ansagerstimme durchbricht die Stille, knackt die harte Schale um das süße Fleisch.

«Das ist korrekt.»

Applaus prasselt auf die Bühne wie bunte Kiesel. Ein innerer Stummschaltknopf, von dessen Existenz Eliza gar nichts gewusst hatte, löst sich. Ihr ist, als hörte sie nach Jahren, in denen die Wellen immer nur tonlos in den Sand schwappten, endlich das Rauschen der Brandung.

Und dann sieht Eliza ihren Vater. Saul kommt nicht, nein, er spurtet auf die Bühne. Die Stuhlreihen, die Trauben von Menschen und Journalisten nimmt er überhaupt nicht zur Kenntnis, er kommt Eliza vor wie ein Wagen beim Autoscooter, an dem auf der Fahrt zur Bühne alles abprallt. Er lässt sie nicht aus den Augen. Sein Gesichtsausdruck erinnert Eliza an eine Szene in ihrer bebilderten Tora: Ein Jude erblickt das Gelobte Land. Eliza fühlt sich wie Moses. Fühlt sich wie Superman. Sie hält ihre Trophäe in die Höhe, die Bühne ist ihr Berg Sinai, und Saul ihr Jimmy Olsen. Als Saul endlich die Bühne erreicht hat und Eliza an sich drückt wie Manna in der Wüste, dreht sie durch vor Glück.

DIE ERSTE Begegnung mit Perfectimundo trifft Miriam völlig überraschend. Es passiert beim Hüpfekästchenspielen auf der Straße, als der Stein genau in der Mitte von Kästchen Nummer drei zu liegen kommt. Ein magischer Moment. Dass der Stein so harmonisch in dem Viereck liegen bleibt, öffnet in Miriams Innerem eine Tür, die bis dahin verschlossen war. Alles in ihr entspannt sich. Von oben bis unten durchströmt sie Wärme. Der Stein will sie wie ein Talisman in eine andere Welt locken, und in dieser anderen Welt will sie wohnen, zu dieser anderen Welt gehört sie. Zum Ärger ihrer Spielkameradin, eines Nachbarskinds in Rüschenbluse, dessen Vater Termingeschäfte mit Schweinefleisch macht, bricht Miriam das Spiel ab, starrt den Stein an und wirft plötzlich lauter neue Steine, bis diese exakt in der Mitte von Kästchen eins, zwei und vier bis acht landen – ein Projekt, das immer noch nicht vollendet ist, als Miriam zum Abendessen gerufen wird; das gerüschte Nachbarskind ist längst beleidigt in Mamis Arme zurückgeflüchtet.

Im selben Jahr bekommt Miriam ein Kaleidoskop geschenkt. Als sie zum ersten Mal in die Linse guckt, stockt ihr der Atem. Das Kaleidoskop ist wie ein Fenster in die Welt perfekt geworfener Steine, in das Land Perfectimundo. Miriam würde am liebsten durchs Guckloch in die Röhre schlüpfen und mit der makellosen Symmetrie verschmelzen. Da dies nicht möglich ist, ist sie wild entschlossen, für den Rest ihres Lebens durch die Linse zu schauen. Als ein wohlmeinender Erwachsener an dem Zylinder dreht, brüllt sie so laut, dass das

Kindermädchen schon befürchtet, ihr Schützling hätte einen der bunten Glassplitter ins Auge gekriegt. Kurz bevor man ihr das Kaleidoskop wegnimmt, hat sie aber entdeckt, dass die Bewegung die Vollkommenheit nicht zerstört, sondern lediglich neu geschaffen hat. Sie verlangt ihr Geschenk zurück und steht dann den Rest des Tages im Garten, das Kaleidoskop in Richtung Sonne, reglos, bis auf die Drehbewegung der einen Hand. Wo ein Fenster ist, ist auch eine Tür, sagt sie sich, als es Zeit zum Schlafengehen wird und sie sich, mit dem Kaleidoskop an die Brust gedrückt, ins Bett legt. Dort schwört sie dann mit der Feierlichkeit ihrer frühreifen sieben Jahre, die Tür zu Perfectimundo zu finden, und wenn sie ihr ganzes Leben danach suchen muss.

SAUL ERSCHEINT mit dem *Norristown Times Herald* und dem *Philadelphia Inquirer* in mehreren Exemplaren zum Frühstück.

«Guten Morgen, du Star», begrüßt er seine Tochter und legt ihr die Zeitungen hin.

Der *Times Herald* verkündet auf der Titelseite: ELFJÄHRIGE BUCHSTABIERT SICH ZUM S-I-E-G, während der *Inquirer* sein moderateres EYRIR SICHERT SCHÜLERIN NATIONALRUNDE IM BUCHSTABIERWETTBEWERB im Lokalteil platziert.

Da das Foto von Miriam, Saul und Aaron, wie sie Eliza gratulieren, eines der wenigen Familienfotos ist, die je gemacht wurden, interessiert sich Eliza vor allem für den *Times Herald*. Elizas Gesicht ist ein Stillleben ungläubigen Staunens und ihre Trophäe ein Baby, von dessen nahender Geburt sie nichts ahnte. Saul hat sie an den Schultern gefasst und strahlt vor Besitzerstolz. Miriam steht links neben ihnen beiden, die Hand noch nicht ganz an Elizas Arm, als überlegte sie, ob eine Berührung ungefährlich ist. Aaron steht am Bildrand, sein Gesicht ist verschwommen und zum Großteil von den umstehenden Menschen verdeckt. Alles ist viel kleiner, als es Eliza in Wirklichkeit vorkam.

Eliza hatte sich so ein Foto ganz anders vorgestellt. Ihre Familie sieht überhaupt nicht aus wie die in den Schaufenstern der Fotostudios. Das ist kein perlmuttschimmerndes Porträt verschränkter Arme und einhellig lächelnder Münder; ihre Familie erinnert eher an ein schäbiges altes Puzzle, bei dem falsche Teile mit Gewalt ineinander gedrückt wurden, damit sich ein Ganzes ergibt. Eliza betrachtet das Bild mit der Objektivität einer Außenstehenden. Zum ersten Mal fällt ihr auf, wie ihre Eltern den Kontakt zueinander vermeiden, wie ihr Bruder die Schultern hängen lässt und wie sie selbst bei Sauls Berührung erstarrt, als könnte der Augenblick verweilen, wenn sie nur ganz still hielte. Sie entdeckt tiefe Falten um die Augen des Mannes, eine eigenartige Leere im Gesicht der Frau. Selbst das Mädchen kommt ihr allmählich fremd vor, mit seinen strahlenden Augen und seinem leuchtenden Gesicht. Na ja, wenn sie aufblickt, wird sie schon wieder die vertrauten Menschen um sich haben und nicht die fremden Gestalten auf dem Foto. Doch dann ist es so, als käme sie aus der hellen Mittagssonne in einen verdunkelten Raum. Elizas Augen müssen sich erst umgewöhnen. Immerhin: Da ist ihr Vater, der pfeifend seine Morgenzeitung durchblättert, und da ist ihre Mutter, die mit schräg gelegtem Kopf die Pfanne schrubbt, in der Saul Rühreier gemacht hat. Diese Menschen kennt sie. Sie legt den *Times Herald* mit der Fotoseite nach unten auf den Tisch.

Strahlend wie ein frisch gebackener Vater verteilt Saul seine Zeitungen, als wären sie kostbare Zigarren. Als er vorschlägt, abwechselnd vorzulesen, murmelt Aaron etwas von Halsschmerzen und steht auf, um sich einen Tee zu kochen.

Zwischen Rühreibissen kommentiert Saul mit seiner besten Sportreporterstimme:

«Vier Stunden später waren es nur noch zwei. Chopak Singh, dreimaliger Regionalsieger, behauptete sich zehn schwere Runden hindurch, musste sich aber schließlich geschlagen geben, und eine Debütantin holte die Trophäe:» – Saul schlägt mit den Fingern einen Trommelwirbel auf den Tisch – «Eliza Naumann!»

Plötzlich steht Miriam neben ihr und hält ihr ein Geschenkpäckchen hin.

«Für dich», sagt sie.

Eliza starrt das Geschenk an, und am Tisch wird es still. Saul gibt es plötzlich einen Stich; vor Scham, dass er auf seine Tochter eifersüchtig ist, beißt er hastig in seinen Toast. Miriam macht sonst nur vernünftige Geschenke zu vernünftigen Anlässen: zu Geburtstagen, zu Chanukka, zu ihrem Hochzeitstag. In den ganzen achtzehn Jahren hat sie ihm kein einziges Mal eine kleine Überraschung mitgebracht.

Miriam überreicht ihrer Tochter das Geschenk wie einen Staffelstab, einzig und allein auf die Übergabe konzentriert. Einen Zeitlupenmoment fassen Elizas und Miriams Hände das Geschenk an den entgegengesetzten Enden an, und Eliza befürchtet schon, sie hätte sich das Päckchen wieder verwirkt. Als Miriam auf einmal doch loslässt, flattern ihre Finger, als würde sie ihm nachwinken.

Zu Miriams Blick, der jede Bewegung von Eliza verfolgt, gesellen sich die Blicke ihres Vaters und ihres Bruders. Elizas anfängliche Freude über die Überraschung hat sich in eine dumpfe Vorahnung verwandelt. Wahrscheinlich steckt in dem Päckchen so was wie ein Knobelspiel, das auf drei Wegen zu lösen ist, von denen man aber grundsätzlich den falschen wählt.

Vorsichtig löst Eliza die Verpackung, zuckt zusammen,

wenn sie mit dem Tesafilm ein Stück Papier abreißt. Als Miriams altes Kaleidoskop zum Vorschein kommt, hält sie es zunächst für so ein komisches Rohr, in dem Strumpfhosen manchmal verpackt sind – vielleicht ja die weniger kratzigen.

«Nein», sagt Miriam, vielleicht ein bisschen scharf, als Eliza den Deckel abziehen will, und ihre Tochter erstarrt wie ein Tier, das in der Falle sitzt und weiß, dass es keinen Ausweg gibt. Sofort schlägt Miriam einen sanfteren Ton an. «Das geht nicht auf. Es ist ein Kaleidoskop. Mein altes, das ich als Kind hatte.»

Es macht nicht viel her. Die einst leuchtend blaue Pappe ist gealtert, abgewetzt, verblichen. Innen befinden sich die üblichen bunten Glassplitter. Eliza hält es ins Licht, dreht es ein paar Mal und überlegt, welche Reaktion wohl von ihr erwartet wird.

«Danke, Mom. Das sieht hübsch aus.» Miriam starrt sie mit so durchdringendem Blick an, dass sie sich das Rohr noch einmal vors Auge hält. Vielleicht hat ihre Mutter ja irgendetwas hineingesteckt. Eliza dreht es noch ein paar Mal. Aber nein, es ist einfach ein Kaleidoskop.

Miriam schmeckt ihre Enttäuschung auf der Zunge und gießt sich an der Spüle ein Glas Wasser ein. Diesen Abstand braucht sie jetzt, um das Geschenk nicht an sich zu reißen. Als sie wieder an den Tisch kommt, sind alle drei Augenpaare auf sie gerichtet.

«Ich hätte es dir früher geben sollen. Wahrscheinlich bist du einfach schon zu alt.» Sauls Blick, seine fragenden Augen, ignoriert sie.

Elizas Gesicht leuchtet plötzlich auf. «Nein, Mom, ich finde es gut, dass du gewartet hast, sonst hätte ich es bloß kaputtgemacht. Das ist schließlich was richtig Altes, oder? Wenn du es schon als Kind gehabt hast?»

Miriams letzte Hoffnung auf eine verwandte Seele schwindet.

«Richtig, es ist was Altes. Es ist fast so alt wie ich.»

Eliza lächelt froh und bettet das Kaleidoskop auf ein Geschenkpapierkissen, als wäre es nicht aus Pappe, sondern aus hauchdünnem Glas. Miriam sieht es schon auf einem verstaubten Regal in Elizas Zimmer sein Dasein fristen, ohne dass es je wieder hervorgeholt wird. Saul schüttelt lachend den Kopf.

«Genau, Elly, es ist quasi eine Antiquität aus der Zeit, als es noch keine Ataris gab.» Im Gegensatz zu Eliza, die ihre Mutter nicht anzuschauen wagt, sieht Saul, dass die Freude aus den Augen seiner Frau geschwunden ist. Was hatte sie wohl damit bezweckt, fragt er sich, doch das wird sie ihm sicher nicht verraten.

NICHT LANGE nach der Regionalausscheidung kommt Miriam statt wie üblich um sechs Uhr plötzlich erst um viertel vor sieben abends nach Hause. Bisher kam sie so regelmäßig um Punkt sechs, dass Saul schon wusste, an welcher Stelle der Erkennungsmelodie zu den NBC-Nachrichten ihr Schlüssel im Türschloss klappern würde. Als sie das erste Mal nicht zur gewohnten Zeit auftaucht, ist er sich sicher, dass nur ein schlimmer Unfall die Verzögerung verursacht haben kann. Als sie schließlich doch kommt, schließt er sie in die Arme – verblüfft, wie stark die Gefühle noch sind, die für seine Begriffe längst abgekühlt waren.

«Alles in Ordnung?», fragt er aufgewühlt und entschlossen, jegliche Antwort für eine Wiedergeburt ihrer Beziehung zu nutzen. Er ist zu einem Neuanfang bereit.

«Ja, mir geht's gut», erwidert sie amüsiert. Saul lässt sie los. Sein Ausbruch war wie ein unsichtbarer Lichtstrahl durch sie hindurchgeglitten. «Ich komme in Zukunft immer später. Ist das okay mit dem Abendessen?»

Es habe mit ihrer Arbeit zu tun, sagt sie, aber etwas steigt ihr dabei ins Gesicht, so etwas wie eine unterschwellige Wärme.

ALS ELIZA in die Schule kommt, hängen die Artikel aus den Sonntagszeitungen schon im Glaskasten. Eliza vermeidet den Blick aufs Familienfoto und konzentriert sich darauf, ihren Namen gedruckt zu sehen. Nachdem sie ausgelesen hat, bleibt sie noch stehen, drückt sich die Nase an der Scheibe platt und gibt, immer wenn ein Schulbus kommt, perfekt getimte Laute der Anerkennung von sich, um ein paar Bewunderer anzulocken. Bei ein paar Erstklässlern funktioniert es, aber denen muss sie die Artikel vorlesen, und das findet sie so frustrierend, dass sie es nach kurzer Zeit drangibt.

Nach der morgendlichen Treuebekundung zur amerikanischen Flagge nennt Dr. Morris Elizas Namen über Lautsprecher, und Ms. Bergermeyer lässt die Klasse applaudieren. Mitschüler, die Eliza seit der zweiten Klasse kennen, sehen sie plötzlich komisch an. So ähnlich muss sich Billy Mauger gefühlt haben, als er nach seiner Chemotherapie kahl war und ihn alle anstarrten, obwohl man ihnen das verboten hatte.

Außerhalb ihrer Klasse ist es angenehmer. In der Pause kommen ein paar der Mädchen auf sie zu, die keine Designerjeans tragen und jedes Halbjahr ihre Einserzeugnisse nach Hause bringen, als sei dies das Selbstverständlichste auf der Welt. Sinna Bhagudori ist mit dabei.

«Wie war's denn?», fragt Sinna mit leuchtenden Augen. Die anderen nicken dazu, dass ihnen die Brillen auf der Nase tanzen.

«Es war wie im Film», erwidert Eliza. «Wie wenn man berühmt ist.»

In ihrer Klasse kommt sich Eliza vor wie ein Ausstellungsstück: So kommt eine Buchstabierwettbewerbssiegerin in den Unterricht, so geht eine Buchstabierwettbewerbssiegerin auf die Toilette, so kaut eine Buchstabierwettbewerbssiegerin auf ihrem Bleistift.

Die Blicke, die sie erntet, sind neidisch. *Du bist doch eigentlich eine von den Dummen*, sagen die Augen. *Du bist doch eine von uns.*

Als Eliza zum Bus geht, stellt sich ihr Carrie Waxham in den Weg, ein spindeldürres Mädchen mit eng zusammenstehenden Augen und blonden Schnittlauchlocken.

«Angeberin», murmelt Carrie und bohrt Eliza den Finger mit aller Kraft in den Rücken. «Snob.»

Gemeinerweise schießen Eliza die Tränen in die Augen, und sie tut beim Wegwischen so, als würde sie sich an der Nase kratzen. Carrie setzt sich auf den Sitz hinter ihr und kaut gerade so laut Kaugummi, dass es die Kinder um sie herum hören, nicht aber Ms. Bergermeyer. Von Bruchrechnen hat Carrie keinen Schimmer, und im Klassenwettbewerb ist sie mit ABSICHT rausgeflogen.

«Mir doch egal», flüstert Eliza vor sich hin und erstarrt. Genau diesen Spruch hat Aaron so oft vor sich hin gemurmelt, wenn er mit einem neuen blauen Fleck oder Kratzer wütend nach Hause marschiert ist. Eliza hatte sich geschworen, ihn selbst nie zu sagen, sich nie in eine Situation zu bringen, wo sie sich mit dieser Lüge trösten müsste.

SAUL HAT den ganzen Tag im Kopf Vorträge eingeübt und Szenen zwischen sich und seiner Tochter durchgespielt. Was er vor sich hat, ist eine gewaltige Aufgabe, und um sie richtig zu erfüllen, muss er langsam vorgehen, das weiß er. Er darf Eliza nicht mit seinen ehrgeizigen Plänen verschrecken. Keinesfalls darf er mit seinem Erweckungserlebnis beim Buchstabierwettbewerb anfangen, so gern er das täte. Wenn Elly ihr enormes Potenzial entdecken soll, dann muss sie das von sich aus tun.

Zu Beginn werden sie sich ausschließlich aufs Rechtschreiben konzentrieren. Eliza braucht ein solides Fundament, ein Sprungbrett, von dem aus sie sich in die Lüfte schwingen kann. Und dieses Fundament soll das Wörterbuch sein. Die altehrwürdigen Meister hatten auch die gründliche Kenntnis der Schrift empfohlen, bevor man sich auf die Kabbala einließ. Der nationale Wettbewerb steht an. Sie werden sich gemeinsam darauf vorbereiten.

Während Eliza in der Schule ist, kauft Saul den Großen Webster: die englische Sprache, auf drei mächtige Bände verteilt.

Als sie nach Hause kommt, wartet Saul schon auf sie. Er tut, als sähe er ihren überraschten Blick nicht, als wäre seine Anwesenheit am Küchentisch bei ihrer Ankunft das Normalste von der Welt.

«Du könntest bestimmt eine kleine Zwischenmahlzeit vertragen», sagt er, bevor sie den Mund aufmachen kann. «Ich habe dir einen Apfel aufgeschnitten, mit ein paar Scheiben Käse dazu. Wenn du magst, kriegst du auch einen Keks, wobei dich der viele Zucker später natürlich müde macht, und dann kannst du dich nicht so gut konzentrieren. Wenn wir die Sache richtig anpacken wollen, dann müssen wir auch solche Dinge berücksichtigen.»

«Hm?», sagt Eliza, und da merkt Saul, dass er bereits von seinem Skript abgewichen ist; vor lauter Vorfreude hat er die Stelle übersprungen, an der er Eliza in den Plan einweiht.

«Hier», sagt er und führt Eliza in sein Arbeitszimmer. In der hinteren Ecke sind die Zettelberge und Notizbücher wie durch Zauberei verschwunden. An ihrer Stelle steht ein kleiner Arbeitstisch mit zwei Stühlen. In der Tischmitte liegen die drei Bände des Webster aufeinander.

«Ich finde, so ist das eine ganz schöne Lernecke. Wir haben zwar weniger Zeit, als mir lieb ist, aber andererseits können wir in zwei Monaten ziemlich viel schaffen. Ich habe schon mal einen vorläufigen Stundenplan mit der täglichen Übungszeit aufgestellt und dazu einen ungefähren Lehrplan für die gesamte Vorbereitungsphase, aber es kommt natürlich ganz darauf an, was für uns zwei am besten funktioniert.»

Er holt Luft. Seine Tochter sieht ihn verwirrt an, und er lächelt schüchtern. «Also, Ellybelly, willst du's probieren? Darf ich dir beim Lernen helfen?»

Einen Augenblick erkennt Eliza in der Miene ihres Vaters etwas von ihrem Bruder wieder: ein kleiner, wild entschlossener Junge mit dem sehnlichen Wunsch, in die Mannschaft gewählt zu werden. Obwohl sie es nicht wirklich in Betracht zieht, obwohl es ihr nicht im Traum einfallen würde, erfasst sie bei der Vorstellung, nein zu sagen, ein sekundenlanger Taumel.

«Wird dir das denn nicht zu langweilig?»

«Elly», erwidert Saul und fasst sie an beiden Schultern, «du hast keine Ahnung, wie spannend das ist.»

Elly nickt und murmelt ein «Okay» anstelle des jubelnden «Klar!», das ihr eigentlich auf der Zunge liegt, vor lauter Angst, es könnte ihn mit seiner Heftigkeit verschrecken. Nicht zu fassen, jetzt deutet Saul auf den Tisch und sagt: «Das ist ab heute dein Platz, Elly. Du darfst jederzeit zu mir reinkommen.» Als sie zögert, besteht er darauf, dass sie sich als Erste hinsetzt und als Erste einen Wörterbuchband aufschlägt. Sie spürt das Gewicht des Buches und riecht den Duft nach neuem Papier, das einzig und allein für ihre Nase gekauft wurde.

Und über den Inhalt muss sie staunen: Die Wörter sind exakt so groß wie diejenigen, die in ihrer Vorstellung ihren

Kopf, ihre Brust oder ihre Beine von innen kleiden. Das Wörterbuch ist ihr Körperwissen in offenbar gewordener Form. Wenn sie die Wörter liest, kommt es ihr vor, als hätte sie das schon einmal getan, als zeichnete sie jetzt nur mit Hand und Auge nach, was ihr Gehirn längst wusste.

Unter der Woche arbeiten die beiden fünf Stunden am Tag, am Wochenende sieben. Dabei geht es nicht um mechanisches Auswendiglernen, sondern Elly soll Herkunft, Wurzel und morphologische Bestandteile der Wörter verstehen. Saul macht ihr das Lexikon als ein Buch schmackhaft, das zu kommentieren und zu diskutieren sich lohnt, gleichsam als Tora der Sprache.

Wenn Eliza lernt, reist sie durch Zeit und Raum. COUSCOUS fühlt sich nach Wüste und glatt geschmirgelten Steinen an, ZYPRESSE schmeckt nach Salz und Wind. Afrika, Griechenland und Frankreich werden besucht. Jedes Wort hat eine Geschichte: von wikingischer Abstammung, übers Meer gereist, von Mund zu Mund und von Land zu Land weitergewandert, bis aus dem *Æpli* ein *Apfel*, ein *Appel* und schließlich ein süßer, knackiger APPLE wird. Abends, wenn Eliza und ihr Vater fertig sind, schwebt sie auf diesen Wörtern in den Schlaf. Die Stimme des Wörterbuchs ist die Stimme ihrer Träume.

WANN SIE zum ersten Mal gestohlen hat, ist Miriam gar nicht bewusst. Sie ist exakt achteinhalb Jahre alt. Miss Vanderhooven ist mit ihr in Bermans Spielwarenladen gegangen, wo sie sich ihr Geschenk zur Halbzeit vor dem nächsten Geburtstag aussuchen darf. Dem niederländischen Kindermädchen ist ein französisches vorausgegangen und wird ein schweizerisches folgen, denn Ruth und Melvin achten sehr darauf, dass Miriams Erziehung einen internationalen Touch hat.

(Deutsche brauchen sich erst gar nicht zu melden, da kann Hitler noch so tot sein.) Miriam läuft durch die Regalreihen wie in Trance, denn der Anblick der unberührten Spielsachen erfüllt sie mit einem tiefen Wohlbehagen. Am liebsten würde sie sich nur mit nagelneuen Dingen umgeben. Mit sinnlichem Vergnügen lässt sie den Finger über die Kanten einer Spieleverpackung gleiten oder liebkost die Plastikhülle einer Babypuppe, atmet den würzigen Duft von Gummi und Plastik, die Sauberkeit, die maschinelle Sterilität ein. Als sie sich schließlich ein dreistöckiges Puppenhaus mit elektrischer Beleuchtung und Wintergarten aussucht, will sie damit kein zukünftiges Hausfrauendasein durchspielen, sondern die Bilderbuchfamilie mit ihren maßstabgetreuen Möbeln so lange in wohl geordneten Formationen hin- und herschieben, bis Perfectimundo entsteht.

Seit dem ihr günstigen Hüpfekästchenspiel und der kaleidoskopischen Offenbarung ist Perfectimundo Miriams Lieblingswort, Lieblingszustand und Lieblingszeitvertreib. Der Spielwarenladen in seiner fabrikneuen Jungfräulichkeit ist Perfectimundo. Miriams Zimmer – wenn sie die Bausteine Kante an Kante in der Schublade verstaut, die Bücher exakt nebeneinander ins Regal stellt und jeden Kleiderbügel im Schrank in gleichem Abstand an die anderen gerückt hat – ist Perfectimundo. Der verschneite, unberührte Rasen vor dem Haus ist Perfectimundo. Miriam kann nicht einschlafen, bis sie nicht selbst Perfectimundo ist: ihr Körper mittig auf der Matratze, der Kopf mittig auf dem Kissen, die Decke mittig auf dem Bett. Und manchmal dauert es lange, bis sie mit dem Ergebnis zufrieden ist.

Während Miss Vanderhooven mit dem Puppenhaus an der Kasse steht, verschwindet Miriam in einer Regalreihe mit billigem Kleinzeug: Kreisel und Spielzeugsoldaten, Jo-Jos und Haarbürsten für Babypuppen. Ihr Blick fällt auf einen Plastikbehälter mit pinkfarbenen Gummibällen, die gerade in ihre Handfläche passen. Besonders ein Ball hat es ihr angetan, ist Perfectimundo in Reinform: Er liegt ganz oben und wird von der Deckenbeleuchtung auf besondere Weise angestrahlt. Plötzlich offenbart sich ihr eine Wahrheit, so unwiderlegbar wie ein arithmetischer Satz: Der Ball ist ein Teil von ihr, von dem sie aus unerfindlichen Gründen getrennt wurde. Das Glück und ihr Instinkt haben sie mit vereinten Kräften in diese Regalreihe geführt, ausgerechnet an dem Tag, an dem sich das fehlende Stück bemerkbar machen konnte.

Sie hat mehr als genügend Kleingeld in der Tasche, um den Ball zu kaufen. Sie könnte ihre Pennies sogar behalten und ihn von Miss Vanderhooven beim Kauf des Puppenhauses direkt mitbezahlen lassen. Doch der Gedanke, für etwas zu bezahlen, das ihr bereits gehört, ist viel zu abwegig, um ihn länger zu erwägen. Dass Miriams Hand sich ausstreckt und den Ball in ihre Tasche steckt, ist so selbstverständlich wie ihr Herzschlag. Der Ball kitzelt sie an der Hand – die gleiche Wärme durchströmt sie wie in dem Augenblick, als dieser erste Kieselstein perfekt zur Landung kam. Und dann ist der Augenblick vorbei, so plötzlich wie er begonnen hatte. Kaum gleitet der Ball in ihre Tasche, entschwindet er ihren Gedanken.

Als Miriam den Ball später findet, ist sie richtig überrascht. Dann erinnert sie sich wieder. Selbst als Mr. Berman ihnen zum Abschied einen schönen Tag gewünscht hat, blieb der Ball in ihrem Kleid versteckt. Keiner hatte etwas gesagt. Diese Erinnerung bestätigt, dass der Ball wichtig ist, ein sichtbares Zeichen ihrer Sonderstellung in der Welt. Miriam legt den Ball in eine mit Schrankpapier ausgelegte Schuhschachtel und stellt diese unters Bett, genau unter die Stelle, wo ihr Kopf auf dem Kissen liegt. Manchmal wird der Ball in ihren Träumen so groß wie ein Haus und rollt über grüne Hügel oder durch rauschende Weizenfelder. Manchmal wird er auch zur Sonne und scheint mit einem pinkfarbenen Licht auf sie herunter. Manchmal ruft er ihren Namen, *Miriam Grossman*, ruft ihn mit einer Glockenstimme, die die Welt erschüttert und ihr Innerstes zum Schwingen bringt.

Bevor Miriam abends schlafen geht, sieht sie nach, ob der Ball noch in der Schachtel liegt. Anschließend flüstert sie fünfmal ihr Lieblingswort mit P. Für jemanden wie Miss Vanderhooven, die mit dem Gedanken spielt, das einsame Mädchen mit der Liebe Jesu vertraut zu machen (ein Vorhaben, das ihr die Kündigung einträgt, als sie Miriam zum nächsten richtigen Geburtstag einen Rosenkranz schenkt), wirkt das von der Tür aus wie ein Gebet.

WENN AARON rekonstruieren will, ab wann alles anders wurde, muss er noch weiter zurückblicken als bis zu dem Sonntag, an dem Saul die Zeitungen an den Frühstückstisch brachte, nämlich bis zu dem Tag, an dem er Eliza zum Bezirkswettbewerb fuhr. Da hat sich in ihm zum ersten Mal ein Verdacht geregt, als er seine Schwester an der Ampel heimlich beobachtete. Davor hatte er nie Grund gehabt, sie als Rivalin anzusehen. Selbst als er bei ihrer ersten Begegnung ihre kleinen Fingerchen zwischen seinen Sechsjährigenzähnen einquetschte, geschah das mehr aus Experimentierfreude denn aus Angriffslust, es war ein früher Versuch, zu verstehen, aus welchem Stoff kleine Schwestern gemacht sind. Seither haben sich die sechs Jahre Altersunterschied erheblich ausgedehnt und lassen ihm, auch wenn er sich an ihre Spiele im Wohnzimmer und ihre Phantasiereisen im Garten erinnert, die gemeinsame Vergangenheit doppelt so fern erscheinen. Vom Arbeitszimmer seines Vaters aus gesehen war Eliza bisher ebenso wenig existent wie der Rest der Welt vor der Tür.

In letzter Zeit hat sich das jedoch geändert. Seit Eliza mit der Trophäe vom Bezirkswettbewerb nach Hause gekommen ist, spürt Aaron ihre Anwesenheit sogar von den heiligen vier Wänden des Arbeitszimmers seines Vaters aus. Das liegt wohl weniger an ihm als an Saul, der nur noch leise Gitarre spielt, um Ellys Lernerei bloß nicht zu beeinträchtigen. Manchmal unterbricht sich sein Vater mitten in einem Lied, fragt Aaron, wie er ein bestimmtes Wort buchstabieren würde, und spielt erst weiter, wenn er im Wörterbuch nachgeschlagen hat.

Als dann die Zettelstapel in der einen Ecke verschwinden, als aus dem Nichts Tisch und Stühle auftauchen, regt sich in Aaron eine dumpfe Vorahnung. Wahrscheinlich reagierte er nur zu empfindlich, hatte er sich gesagt, aber jetzt haben sie seit Montag schon nicht mehr Gitarre gespielt. Seit Tagen steht Aaron zur verabredeten Zeit mit dem Gitarrenkoffer bei Saul vor der Tür, und die ist geschlossen. Wenn er lange genug davor stehen bleibt, hört er die beiden arbeiten. Manchmal bleibt er sehr lange dort stehen.

Am Donnerstag beschließt Aaron, einfach zu klopfen. Manchmal konzentriert sich Saul so stark, dass er die Zeit vergisst, sonst würde er sich ja nicht den Wecker stellen, damit er ans Abendessenmachen denkt. Seinen Vater muss man einfach erinnern. Es ist doch albern, wie er in seinem Kopf aus einer Mücke schon einen Elefanten gemacht hat. Jetzt ist er an der Reihe, Elly versteht das sicher. Aaron spielt seine Sätze im Kopf durch.

«Ich wollte dich bloß dran erinnern …» *Nein. Das klingt zu sehr nach Vorwurf.* «Sag mal, wollen wir heute Gitarre üben?» *Genau.* Mit dem Gitarrenkoffer in der Hand Sauls Arbeitszimmer anzusteuern fühlt sich ungefähr genauso an, wie in den Park zu gehen und schon vorher zu wissen, dass man beim Basketballmatch wieder höchstens auf die Ersatzbank kommt.

Die Tür ist geschlossen. Ein paar Sekunden lang steht Aaron einfach davor; der Griff des Gitarrenkoffers wird von seiner verschwitzten Hand immer rutschiger. Dad und Elly sind von drinnen zu hören. Aaron stellt die Gitarre ab und wischt sich die Hand am T-Shirt ab. *Nicht*, schreit ihm sein jüngeres Ich zu, *du darfst nur im äußersten Notfall klopfen, das hat schließlich der Abba gesagt. Abba* war Aarons erstes Wort auf Hebräisch gewesen, und Miriam hat bei *Ima* nie so gestrahlt wie Saul bei *Abba*. Aaron schluckt den Speichel in seinem Mund hinunter, seine Hand nähert sich der Tür.

Die ist überholt, diese Regel mit dem Nichtanklopfen. Sie stammt von früher, als er noch klein und unvernünftig war. Es ist keine große Sache – im Gegenteil, es wird Zeit, dass er mal anklopft, schließlich sind inzwischen sechzehn Jahre vergangen. Man hört Sauls Stimme von drinnen. Aaron klopft. Die Stimme verstummt. Stuhlscharren, schnelle Schritte. Saul reißt die Tür auf.

«Was ist los? Was ist passiert?» Saul ist rot im Gesicht, seine Augen sind geweitet vor Schreck, und Aaron wird klar, dass er einen Fehler gemacht hat.

«Ähm, Abba?» *Das klingt idiotisch.* «Dad, ich wollte bloß mal …» Der Satz verliert sich im Nebulösen. Aaron hält den Gitarrenkoffer hoch.

Saul ist aufs Schlimmste gefasst. Er sucht nach einer Platzwunde oder einem gebrochenen Arm, schnüffelt, ob es im Haus nach Rauch riecht. Die Röte in seinem Gesicht verschwindet, der Blick wird verständnislos. «Du hast nichts?»

Aaron schüttelt heftig den Kopf, schon zu seiner eigenen Vergewisserung. «Nein, nein. Ich wollte bloß, na ja, wir haben schon eine ganze Weile nicht mehr gespielt.» Aarons Stimme fiept, als hätte er nie einen Stimmbruch gehabt. Dass er irgendwelche Rechte haben soll, so wie er sich das vorhin in seinem Zimmer vorgestellt hat, kommt ihm plötzlich absurd vor.

Saul versteht die Welt nicht mehr. «Aaron, du kennst doch die Regel mit der Tür. Elly und ich …» Er öffnet die Tür ein Stück weiter.

Aaron gerät in Elizas Blickfeld. Im Gegensatz zu Saul hatte sie die Uhrzeit im Auge behalten. Als es am ersten Tag Zeit für die Gitarrenstunde wurde, war sie aufgestanden, denn jetzt war ihre gemeinsame Sitzung ja wohl vorbei. Aber Saul wollte wissen, was sie tue. Man hörte Schritte von draußen, und es war klar, dass Aaron vor der Tür stand. «Och, ich strecke mich bloß», hatte sie geantwortet und nicht gewusst, ob das schlechte Gewissen oder die klammheimliche Freude überwog. Aaron konnte schließlich auch allein Gitarre üben, hatte sie sich eingeredet und war sich dabei vorgekommen wie eine Diebin.

Sodass es jetzt natürlich schwierig ist, Aarons Blick zu erwidern.

«Aaron, du weißt doch, wie wenig Zeit ich habe, um Eliza auf die Nationalrunde vorzubereiten. Das ist eine tolle Chance für sie. Da ist es doch nicht zu viel verlangt, dass du dich an gewisse Regeln hältst, oder?»

Aaron schüttelt den Kopf. Was er beim letzten Wachstumsschub aufgeholt hat, ist wie weggeblasen. Er schrumpft auf Schuhgröße zusammen.

MIRIAM BETRITT Geschäfte auf zweierlei Art. Wenn sie einkauft, führt sie ihr Oberkörper zum richtigen Regal, zielsicher und konzentriert. Sie bleibt nirgends so lange stehen, dass sie irgendwer mit Parfum einnebeln würde. Sie blickt geradeaus, als hätte sie ihren Wunsch schon von weitem im Visier. Bei den Verkäuferinnen heißen solche Kunden «Brieftauben»: Eine mögliche Provision beschränkt sich auf den Gegenstand, für den sie gekommen sind, meistens eine solche Belanglosigkeit, dass man die Sache ruhig der Kassiererin überlassen kann.

Ganz anders, wenn Miriam kommt, um zu klauen. Dann aalt sie sich in der lebendigen Atmosphäre des Ladens, sinniert über einen blauen Seidenschal, bewundert eine Brosche. Still wie im Gebet steht sie da, wenn man sie mit dem aktuellen Tagesparfum salbt, und saugt in tiefen, ehrfürchtigen Zügen dessen blumigen Duft ein. Als Diebin wird Miriam oft irrtümlicherweise für die ideale Kundin gehalten. Die Verkäuferinnen schlagen sich darum, wer sie mit einem schmeichelnden Lächeln und einem honigsüßen «Kommen Sie zurecht?» bedenken darf. Miriam dämpft geduldig und beharrlich ihren Enthusiasmus, indem sie sich für alles ansatzweise interessiert, sich aber auf nichts festlegt. Schließlich stufen sie die Verkäuferinnen in die Kategorie Schaufensterbummlerin herab – wieder so eine gelangweilte Hausfrau, die tagtäglich die Ware durchkämmt und sich ausmalt, was sie sich alles kaufen wird, wenn ihr Mann endlich mehr Geld verdient.

Manchmal streift Miriam stundenlang durch die Stockwerke, so eifrig wie ein Wildschwein auf Trüffelsuche. Sie sucht das, was sie finden soll, was ihr bestimmt ist zu finden, den einen Artikel, der auf ihre flinke Handbewegung wartet. Sie ist mit diesem Gegenstand untrennbar verbunden, ihn zu entdecken ist lediglich eine Sache des In-sich-Hineinhorchens, um Größe und Form der inneren Lücke zu erspüren, die es auszufüllen gilt. Miriam liebt das Einswerden mit dem Gegenstand: den Augenblick, in dem er sich ihr offenbart. Sie spürt gleichsam das Klicken, mit dem er in ihrem Inneren einrastet.

Inzwischen stellt sie keine Vermutungen mehr darüber an, welcher Gegenstand für sie bestimmt ist. Einmal war sie nach stundenlangen Streifzügen durch ein Kaufhaus dahinter gekommen, dass ihr ein Set getöpferter Maiskolbenschalen bestimmt war. Bei anderen Gelegenheiten musste sie einen falschen Aalledergürtel, ein Paar Babyschuhe aus Plastik und eine Seidenbluse Größe 52 für sich reklamieren.

Gerade dass die Natur ihrer Diebesbeute so unberechenbar ist, dass sie sich jenseits aller ästhetischen und monetären Maßstäbe bewegt, macht den Zweck von Miriams Suche so edel. Sie ist keine einfache Ladendiebin. Sie steht unter dem Einfluss einer Macht, die materieller Bereicherung himmelhoch überlegen ist.

DER VORFALL an der Arbeitszimmertür wird so beharrlich totgeschwiegen, dass Aaron fast glauben könnte, es sei nie etwas passiert, wären da nicht täglich Elizas schuldbewusste Blicke am Abendbrottisch. Zunächst will Aaron die Sache instinktiv ausblenden, damit in Zukunft möglichst alles wieder ist wie früher. Doch je mehr er sich von seinem folgenschweren Klopfen distanzieren will, desto deutlicher spürt er, dass das nicht funktioniert. Das Gitarrespielen macht ihm keinen Spaß mehr.

Als sich Aaron zum ersten Mal nach dem Türdebakel wieder mit seiner Gitarre hinsetzt, ahnt er nichts Böses. Er hat schon oft stundenlang allein geübt, um ein Lied richtig hinzukriegen, hat sich durch die gerade noch erträgliche Blasenschwellphase hindurch bis hin zur unerträglichen Blasenplatzphase gekämpft. Früher hat er sich mit Begeisterung in die Musik hineingestürzt, hat Zeit und wunde Finger vergessen und sich ganz in seiner Klangwelt verloren. Aber jetzt, wo die Stimmen von Elly und seinem Vater durch die Heizungsschlitze in sein Zimmer dringen, kann er sich nicht mehr auf die Musik konzentrieren. Seine Gedanken wandern zu dem eingerissenen Nagel an seinem kleinen Finger und zu dem Teppich mit der undefinierbaren Farbe in seinem Zimmer. Während sich seine Finger übers Griffbrett quälen, fällt ihm plötzlich ein, dass er Barréakkorde schon immer gehasst und noch nie richtig hingekriegt hat. Dass seine ungelenken Finger kein Hindernis fürs Gitarrespielen darstellten, wie sein Vater immer behauptet hatte, war, wenn schon keine glatte Lüge, so doch die von Idealismus zeugende Vorstellung eines Menschen, der ungelenke Finger nur vom Hörensagen kennt. Sauls Finger sind so lang und flink, dass sie einem lächerlich vorkommen. Und Eliza hat sie von ihm geerbt, das fiel Aaron neulich auf, als sie seinem Blick ausgewichen ist und mit ihrer Gabel gespielt hat. Aaron legt die Gitarre weg. Er will später spielen, wenn er richtig Lust dazu hat, redet er sich ein. Komischerweise hat er nie richtige Lust.

Als er am nächsten Freitag die Synagoge betritt, fasst Saul ihn fest bei der Schulter, als wäre alles beim Alten. Ob Saul einfach ignoriert, dass Aaron nicht mehr spielt, oder ob es ihm gar nicht aufgefallen ist, dass die ganze Woche kein Gitarrenklang im Haus zu hören war? Beides sind unschöne Vorstellungen.

Aaron setzt sich auf seinen gewohnten Platz und schlägt in seinem Siddur nach, wem er gewidmet ist. In jedem Gebetbuch klebt vorn ein himmelblaues Exlibris mit der Aufschrift «Dieses Gebetbuch ist dem Andenken an … gewidmet» oder «Dieses Gebetbuch ist … gewidmet». Bei Hochzeiten, Bar Mizwas und Geburten gibt es nur ein «gewidmet», bei Beerdigungen ein «dem Andenken gewidmet». Bei Scheidungen gibt es überhaupt nichts, aber manchmal stößt man auf ein «gewidmet» für eine Ehe, die längst annuliert ist, wie beim Buch der Kaufmans zum Beispiel, die sich ja angeblich getrennt haben, weil Mrs. Kaufman im Supermarkt ihren Jugendfreund wiedergetroffen hat und seitdem nicht wieder zu Hause aufgetaucht ist. Aaron hält solche Siddurim für ein schlechtes Omen. Erwischt er eines mit einer Hochzeitswidmung, dann behält er es nur, wenn er sicher ist, dass das Paar noch zusammen ist.

Als Aaron sich aus seinen Tagträumen reißt, ist er plötzlich mitten im Lecha Dodi. Nachdem ihm der Ritus so vertraut ist, hat er geschlagene zwei Erwiderungen und drei Gebete lang seine Gedanken schweifen lassen können. Da er zwar ein paar hebräische Wörter kennt, ansonsten aber im Großen und Ganzen nur die Buchstaben identifizieren kann, merkt er plötzlich, dass er keine Ahnung hat, ob er tatsächlich die Braut Schabbat willkommen heißt, wie ihm die englische Übersetzung weismacht. Womöglich rezitierte die versammelte Gemeinde einfach die Geschichte vom Rumpelstilzchen. Bei der Vorstellung, Rabbi Mayer und George und Mrs. Schwartz intonierten feierlich «Ach, wie gut, dass niemand weiß», fängt Aaron an zu kichern und muss aufhören zu singen, um nicht herauszuplatzen. Eliza dreht sich um. Früher hätte ihr Aaron vielleicht erzählt, was so lustig war, aber jetzt verzieht er nur kühl den Mund und steht mit den anderen auf, um das Schma Israel zu beten. Beim Achtzehnbittengebet würdigt er Eliza keines Blickes und setzt sich früh sehr leise wieder hin, um klarzumachen, dass sie heute Abend allein Schäfchen spielen wird.

Anlässlich des Rumpelstilzchens fällt Aaron ein, wie sein Vater ihm im zarten Alter von sieben Jahren Verbraucherbewusstsein beigebracht hat. Seit Saul ihm damals eine Mars-Reklame analysiert hatte, war sich Aaron der Manipulation durch die Werbung bewusst. «Kauf nie ein Produkt, bloß weil du es im Fernsehen gesehen hast», hatte ihm Saul eingeschärft, und dabei war damals die Vorstellung, Gang drei im Supermarkt mit leeren Händen zu verlassen, wo man doch die Comicfiguren auf den Cornflakespackungen erspäht hatte, so schlimm wie der Verrat an einem Freund. In der

Folge wuchs Aaron zu einem Jugendlichen mit einem Auge fürs Kleingedruckte heran. Erst nach dem Gottesdienst, mit einem Onegkeks im Mund, fällt Aaron plötzlich auf, dass er sich auf das Judentum eingelassen hat, ohne das Geschreibsel an der Seite der Packung gelesen zu haben.

MIRIAM HAT eine spezielle Ausgehuniform entworfen: ein Sortiment an verborgenen Taschen in ansonsten ganz gewöhnlichen Röcken, Blusen und Mänteln. Innentaschen in den Blusenärmeln sind für kleine Gegenstände, das Rockfutter dient als Behältnis für Größeres. In die Taschen im Mantel gelangt man durch Öffnen von drahtversteiften Nähten, die auf- und zuschnappen wie eine Börse für Kleingeld.

Wenn Miriam einen Gegenstand eingesteckt hat, erlebt sie die ideale Schwangerschaft. Kein runder Bauch erinnert daran, dass da etwas in ihr ist, das auf ihre Kosten wächst und gedeiht. Keine unangenehmen Tritte und Drehungen kündigen an, dass bald ein fremder Mensch aus ihr herauskommt. Obwohl sie als Einzelkind aufgewachsen ist, hat Miriam von den Totgeburten ihrer Mutter gewusst: von dem Jungen mit dem missgebildeten Herzen, dem Mädchen mit dem winzigen Kopf. Eines war weder Junge noch Mädchen, sondern einfach ein Knoten, der so schnell wuchs, dass die Ärzte Krebs befürchteten und ihrer Mutter fälschlicherweise nur noch ein Jahr zu leben gaben. Ihre ganze Jugend hindurch hat Miriam diese nicht lebensfähigen Wesen in den Augen ihrer Mutter wiedererkannt. Anfangs hatte man Ruth sogar dazu überreden müssen, ihre kleine Tochter zu berühren, solche Angst hatte sie gehabt, sie könnte auf Miriam übertragen, was die anderen vergiftet hat.

Als Miriams Bauch zum ersten Mal dick wird, hat sie allerlei Monstervisionen: missgestaltete Frühgeburten, übertragene Schwachsinnige. Nach Aarons Geburt beziehen sich Miriams Ängste eher auf sie selbst: Beim Stillen hat sie das Gefühl, ein entscheidender Teil von ihr würde in seinen kleinen Mund gesogen. Es passt ihr nicht, dass ihr Körper nach den neun Schwangerschaftsmonaten immer noch mehr geben soll. Und ihre milchprallen, üppigen Brüste passen ihr auch nicht. Unter Hinweis auf einen altmodischen Spezialisten für frühkindliche Entwicklung stillt sie Aaron vorzeitig ab.

Wenn Saul mit Aaron allein ist, taucht er seinen kleinen Finger in die Flasche und lässt seinen Sohn daran saugen, bis die Kuppe lila wird. Bei spätnächtlichen Fütterungen drückt er sich manchmal den Flaschenboden an die Brust. Einmal wacht er auf, sitzt so mit der warmen Flasche da und wiegt sich im Saugrhythmus seines zufrieden schmatzenden Sohnes.

«AMANUENSIS», liest Saul, emsig über das Wort gebeugt wie eine Biene über ihre Blüte.

«Wo kommt das her?» Eliza zerlegt das Wort bereits in seine Bestandteile, lässt sich die einzelnen Silben auf der Zunge zergehen. Bestimmt buchstabierte man das genau so, wie man es aussprach; die Silben vermischten sich in ihrem Kopf nicht, sondern standen einzeln da.

«Was glaubst du?», fragt Saul mit einem Lächeln, während sein Blick zwischen Eliza und dem Lexikon hin- und herschießt.

Vor lauter Begeisterung über dieses Spiel vergisst Eliza fast, dass Aaron praktisch nicht mehr mit ihr redet. Saul stülpt die Wörter mit ihr um und spornt seine Tochter an, regelrecht in sie hineinzukriechen. Er weiß zwar die Antwort immer schon, aber das Ganze hat trotzdem etwas von gemeinsamem Lernen, als reisten die beiden quer durch Raum und Zeit, um an den Ursprung eines Wortes zu gelangen.

*Amanuensis. Die Wörter auf -is sind meistens alle gleich.* Eliza sieht Saul an. Der wartet, ganz auf sie konzentriert, die Zeit verstreicht, wird nur von den Bewegungen ihrer Lippen gemessen. Manchmal wartet sie extra lange, um zu sehen, ob er ungeduldig wird. Er wird es nie.

«Kommt das aus dem Lateinischen?»

Sauls Miene leuchtet auf. «Jawohl! Und was glaubst du, was es bedeutet?»

«Ist es vielleicht eine Krankheit?» *Eine scheußliche Hautkrankheit zum Beispiel. So was, wie der Junge in der Klasse von Ms. Paul hat, der sich die ganze Zeit kratzt.*

«Schauen wir mal nach.» Saul schaut ins Lexikon. «*Manus* ist der lateinische Ausdruck für ‹Hand›. *A manu* heißt wörtlich ‹von Hand›. *Amanuensis* bezeichnet jemanden, der Diktate aufnimmt oder ein Manuskript abschreibt, wie ein Toraschreiber zum Beispiel. Ich hab ein Rätsel für dich: Was hast du mit einem Toraschreiber gemeinsam?»

Eliza hat längst kapiert, dass die Rätsel ihres Vaters eigentlich keine Rätsel sind, sondern dass er ihr damit immer etwas Bestimmtes beibringen will. Manchmal wäre es ihr lieber, wenn er einfach mit der Sprache herausrücken würde, statt sie raten zu lassen, vor allem, wenn es etwas ist, auf das sie nie im Leben kommt.

«Hm … wir sind beide Juden?»

Eliza wartet, bis sich Sauls Mundwinkel auch nur einen halben Millimeter nach oben verzieht, damit sie so tun kann, als müssten sie beide gleichzeitig grinsen.

«Schon, aber ihr habt noch etwas Größeres gemeinsam, und das hat damit zu tun, dass du beim Buchstabierwettbewerb ins Finale gekommen bist.» Er sieht sie an, als erwartete er tatsächlich eine Antwort von ihr.

Eliza zuckt die Achseln. Nach einem Mal falsch Raten sagte er es einem immer.

«Buchstabierkönige und Toraschreiber gehen beide davon aus, dass ein Wort vollkommen gestaltet sein muss, sonst ist es nichts wert. Ein kleiner Fehler, schon klingelt es, und du musst von der Bühne. Wenn ein Toraschreiber auch nur ein falsches Häkchen macht, muss er eine ganz neue Pergamentrolle anfangen.»

«Rausgebimmelt nennt man das.»

«Wie?»

Dass sie alles zweimal sagen muss, ist sie mittlerweile gewohnt. Ob Aaron auch immer das Problem hatte, dass sein Vater nur das hörte, was er hören wollte?

«Wenn man rausfliegt, weil man einen Fehler gemacht hat», erklärt Eliza geduldig. «Dann sagen sie bei uns auch, man wird rausgebimmelt.»

Saul nickt, sucht aber im Lexikon schon das nächste Wort. Dabei hat sie ja Glück, denkt sich Eliza. Die meisten anderen müssen schließlich allein lernen.

WENN AARON früher an der Seite seines Vaters in die Synagoge gegangen war, hatte er sich gefühlt wie ein Prinz, der das Königreich erblickt, das er dereinst erben wird. Inzwischen ist er älter geworden. Die Erwachsenen sind nicht mehr so beeindruckt, dass er den ganzen Gottesdienst auswendig kann, und er kann sich nicht mehr vormachen, dass Stacey Lieberman auf ihn steht oder je gestanden ist, besonders seit sie einen Busen hat und bei den Cheerleadern ihrer Highschool als Aushilfe mittanzt. Am ärgerlichsten ist allerdings, dass sich Aarons Bar-Mizwa-Erfahrung trotz dreijährigen geduldigen Wartens immer noch nicht wiederholt hat.

Regelmäßig mit Gott zu verkehren, hatte Aaron gar nicht erwartet. Was er auf der Bima erlebt hat, war schließlich eine Erfahrung, die den meisten Menschen überhaupt nicht vergönnt ist. Aber nach seiner Mannwerdung – aus traditionell jüdischer Perspektive – sollte er doch ab und zu Gottes Nähe spüren können, zumindest einen schwachen Abglanz dessen, was er bei der Bar Mizwa gespürt hatte. Ganz anders als in jenem magischen Augenblick ist die Synagoge jedoch längst zu einem Ort geworden, wo er wieder einmal nicht hinpasst. Er ist zu alt, als dass er sich nach dem Oneg Schabbat gern beim Fangenspielen erwischen lassen würde, und zu jung, als dass ihn die Gespräche der Erwachsenen interessieren könnten. Und da die Gitarre in seiner Zimmerecke Staub ansetzt und ihm die Tür zum Refugium seines Vaters verschlossen bleibt, entschließt sich Aaron, mit dem Rat seines Vaters, man müsse sich nach der wahren Religion auf die Suche begeben, Ernst zu machen. Er wird eine Kirche besuchen.

Natürlich nur zu Forschungszwecken, sagt er sich, wenn er andere Religionen ausprobiert hat, wird er seine eigene umso mehr schätzen. Hinter diesem Forscherdrang verbirgt sich allerdings ein spannender Kitzel: Was würde sein Vater sagen, wenn er dahinter käme? Nicht auszudenken.

Das Christentum ist in Aarons Kopf etwas Geschlossenes, «christlich» ein praktischer Allzweckbegriff für all diejenigen, denen ein Kreuz mehr bedeutet als ein simples kleines t. Als er jetzt aber im Branchenbuch die Kirchen aufschlägt, spaltet sich das Christentum plötzlich in tausend Teile auf: Es gibt apostolische, baptistische, episkopale, lutherische, methodistische, pfingstgemeindliche, presbyterianische und römisch-katholische Kirchen. Und die römisch-katholischen beflügeln Aarons Phantasie am meisten.

Mit den Katholiken kennt Aaron sich aus. Katholiken sitzen nicht einfach da und beten, Katholiken stehen auf und knien sich hin, und Katholiken gehen zur Beichte und zur Kommunion. Beichte und Kommunion faszinieren Aaron schon seit längerem, waren ihm aber bisher einfach nicht zugänglich. Er kommt sich vor wie ein furchtloser Entdecker und gleichzeitig wie ein eingefleischter Sünder.

Er sucht sich eine Kirche im nahe gelegenen Norristown aus. Kurz überlegt er, ob er sich verkleiden soll, spielt sogar mit dem Gedanken, sich die Haare zu färben. Aber ein blond gefärbter Jude wirkte wahrscheinlich noch auffälliger als ein normaler Jude – und außerdem: Wie sollte er den neuen Look seinem Vater erklären?

Aaron parkt vor einem Einkaufszentrum in der Nähe der Kirche – am Ende wohnt noch ein Mitglied der jüdischen Gemeinde hier und erkennt seinen Wagen. Zweimal sucht er den Parkplatz sorgfältig nach etwaigen Bekannten ab, erst dann steigt er möglichst lässig aus und geht auf die Kirche zu. Auf halbem Weg beschleicht ihn das Gefühl, dass er wahrscheinlich eine Autotür nicht abgeschlossen hat. Wenn das Auto jetzt gestohlen wird, muss er jemanden anrufen und erklären, was er hier macht, wo es doch in Huntington Valley viel größere und viel schönere Einkaufszentren als dieses hier gibt. Andererseits befürchtet Aaron immer, dass er eine Autotür nicht abgeschlossen hat, geht immer zurück, um nachzusehen, und jedes Mal ist sie doch zu. Wenn er jetzt wieder umkehrt, läuft er nur noch mehr Gefahr, zufällig gesehen zu werden. Er geht also weiter in Richtung Kirche. Und als er sie betritt, schlägt sein Verfolgungswahn richtig zu.

Kaum hat er sich hingesetzt und sich ein Gesangbuch aus der Kirchenbank vor ihm genommen, erwartet er auch schon, dass eine Sirene losgeht und mit einer Automatenstimme JUDE! JUDE! JUDE! JUDE! blökt, bis sich die versammelte Gemeinde umdreht und der Pfarrer wie in einem Horrorfilm ganz langsam auf ihn zugeht. Als nichts passiert, steigert er sich in die Vorstellung hinein, all das Aufstehen und Hinsetzen und Hinknien und Wiederaufstehen zu absolut unvorhersehbaren Zeiten würde ihn zum Gespött der Leute machen, nachdem er ja nicht einmal weiß, auf welcher Seite man mit dem Bekreuzigen anfängt, und so was bekamen die Katholiken bestimmt schon in dem Alter eingebläut, in dem der Mohel jungen Juden die Vorhaut abschnippelt. Als Aaron sich dann tatsächlich einmal voreilig hinkniet, dreht sich eine Frau ein paar Plätze weiter glatt um und lächelt ihm zu, und da denkt er zum ersten Mal, diese Katholiken seien möglicherweise doch ganz in Ordnung. Vielleicht hat er sich ja nicht umsonst für den allerersten Geschmackstest diese Religionsmarke ausgesucht.

Die englischsprachigen Gebete liest Aaron mit allen anderen laut mit. Instinktiv will er immer nuscheln, wenn Gottes Sohn beim Namen genannt wird. Das hat ihm Saul früher beigebracht, damit er bei Weihnachtsliedern nicht einer Schulfeier oder den amerikanischen Pfadfindern zuliebe seinen Glauben anfechten musste. Aber das hier ist keine Weihnachtsfeier, Aaron singt nicht Tenor bei «O du fröhliche», und sein Vater ist weit und breit nicht zu sehen. Es ist ein sonniger Vormittag, auf Gesichtern und Händen zeichnen sich die satten Farben der Kirchenfenster ab: das Blau, das Rot und das Grün, die der Gemeinde ein unwirkliches, jenseitiges Leuchten verleihen, das den Schwartzes, den Liebermans oder den Mayers dieser Welt nie vergönnt sein wird. Während er das verbotene Wort mit «J» und unmittelbar darauf das verbotene Wort mit «C» laut ausspricht, blickt Aaron direkt auf das Kruzifix, das hinter dem Altar hängt, ungefähr an der Stelle, wo in einer Synagoge der Toraschrein stehen würde, und denkt an Dornen, Nägel und das erdrückende Gewicht der Sünden der Welt.

Die große Frage ist natürlich, ob er zur Kommunion gehen soll. Seit Aaron sich zu einer Probefahrt mit dem Christentum entschlossen hat, hat er einiges nachgelesen. Die Sache mit dem «Das ist mein Blut» für den Wein und «Das ist mein Fleisch» für das Brot fasziniert ihn einerseits, stößt ihn aber andererseits auch ab. Außerdem müssen sogar Katholiken getauft, gefirmt und unlängst durch Buße von ihren Sünden befreit sein, um die Hostie zu empfangen, ganz zu schweigen von der kleinen Nebensächlichkeit, dass sie glauben, das Blut und das Fleisch, das sie da zu sich nehmen, stamme vom Sohn Gottes, dem Messias. Aaron hat zwar keinerlei Absicht, dem katholischen Glauben irgendwie respektlos oder blasphemisch gegenüberzutreten, aber wenn er schon mal hier ist, muss er sich auch intensiv damit befassen, um ein möglichst differenziertes Bild zu bekommen.

Um sich von der rasch näher rückenden großen Entscheidung abzulenken, konzentriert sich Aaron auf die Beichtstühle gegenüber. Sie erinnern ihn an Telefonzellen, und genau genommen liegt er damit ja nicht so verkehrt. Dort drinnen bekommt man – natürlich durch den Pfarrer statt durch irgendwelche Kabel – einen Draht zu Gott. Dieser Gedanke ist eigentlich ganz schön, bis Aaron die zornigen Augen seines Vaters erscheinen. Der Gedanke, auf telepathischer Basis regelmäßig solch bedrohliche Reaktionen hervorzurufen, ist ungefähr so attraktiv wie die Vorstellung, mit einem Mund voller kaputter Backenzähne zum Zahnarzt zu müssen.

Die vorderen Reihen leeren sich bereits; es ist so weit. Als Aaron aus der Bank tritt, schießt ihm noch durch den Kopf, dass er jetzt genauso gut links statt rechts abbiegen, zum Auto zurückgehen und vergessen könnte, dass er den Namen der St.-Patricks-Kirche je gehört hat. Doch dann lächelt ihm die Frau von vorhin noch einmal zu, und ihm fällt wieder ein, dass er sich seinem Religionserforschungprojekt doch mit einem gewissen missionarischen Eifer zugewandt hat. Er biegt nach rechts ab statt nach links. Und ist Marco Polo, Christopher Kolumbus und Lewis und Clark in einem: ein furchtloser Jude, der erkundet, ob man dort vorn am Altar vielleicht vom Rand der Erde in den Abgrund stürzt.

Mit zitternden Knien geht Aaron den Mittelgang entlang. Wenn er sich nicht fortlaufend an den Bankreihen festhalten würde, wäre er wahrscheinlich längst umgeknickt und hätte sich den Knöchel verstaucht, und dann würde ihn jemand ins nächste Krankenhaus bringen und trotz seiner Proteste bei ihm bleiben, bis sein Vater hereingestürmt käme und aussähe wie eine Person auf dem Titelbild des *Hadassah Magazine*, und dann wäre wirklich die Kacke am Dampfen. Alles Blut ist Aaron aus dem Gehirn gewichen. Er sieht lauter Punkte und hört das gleiche Summen wie damals, als er mit elf vor lauter Angst vor der Prüfung für das Sportabzeichen in Ohnmacht gefallen war. Als seine Nerven so straff gespannt sind wie ein Stolperdraht, ist er zum Glück mit dem Hinknien an der Reihe.

Bestimmt merkt der Pfarrer etwas. So groß ist die Gemeinde ja nicht. Der Mann hört sich seit Jahren die Sünden dieser Menschen an, die ihm gegenüber doch ein Gefühl der Verbundenheit entwickeln müssen, und das kann man nicht vortäuschen, bloß weil man jung und neugierig auf Gott ist. Der Blitz trifft ihn zwar wohl nicht, aber mit aller Wahrscheinlichkeit blickt ihn der Pfarrer streng an und übergeht ihn geflissentlich. Doch da kniet er nun, Fleisch und Blut sind nur noch zwei Münder von ihm entfernt – Kneifen wäre jetzt nicht weniger auffällig. Und vor allem durchzuckt ihn plötzlich eine freudige Erregung, die ihm bis in die letzte Pore schießt.

Er macht den Mund auf und die Augen zu. Bis die Hostie kommt, stellt er sich Szenen aus dem Neuen Testament vor, was in seinem Fall bedeutet: aus den Puppenspielen, die er als Kind sonntagmorgens um sieben immer im Fernsehen gesehen hatte, weil so früh noch keine Zeichentrickfilme kamen. Während der Pfarrer also nur noch zwei Münder entfernt ist, sieht Aaron Jesus als billige Marionette zwischen zwei Pappsäulen stehen und zu einer Menge von froschäugigen Handpuppen predigen.

Da er die Augen geschlossen hat, bringt der Moment, als ihm die Hostie auf die Zunge gelegt wird, das intensive Erlebnis, das er sich erhofft hat, und die unerwartete Berührung schickt ihm ein warmes Prickeln den Rücken hinunter. Als der Speichelfluss einsetzt und die anfängliche Spannung nachlässt, trifft ihn jedoch mit voller Wucht der Geschmack von altem Brot. Der Wein, der heute ausnahmsweise gereicht wird, macht alles nur noch schlimmer, denn der ist ja noch schlechter als der Manischewitz, obwohl Aaron nicht für möglich gehalten hatte, dass das geht. Gott hier zu finden – diese Vorstellung löst sich zusammen mit der weingetränkten Kommunionswaffel auf, die sich in seinem Mund in weiche Pampe verwandelt.

Aaron bleibt bis zum Schluss des Gottesdienstes. Seine ursprüngliche Enttäuschung darüber, dass die Messe nicht auf Lateinisch gelesen wird, schwindet, als er sich klar macht, dass Latein ihn vor dieselben Probleme stellen würde wie Hebräisch. Am Ende des Gottesdienstes geht er durch eine Seitentür hinaus, damit er dem Pfarrer nicht die Hand schütteln muss. Er kommt sich vor wie der Teilnehmer einer Gameshow, der statt mit einem nagelneuen Auto nur mit einem Set Geschirrtücher von dannen ziehen muss, weil er Tür Nummer eins statt Tür Nummer zwei gewählt hat. Erst auf dem Weg zum Parkplatz wird ihm plötzlich klar, dass Gott sich vielleicht gerade darin offenbart, dass es so viele Türen gibt, zwischen denen man auswählen kann.

NACH DEN ersten paar Wochen erfolgreichen Umgarnens liefert Saul Miriam unwissentlich eine Begründung für ihre Klausucht, und zwar in Form einer Stegreiflektion nach dem

Sex. Er liegt neben ihr und sucht nach Mitteln und Wegen, sie in seinem Bett zu halten, bis sie entweder so überwältigt von seinen Qualitäten oder so müde ist, dass sie nicht mehr nach Hause will. Das weiße Laken bildet einen scharfen Kontrast zu den dunklen Kringellocken auf Sauls Brust, die Miriam immer wieder in Erstaunen versetzen. Wenn man Saul angezogen sieht, meint man, seine Brust ist unbehaart, da sein Intellekt seine animalische Natur sicher längst verdrängt hat.

«Die Mystiker glauben, dass das göttliche Licht des Herrn, das alles umfasste, was gut war, in heiligen Gefäßen eingefangen wurde», wispert Saul und umschließt dabei mit einer Hand Miriams Brust, während die andere ihren Bauch streichelt und langsam abwärts wandert. «Da die Welt allerdings schon sündhaft war, konnten die Gefäße das Licht nicht halten und zersprangen in tausend Stücke. Das Licht zerstreute sich, und die Scherben fielen auf die Welt, wo sie zu Armut, Hass, Grausamkeit und all den anderen Formen von Unrecht wurden. Den Mystikern zufolge müssen wir diese Scherben aufspüren und durch gute Taten zusammenfügen, damit das Licht Gottes wieder heil und ganz werden kann. Man nennt das *Tikkun Olam*, also die Reparatur der Welt.»

Diese Vorstellung hat Saul mit ähnlichen Worten und Handbewegungen bereits früheren Angebeteten dargelegt, wenn auch meistens in dem Versuch, sie ins Bett zu kriegen, und nicht, sie dort zu halten. Als Miriams Gesicht aufleuchtet, kann Saul nicht ahnen, dass seine Worte ihr den letzten Grund hinter dem pinkfarbenen Gummiball und allen darauf folgenden Objekten offenbaren. Miriam ist selbst ein zerbrochenes Gefäß, merkt sie, und tausend Scherben von ihr liegen überall herum. Ein paar hat sie in ihren mannigfaltigen Formen schon aufgespürt und eingesammelt, damit sie wieder heil und ganz wird. Sauls Worte haken unmittelbar bei

Miriam ein. Die beiden werden heiraten, das spürt sie bereits in diesem Augenblick.

Saul hatte zwar gehofft, Miriam würde bei ihm übernachten, nicht aber zu träumen gewagt, dass sie ein zweites Mal miteinander schlafen würden. Als sie das tun, hat er nicht die leiseste Ahnung, dass das an seinen Worten liegt, dass Miriam sich ihm hingibt, weil sie damit das neueste fehlende Stück von sich einfordert.

AARON SITZT in der Bibliothek und tut so, als ob er sich auf die Zulassungsprüfung zur Universität vorbereitet, liest aber in Wirklichkeit in einem Buch mit dem Titel «Östliche Religionen», das er hinter einer Sportzeitung versteckt. Obwohl ihm klar ist, dass der Katholizismus nur eine der Farben im christlichen Regenbogen ist, hat er sich gegen das Christentum entschieden. Abgesehen von der Sache mit dem Sohn Gottes, die für ihn als Jude ein schwer zu schluckender Brocken ist, gefällt Aaron auch die Vorstellung nicht, das Leben wäre nur eine Testphase für Himmel oder Hölle. Das klingt zu sehr nach Videospiel: weiter zum nächsten Schwierigkeitsgrad. Der sprichwörtliche Nagel zum christlichen Sarg ist Aarons Erkenntnis, dass in einem Land der Supermarktweihnachtsmänner und Plastikkrippenszenen sowieso jeder automatisch Christ ist. Sogar Leute, die wissen, dass er Jude ist, wundern sich, dass im Dezember bei ihm kein Weihnachtsbaum im Wohnzimmer steht. Eine Religion anzunehmen, die man ihm auf den Kopf zusagt, käme ihm vor, wie extra den Sprungturm hochzuklettern, um sich dann plump fallen zu lassen, anstatt mit einem eleganten Kopfsprung im Wasser zu landen.

Schon der Titel «Östliche Religionen» lockt Aaron. Das fühlt sich an wie eine tropische Insel oder ein fernes Gebirge, dem man sich nur mit verschiedenen Transportmitteln und mehreren Übernachtungen nähern kann. Und wenn Aaron fliegen muss, wenn er übers Wasser segeln muss, wenn er auf einem Kamel reiten muss: er wird die östlichen Religionen erreichen. Er wird seine Zehen ins Wasser stecken und vielleicht sogar ein Stück schwimmen.

Mit der Zeit vertieft sich Aaron so in seine Lektüre, dass er die Sportzeitung ein paar Zentimeter sinken lässt, das frenetische Getrommel mit dem linken Turnschuh auf den Teppich unterbricht und seine Unterlippe aus der nervösen Umklammerung seiner Schneidezähne entlässt. Sein gesamtes bisheriges Leben hat ihn anscheinend auf dieses Buch vorbereitet. Sein blasser, schmächtiger Körper, die Quälereien in der Grundschule und der unvergessliche Moment bei seiner Bar Mizwa, all das ist Teil eines größeren Plans. Die materielle Welt ist eine Illusion. Sein Körper mit all seinen Schwächen ist bedeutungslos. Der Kern des wahren Ich liegt im Inneren des Menschen verborgen, ist der göttliche Funke, den jeder in sich trägt. Vielleicht hat er auf der Bima damals vor drei Jahren das wahre Ich erlebt. Vielleicht war dieser Moment ein kurzer Einblick in das, was er erleben könnte, wenn er den richtigen Weg fände. Vielleicht beginnt der richtige Weg mit diesem Buch. Vielleicht trifft ihn wie Buddha die Erleuchtung. Vielleicht kann er sich mittels Karma und Bhakti befreien. Vielleicht sollte er sich auch mal die Unterschiede zwischen diesen Religionen klarmachen, damit sie sich in seinem Kopf nicht dauernd zu diesem Hindutaobuddhismusbrei vermischen.

NATÜRLICH FLÜSTERN die anderen hinter ihrem Rücken. Eliza ist ein paar Mal dabei erwischt worden, dass sie, statt Arbeitsblätter für Mathe auszufüllen oder bestimmte Seiten im Geschichtsbuch zu lesen, sich mit Wörtern beschäftigt hat. Beim ersten Mal lächelt Ms. Bergermeyer noch nachsichtig, tätschelt ihr den Kopf und rät ihr, sich ihre Zeit einzuteilen. Danach nimmt sie ihr die Wörterlisten weg und gibt ihr Zettel mit nach Hause, die Saul unterschreiben muss. Saul ermahnt sie, dass das Buchstabieren nicht mit der Schule in Konflikt geraten dürfe, aber Eliza findet, angesichts des bevorstehenden nationalen Finales müsse man Prioritäten setzen.

Sie versteckt ihre Wörterlisten immer geschickter. Sie kann so tun, als hörte sie zu, wie Ms. Bergermeyer stundenlang über das Leben der Zelle erzählt, während sie in Wirklichkeit Wörter mit «H» studiert. In der Pause sitzt sie jetzt meistens unter einem Baum in der Nähe der Schaukeln. Manchmal setzt sich Sinna Bhagudori zu ihr, und dann lernen sie die Wörter gemeinsam.

«Das ist jetzt schon eine gute Übung für meine Zulassungsprüfung zur Uni später», erklärt Sinna frohgemut, wenn auch nicht wirklich begeistert.

Seit Elizas Sieg beim Bezirkswettbewerb hält Sinna ihr beim Mittagessen einen Platz frei. Sie sitzt immer mit lauter anderen ernsthaften Kindern am Tisch, die Pro und Kontra des gemeinsamen Hausaufgabenmachens diskutieren und sich Strategien überlegen, wie man bei Klassenarbeiten möglichst unauffällig niemanden abschreiben lässt. Alle wollen Ärztinnen oder Rechtsanwälte werden oder beides. Sie essen gesunde, ausgewogene, von zu Hause mitgebrachte Kost, wobei ihr Nachtisch grundsätzlich aus einem Stück Obst besteht, sodass Eliza das Gefühl hat, sich für ihre gelegentlichen Puddings rechtfertigen zu müssen. Mehr als einmal in der Woche hält es Eliza jedoch nicht aus, ohne dass ihr der Ernst, mit dem dort das Leben bis in die letzte Ecke hinein belegt ist, die Laune verdirbt.

Eine Woche vor dem Nationalwettbewerb kommen ein

Reporter und ein Fotograf in die Schule. Sie scheinen enttäuscht zu sein, dass Eliza weder ein Instrument spielt noch irgendeine Sportart regelmäßig ausübt, dass sie nicht bei den Pfadfinderinnen ist und noch nicht weiß, was sie werden will. Schließlich machen sie ein Foto von ihr mit Ms. Bergermeyer und Dr. Morris vor dem Schulportal, die Klassenlehrerin und der Direktor neben Eliza postiert wie zwei Angler, die den fettesten Karpfen der Saison präsentieren.

EINES ABENDS, als Saul in der Synagoge seine Fortbildungskurse gibt und Eliza allein für ihren Wettbewerb lernt, geht Aaron ins Wohnzimmer und dreht, obwohl er überhaupt keine Lust auf Fernsehen hat, das Gerät so laut, dass Eliza entweder die Arbeitszimmertür zumachen oder ihn bitten muss, den Fernseher leiser zu stellen. Und das soll sie eigentlich: ihn bitten, leiser zu stellen.

Er tut ganz lässig, als Elly hereinkommt, tut so, als wäre er völlig gebannt von einer Wiederholung von «Herzbube mit zwei Damen» mit Don Knotts, dem mit den unheimlichen Augen. Elly soll ruhig in der Tür stehen, damit er sie noch ein bisschen ignorieren kann. Und wenn sie so richtig empört ist, dann kann er die Rede schwingen, die er schon so lange eingeübt hat, dann kann er ihr sagen, wie bescheuert ihre blöde Buchstabiererei ist und dass sie sich vor diesen ganzen Leuten zum Affen macht, bloß damit Daddy sie beachtet. Elly kommt aber nur stumm ins Zimmer, setzt sich zu ihm auf die Couch und rückt mit dem Bein ganz dicht an seines, wie früher, als sie noch klein war.

«Aaron?», sagt sie ganz leise, aber er hört es trotzdem, obwohl er das Konservengelächter auf sechs gedreht hat. «Wieso spielst du eigentlich nicht mehr Gitarre?»

Aaron schnappt nach Luft. Manchmal starrt er den Gitarrenkoffer in seinem Zimmer an und weiß nicht mehr, was darin ist. Er sieht immer noch vor sich, wie Eliza beim Bezirkwettbewerb freudestrahlend ihre Trophäe in Empfang genommen hatte.

«Keine Ahnung», antwortet er. «Warum?»

«Bloß so.» Wenn er sie doch mal anschauen würde.

Aaron stiert weiter in den Fernseher. «Dad kann es besser.»

«Er spielt auch schon länger», erwidert Eliza, obwohl sie Aaron insgeheim Recht gibt.

Aaron schüttelt den Kopf. «Meine Finger sind so steif. Ich kann diese Barrégriffe einfach nicht.»

Die beiden sitzen stumm da. Suzanne Somers rollt auf Rollerskates im Badeanzug durch die Wohnung.

«Weißt du, Aaron …», sagt Eliza zum Fernseher.

«Ich bin einfach nicht besonders musikalisch, Elly. Eine Weile habe ich halt ein bisschen geübt, und jetzt tu ich das nicht mehr. Alles kein Beinbruch.» Aaron wundert sich, wie ruhig seine Stimme ist.

Elly würde gern Aarons Augen sehen, aber der konzentriert sich immer noch auf den Fernseher. Beim Gehen hat sie das Gefühl, sie hätte nicht verdient, was er ihr mitgegeben hat. Und Aaron staunt, wie leicht ihm das Geben gefallen ist.

IM TRAUM befindet sich Eliza bereits mitten im nationalen Wettbewerb. Als sie sich gerade zusammen mit den anderen Teilnehmern hinsetzt, dröhnt eine Stimme durch den Saal, eine überdimensionale Beth Amicha mit einer sechs Meter hohen Bima. Die Teilnehmer sitzen auf der ganzen Bühne verteilt und haben ihre Nummern an Gebetsschals um den Hals hängen. Elly sieht nicht einmal, wo der Zuschauerraum aufhört, nur, dass er mit endlosen Stuhlreihen gefüllt ist. Die

Zuschauer haben kleine Raubtiermäuler mit unnatürlich spitzen Zähnen.

«Nummer 59», donnert die Stimme, die scheinbar aus allen Richtungen zugleich kommt. «Nummer 59.» Wo vorher noch ein reges Treiben herrschte, wird es mit einem Schlag ruhig. Es ist die Stille von Moses vor dem brennenden Dornbusch, die Stille der Arche auf der steigenden Flut.

Alle starren Eliza an. Die Gesichter der anderen haben keine Konturen, man sieht nur ihre glitzernden, ungeduldigen Augen. Durch ihr Sitzenbleiben hat Eliza das große Räderwerk des Buchstabierwettbewerbs aufgehalten, das doch alle vorwärts bringen will.

Eliza weiß schon, was jetzt passiert. Seit sie zum ersten Mal in Ms. Bergermeyers Klassenzimmer aufgestanden ist, hat sie gespürt, wie die Niederlage sie verschonte und sich auf den Weg zu jemand anders machte. Jedes Mal, wenn sie an ihr vorbeizog, lief es Eliza kalt den Rücken hinunter. Jedes Mal gewann der Stein in ihrem Magen an Gewicht. Als sie nun den anderen Teilnehmern in die Augen sieht, wird ihr klar, dass es diesmal bei ihr so weit ist.

Sie steht auf. Sie ist doppelt so schwer wie zuvor. Ihre Schritte hallen auf der Bühne wider. Der Weg zum Mikrophon wird immer länger, sodass sie sich nicht mehr daran erinnert, weshalb sie überhaupt losgegangen ist. Sie sieht nichts mehr, bis sie vor einem endlosen, dunklen Tunnel steht, in dem ihr eigener Schweißgeruch in der Luft hängt. Dann wird es heller. Eliza beschleunigt ihren Schritt. Das Gewicht fällt von ihr ab. Es muss die Sonne sein, auf die sie zugeht. Einen Augenblick lang überwältigt sie die reine Freude darüber, dass sie ihr Ziel erreicht hat. Erleichterung salbt ihre Glieder. Dann merkt sie, wo sie ist.

Sie steht am Rand der Bima; der unendliche Abstand zwischen Mikrophon und leerem Stuhl ist plötzlich lachhaft klein.

Die Sonne ist fort, hat sich in einen Scheinwerfer verwandelt. Bleierne Stille. Und dann zerreißt ein leises Geräusch die Luft. Es ist zart und heimtückisch zugleich, der kitzelnde Schnitt einer frischen Rasierklinge, die sich in Haut versenkt.

*Ding.*

Eliza zittern die Knie. Alles Blut rauscht ihr aus dem Kopf. Man reißt ihr die Nummer vom Hals und stößt sie von der Bima in ein Meer von Armen und Köpfen, wo man ihr den Mund aufhält, die alten Zähne herausreißt und ein Gebiss mit kleinen, scharfen Raubtierzähnen hineinstopft.

AARON IST der einzige jüngere Mensch im Foyer des Beerdigungsinstitutes, in dem ein paar Männer herumstehen, die sich in ihren Anzügen sichtlich unwohl fühlen. In der Mitte des Raumes steht ein Brunnen mit einem Engel, der ein dünnes Rinnsal Wasser speit, und bei dem Geräusch merkt Aaron, dass er aufs Klo muss. Er möchte es seinem Vater sagen, doch der scheint ihn, obwohl er ihn fest an der Hand hält, völlig vergessen zu haben. Immer wieder kommen Leute und sagen: «Sie sind doch sein Sohn, oder?», und die ersten paar Male wundert sich Aaron, dass er gesiezt wird, bis er merkt, dass nicht er gemeint ist. «Sie sind ihm wie aus dem Gesicht geschnitten», sagen sie, oder: «Wir haben uns ja Ewigkeiten nicht mehr gesehen.» Dann nickt Saul und fasst Aarons Hand noch fester.

Ein Mann mit Hängebacken und glänzenden schwarzen Schuhen sagt zu Saul irgendwas von wegen «Besichtigung». Ein paar Sekunden lang glaubt Aaron, die ganze Gesellschaft ginge in ein Museum, das ihnen alles über seinen mysteriösen toten Großvater erklärt, aber dann gehen nur er und Saul und der Mann mit den glänzenden Schuhen einen Gang entlang, und Aaron bekommt ein komisches Gefühl im Magen, das nichts damit zu tun hat, dass er jetzt wirklich dringend aufs Klo muss.

«Dad», flüstert er, weil in so einer Umgebung bestimmt nur Flüstern erlaubt war, «wo gehen wir denn hin?»

Saul antwortet mit einer seltsam erstickten Stimme, die Aaron noch nie gehört hat: «Wir verabschieden uns von deinem Großvater.»

Aaron gefällt diese Vorstellung gar nicht. Er will sich nicht von einem Toten verabschieden, schon gar nicht, wenn er ihn lebendig nie begrüßt hat. Wahrscheinlich sitzt sein toter Großvater in einem Lehnstuhl, und Aaron muss ihm die Hand schütteln.

«Dad, warum müssen wir uns denn verabschieden?» Und jetzt hat Saul die Lippen so fest zusammengepresst, dass alles Rot daraus gewichen ist.

«Weil …», setzt Saul an, und dann bricht er ab. Der Mann mit den Schuhen führt sie in einen kleinen, stillen Raum mit einem Vorhang an der Stirnseite. Als Saul Aarons Hand noch einmal drückt, drückt Aaron ebenfalls. Saul sieht Aaron mit Tränen in den Augen an. Aaron spürt, dass er nur deshalb nach Cleveland mitkommen sollte, damit er seinem Vater hier drin zur Seite steht. Ist schon gut, möchte er seinem Vater am liebsten sagen, wir schütteln dem Toten gemeinsam die Hand. Aber als er gerade dazu ansetzt, gehen sie schon auf den Vorhang zu.

Kaum sieht Aaron seinen Großvater im Sarg liegen, schilt er sich wegen seiner Dummheit. Wie kam er nur darauf, dass der in einem Lehnstuhl sitzen würde? Ein Toter lag natürlich in einem Sarg. Die Gesichtshaut seines Großvater ist schlaff und erinnert irgendwie an geschmolzenes Wachs. Ob sie überhaupt echt ist?

Doch, das muss sie sein, denn sein toter Großvater sieht genauso aus, wie sein Vater als alter Mann aussehen würde, was noch viel unheimlicher ist als die Vorstellung von seinem toten Großvater in einem Lehnstuhl. Aarons toter Großvater hat Sauls Nase, Augenbrauen und Lippen und vielleicht sogar Augen, wobei die zum Glück geschlossen sind, das kann man also nicht genau sagen. Aber jetzt meint Aaron schon zu erkennen, wie sein toter Großvater die Augen aufmacht und dieses tote Großvatergesicht plötzlich Vateraugen bekommt. Als Saul sich über den Sarg beugt, ist sich Aaron folglich ganz sicher, dass jetzt gleich beide tot sind, sein Großvater *und* sein Vater, und da pinkelt er sich in Hose.

Er pinkelt und weint und zieht seinen Vater an der Hand, mucksmäuschenstill, denn schließlich sind sie in einem Beerdigungsinstitut. Er will seinen Vater nicht noch mehr erzürnen, als er das ohnehin getan hat: Man hatte ihn ja mitgenommen, damit er half, und jetzt half er gar nicht. Doch als Saul sich umdreht und das Malheur bemerkt, sieht er dankbar aus. Bloß einen Sekundenbruchteil lang. So kurz, dass er es vielleicht selbst gar nicht merkt. Aber Aaron hat es gesehen. Schneller, als Aaron je für möglich gehalten hätte, sind sie aus dem Raum mit dem Sarg verschwunden und in einer Toilette gelandet. Der Mann mit den glänzenden Schuhen leiht Aaron eine Hose, die ein bisschen komisch riecht, aber ganz gut passt. Und wie sie wieder in den Raum zurückgehen, ist der Vorhang offen und der Sarg zu, und die Männer mit den unbequemen Anzügen stehen da, und weder Aaron noch sein Vater sehen seinen toten Großvater wieder.

ELIZA HAT bis zu ihrem Flug zwar noch ein paar Tage Zeit, packt aber trotzdem schon ihren Koffer. Sämtliche Kleidungsstücke, die sie besitzt, liegen ausgebreitet auf dem Bett, ohne dass sie die richtige Bluse gefunden hätte. Sie weiß nicht einmal, was für eine Bluse das sein soll, ob sie hübsch, schlau oder cool darin aussehen will. Sie weiß nur, dass sie nicht die richtige hat. Bisher hat sie nur Wäsche, Strümpfe und das Kleid eingepackt, das sie am Tag des Wettbewerbs anziehen wird. Es ist kein tolles Kleid, aber immerhin das einzige, in dem sie sich nicht dämlich vorkommt. Viel lieber würde sie ihre Samthose anziehen, aber die Bestimmungen sehen vor, dass Mädchen während des Wettbewerbs ein Kleid tragen müssen. Deshalb ist es umso wichtiger, dass sie die richtige Bluse findet, weil sie die dann mit ihrer Samthose anziehen kann, wenn sie das Kleid gerade nicht anhat, damit man sieht, was für ein Mensch sie eigentlich ist.

«Mom?»

Miriam feilt sich im Schlafzimmer die Fingernägel und sortiert dabei mit dem Fuß einen Wäscheberg in Weiß und Bunt. Im Fernsehen läuft eine Quizshow, ohne dass Miriam bemerkt, dass das Bild leicht verzerrt ist; sie hört nämlich nur zu.

«Eliza, Saul wollte waschen – Was ist die Französische Revolution? –, wenn er von seinem Unterricht zurückkommt. Bring doch deinen Wäschekorb und leg deine Sachen hier dazu.»

«Klar, Mom. Sag mal, könnten wir vielleicht noch eine Bluse kaufen gehen …»

«Wer ist Stanford White?»

«… bevor Dad und ich nach Washington fahren? Ich hab nichts Passendes zu meiner schwarzen Hose.»

«Was ist Gorgonzola?»

Seit dem Vorfall mit dem Kaleidoskop hat Miriam sich zurückgezogen. Ihr ist peinlich, dass sie zwischen sich und ihrer Tochter so viel für möglich gehalten hatte und dann so schnell davon abrücken musste. Zum Trost redet sie sich seitdem ein, dass Eliza ja sowieso mehr von Saul hat als von ihr, und nimmt Elizas glattes Haar und die langen, schmalen Finger als Beweis. Natürlich hat Saul Eliza bei der Vorbereitung auf das Finale immens geholfen, noch dazu auf eine selbstlose Art, die Miriam einfach nicht an sich hat, aber trotzdem malt sie sich plötzlich aus, wie anders die Vorbereitung zwischen Eliza und ihr ausgesehen hätte. Eliza und sie hätten gemeinsam über Wörterlisten gebrütet, beide mit dem gleichen völlig vertieften Gesichtsausdruck. Bei solchen Gedankenspielen muss Miriam auf einmal daran denken, wie ähnlich Nasenpartie und Mund ihrer Tochter den ihren sind.

«Du möchtest was ganz Besonderes für deine Reise?», fragt Miriam.

Alex Trebek teilt der Nation mit, er sei nach dem Werbeblock gleich wieder da, was Miriam unbewusst mit einem Nicken quittiert. Miriam steht zwischen ihrer Tochter und dem Fernseher, sodass ihr Kopf von dem flackernden Bildschirm umrahmt ist. In letzter Zeit hat sich das Verhältnis zwischen Eliza und ihrer Mutter irgendwie gewandelt, und Eliza hat den Verdacht, dass daran das Kaleidoskop nicht ganz unschuldig ist. Die Sache hatte sie damals ja vermasselt. Sie hätte sich mehr freuen müssen, auch wenn es nur ein Spielzeug für Kleinkinder war. Genau genommen war ihre Mutter sonst noch nie so enttäuscht gewesen. Und das machte Elizas Gewissensbisse nur noch schlimmer.

«Du könntest da locker mitmachen», sagt Eliza.

Miriam schüttelt den Kopf. «Ich weiß nur bei den intellektuellen Fragen Bescheid.»

«Aber da hast du immer alles richtig. Außerdem, wenn du mich mit reinschmuggelst, könnte ich dir bei den anderen helfen. Dann verstecke ich mich hinter diesem Bühnendings und flüstere dir die Antworten zu.»

«Elly», – und das lässt Eliza nun wirklich aufhorchen, denn so nennt Miriam sie sonst nie – «wenn du beim Buchstabieren an ein Wort denkst, was passiert dann?»

Eliza braucht so lange mit ihrer Antwort, dass Miriam schon glaubt, ihre Tochter hätte sie nicht gehört, aber daran liegt es nicht. Eliza braucht so lange, weil sie alles richtig machen will, weil sie ihrer Mutter diesmal genau das bieten möchte, was sie hören will.

«Das ist ein bisschen schwer zu erklären», sagt Eliza, und Miriam nickt aufmerksam, ohne die 600-Dollar-Frage im Fernsehen überhaupt zur Kenntnis zu nehmen. «Als Erstes höre ich das Wort im Kopf mit der Stimme von demjenigen, der es mir gegeben hat. Dann verändert sich die Stimme, bis es weder nach dem klingt noch nach mir selbst. Und wenn das passiert, dann weiß ich, dass das jetzt die Stimme von dem Wort ist, dass das Wort mit mir redet. Und dann wird alles andere um mich herum still. Auch wenn da noch irgendwelche Geräusche sind, höre ich die gar nicht mehr. Deshalb mache ich die Augen zu, sonst ist es nämlich so komisch, wenn ich irgendwas da draußen sehe und nicht höre. Vor allem mache ich die Augen aber zu, damit ich das Wort sehe. Wenn ich die Stimme von dem Wort allmählich höre, dann legen sich die Buchstaben in meinem Kopf zurecht. Das dauert manchmal eine Weile, aber wenn sie richtig liegen, halten sie still, und daran merke ich, dass es jetzt stimmt. Und dann sage ich einfach, was ich sehe, und fertig.»

Eliza macht sich darauf gefasst, dass ihre Mutter wieder enttäuscht ist, und sieht Miriam an. Aber anscheinend hat sie genau den richtigen Ton getroffen.

«Weißt du», sagt Miriam, «ich habe oben auf dem Dachboden eine Schachtel mit Kleidern von früher, als ich ungefähr in deinem Alter war. Ich weiß zwar nicht mehr genau, was da drin liegt, aber vielleicht findest du ja was, was dir gefällt.»

Elizas Gesicht leuchtet auf.

Miriam lässt das Finale der Quizshow links liegen und geht mit Eliza auf den Dachboden. In einem alten Koffer findet

Eliza zwischen Mottenkugeln und Staubmäusen eine Bluse mit großen grünen Knöpfen, in deren Kragen der Name ihrer Mutter gestickt ist. Sie streift die Bluse in ihrem Zimmer über und presst sich den Kragen in den Nacken, bis sie jeden einzelnen Buchstaben aus dem Namen ihrer Mutter auf der Haut spürt.

SAUL MACHT zum Abendessen Buchstabensuppe, und Aaron hat Mühe, dass ihm nicht der Appetit vergeht. Eliza legt die ganze Mahlzeit über immer längere Wörter, und Saul lässt sie aus der Suppenschüssel die richtigen Buchstaben fischen. Notfalls improvisiert sie: sie beißt ein P auf, um ein F zu bekommen oder dreht ein N seitlich um, damit sie ein Z hat.

Aaron tun die Beine weh, weil er eine geschlagene Stunde lang versucht hat, im Lotussitz zu sitzen. Irgendwann hat er aufgegeben und sich für den einfachen Schneidersitz entschieden, wobei ihm die ganze Zeit bewusst war, dass sein Bademantel für seine verschränkten Beine sowieso zu kurz ist: Wenn jetzt jemand ins Zimmer käme, dann kriegte der seine Schamhaare zu Gesicht, was bisher in der Familie noch keinem vergönnt war und worauf Aaron auch keinen gesteigerten Wert legte. Der Gedanke daran trug nicht gerade zu seiner meditativen Versenkung bei.

Vom buddhistischen Standpunkt aus waren Aarons Schamhaarbedenken eine Illusion, aber so leicht brachte man sie nicht dazu, sich so bedeutungslos zu benehmen, wie sie laut Buddha angeblich waren. Dabei wäre ihm das wirklich lieber gewesen. Aaron kann sich nichts Tolleres vorstellen, als seine körperliche Hülle abzustreifen und sich in einem spirituellen Kontinuum aufzulösen. Er stellt sich vor, wie eine riesige Wurzelbürste an ihm herumschrubbt. Er spürt gar keinen Schmerz, als seine Haut, seine Muskeln und seine Knochen abgeraspelt werden und darunter ein helles Licht, wie eine kleine Sonne, zum Vorschein kommt. Es ist die pure Erleichterung.

«Erde an Aaron. Bitte kommen.»

Hoppla. Aarons Gabel ist auf halbem Weg zum Mund stehen geblieben.

«Na, wie ist es?» Saul muss über den abwesenden Gesichtsausdruck seines Sohnes grinsen. «Meinst du, du kommst eine Woche lang ohne Elly und mich aus?»

Morgen fliegen sie los. Zum ersten Mal seit über zehn Jahren wird Saul seine Fortbildungskurse in der Synagoge ausfallen lassen und den Schabbatgottesdienst nicht selbst lesen.

«Das merke ich wahrscheinlich gar nicht groß», sagt Aaron und hätte es am liebsten sofort wieder zurückgenommen.

Eliza wird rot.

«Wir sind ja ganz bald wieder da.» Saul hat seinem Sohn wohl nicht zugehört.

MIRIAM LÄSST ihre gewohnte Zeitschriftenlektüre ausfallen und bringt Eliza ins Bett. Eliza hat sie um ein Glas Wasser und eine zweite Decke gebeten, um das seltene Ereignis möglichst in die Länge zu ziehen. Wenn sie jetzt lange Haare hätte – der Wunsch kommt ihr zum ersten Mal –, dann könnte sie ihre Mutter bitten, sie ihr zu bürsten.

«Hast du alles gepackt?»

«Ja.» Eliza schiebt unter der Decke die Beine hin und her, um die Kühle des Lakens auszukosten. Ein moosgrüner Koffer, den Saul vom Dachboden geholt hat, steht gepackt an der Tür. Eliza hat ihren Wecker bereits dreimal kontrolliert. Der Koffer ist aus weichem, abgewetztem Leder und sieht ziemlich weit gereist aus.

Miriam setzt sich auf Elizas Bett, sodass sich die Matratze nach unten biegt. Eliza rückt heimlich mit dem Bein näher, bis ihr Knie an der Wade ihrer Mutter liegt, nur das Bettlaken dazwischen.

«Den Koffer habe ich doch schon mal gesehen», sagt Miriam. «Er gehört zu einem Gepäckset, das mir meine Eltern gekauft haben, als ich ins Internat kam. Ich wusste gar nicht, dass ich ihn noch habe.»

Eliza betrachtet den Koffer mit neuem Interesse. Sie versucht, sich Miriam in ihrem Alter vorzustellen, sieht aber nur den erwachsenen Kopf ihrer Mutter auf dem Körper einer Zehnjährigen. Sie hatte gedacht, ihre Mutter hätte eine ganz normale öffentliche Schule besucht, wie sie auch. Eigentlich stammte alles, was sie von der Kindheit ihrer Mutter wusste – ein Kaleidoskop, eine Bluse mit grünen Knöpfen und ein Koffer – aus den letzten paar Wochen.

«Hast du Angst gehabt?» Das ist die wichtigste von den tausend Fragen in Elizas Kopf.

«Wann?»

«Vor dem Internat.»

Miriam blickt eine ganze Weile auf den Koffer. Je länger sie jetzt schweigt, sagt sich Eliza, desto mehr verdient sie die Antwort ihrer Mutter. Aber als sich Miriam wieder Eliza zuwendet, sind die beiden offenbar schon bei einem ganz anderen Thema angelangt.

«Hör mal», sagt Miriam, «wenn das Flugzeug startet und du den Druck in den Ohren spürst, dann musst du dir die Nase zuhalten. So.» Miriam drückt mit Daumen und Zeigefinger die Nasenflügel zusammen. «Bis es in den Ohren plop macht, und dann musst du schlucken. Kaugummi regt die Speichelbildung an. Am besten fängst du an zu kauen, sobald das Flugzeug auf die Startbahn rollt. Und schluck möglichst oft. Vielleicht reguliert das Schlucken den Druck schon von allein, dann brauchst du dir die Nase gar nicht zuzuhalten. Beim Landen ist es meistens noch schlimmer als beim Starten.» Sie greift in die Tasche und gibt Elly eine Packung Kirschkaugummi. «Hier.»

Eliza würde den Kaugummi am liebsten unters Kopfkissen stecken, legt ihn aber brav neben den Wecker.

«Ich bin stolz auf dich», sagt Miriam. Sie zupft ein bisschen an den Laken herum, um sie glatt zu ziehen, und stopft sie dann am Bettrand unter die Matratze.

«Ich hab dich lieb, Mom», sagt Elly leise und erst, als Miriam das Licht ausgemacht hat.

AUF EINEM großen Bildschirm vor dem Hotel erscheint in laufender Leuchtschrift EIN HERZLICHES WILLKOMMEN DEN TEILNEHMERN AM NATIONALEN BUCHSTABIERWETTBEWERB. Saul bittet einen Hotelpagen, ihn und Eliza unter dem Schild zu fotografieren. Als die Kamera klickt, leuchtet über ihren Köpfen gerade W-I-L-L-K-O-M-M-E-N-D-E-N-T-E auf.

In der Mitte der mit Glas und falschem Marmor ausgestatteten Hotellobby stehen Bäume mit echten Vögeln darin. Ein Mann in Uniform läuft mit einem feuchten Tuch in der Hand hin und her und wischt den Vogeldreck weg, der von Zeit zu Zeit auf den glänzenden Flächen landet. Hinter einem blau beleuchteten Teich, in dem unter falschen Seerosen echte Fische herumschwimmen, fahren gläserne Aufzüge mit Glitzerbeleuchtung auf und ab.

Erst im Aufzug wird Eliza so richtig bewusst, dass der Wettbewerb nun wirklich begonnen hat. Neben Saul und ihr steht eine Mutter mit Kind, und der Junge hält das gleiche Willkommenspäckchen an die Brust gedrückt, wie es Eliza an der Rezeption bekommen hat.

«Was für eine Nummer hast du?», fragt der Junge.

«Weiß ich noch nicht», sagt Eliza. Das Hotel ist riesengroß. Sie kommt sich vor wie im Kettenkarussell auf dem Frühlingsfest: Die ganze Zeit hat sie sich so darauf gefreut, und jetzt, wo es endlich so weit ist, wird ihr schlecht.

«Ich habe die 82. Letztes Jahr hatte ich die 132. Das ist interessant, denn 8 minus 2 ist 6, und wenn man die Ziffern aus 132 miteinander multipliziert, kommt man auch auf 6.»

«Wir glauben, das bringt Glück», sagt die Mutter. Sie hat einen Anstecker mit einer grinsenden Biene am Jackenaufschlag.

Eliza macht ihr Willkommenspaket auf. «Ich hab die 59», sagt sie.

«Ach, eine zweistellige Nummer, da hast du aber Glück», sagt die Mutter. «In die Endrunde kommen meistens Teilnehmer mit zweistelligen Nummern.»

«Ich dachte, es sind bloß 151 Teilnehmer!», hakt Saul nach. «Da gibt es doch vor allem zweistellige Nummern.»

«Eben», sagt die Mutter.

Eliza ist schwer beeindruckt von dem Korb mit kostenlosem Obst, mit in rotes Plastik geschlagenen Orangen und einer vorgedruckten Begrüßungskarte, auf der in der Lücke zwischen dem *Willkommen* und dem Ausrufezeichen handschriftlich ihr Name geschrieben steht. Das Bad wartet mit einem Handtuchheizkörper und einem mehrfach verstellbaren Duschkopf auf. Bei der frischen Papierschärpe um die Klobrille zum Zeichen der Keimfreiheit muss Eliza an ihre Mutter denken.

Ihr Bett ist so groß wie das ihrer Eltern und härter als ihres zu Hause. Eliza bezähmt den Drang, auf die Matratze zu hüpfen, setzt sich in ihrer besten Erwachsenenhaltung auf den Bettrand und betrachtet über der Kommode mit den leeren Schubladen ihr Spiegelbild. Eindeutig älter als fünfte Klasse, im Gesicht fast wie achte, so als Teilnehmerin am nationalen Buchstabierwettbewerb mit eigenem Hotelzimmer. Wenn sie doch bloß ein bisschen größer wäre.

Saul kommt aus dem Nebenzimmer herüber. Die beiden Zimmer sind zwar genau gleich, aber netterweise durfte sie sich trotzdem das mit dem hässlichen Bild von einem Segelboot statt das mit dem hässlichen Bild von einem Mädchen in einem langen weißen Kleid aussuchen.

«Na, wie fühlt man sich so im Grandhotel?»

Eliza reckt würdevoll das Kinn und unterdrückt ein Kichern. «Recht angenehm», sagt sie so erwachsen wie möglich. Im Schrank müssten jetzt bloß noch rauschende Abendkleider und elegante Pumps auf sie warten.

Saul setzt sich aufs Bett und hält Eliza einen Stadtplan von Washington hin. «Schau mal.»

Eliza breitet den Stadtplan aus, bis er ihren Schoß ganz bedeckt und über die Beine herunterhängt. Wonach soll sie denn jetzt suchen? Dann liest sie die ersten Straßennamen.

«Nicht schlecht, was?» Saul grinst sein von Eliza heiß geliebtes Bubengrinsen.

«Sind da alle drauf?» Sie fährt mit dem Finger die Straßenlinien nach, um über den Hautkontakt ein Gefühl für sie zu bekommen.

Saul legt seiner Tochter den Arm um die Schultern. «Die meisten. Gib's zu, das ist doch ein passender Ort für einen Buchstabierwettbewerb.»

Eliza betrachtet die vor ihr ausgebreitete Stadt. C Street, K Street, U Street – praktisch jeder Buchstabe im Alphabet kommt hier vor. Eliza versucht aus ihren Formen herauszulesen, was ihr die einzelnen Buchstaben von sich selbst preisgegeben haben: Sind sie Konsonanten oder Vokale, zuverlässig, unberechenbar, gerade oder geschwungen? Die Stadt ist wie ein Spiegel ihres Körpers mit all den Wörtern, die er enthält.

Eliza stößt einen Seufzer der Erleichterung aus, von dem sie zuvor nicht gespürt hatte, wie nötig er war. Sie hat den Stadtplan auf dem Schoß, ihren Vater neben sich und die Bluse mit den grünen Knöpfen von ihrer Mutter im Koffer. Sie fürchtet sich vor nichts und niemandem.

IN DER ersten Nacht ohne Saul marschiert Miriam um drei Uhr morgens ins Schlafzimmer, ohne die quietschenden Parkettbretter zu meiden, macht Licht und schließt die Tür mit einem hörbaren Laut. Dass sie nicht auf Zehenspitzen gehen muss, nachdem der Grund solch althergebrachter Rücksichten Hunderte von Meilen entfernt ist, macht sie ganz beschwingt vor Glück. Sie lässt die Tür zwischen Bad und Schlafzimmer einen Spalt offen und summt beim Zähneputzen vor sich hin. Als sie fertig ist, wirft sie sich mit solchem Schwung aufs Bett, dass das Kopfende an die Wand schlägt. Wann hat sie sich eigentlich das letzte Mal nackt ins Bett gelegt? Sie streckt Arme und Beine weit von sich, ihr Körper bildet ein gewaltiges X und bedeckt nun seine und ihre Seite. Sie hat das ganze Bett für sich reklamiert.

Beim Aufwachen hat sie zunächst das Freiheitsgefühl der vergangenen Nacht wieder vergessen und setzt sich vorsichtig auf, damit das Bett nicht zu sehr wackelt. Als sie nach links schaut und das unbenutzte Laken ohne Saul sieht, fällt es ihr wieder ein. Irgendwie scheint ihr Inneres neu austariert zu sein. Ihr Herz schlägt ein bisschen freier. Ihre Lungenflügel dehnen sich aus, damit mehr Luft hineinpasst. Sauls Abwesenheit hat als Auslöser für etwas gedient, das seit langem in ihr gewachsen ist und auf den richtigen Moment gewartet hat, um zum Vorschein zu kommen.

Beinahe hätte sie ihre Bürokluft nicht angezogen; sie muss sich zwingen, in einen Rock statt in eine Hose zu schlüpfen.

*Wenn ich nur Hosen tragen würde, könnte ich mir das Rasieren sparen.* Der Gedanke verblüfft sie. Miriam hat sich immer gegen Sauls Überredungsversuche gewehrt, sich ganz «natürlich» zu geben. Die Haare an ihren Beinen und unter ihren Achseln sind besonders dick und schwarz und haben ihr, schon seit sie zwölf ist, das Gefühl gegeben, unrein zu sein. Genauso unbehaglich sind ihr die paar spärlichen Haare um ihre Brustwarzen herum. Ob die während der ersten Schwangerschaft gewachsen waren oder ob sie sie damals erst bemerkt hatte, kann sie nicht mehr sagen, aber jedenfalls hatte sie die Härchen säuberlich ausgezupft, bevor sie Aaron das erste Mal anlegte, denn sie hatte sowieso eine natürliche Abneigung gegen das Stillen, und die Vorstellung einer behaarten Brust in einem Säuglingsmund fand sie nun wirklich abstoßend.

Doch dieses neue Gefühl nach der ersten allein verbrachten Nacht verringert ihren Drang, sich zu rasieren. *Lass doch,* sagt ihr befreites Herz, *du hast Wichtigeres zu tun.* Miriam fährt über die ersten neuen Stoppeln an ihrem Schienbein und freut sich daran, wie beharrlich ihr Körper ist. Mit dem inneren Schwur, sich aus den Fesseln des Ladyshavers zu befreien, stellt sie ihre Loyalität einer höheren Sache gegenüber unter Beweis: Ihre Mission erfordert, solch niedere körperliche Belange zugunsten eines höheren Ziels hintanzustellen. *Tik-kun O-lam, Tik-kun O-lam* schlägt ihr Herz gleichmäßig im Takt.

Noch nackt öffnet Miriam die Rollos, sodass die Frühmorgensonne ihr warm auf die Haut scheinen kann. Sie möchte diesen Tag auf ihrem Körper spüren, möchte, dass jeder Teil von ihr die neue Phase ihrer Lebensaufgabe auskostet. Ein Kind mit einem pinkfarbenen Gummiball in der Hand kommt ihr in den Sinn. Ein goldrichtig geworfener Stein. Sie ist bereit. Sie wird ihrem neuen Ruf folgen.

AN DEN VIER Tagen vor dem eigentlichen Wettbewerb finden erbauliche Ausflüge zu den Smithsonian Museen, zum Weißen Haus und zur Kongressbibliothek statt, gefolgt von sorgfältig geplanten Eisdielenbesuchen, Grillfesten und Strandpartys, bei denen Kennenlernspiele veranstaltet werden. Eliza und ihre Mitbewerber tragen ständig ihre Namensschilder und werden bei den verschiedenen Gelegenheiten immer neu paarweise zusammengespannt – ein Ferienlager im Schnelldurchgang, das in Vergessenheit geraten lässt, dass man in ein paar Tagen gegen seine neuen Freunde antreten muss und am Ende nur einer übrig bleibt.

An den Abenden arbeiten Saul und Eliza. Saul hat das dreibändige Wörterbuch im Handgepäck mitgenommen, damit es auf keinen Fall zu spät ankommt oder verloren geht. Eliza gefällt es nicht, dass ihre gemeinsamen Lernabende jetzt so angespannt sind. Zu Hause war Saul so sehr auf die einzelnen Phasen ihres Lernprozesses konzentriert, dass sie die Außenwelt oder ein etwaiges Ziel ihrer Anstrengungen völlig ausgeblendet hat. Jetzt dagegen hat sie ständig das Gefühl, ihr Vater blicke durch sie hindurch, weil er irgendetwas Großes erwartet. Und schon kriegt Eliza den Gedanken nicht mehr aus dem Kopf, dass sie hier mit über hundert anderen Kinder auf eine Bühne soll, und das vor einem Publikum aus lauter fremden Leuten, die nur darauf warten, dass sie einen Fehler macht.

Saul ist hin und her gerissen. Einerseits hält er es für richtig, so weiterzumachen wie bisher, als seien Wörterlisten und Buchstabierwettbewerbe alles, worum es ihm geht. Nach dem Finale war ja noch genug Zeit, um seine wahre Absicht kundzutun. Im Moment würden neue Ideen und Techniken vielleicht bloß ablenken und möglicherweise mehr Schaden anrichten als nützen. Er darf auf keinen Fall riskieren, Elly von ihrer wahren Berufung abzuschrecken, von der er sich in den letzten Wochen nur allzu gut überzeugt hat.

Andererseits war doch genau jetzt der richtige Zeitpunkt, um ihr neue Werkzeuge an die Hand zu geben, oder? Sie war noch nie so empfänglich für das gewesen, was er ihr zu geben hatte. Das Finale im Buchstabierwettbewerb bot die ideale Gelegenheit, ihr unglaubliches Talent vorzuführen.

Eliza steht am einen Ende ihres Hotelzimmers, Saul am anderen, der Fernseher läuft laut. Beide Nachttischlampen sind auf Elizas Gesicht gerichtet, damit sie sich an die Scheinwerfer für die Fernsehkameras gewöhnt.

«Nummer 59, dein Wort ist ZODIAKALLICHT», sagt Saul in möglichst offiziellem Tonfall.

Im Fernsehen läuft «*Wirklich unglaublich!*». Cathy Lee Crosby interviewt einen Mann, der gerade eine Kettensäge verschluckt hat.

«Könnten Sie es mir noch einmal vorsprechen?»

«*Zo-dja-kahl-licht.*»

«Woher kommt es?»

«Es kommt aus dem Griechischen.»

«Würden Sie es bitte definieren?

«Es ist eine schwache Leuchterscheinung am Himmel; man nennt es auch Tierkreislicht.»

Eliza nickt und kaut auf ihren Lippen.

«Elly?»

Eliza hebt den Kopf. «Du hast doch gesagt, diesmal sagst du nichts. Du bist doch der Preisrichter.»

«Ich weiß ja. Aber ausnahmsweise. Sag mir, was du machst.»

«Ich versuche, auf das Wort zu kommen.»

Eliza ist unglücklich darüber, dass der Fernseher läuft und dass sie nicht auf Anhieb weiß, wie man dieses Wort schreibt. Sie versteht nicht, was ihr Vater von ihr will, sie weiß nur, dass sie es ihm nicht geben kann. Sie wollte eigentlich einen Film auf HBO sehen, zu Hause hatten sie ja kein Pay TV, aber das hat Saul nicht erlaubt. Nach dem Wettbewerb wäre noch genügend Zeit für Filme, hatte er gemeint.

«Und wie versuchst du, auf das Wort zu kommen?»

«Wie meinst du das? Ich überlege! Klar? Ich denke nach.»

Gelächter und Applaus aus dem Fernseher. So war das jetzt jeden Abend. Nach dem Abendessen bekam Saul so einen komischen Blick, und dann hörte er ihr überhaupt nicht mehr zu, bis sie vorschlug zu arbeiten. Sie musste es auch noch selbst vorschlagen. Andere Kinder mussten überhaupt nicht arbeiten. Einem Mädchen hat ihr Vater sogar die Wörterlisten abgenommen. Sie solle sich jetzt mal amüsieren, meinte er, das sei wichtiger.

Plötzlich dreht Saul den Fernseher viel leiser.

«Lass es.»

Eliza schaut längst woandershin. «Lass was?»

Saul hat dieses geheimnisvolle Lächeln aufgesetzt, das Eliza allmählich nicht mehr ausstehen kann. «Lass das Denken.»

Eliza unterdrückt die Tränen und saugt ihre Wangen ein. «Ich weiß nicht, was du meinst.» Ob Saul bei Aaron wohl auch manchmal so war? Ob ihr Bruder seine neue Freiheit vielleicht sogar genoss?

Saul kommt auf sie zu, geht in die Hocke und legt ihr die Hände auf die Schultern.

«Doch, das weißt du», sagt er. «Bei dem Wort hängst du jetzt, hm?»

Eliza nickt frustriert.

Sauls Stimme ist ruhig. Jetzt war es so weit.

«Nachdenken ist gut für den Anfang, und bei vielen Wörtern wird es auch funktionieren. Aber du kriegst auch mal Wörter, wo das Nachdenken nicht genügt. Das ist ein schwieriges Wort, Elly. Die Laute könnten auf viele verschiedene Weisen geschrieben werden.»

Eliza nickt wieder. Sie hat keine Ahnung, worauf Saul hinauswill.

«Das Wort selbst kennst du vielleicht nicht, aber die Buchstaben darin kennst du alle. Die kennst du.»

«Na und?» Vom Korridor dringt Gelächter herüber. Dort möchte sie jetzt sein – überall sonst, bloß nicht in diesem Hotelzimmer.

«Na und?», erwidert Saul mit einem breiten Grinsen im Gesicht. «Dann lässt du eben die Buchstaben die Arbeit für dich erledigen!»

«Ich weiß nicht, was du meinst.» Elizas Stimme zittert. Zum ersten Mal kommt ihr das Gesicht ihres Vaters hässlich vor, als müsste es mal sauber gewischt werden.

Saul setzt Eliza aufs Bett. «Elly, mein Schatz, es ist schon spät, ich weiß, und du bist wahrscheinlich müde, aber hör mir einfach zu, und dann machen wir für heute Abend Schluss, ja? Ich schlage dir jetzt etwas Neues vor, was wir noch nie gemacht haben. Du hast dich wirklich ganz toll geschlagen beim Lernen der Wörter und ihrer Herkunft. Ich staune, was du alles gelernt hast. Aber die Zeit war kurz, und wir konnten nicht alles durchnehmen, was wir gern gemacht hätten. Deshalb werden dir Wörter begegnen, bei denen dir das alles nichts bringt, was du über Vorsilben und Nachsilben und die Etymologie gelernt hast. Und wenn das passiert, dann hätte ich gern, dass du was Besonderes ausprobierst. Ich hätte gern, dass du dich den Buchstaben öffnest. Die Buchstaben können dich zu dem Wort führen, wenn du sie lässt. Die haben ihre eigene Kraft. Nimm doch mal *Zodiakallicht*. Mit welchem Buchstaben fängt das an?»

«Wahrscheinlich mit Z.» Sie kann das nicht ausstehen: Je frustrierter sie wird, desto ruhiger wird er, und wenn sie am liebsten alles umkrempeln würde, tut er, als sei die Welt in bester Ordnung.

«Richtig. Fang mit dem Z an. Ich dreh den Fernseher wieder lauter, damit wir so tun können, als wäre das der Lärm vom Publikum, den du ausblenden musst. Geh doch wieder dort hinten auf deinen Platz, und ich bin wieder der Preisrichter. Und jetzt öffne dich dem Z, Elly. Lass dir vom Z sagen, was als Nächstes kommt. Und wenn du das gehört hast, dann lass dir von diesem Buchstaben den nächsten zeigen.»

Wenn sie jetzt nicht wenigstens so tut, als ob, dann lässt ihr Vater nicht locker, egal, wie spät es wird. Sie geht wieder an ihren Platz und macht die Augen zu.

«Zodiakallicht», intoniert Saul vom anderen Ende des Zimmers.

In ihrer Vorstellung steht Eliza allein auf der Bühne des Independence Ballroom des Hotels und kaut drei Kaugummis auf einmal. Sie schluckt und schluckt, aber nichts passiert.

«*Zo-dja-kahl-licht*», sagt sie. «Z …» Sie stellt sich ein unfreundliches Z mit glitzernden Augen und gebleckten Zähnen vor. *Z wie der Zobel damals in der zweiten Klasse, der die Maus in den Fängen hatte.* «… O …» *Ein O oder zwei? Zoo kam aus dem Griechischen und hatte was mit Tieren zu tun.* «… O …» *Und der Rest war leicht.* «… D-I-A-K-A-H-L-L-I-C-H-T. Zodja-kahl-licht.»

Saul klopft mit einem Bleistift leise an ein Hotelglas. «Falsch. Es muss heißen: Z-O-D-I-A-K-A-L-L-I-C-H-T. Zodiakallicht.»

Eliza wäre ihm am liebsten ins Gesicht gesprungen und hätte ihn gekratzt wie eine Katze, die man einmal zu oft am Schwanz gezogen hat. Wieso lächelte er immer noch, wo seine blöde Idee nicht mal funktioniert hat?

«Kann ich jetzt ins Bett?»

«Du bist ziemlich müde, stimmt's?»

Aber Eliza steht schon im Bad und hat die Tür hinter sich zugemacht. Saul übertönt den aufgedrehten Wasserhahn.

«Das war ein schweres Wort, Elly. Du hast es fast hingekriegt. Es ist auch schwierig, sich zu konzentrieren, wenn man so müde ist. Aber merk dir trotzdem, was ich dir gesagt habe. Wenn ein Wort so richtig schwierig ist, dann versuch nicht, es zu durchdenken. Lass dir von den Buchstaben zeigen, wo es hingeht. Wenn du dich richtig konzentrierst und dich den Buchstaben anvertraust, dann lassen sie dich nicht im Stich.»

Das Wasser läuft nicht mehr. Durch die Tür ist Eliza kaum zu hören. «Aber, Dad, sie haben mich doch gerade im Stich gelassen. Die Buchstaben haben überhaupt nicht geholfen.»

«Die Buchstaben waren alle da, Elly, bloß du nicht. Du hast dich nicht wirklich konzentriert. Und das ist auch nicht schlimm. Es ist sehr, sehr schwierig, sich voll und ganz zu konzentrieren. Du sollst es ja nur probieren. Und heute Abend hast du es nicht so richtig probiert. Deshalb probierst du es lieber morgen nochmal. Ja? Mir zuliebe?»

Eliza macht die Badtür auf. «Tut mir Leid», flüstert sie und schafft es nicht mehr, die Tränen zurückzuhalten, die schon auf den schönen Teppichboden tropfen.

«Elly, komm. Elly, ich bin dir nicht böse.» Saul nimmt seine Tochter in die Arme und trägt sie in ihr Bett. Sie bleibt steif.

«Elly, wir beide sind doch ein Team. Ich bin hier, um dir zu helfen, aber nur, wenn du willst. Wenn du das nicht machen willst, dann sag's mir einfach, mein Schatz, dann hören wir auf. Dann leg ich die Wörterbücher weg, und wir lernen nicht mehr. Und am Freitag machst du es dann eben, so gut du kannst.»

Aber das ist keine echte Möglichkeit, das weiß Eliza. Es gibt nur eine vertretbare Antwort.

«Ich will's doch, Dad. Morgen können wir weitermachen. Ich bin jetzt nur wirklich müde. Ich muss einfach ins Bett.»

«Natürlich. Komm, ich deck dich zu. Und mach dir bloß keine Sorgen. Du bist ganz große Klasse. Ich bin stolz auf dich. Gute Nacht, schlaf gut, und lass dich nicht von den Zodiakallichtern erschrecken.»

Im Traum ist der Himmel schwarz vor flirrenden Buchstaben. Sie fliegen mit dicken, kurzen Flügeln, die ihre plumpen Körper kaum tragen können, rempeln Eliza an, nisten in ihrem Haar. Sogar in Nase und Augen kriechen sie ihr. Auf dem Boden stapeln sich zerbrochene Buchstaben, sodass es bei jedem ihrer Schritte knirscht. Der Lärm der herumschwirrenden Lettern macht es ihr unmöglich, einen klaren Gedanken zu fassen. Die Buchstaben zwängen sich durch ihre Lippen und flattern ihr mit ihren blöden Flügeln im Mund herum. Eliza wehrt sich mit Händen und Füßen gegen das schwarze Gekreuche und Gefleuche, das sich im Schlaf über sie hermacht; wie wild schlägt sie um sich, bis sie in der eiskalten Luft der Hotelklimaanlage fröstelnd aufwacht, weil sie sich die Decke weggestrampelt hat.

AN SEINEM ersten vaterlosen Abend nimmt Aaron die «Einführung in den Buddhismus» aus dem Büchersandwich unter seiner Matratze, das sich aus «Östliche Religionen», «Weltreligionen im Überblick» und «Sind Sie Hindu?» zusammensetzt, und legt es auf seinen Nachttisch, wo es jeder sehen kann. Am nächsten Morgen versucht er zum ersten Mal, splitternackt zu meditieren; das hat er nämlich schon eine Weile vor. Bestimmt wird er den Drang, sich anzufassen, überwinden müssen, aber schließlich soll er ja der leiblichen Welt mit all ihren Verlockungen entsagen. Die Vorstellung, damit zu scheitern, reizt ihn genauso wie die, sich zu bewähren, ohne dass er das vor sich selbst zugibt. Er setzt sich mit gekreuzten Beinen auf den Teppich und beginnt, den Kopf leer zu machen. Teppichknubbel drücken sich in seine Pobacken und an die zarte Oberschenkelhaut. Kühle Luft streicht über seinen Penis. Er ist ansatzweise hart. Kein Wunder, sagt er sich, schließlich ist er sonst nie nackt, nicht einmal in ganz heißen Sommernächten im Bett, sein Körper reagiert also einfach auf das Neue. Dann lässt er ein inneres Bild davon entstehen, wie er in seinem Zimmer nackt auf dem Boden sitzt, und das macht ihn noch mehr an. Ein geflüstertes Mantra soll dieses Bild verdrängen, Aaron schilt sich, dass er an seinen Körper ausgerechnet dann denkt, wenn er von ihm absehen soll, und in null Komma nichts ist er richtig hart. *Ich werde mich nicht anfassen*, schwört er sich, während die Hand zwischen seine Beine wandert. Er streichelt sich bei jedem *Om*, chantet immer schneller, bis er fast nicht mehr sprechen kann und die Silben nur noch hechelt, und dann ist mit einem letzten *Om* alles vorbei, und er muss schnell mit einer Socke und einem Glas Wasser, das zufällig am Bettrand steht, den Teppich säubern. Zum Glück ist der hellbraun.

BEI TAGESLICHT verwandeln sich die abendlichen Lernstunden in Träume, an die Eliza sich nur schattenhaft erinnert. Im Hotel ist immer etwas los, und mit den für die Woche geplanten Aktivitäten kann man sich ablenken. Im Ostflügel der Nationalgalerie interessiert sich Eliza plötzlich für die Ölporträts, denn durch ihre Vorbereitung auf den Buchstabierwettbewerb kann sie sehr gut nachvollziehen, was es heißt, längere Zeit stillzusitzen. Die starren Gesichter mit den funkelnden Augen erinnern sie an Kolibris, die mit schwirrenden Flügeln über einer Blüte stehen und einfach nicht vom Fleck kommen.

Je nachdem, wie erfahren sie sind und wie ernst sie die Sache nehmen, finden sich die Teilnehmer in verschiedenen Grüppchen zusammen. Die alten Hasen, die schon zum zweiten oder dritten Mal dabei sind, halten kühl Abstand von den anderen, gesellen sich zu Freunden aus früheren Jahren und erneuern alte Feindschaften. Eliza fühlt sich zu den relativ ehrgeizigen Neulingen hingezogen. Wer in keine Schule geht, sondern zu Hause unterrichtet wird, muss hier mit erheblichem Misstrauen rechnen, denn so jemand konnte ja nach Herzenslust pauken, ohne durch andere Fächer abgelenkt zu werden. Eines Abends beobachtet Eliza im Hotelrestaurant so ein Mädchen: Ihr Teller steht unberührt da, während ihre Eltern sie ausfragen. Sie gehört vom Alter her in die Achte und hat es zum dritten Mal hintereinander bis in die Endrunde geschafft: Das ist also ihre letzte Chance auf einen Sieg. Als Eliza ihr später noch einmal begegnet, wird sie gerade von ihren Eltern aufs Zimmer begleitet, und Eliza spürt auf einmal deutlich, dass es Schlimmeres gibt, als sich Sauls komisches neues Gerede über Buchstaben anzuhören.

Am Freitagvormittag kommt die Presse. In den Pressemappen sind die Teilnehmer mit Startnummer, Namen, und persönlichen Daten unter dem entsprechenden Foto aufgelistet. Sie kommen aus Neptune, New Jersey, Gallup, New Mexico, oder Kokomo, Indiana, sie kommen aus Fairbanks, Alaska, Naples, Florida, oder Rome, Georgia. Die Tageszeitungen ihrer Heimatstädte haben alle am letzten Sonntag über sie berichtet. Zusammen genommen haben sie 276 Geschwister, 89 Hunde, 54 Katzen und 108 Fische. Fünfundsechzig von ihnen haben schon geträumt, sie wären aus Versehen in Unterwäsche zum Wettbewerb erschienen, vierundvierzig werden von den Gebeten einer Kirchengemeinde begleitet, neunundzwanzig haben seit zwei Tagen Verstopfung, zwölf haben Angst, sie müssen sich auf der Bühne übergeben, auf fünf haben allzu optimistische Eltern gewettet.

Einer wird gewinnen.

BEIM EINSTEIGEN hatte Miriam noch keine Ahnung, dass sie auf der Interstate einem unbekannten Ziel entgegen fahren würde. Es fühlt sich nicht so an, als führe sie in ein Kaufhaus oder ein Einkaufszentrum. Es fühlt sich eher so an, als nähme sie Kurs auf etwas Neues, Bedeutsames, als führte sie ihr neu geeichter Körper zur äußeren Manifestation ihres veränderten Innenlebens.

Ein Autobahnschild sticht aus den anderen heraus, als wäre es extra für sie aufgestellt worden, folglich nimmt Miriam die Ausfahrt und biegt in eine unbekannte Straße. Seltsamerweise übt diese fremde Straße in einer fremden Stadt eine beruhigende Wirkung auf sie aus, obwohl Miriam sich sonst nur auf Straßenkarten und genaue Wegbeschreibungen verlässt. Ihr befreites Herz und die geweiteten Lungen schlagen einen neuen Rhythmus an: *Tik-kun, Tik-kun, Tik-kun* klopft ihr der Puls bis in die Ohren. Wie ein Versprechen klingt das, wie ein geflüsterter Pakt zwischen ihr und der Zukunft. *Komm mit, komm mit, komm mit.*

Vorbei geht es an kleinen Geschäften und Kirchen, an einem Weinladen und einem Restaurant. Miriam schaut nicht einmal auf das Straßenschild, weiß nur, dass sie hier abbiegen soll. Die Gegend hat schon bessere Zeiten gesehen: Die Häuser sind alt, klein und vom Leben enttäuscht. Ausgebesserte El Caminos und Dodge Darts parken in Ölpfützen, die kein Regen mehr wegspülen kann. In den Vorgärten stehen Rasensprenger aus längst vergessenen Sommern inmitten von braunen Grasflächen.

Als Miriam das Haus entdeckt, fährt sie automatisch ein paar Blocks weiter. Dann parkt sie. Und erst auf dem Weg zurück wird ihr bewusst, dass sie sich dadurch einigermaßen unauffällig macht, denn ein fremder Wagen in der Einfahrt könnte ungewollt Aufmerksamkeit auf sich ziehen. Wie von selbst verfällt sie in den Schritt einer Nachbarin, die eine Tasse Zucker borgen will, einer Freundin, die kurz vorbeischaut, um hallo zu sagen. Wer sie so gehen sieht, würde glauben, sie kenne die Straße in- und auswendig. Die dunklen Fenster und die leere Einfahrt sagen ihr über alles Notwendige Bescheid.

In zehn Jahren wird es hier wohl anders aussehen, die Häuser werden Alarmanlagen haben und die Menschen vorsichtiger geworden sein, aber trotzdem wird es wahrscheinlich noch Gegenden wie diese hier geben, die ihre eigene Diebstahlversicherung sind. Miriam findet den Schlüssel unter der Fußmatte, steckt ihn ins Schloss und spaziert ins Haus.

Es riecht nach einem blumigen Raumspray und Bratenfett. Die Haustür führt in ein kleines Wohnzimmer mit verfilztem Teppich. Alles ist ein wenig schäbig, aber trotzdem sauber gehalten. Miriam macht einmal die Runde durchs Haus, vom Wohnzimmer durch die Diele bis zu den Schlafzimmern. Irgendwo in ihrem Hinterkopf flüstert eine Stimme *böse*, allerdings kaum hörbar. Streng genommen gehört Miriam nicht hierher, das weiß sie, aber das tut der Gegenstand, den sie in Sicherheit bringen will, genauso wenig. Solange er sich in diesem Haus befindet, ist die Welt aus den Fugen. Indem sie ihn an sich nimmt und ein Stück ihrer Ganzheit wiedererlangt, tut sie ihren Teil dazu, ein Ungleichgewicht zu korrigieren. Sie praktiziert *Tikkun Olam*.

Ihr Körper bestätigt das: In diesem fremden Haus auf der Suche nach dem fehlenden Teil ihrer selbst fühlt sie sich wach und lebendig. Ihre Sinne nehmen die Schwingungen der winzigsten Gegenstände wahr. Vom Elternschlafzimmer aus hört sie das Ticken der Herduhr in der Küche. Vom Kopfende des Bettes aus sieht sie einen verlorenen Ohrring im Teppichboden vor der gegenüberliegenden Wand. Der fehlende Teil ihrer selbst pocht unter den Bodendielen wie ein Herz. Er pulsiert angespannt, er lockt sie zu sich. Mit jeder Minute, die die beiden getrennt sind, wird der Puls lauter und die flüsternde Stimme leiser, bis das *böse* fast in Vergessenheit geraten ist, nur noch ein Traum.

Die blaue Keramikschale mit dem Kleingeld darin ist es, deswegen ist sie hier, das erkennt Miriam auf den ersten Blick. Sorgfältig kippt sie die Nickels, Pennys und Dimes auf die zerkratzte Ablage neben dem Küchentelefon. Die Haustür schließt sie sorgsam wieder ab, den Schlüssel legt sie unter die Matte.

Das Hinausgehen erlebt Miriam wie eine Wiedergeburt. Ihre äußere Hülle ist in dem Haus zurückgeblieben wie ein Häuflein Eierschalenreste – ein Gewicht, von dem sie vorher gar nichts wusste, dass sie es mit sich herumschleppte. Beweglicher ist sie, lebendiger. Ihr neuer innerer Rhythmus, der aus jener ersten Nacht ohne Saul stammt, passt jetzt zu ihrem Körper. Ihr befreites Herz schlägt näher an der Oberfläche als bisher. Wenn sie die Fingerspitzen ganz leicht auf die Brust legt, spürt sie es schon. *Tik-kun, Tik-kun.* Im Augenblick schlägt es schneller, im Tempo irgendwo zwischen dem Herz einer Frau und dem eines Vogels. Wieder zurück auf der Straße, die Keramikschale neben sich, fühlt sich Miriam, als könnte sie das Steuer loslassen und den Wagen nur durch ihren Blick lenken, als könnte sie das Gaspedal bis zum Anschlag durchtreten und abheben. Einen Moment lang fühlt sie sich allmächtig.

Dieses Gefühl der unbegrenzten Möglichkeiten hat Miriam schon einmal überkommen. Sie ist während der Ferien in ihrem letzten Privatschuljahr zu Hause, der Übertritt ins College ist bereits gesichert. Sie fährt eine vertraute, abgelegene Straße entlang, fast beengt von den Gedanken an ihre Jugend und die unerschütterliche Gewissheit ihrer Zukunft, und dann schaltet sie plötzlich die Scheinwerfer aus. Sie weiß, dass sie damit eine Grenze überschritten hat, dass das Ausschalten der Scheinwerfer sie in eine Welt katapultiert, deren

Regeln ihre Jugend nicht meistern kann. Die Vorstellung, dass ihre subjektive Unsterblichkeit hier nichts mehr gilt, erregt ebenso viel Angst wie Nervenkitzel. Sie gewöhnt ihre Augen an den undeutlichen grauen Mittelstreifen und behält ihre Geschwindigkeit bei. Jeden Moment könnte sich die Dunkelheit zu einer undurchdringlichen Wand verdichten, die ihren Wagen beim Aufprall zusammenquetscht wie ein Akkordeon. Das mächtige Dunkel sickert durch die offenen Fenster, macht die Luft schwer und legt sich als Film auf Miriams Haut. Länger als eine Minute hält Miriam nicht durch, dann schaltet sie die Scheinwerfer wieder ein, bis der graue Streifen gelb wird, die Dunkelheit verdunstet. Die beiden Jungs, die am Straßenrand entlanggehen, tauchen im Licht auf. Sie sind der Fahrbahn so nahe, dass Miriam, hätte sie die Scheinwerfer ausgeschaltet gelassen, womöglich etwas zugestoßen wäre, das ihr aus der unbeleuchteten Nacht heraus einen Strich durch die Zukunft gemacht hätte. Jetzt, am helllichten Tag, mit der Schale an ihrer Seite, kommt es ihr vor, als würde sie es ihrer Furcht zum Trotz weiter treiben, ein bisschen länger durchhalten als je zuvor.

DER WETTBEWERB wird am nächsten Tag im Independence Ballroom stattfinden, dem hoteleigenen Ballsaal drei Stockwerke unter der Erde, erreichbar über Rolltreppen, deren Neonbeleuchtung bei der Fahrt nach unten alle Farben des Regenbogens einzeln durchläuft. Die Stockwerke werden immer kleiner; im untersten befindet sich nur noch der Ballsaal. Die Fahrt nach unten mutet an wie ein Tiefseetauchgang: die Fülle der verschiedenen Lebensformen in den oberen Stockwerken, nahe der Sonne, nimmt ab, bis nur noch Wettbewerbsteilnehmer und ihre Eltern übrig bleiben, die blinden Albinofische in den Meeresgräben.

Nachdem Eliza ihrem Vater erklärt hat, sie gehe jetzt schlafen, schlüpft sie aus dem Pyjama und wieder in ihre Kleider. Die Fernsehergeräusche, die gedämpft aus Sauls Zimmer dringen, übertönen wahrscheinlich ihre Laute – zum Glück. Dreimal sieht Eliza nach, ob sie den Zimmerschlüssel in der Tasche hat, bevor sie sich auf den Gang wagt und die Tür so langsam und leise hinter sich schließt, dass sie selbst nicht genau merkt, wann es klickt. Um nicht unnötig aufzufallen, bezwingt sie ihren Drang loszurennen und schlägt stattdessen ein flottes Schritttempo an. Der Gang ist leer. Aus den Zimmern ihrer Mitbewerber dringt kein Laut. Vermutlich schlafen sie schon oder können nicht einschlafen und lauschen dem Wecker auf dem Nachttisch, der unaufhaltsam dem Wettbewerbsbeginn entgegentickt.

Der gläserne Aufzug endet in der Lobby, und Eliza muss auf die Rolltreppe umsteigen. Im ersten Untergeschoss schlürfen irgendwelche Erwachsene an einer rotierenden Pianobar ihre Cocktails. Neben dem Schild mit der Aufschrift «Alle halbe Stunde eine volle Drehung» verkündet ein weiteres, dass Eltern von Wettbewerbsteilnehmern ihren ersten Drink kostenlos bekommen. In der Konferenzetage unterhalb der Bar ist bis auf die wechselnden Regenbogenfarben der Rolltreppe alles dunkel. Eliza findet die Dunkelheit aufregend, genauso wie die Tatsache, dass sie so spät abends so weit von zu Hause noch auf ist, noch dazu allein; sie ist stolz darauf, dass sie sich von ihrem zugewiesenen Platz rechtzeitig weggeschlichen hat, um sich selbständig zu machen. Um die Angst zu bekämpfen, die sie auf Schritt und Tritt verfolgt, konzentriert sie sich auf ihre Füße, achtet darauf, dass sie genau in der Mitte der Rolltreppe stehen.

Im untersten Stockwerk leuchtet das Licht der Rolltreppe nur noch ein paar Meter weit. Auf dem Weg zur Ballsaaltür nimmt die Dunkelheit etwas Körniges, Traumartiges an, in dem alles Mögliche passieren kann. Schade, dass Eliza nicht daran gedacht hat, die Bluse ihrer Mutter anzuziehen.

Wahrscheinlich ist die Ballsaaltür abgeschlossen, dann kann sie dem Dunkel sowieso schnell wieder entfliehen. Aber nein, sie ist angelehnt. Erstaunlicherweise ist Eliza richtig glücklich darüber. Vielleicht hat der Raum ja doch auf sie gewartet.

Ihre Augen, die sich erst ansatzweise an die Dunkelheit gewöhnt haben, erkennen mit Mühe die Stuhlreihen vor der Bühne. Im Vergleich zu der Bühne in ihrem Albtraum wirkt diese hier Gott sein Dank eher klein. Von dem Aushang in der Lobby weiß Eliza, dass sich in diesem Ballsaal letzten Sonntag Vertreter für Wandfarben getroffen haben und nächstes Wochenende eine Veranstaltung für Postkartensammler stattfinden wird. Es ist also ein ganz normaler Raum. Eliza horcht mit geschlossenen Augen in die Stille. *Genau das werde ich mir morgen auf der Bühne vorstellen: diesen Raum, ganz leer.*

Wenn es ein bisschen heller wäre oder Eliza im Dunkeln besser sehen könnte, dann würde sie vielleicht die anderen kleinen Gestalten in dem Raum bemerken, die alle auf ihre Art beten und diesen Raum noch einmal in all seiner Friedlichkeit erleben wollen. Die Stille fühlt sich an wie ein angehaltener Atemzug, die unbewegte Luft steckt voller Versprechen. Jeder kleine Schatten schnappt sich sein eigenes und sieht sich schon am Mikrophon stehen, mit dem letzten, siegreichen Wort auf den Lippen.

Der telefonische Weckruf um fünf Uhr dreißig unterbricht Sauls Traum, in dem er, nackt bis auf ein Startnummernschild um den Hals, auf der Ballsaalbühne mit Miriam schläft. Das urplötzliche Erwachen vertreibt das Bild aus seinem Gedächtnis. Wenn er die Bühne später am Vormittag zu Gesicht bekommt, wird er erröten, ohne zu wissen, warum.

Eliza, die sich schon um fünf Uhr hatte wecken lassen, damit sie sich notfalls vor dem Aufstehen von ihrem Albtraum erholen konnte, ist bereits wach. Und da der Traum nicht kam, hatte sie jetzt eine halbe Stunde Zeit, um ganz still im Bett zu liegen und durch die Vorhangritze den Sonnenaufgang zu beobachten. Ob ihre Mutter zu Hause wohl schon wach ist? Sobald sie Saul hört, macht sie die Augen zu.

Saul öffnet langsam die Tür zwischen ihren beiden Zimmern, schleicht auf Zehenspitzen zum Bett seiner Tochter und lässt sich auf der Matratze nieder. Eliza muss ein Grinsen unterdrücken und tut alles, um sich schlafend zu stellen. Und als Saul ihr den Kopf auf den Bauch legt, ist klar, dass sie ihn erfolgreich getäuscht hat.

«Ellybelly», sagt er mit der speziellen Stimme, die für Stofftiere und Märchenfiguren reserviert ist. «Ellybelly, es ist so weit. Jetzt ist es so weit.»

Eliza fährt hoch. «Angeschmiert! Ich bin schon seit einer halben Stunde wach.»

«Weiß ich doch. Aber du glaubst doch nicht im Ernst, ich würde an so einem wichtigen Tag dein zartes seelisches Gleichgewicht mit Kitzeln durcheinander bringen? Zum Beispiel so?» Und damit fährt er ihr unter die Achseln, sodass sie kreischend aus dem Bett springt, ins Bad rennt und eine geschlagene Minute lang den Buchstabierwettbewerb vollkommen vergisst.

NACH SEINEM vergeblichen Versuch der Nacktmeditation kommt ein wund geriebener Aaron zu dem Schluss, er wäre vielleicht besser im Park aufgehoben, da seine Meditationsversuche dort nicht derselben Ablenkungsgefahr unterlägen. Der Park besteht aus einer fünf mal fünf Blocks großen Grünfläche mit einem Tennisplatz auf der einen Seite, einem Spielplatz auf der anderen und einer von holperigen Asphaltwegen durchzogenen Wiese dazwischen. Aaron setzt sich unter einen der vielen Bäume und tut so, als begänne er eine neunundvierzigtägige Sitzung mit dem Ziel der Höchsten Erleuchtung. Er konzentriert sich auf einen Löwenzahn und stellt sich die Welt als Einheit vor: Löwenzahn, Insekt, Tier und Mensch, in karmischem Gleichgewicht verbunden.

Er lehnt sich an den Baum und spürt, wie sich die Rinde in seine Haut gräbt. Wenn man das Ohr bei Wind an den Baumstamm legt, rauscht es darin wie am Meer. *Wir Menschen bestehen aus Wasser,* sagt er sich vor. Das klingt nach höchst buddhistischen Gedanken. Schade, dass niemand da ist, um sie mit ihm zu würdigen. Aber das Buddhistendasein ist eine ziemlich einsame Sache in Montgomery County, wo das Branchenbuch von Buchprüfern direkt zu Bügelservice übergeht.

Die Einsamkeit ist nicht das einzige Problem am Buddhismus. Bei all seiner Tiefe fehlt ihm die Unmittelbarkeit von Aarons Tragflächenerlebnis. Verstandesmäßig weiß Aaron zwar, dass es sich damals nur um ein rotes Blinklicht gehandelt hat, aber gefühlsmäßig kann er nicht vergessen, mit welch absoluter Gewissheit er Gott vor sich sah. Je intensiver er Gott im Buddhismus sucht, desto mehr bekommt er den Eindruck, er starre auf ein Vexierbild, auf dem das Zebra, das man suchen soll, gar nicht vorhanden ist.

Inzwischen hat Aaron seinen Platz unter dem Baum verlassen und sitzt mit «Sind Sie Hindu?» auf einer Bank. Ein Mann setzt sich neben ihn. Der Mann ist etwas älter als Aaron, trägt eine Mütze und hat ein freundliches Gesicht. Er hat weder etwas zu lesen, noch scheint er auf jemanden zu warten, und trotzdem fühlt er sich offenbar rundum wohl und am richtigen Platz. Aaron, der immer meint, er müsste wenigstens den Anschein erwecken, dass er beschäftigt wäre oder jedenfalls gleich mit einer Beschäftigung beginnen würde, um sich irgendwo zu Hause zu fühlen, ist fasziniert. «Und, bist du?», fragt der Mann plötzlich aus heiterem Himmel.

Ob das so ein Mann war, von denen ab und zu in den Nachrichten berichtet wurde, so einer, der sich im Park andere Homos sucht? Vielleicht sollte Aaron einfach ja sagen, bloß um den interessierten Funken in den Augen des Mannes aufblitzen zu sehen. Er errötet.

«Nö, nö», murmelt er. «So einer … bin ich nicht.»

Der Mann nickt verständig.

«Zu viele Götter?»

Aaron starrt ihn an.

Der Mann lächelt nachsichtig, als hätte er für solche Erklärungen den ganzen Tag Zeit. «In deinem Buch. Zu viele Götter. Deswegen bist du kein Hindu.»

Aaron atmet auf und wedelt schwach mit seinem «Sind Sie Hindu?». «Ach so … genau. Zu viele Götter.»

«Und das Kastensystem. Dass man andere Menschen Unberührbare nennt und behauptet, sie wären weniger wert als irgendjemand sonst – das ist doch eine Beleidigung der Menschheit und des Gottes, der uns alle erschaffen hat.»

Aaron nickt unwillkürlich, obwohl er bis zu diesem Kapitel anscheinend noch nicht vorgedrungen war.

«Ich heiße John, aber meine Freunde nennen mich Chali. Lernst du Religion für die Schule?» Chali schüttelt ihm herzlich die Hand.

«Ähm, nö. Das mach ich bloß … für mich selbst.»

Chali nickt gewichtig. «Weil etwas fehlt.»

Aaron wird blass. Ist dieser Chali vielleicht so etwas wie ein frommer Aufpasser, der sofort gemerkt hat, dass er das Judentum schwänzt? Wahrscheinlich bringt er ihn jetzt gleich nach Hause und übergibt ihn Saul. *Wir haben Ihren Sohn dabei erwischt, wie er im Park unziemliche religiöse Schriften gelesen hat.*

«Wie meinen Sie das?» Hoffentlich hört man seiner Stimme diese Befürchtungen nicht an.

«Du findest, dass in deinem Leben etwas fehlt, und gibst dich nicht damit zufrieden, sondern willst etwas dagegen tun.»

Immer noch misstrauisch, zuckt Aaron die Achseln. «Kann sein.»

«Und jetzt fragst du dich wahrscheinlich, wieso ein wildfremder Mensch überhaupt von so was redet. Das kommt daher, dass ich deinen Gesichtsaudruck wieder erkenne. Ich habe mich früher genauso gefühlt wie du jetzt. Ich bin katholisch erzogen worden, aber das war irgendwie hohl. Ungefähr in deinem Alter habe ich dann angefangen, alles über die östlichen Religionen zu lesen – über Buddhismus, Taoismus, Hinduismus –, und dann war ich eine Weile Buddhist, aber das war immer noch nicht das Richtige.»

«Mhm.» Aarons ursprüngliche Furcht wird jetzt von der Freude überdeckt, dass er plötzlich mit einem echten Menschen ein theologisches Gespräch führt. «Die Ideen sind ja ganz schön, aber …»

Chali strahlt übers ganze Gesicht. «Es klingt eher nach Philosophie als nach Religion. Es ist nicht direkt genug.»

«Genau!»

Aarons ganzer Körper entspannt sich. Chali blickt ihm geradewegs in die Augen, aber komischerweise macht ihn das überhaupt nicht nervös. Er holt tief Luft, so tief, dass der Atem an Stellen seines Inneren strömt, die noch nie Luft abbekommen haben, und dann erzählt er Chali die ganze Geschichte, angefangen von der Tragfläche bis hin zu dieser Parkbank; nur die Sache mit der Nacktmeditation lässt er aus.

ES GIBT vier offizielle Trostbeauftragte. Sie tauchen in unregelmäßigen Abständen am Bühnenrand auf, das Mädchen mit dem braunen Zopf und der Junge mit dem fliehenden Kinn oft schon zweimal vor dem Jungen mit den Pickeln oder dem Mädchen mit der verschwindend kleinen Nase. Und dann lungern sie in den Kulissen herum wie wohlwollende Geier, nähern sich vorsichtig, wenn ein Teilnehmer Kurs auf sein Wort nimmt, und können es kaum erwarten, beim Ertönen der Glocke zuzupacken.

Die psychologischen Betreuer sind im Collegealter. Eliza und die anderen wissen zwar, dass ihre Trostbeauftragten alle selbst einmal am Buchstabierwettbewerb teilgenommen haben, aber trotzdem kann man sich nicht vorstellen, dass die je auf so einer Bühne gesessen haben sollen. «Der Wettbewerb wird jedes Jahr schwerer», flüstert einer der alten Hasen Eliza zu, während die Trostbeauftragten vorgestellt werden. «In den siebziger Jahren konnte man echt noch mit Wörtern wie Embryo gewinnen. Die haben ja überhaupt keine Ahnung!»

Braunzopf und Pickelgesicht umarmen einen, Winznase und Ohnekinn nicht. Alle sind sich einig, dass der Trost von Winznase und Ohnekinn vorzuziehen ist, denn nichts ist schlimmer, als zu versagen und dann auch noch von einem Fremden umarmt zu werden.

Die Bühne knistert vor Nervosität. Hände malträtieren Stuhlsitze, Füße trommeln fieberhafte Rhythmen auf den Boden, Finger zupfen an Nasen und Ohren, Lippen werden zerkaut, Stirnen gerunzelt, Hälse gedehnt, Gelenke knacken, Zähne knirschen, Knie wippen. Eliza kann sich auf ihrem Platz in der vorletzten Reihe einigermaßen geschützt ihrer Anspannung überlassen. Abgesehen davon, dass sie ihre Wangen einsaugt, bis sie aussieht wie ein Fisch mit überdimensionalem Kinn, reibt ihr großer Zeh unbewusst in der Schuhspitze herum, was eine Blase zur Folge hat, deren Ursprung ihr später ein Rätsel sein wird.

Die schlechte Sicht bewahrt sie auch davor, zwanghaft ihren Vater im Publikum zu suchen und nicht mehr aus den Augen zu lassen. Vielmehr starrt sie fasziniert auf das leicht gewölbte Muttermal an einem blassen, dünnen Mädchen in der Reihe vor ihr, drei Plätze weiter rechts. Das Muttermal ist ein nussbraunes, fast münzgroßes Ding mit einer grießbreiartigen Oberfläche. Immer kurz bevor das Mädchen an die Reihe kommt, reibt es mit der rechten Zeigefingerkuppe daran herum – ein sanftes, aber hartnäckiges Sich-selbst-Anstacheln, bei dem Eliza ganz flau wird.

Kurz vor dem Auftritt verstärken sich bei jedem Teilnehmer die Ticks: Eine Welle nervöser Spannung schwappt von links nach rechts über die Bühne. Als das Mädchen, das zu Hause unterrichtet wird, zum ersten Mal ans Mikrophon treten soll, hat es vor lauter Angst schon fast einen Buckel. Die gekrümmte Haltung und seine nervösen Armzuckungen machen es zu einem großen Vogel, der nicht fliegen kann und mit verschreckten Blicken fleht, man möge es ihn doch ausnahmsweise mal probieren lassen.

Der Ansager, ein Englischprofessor aus dem Mittleren Westen mit den Augen und der Kinnpartie einer Bulldogge, stopft den Teilnehmern am nationalen Buchstabierwettbewerb schon das elfte Jahr hintereinander die Wörter in den Rachen. Das Mädchen, das zu Hause unterrichtet wird, würdigt ihn keines Blickes, sondern konzentriert sich mit aller Kraft auf den Mikrophonständer. Sie hat seit drei Nächten nicht mehr durchgeschlafen. Ihr Nummernschild hat schon Schlappohren, weil sie immer wieder an den Ecken lutscht.

«Nummer 36, dein Wort ist MANUSKRIPT.»

«MANUSKRIPT.» Verzagtes Flügelschlagen.

«Nummer 36, könntest du bitte ein bisschen lauter sprechen?»

«MANUSKRIPT.»

«Es tut mir Leid, Nummer 36 …» Der Preisrichter konsultiert eine Liste. «Rachel?» Eliza hört den Namen des Mädchens jetzt zum ersten Mal. «Rachel, du musst lauter sprechen, damit wir dich verstehen. Bis jetzt hören wir dich nicht. Dein Wort ist MANUSKRIPT.»

Eliza kann Rachels Gesicht nicht sehen, kann nicht beobachten, wie Rachel Mund und Augen zusammenkneift, als müsste sie ihre Stimme aus den Tiefen ihrer Kehle herauspressen. Ihre Arme werden steif und still, ihre Flügel sind blockiert. Dann bricht es aus ihr heraus, so laut ins Mikrophon und durch die Lautsprecher in den Saal, dass es die allermeisten Zuschauer von den Sitzen hebt.

«MANUSKRIPT. M-A-N-U-S-K-R-I-P-T. MANUSKRIPT.»

Es kommt viel zu schnell, ein einziger akustischer Sturzbach, aber Rachel ist sich sicher, dass es stimmt, bevor sie es gesagt bekommt, und kehrt stolz und kerzengerade, ohne nennenswertes Flügelschlagen auf ihren Platz zurück. Eliza spürt plötzlich, wie sie für dieses Mädchen mitbangt und fast hofft, Rachel möge gewinnen, damit ihnen allen erspart bleibt, mitzuerleben, wie sie verliert.

Sie buchstabieren alle im Stillen mit – ein Chor murmelnder Münder, die im stummen Gebet Buchstaben aneinander reihen, und jedes lautlos buchstabierte Wort ist geleistete Abbitte und Schutzschild gegen zukünftiges Versagen vor dem Mikrophon. Nummer 43 bedankt sich mit einer höflichen Floskel im breitesten Texanisch beim Preisrichter, bevor er von der Bühne geleitet wird, weil er PYKNIKER falsch buchstabiert hat. Nummer 57 nimmt beim Ertönen der Glocke prompt ihr Nummernschild ab und hält es von sich weg wie ein totes Tier, das schon stinkt, während man ihr KORRELATION korrekt ohne das zweite L vorbuchstabiert.

Für Fehler gibt es mehr Applaus als für richtiges Buchstabieren, auch wenn die meisten Teilnehmer diesen Trost zum Zeitpunkt ihrer Niederlage nicht wahrnehmen, weil das Bimmeln alle anderen Geräusche übertönt. Beim ersten Mal konzentriert sich Eliza ausschließlich auf den Ansager und das Mikrophon, ist zu sehr mit Überleben beschäftigt, um im Publikum ihren Vater ausfindig zu machen. Das Mikrophon riecht nach abgestandenem Atem. In einem der winzigen Zwischenräume des Gitters steckt etwas – vielleicht ein Stückchen Ei?

Zwischen den Runden dürfen die Teilnehmer aufstehen und sich strecken, nicht aber die Bühne verlassen. Eliza schlendert mit ein paar anderen an den Bühnenrand, um von dort aus über die Sitzreihen zu blicken. Sie entdeckt Saul ziemlich weit hinten in der Mitte; er winkt ihr stürmisch zu, und sie winkt zaghaft zurück. Ihr Vater strahlt übers ganze Gesicht und macht Mundbewegungen, die sie nicht deuten kann. Sie lächelt und nickt. Saul streckt den Daumen aus. Der Preisrichter ruft die Teilnehmer wieder auf ihre Plätze zurück.

An einem Tisch, der direkt an die Bühne grenzt, sitzt der offizielle Wettbewerbstoningenieur. Auf diesen Umstand wird Eliza erst aufmerksam, als Nummer 63, ein nervöser Junge mit ganz kleinen Händen, sein Wort blitzschnell herunterhaspelt und, als er schon wieder auf seinem Platz sitzt, davon in Kenntnis gesetzt wird, dass man das Tonband noch einmal abhören müsse, um die Korrektheit seiner Version zu überprüfen. Daraufhin schlottert der Junge unkontrolliert los. Seine Zähne klappern so laut, dass Eliza es noch drei Reihen weiter hinten hört. Nach fünfzehn Sekunden, die allen in Zähneklapperhörweite viel länger vorkommen, verkündet der Preisrichter, die Version von Nummer 63 sei korrekt gewesen. Das Schlottern verebbt. Nummer 64, die bereits die ganze Zeit vorn am Mikrophon gewartet hat, bekommt TERRASSE, das sie vor lauter Eifer, verständlich zu sprechen, so langsam buchstabiert, dass sie das zweite R vergisst. Als die Glocke ertönt, bricht sie in Tränen aus und rennt von der Bühne, wobei sie einen Haken um Braunzopf schlägt, die bereits Ohnekinn signalisiert hat, seine Hilfe sei zusätzlich gefragt. Gemeinsam eskortieren die beiden Nummer 64 in den Ruheraum.

ZUR COLLEGEZEIT haben sich Miriams Berührungspunkte mit ihren Eltern längst auf monatliche Telefonate und einen jährlichen Besuch im Dezember reduziert. Solange die Eltern noch am Leben sind, ist das eigentlich ein ganz gutes Arrangement. Mel und Ruth haben mit der Zeit eingesehen, dass sie das von ihnen erschaffene Kind in ihrem Eifer, ihm von allem das Beste zu bieten, nie wirklich kennen gelernt haben. Die Weihnachtsferien sind gerade so lang, wie sie es mit diesem so gut wie fremden Menschen aushalten, ohne von Reue oder Schuldgefühlen übermannt zu werden. Miriam ihrerseits vermisst nichts, was sie nie gehabt hat. Ihr alljährlicher Besuch zu Hause ist wie ein Ausflug in ihre Lieblingsbibliothek, ihre Eltern sind dabei Primärquellen, die es auszuwerten gilt. Durch sie vergewissert sie sich ihrer Wurzeln. Sie erkennt in den beiden so viel von sich selbst, dass sie ihren diffusen Verdacht, nicht in diese Welt zu passen, zeitweise zerstreuen kann. Miriam und ihre Eltern beleuchten einander wie Zerrspiegel, ein Charakterzug wird hervorgehoben, ein anderer abgeschwächt. Zu Hause ist der Ort, an dem ihre Exzentrik einen eindeutigen Ursprung hat.

Miriam genießt, wie penibel ihr Vater sein Essen auf dem Teller sortiert und in einer somit festgelegten Reihenfolge zu sich nimmt, wie ihre Mutter in jedem Gespräch von einem

Thema zum nächsten springt. Von ihnen hat sie ihre Angewohnheit, Dinge in Dreier- oder Fünfergruppen anzuordnen. Sie spürt, dass sich ihre Eltern in ihrer Gegenwart unwohl fühlen, hält das aber für einen Problemkomplex, den sie irgendwann schon aufdröseln werden. Wenn ihre Eltern erst einmal ausrufen werden: «Aber du bist ja wie wir!», dann wird sie weise nicken, ganz die angetane Professorin, und zugeben, dass sie dies schon die ganze Zeit gewusst hat. Vielleicht behält sie dieses Detail unbewusst für sich, aus Rache für die mangelnde Aufmerksamkeit der Eltern. Vielleicht glaubt sie auch nur, es würde nicht eilen.

Miriams Zimmergenossin Martha geht beim ersten Klingeln ans Telefon. Martha erwartet nämlich einen Anruf von ihrem Freund Jerome und lässt nur ungern den Hörer aus der Hand, denn Jerome könnte ja anrufen, während Miriam mit diesem Fremden redet, der nicht Jerome ist und die Leitung blockiert. Aber Martha hätte es eigentlich wissen müssen: Miriam führt keine stundenlangen Telefongespräche, und dieses hier ist besonders kurz. Als es klickt, dreht sich Martha um, um zu prüfen, ob Miriam auch richtig aufgelegt hat – sie ist da manchmal unachtsam –, und sieht Miriams Gesichtsausdruck.

Miriam ist ein stiller und etwas seltsamer Mensch, eine gute Zimmergenossin in dem Sinn, dass sie Ordnung hält und nicht raucht. Sie hat nicht viel zu bieten, ist selbst aber auch nicht anspruchsvoll. Damit kommt Martha gut klar. Sie hat ihr eigenes Leben alias Jerome und keine Zeit für Ablenkungen.

Doch jetzt hat Miriam einen eigenartigen Ausdruck im Gesicht, den Martha sonst noch nie an ihr gesehen hat.

«Ist alles in Ordnung?», fragt Martha, obwohl sie das eigentlich gar nicht so genau wissen will.

«Seltsam, findest du nicht? Sprachlich gesehen, meine ich. Ist tot. Sind tot.» Miriam sagt das in einem Ton, als kehrte sie zu einem Gespräch zurück, das vorher schon begonnen hat. Martha ist das gewohnt; meistens nickt sie einfach, brummt zustimmend und macht weiter, womit sie gerade beschäftigt ist. Doch diesmal hat Miriam diesen Gesichtsausdruck.

«Ist was passiert?», fragt Martha und dreht sich jetzt ganz zu Miriam um. Miriam sitzt auf Marthas Bett und zupft Fusseln von Marthas Lieblingsdecke, die schon ziemlich alt ist und entsprechend flust. Martha kann es nicht ausstehen, wenn Miriam das tut, und hat ihr das auch mehrmals mitgeteilt.

Miriam ist inzwischen sehr blass geworden und zupft mit demselben komischen Gesichtsausdruck weiter Flusen von der Decke.

«Meine Eltern», sagt Miriam. Ihr rechter Mundwinkel zuckt wie elektrisiert.

«Gott, Miriam, was ist denn passiert?» Martha, die im Grunde ihres Herzens ein gutmütiger Mensch ist, stürzt auf das Bett zu und legt Miriam die Hand auf die Schulter, worauf Miriam wie von der Tarantel gestochen aufspringt und sich auf ihr eigenes Bett flüchtet.

«Sie *sind* eine Landstraße entlanggegangen, sie *sind* überfahren worden, und jetzt *sind* sie tot. Da stimmt doch was nicht. *Sind* ist Präsens und *tot* – also *tot* ist doch *Vergangenheit*, oder? Präsens als nähere Bestimmung für Vergangenheit, Sein als Bestimmung für Nichtsein. In diesem Fall» – und hier gurgelt es plötzlich in Miriams Kehle – «versagt die Sprache.»

Martha greift nach Papiertaschentüchern, aber Miriam weint nicht. Ihr Gesicht sieht aus wie implodiert.

«Kann ich irgendwas für dich tun?», fragt Martha, die Miriams Eltern nie gesehen hat, ja nicht einmal ihre Namen kennt.

«Keiner kann irgendwas tun», erwidert Miriam kategorisch. «Es ist vorbei.»

Ob der Fahrer die Scheinwerfer eingeschaltet hatte? Ob er versucht hatte auszuweichen? Vielleicht hatte er ihre Eltern überhaupt nicht gesehen, weil er mit dem voraussichtlichen Verlauf seines eigenen Lebens beschäftigt war. Indem sie auf ihrer ganz persönlichen Zukunftsversion beharrte, hat sie ihre Eltern dazu verurteilt, in der irrigen Annahme zu sterben, sie wären allein auf der Welt, so viel wird Miriam jetzt klar. Zur Strafe, das wird ihr ebenfalls klar, muss sie von nun an mit der Erkenntnis leben, dass sie tatsächlich allein ist.

Die Beerdigung bestätigt dies. Miriams Eltern waren beide Einzelkinder, deren eigene Eltern längst tot waren. Bei den Vorbereitungen für die Trauerfeierlichkeiten geht Miriam Adressbücher, Briefe und ein paar vergilbte Fotos durch, um irgendeinen Cousin oder eine Großtante ausfindig zu machen – irgendjemanden, mit dem sie in noch so ferner familiärer Verbindung steht. Es ist, wie sie befürchtet hatte. Auch wenn der Gottesdienst von Mels und Ruths Freunden aus der High Society, für die das Begräbnis ein Muss ist, gut besucht ist, bleibt Miriams Hand die einzige, die von dem Kollektiv manikürter Fingernägel geschüttelt wird.

ANFANGS HÄLT Saul es in diesem Raum nur schwer aus. Die Luft ist bis ins Letzte von Angst durchtränkt, und das beschert ihm einen metallischen Geschmack auf der Zunge. Er muss an Abraham denken, der seinen einzigen Sohn opfern soll, und fragt sich, wieso um alles in der Welt er seinem Kind das zumutet. In den Stuhlreihen voller nervöser Kinder auf der Bühne raschelt es wie in Bäumen vor einem gewaltigen Sturm. Bei jedem buchstabierten Wort hält Saul unwillkürlich die Luft an, um zu sehen, ob wieder ein Blatt davonweht. Spontan klatscht er für die Verlierer fester, bis ihm vor Mitgefühl die Handflächen brennen.

Zu dumm, dass er Eliza nicht sehen kann, aber ihre Startnummer hat sie in eine der hinteren Reihen verpflanzt, sodass sie von anderen Kindern verdeckt wird. Als sie zum ersten Mal aufsteht, steht Saul plötzlich mit auf und kann sich gerade noch beherrschen, nicht auf die Bühne zu laufen. Als er sich wieder hinsetzt, lächelt ihm die Mutter neben ihm zu. «Mit der Zeit wird's leichter», sagt sie.

OXYMORON kann sie, das weiß er, sie haben das Wort sogar vor ein paar Wochen zusammen durchgenommen. Dankbar atmet er auf.

Enttäuscht von der Kürze von Elizas Applaus klatscht er weiter, bis sich ein Vater umdreht. «Das ist meine Tochter», erklärt er stolz.

«Das war ein leichtes Wort.» Achselzuckend dreht sich der Mann wieder zur Bühne. Als sein Sohn, ein Junge mit vorstehenden Schneidezähnen und Topfschnitt, bei RICOTTA rausgebimmelt wird, kann sich Saul das Grinsen nicht verkneifen.

Ab Runde drei wird Saul allmählich ruhiger. Die Spannung im Raum hat sich als Geruch in seiner Nase festgesetzt, den er nicht mehr wahrnimmt. Sein anfangs begeisterter Applaus für die Versager ist mittlerweile höflich und zurückhaltender.

Während die Kinder anderer Eltern der Reihe nach ans Mikrophon treten, lässt er die Gedanken schweifen. Er studiert das Wettbewerbsprogramm wie einen Versandhauskatalog, blättert seitenweise Gesichter und die dazugehörigen Kurztexte durch: das Mädchen, das einen Preis für ihren Aufsatz über Brandschutz bekommen hat, der Junge, der seinem Vater hilft, verwaiste Kälber aufzuziehen. Als er auf Elizas Foto stößt, versucht er, so zu tun, als wäre sie ein fremdes Kind. Das Foto ist ein professionelles Schulfoto mit weichgezeichnetem Hintergrund; sie lächelt pflichtschuldig und routiniert. Die dichten Augenbrauen sind ein Blickfang, aber Augen, Nase und Mund bilden ganz einfach ein jüdisches Durchschnittsgesicht. Diese Züge werden vermutlich nicht zu einem schönen Antlitz aufblühen, sondern in ein paar Jahren noch ziemlich genauso aussehen.

Saul ist so beschäftigt mit dem weiteren Leben dieses angeblich fremden Menschen, dass er gar nicht mitbekommt, wie seine Tochter ihr drittes Wort korrekt buchstabiert und sich mit MEERRETTICH den Einzug ins morgige Finale sichert.

ALS AARON aus dem Park nach Hause geht, ist ihm, als würde er von einem unsichtbaren Scheinwerfer angestrahlt, einem Licht, das nur der spüren kann, der die Grenzen der alltäglichen Existenz überschritten hat und ins Reich der Bedeutung vorgestoßen ist. Was ihm soeben zuteil geworden ist, war größer als alles bisher Erlebte. Ohne dass ihm das von vornherein klar gewesen wäre, waren das Flugzeug, seine Bar Mizwa, die Kirche und seine heimlichen Religionsstudien nur die Vorbereitung auf dieses Treffen mit Chali gewesen, denn hätte dieses Treffen früher stattgefunden, hätte er dessen Bedeutung nicht erkannt. Siddhartas erste Reise fällt ihm ein, bei der er sich vom Palast seines Vaters aufmachte und sich dazu angehalten sah, sein behütetes Brahmanenleben aufzugeben und Buddha zu werden. Auch wenn er solche hochfliegenden Vergleiche eigentlich scheut, notiert er sich doch eine Zeile für «Das Leben des Aaron N.»: *Und im Alter von sechzehn sollte eine zufällige Begegnung sein Leben verändern.*

Chali hat Aaron weiterführende Begriffe an die Hand gegeben. Nach einer Gotteserfahrung hatte Aaron seit der Tragflächensache gesucht, nicht nach ein paar willkürlichen Ritualen, sondern nach einer echten, lebendigen Erfahrung. Er war kurz davor gewesen aufzugeben, hatte schon voller Scham über seine spirituelle Unersättlichkeit überlegt, ob er nicht besser das Gotteshandtuch wirft und sich auf das Judentum beschränkt. Aber jetzt hat sich seine Hartnäckigkeit ausgezahlt. Im Gespräch mit Chali und in den Broschüren, die er ihm in die Hand drückte, hat Aaron gefunden, was er gesucht hat.

Der Satz klang so einfach, als Chali ihn gesagt hat: «Komm am Sonntag in den ISKCON-Tempel und mach dir selbst ein Bild» – aber zu Hause in Aarons Zimmer werden die Wörter groß und scharfkantig. Zwischen den Buchstaben erscheint der Kopf seines Vaters und starrt ihn missbilligend an. Bis Sonntag sind Dad und Elly wieder zurück, da muss er sich eine Ausrede einfallen lassen, wenn er zum Abendessen wegwill. Am besten erfindet er einen Freund und eine Einladung zu Pizza und Kino – so weit hergeholt ist das ja nicht. Auch wenn er Chali gerade erst kennen gelernt hat, fühlt er sich ihm schon näher als den meisten seiner Freunde.

Bisher sind Aarons Freundschaften Zweckbündnisse gewesen: Aus Sicherheitsgründen hat er sich mit anderen Geprügelten und Sportnieten zusammengetan. Die Gespräche haben sich auf zulässige Themen beschränkt – Sport, Mädchen, Fernsehen, Schule. Jede noch so geringe Abweichung von diesem limitierten Packzettel konnte dazu führen, dass man noch weiter ausgegrenzt wurde, und dieses Risiko wollte keiner von denen, die ohnehin auf der untersten Sprosse der sozialen Leiter herumdümpelten, auf sich nehmen. Als Aaron noch jünger war, war für ihn schon ein Freund, wer in der Pause mit ihm spielte, und ein guter Freund, der obendrein sein mitgebrachtes Essen mit ihm teilte. Erst in letzter Zeit ist ihm aufgefallen, dass er von diesen Remittenden, die er Freunde nennt, genauso wenig weiß wie sie von ihm. Die jahrelange Bekanntschaft hat die kommunikativen Schranken eher verstärkt als eingerissen. Spielregeln, die einst aufgestellt wurden, sind selbst zum Stoff geworden, aus dem die Freundschaft besteht. Die anderen nach ihren religiösen Vorstellungen zu fragen kommt Aaron ganz unmöglich vor: Marvin vielleicht? Der einen Fantasyroman nach dem anderen verschlingt, mit Fabelwesen und großbusigen Jungfrauen auf dem Cover? Oder Steven, der sich nach jedem Essen die Zähne putzt und den ganzen Schultag lang seine Mütze aufbehält, soll er den vielleicht fragen, ob er schon mal Gott gesehen hat? Er weiß doch zu gut, was passieren würde, wenn er in eine Cafeteria-Fachsimpelei über die Strategien der verschiedenen Trainer in der NBA mit einer Meditationsfrage platzen würde: die Stille, die komischen Blicke, die klammheimliche Freude, dass sich einer von ihnen als Angriffsziel angeboten hat. Auch wenn sich Aarons Vorteile aus der Zugehörigkeit zu dieser Gruppe auf einen festen Platz am Mittagstisch und einen gelegentlichen Popcornpartner für die nächste Supermanfolge beschränkten, war das immer noch besser, als zur Kaste der völlig Vereinsamten zu gehören, sich um freie Cafeteriaplätze balgen und die Häme der Umsitzenden ertragen zu müssen. Es war besser, als allein ins Kino gehen zu müssen. Bisher hatte sich Aaron damit getröstet, dass später im College eine bessere Version seiner selbst die Chance haben würde, neue Freundschaften zu schließen – eineinhalb Jahre konnte er schon noch warten. Aber nun, da er Chali getroffen hatte, war die Wartezeit vielleicht schon vorbei.

AM MORGEN des zweiten und letzten Tages des Buchstabierwettbewerbs ist Eliza eine von fünfundsechzig Teilnehmern, die noch einmal auf die Bühne dürfen. Mechanisch stopft sie sich Pommes frites in den Mund, ohne in ihren Rühreiern auch nur gestochert zu haben.

«Vergiss das Trinken nicht», sagt Saul.

«Ich will aber nicht aufs Klo müssen, wenn ich auf der Bühne bin», antwortet Eliza und nimmt einen Alibischluck Orangensaft. Sie fühlt sich irgendwie krank. Sie hat den Pokal mit der Gravur gesehen, der größer als ihr Kopf ist. Sie hat die Trophäe im Geist hochgehalten wie ein siegreicher Rennfahrer in der Sportschau. Letzte Nacht hat sie sich sogar in die Fernsehnachrichten geträumt und beim Aufwachen innerlich noch Walter Cronkites Stimme gehört: *Eliza Naumann, die diesjährige Gewinnerin des nationalen Buchstabierwettbewerbs. And that's the way it is …* Natürlich gehörte zum Gewinnen Glück, auf SKIER konnte ACETYLSALICYL folgen, das wusste sie. Wieso war eigentlich ihr Vater so gelassen, und wieso wollte er gestern unbedingt, dass sie endlich ihre Fernsehgelüste stillte?

«Iss doch gescheit, Elly. Die Welt lebt nicht nur von Kartoffeln. Du wirst Energie brauchen. Bist du nervös?»

Eliza nickt.

«Ich nicht. Und weißt du, warum nicht? Weil ich weiß, dass wir unser Bestes getan haben. Und ich bin sehr, sehr stolz auf dich.»

Eliza muss ein paar Mal schlucken, bevor sie den Satz herausbekommt.

«Ich will aber gewinnen.»

Saul fasst über den Tisch und nimmt ihre Hand. «Und weißt du, was, Elly? Ich glaube, das schaffst du –»

Eliza tun die Wangen weh, so muss sie grinsen. Fast hätte sie ihm ihren Walter-Cronkite-Traum verraten, da merkt sie, dass er noch nicht fertig ist.

«– vielleicht noch nicht dieses Jahr, denn dafür haben wir wahrscheinlich noch nicht genug gearbeitet. Wir haben uns ja erst mal auf das Wörterbuch konzentriert. Aber dass du überhaupt so weit gekommen bist und dich so tapfer geschlagen hast, zeigt mir, dass du reif für das nächste Stadium bist. Ich habe ein ganzes Jahr Zeit, um dir begreiflich zu machen, was ich damit meine, dass du die Buchstaben kennen lernen und dich von ihnen leiten lassen sollst. Ich glaube, in einem Jahr bist du so gut wie unschlagbar.»

«Ach so.» Elizas Auftrieb ist wie weggeblasen.

«Hey, ist alles in Ordnung?»

Eliza nickt und schiebt ihren Teller weg.

«Elly, mein Schatz, du wirst doch nicht anfangen zu weinen?»

Eliza schüttelt den Kopf, um den Tränengeschmack aus dem Hals zu vertreiben. In ihrem Kopf spult sich immer wieder ein Band mit der Stimme ihres Vaters ab, als sie sich nach ZODIAKALLICHT im Bad verschanzt hatte. *Du sollst es ja nur probieren.* Wenn sie doch bloß auf ihn gehört hätte, wenn sie sich nicht so kindisch ins Bett geflüchtet hätte, dann hätten sie gestern Abend vielleicht auch noch gebüffelt, statt diese Komiker anzuschauen. Dann hätte ihr Vater jetzt vielleicht etwas anderes gesagt und ihr nicht das Gefühl gegeben, sie hätte ihn trotz aller Mühe und Anstrengung enttäuscht.

«Es tut mir Leid.» Aber solche Sprüche ändern nichts, das ist ihr im selben Moment klar.

«Eliza, dir braucht doch überhaupt nichts Leid zu tun. Du machst das alles erstklassig – ich meine, das ist schließlich der nationale Buchstabierwettbewerb! Die Endrunde! Ob du gewinnst oder nicht, ist überhaupt nicht so wichtig, dieses Jahr jedenfalls nicht. Versuch zu vergessen, was ich gesagt habe. Ich muss mich bei *dir* entschuldigen. Ich hätte diese ganze Sache von wegen ‹die Buchstaben kennen lernen› überhaupt noch nicht ansprechen sollen. Ich habe es zu gut gemeint. Jetzt habe ich so lange darauf gewartet, dass ich den nächsten Schritt mit dir machen kann, da hätte ich auch noch ein bisschen länger warten können.»

Hier müsste sie jetzt einhaken und nachfragen, was er damit meint – das hätte er jedenfalls gern, so viel weiß Eliza. Saul sieht sie erwartungsvoll an und hat dieses typische Lächeln im Gesicht, dieses «Ich hab ein Geheimnis für dich!». Früher wäre sie sofort darauf angesprungen und hätte alles darum gegeben, dass er es ihr verrät. Aber jetzt macht sie dieses Lächeln nur wütend. Zum ersten Mal will Eliza bei dem Spiel ihres Vaters nicht mitspielen. Statt den unausgesprochenen Regeln zu folgen, bleibt sie stumm und versucht, sich wieder in den Zustand von vorhin zurückzuversetzen, als sie noch glaubte, Saul würde ihr eine echte Chance zugestehen. Aber es gelingt ihr nicht mehr, sich vorzustellen, wie Walter Cronkite ihren Namen sagt, sie hört bloß noch seinen Standardsatz: *That's the way it is* – immer wieder, bloß mit der Stimme ihres Vaters.

AARON DECKT den Tisch für zwei. Versuchsweise stellt er seinen Teller neben den seiner Mutter, aber dass sie beide so nahe beieinander essen, kann er sich nicht vorstellen, also wandert der Teller wieder auf seinen angestammten Platz zurück.

Es ist der erste Freitag seit Menschengedenken, an dem Aaron in die Küche kommt, ohne dass die Schabbatkerzenständer mit Wachspapier darunter auf der Theke stehen und die weißen Kerzen darauf warten, angezündet zu werden. Traditionell ist es Aufgabe der Frau, sich um die Kerzen zu kümmern, aber in ihrer Familie war es schon immer Saul, der die Kerzenständer und das Weinglas hervorholte und zusah, dass Challah auf dem Tisch stand. Aaron weiß, wo alles ist. Er könnte einen halben Laib Challah auftauen, Manischewitz in den Kidduschkelch gießen und die Kerzen aufstellen, aber er weiß überhaupt nicht genau, für wen. Für Miriam bestimmt nicht, denn die hält zwar die Hände über die Kerzenflammen, lässt Eliza den Segen dann aber allein singen. Und keine seiner neuen Religionen in spe hat am Freitagabend irgendwas mit Kerzen, Wein oder Brot im Sinn.

Als Aaron gerade das Besteck deckt, kommt Miriam nach Hause. Er beobachtet, ob ihr in der Küche irgendetwas auffällt, aber sie wirft nicht einmal einen Seitenblick auf die Stelle, wo die Schabbatlichter stehen müssten. Ob der Schabbat heute Abend stattfindet oder nicht, hängt offenbar allein von ihm ab.

Seit Saul weg ist, kommt das Abendessen immer mit freundlichen Grüßen aus der Tiefkühltruhe. Heute stehen zwei Truthahnpasteten im Ofen. Es duftet nach brauner Kruste. Aaron stellt auf jeden Teller eine blubbernde Aluform. Der unpassende Anblick von Alufolie auf weißem Porzellan macht die Abwesenheit von Saul und Eliza nur noch plastischer: wie starr ihre immergleichen Plätze verteilt sind, wie hohl die Küchenstühle über den Boden kratzen. Ohne die zwei zusätzlichen Gesichter zur Ablenkung bemerkt Aaron die Falten um den Mund und zwischen den Brauen seiner Mutter, den Nachhall tiefster Konzentration. Nachdem Gesichter im Alter ihre Fähigkeit zum Spurenverwischen verlieren, so überlegt Aaron, bleibt ihnen eben der Ausdruck, den sie am ehesten gewohnt sind. Und wenn er sich sein eigenes Konterfei als alter Mann vorstellt, so erwartet ihn, wenn er ehrlich ist, leider zurzeit ein Gesicht, das ständig auf Katastrophen gefasst ist. Ob es mit sechzehn wohl schon zu spät ist, seine Falten umzumodeln?

Die Stille zwischen ihnen birgt so viel Unausgesprochenes. Miriam freut sich königlich an ihrem geheimen Wissen über die Keramikschale und das Zuhause fremder Menschen; es erinnert sie fast an das eine Mal, als sie Marihuana probiert hatte: das Gekicher, das heimliche Gefühl, der tätigen Menschheit überlegen zu sein. Natürlich hatte Aaron nicht den geringsten Verdacht ihr gegenüber – allein die Annahme wäre albern. Ihre Wege sind für ihn viel zu unberechenbar, als dass dieser neueste besondere Aufmerksamkeit verdient hätte. Trotzdem sucht sie unwillkürlich in seinem Gesicht nach Spuren, die darauf hinweisen, dass er die Veränderung in ihr vielleicht bemerkt hätte.

Aarons Blick wandert immer wieder zu dem Kidduschkelch über der Mikrowelle. Allein seine Form wirkt wie eine Anklage: der Stiel, der sich wie ein großes Y zum Gefäß hinauf erstreckt und stumm die Frage nach dem Warum stellt. *Warum?*, hört Aaron die Stimme seines Vaters fragen. Er kann sich nur zu gut vorstellen, wie sein Vater enttäuscht den Kopf schüttelt, die Augen senkt – und jetzt starrt ihn seine Mutter quer über den Küchentisch an. Vielleicht fällt ihr doch auf, dass kein Schabbat stattfindet. Sieht sie ihm an, dass er nicht vorhat, in den Gottesdienst zu gehen? Dass er sich lieber die Broschüren noch einmal durchlesen will, die Chali ihm heute Nachmittag im Park in die Hand gedrückt hat?

Besteck klappert. Wasser wird hinuntergeschluckt. Aaron sehnt sich nach Sauls Hackbraten oder seinem gegrillten Huhn. Bisher haben sie erst einmal miteinander telefoniert: ein steifes Vierergespräch, das schnell in Schweigen ausgeartet war, nachdem Eliza das Hotel und Saul den Wettbewerb beschrieben hatte. Für Aaron ist das der Vorgeschmack aufs Familienleben, wenn er einmal so weit ist.

Ob man die Abwesenheit der Schale wohl schon bemerkt und sich einen plausiblen Grund für ihr Verschwinden zurechtgebastelt hatte? Einbrecher zogen die ehemaligen Besitzer bestimmt nicht in Betracht. Auch wenn Miriam sich nicht vorstellen kann, dass irgendwer beim Anblick des heimatlosen Münzhäufleins «Haltet den Dieb!» in die Nacht hinausschreit, liegt ihr die Angst schwer im Magen und macht es ihr fast unmöglich zu essen. Andererseits erhöht der Klumpen in ihrem Magen den Reiz, intensiviert der Schmerz das Vergnügen. Dass eine solche Leichtigkeit und eine solche Schwere nebeneinander existieren konnten, hatte sie nicht gewusst: Eins ließ das andere noch klarer hervortreten. Wenn Saul mit Eliza aus Washington zurückkommt, wird ihr sein Gewicht im Bett willkommen sein, und es wird ihr gefallen, sich auf Zehenspitzen ins Bett schleichen zu müssen. Sauls Anwesenheit ist mittlerweile notwendiger Ballast, damit sie nicht nach oben statt nach unten fällt. Beim Gedanken an Saul kommt ihr zum ersten Mal der Ausdruck «Unbefugtes Betreten» in den Sinn.

«Ich hole noch Eis aus der Tiefkühle. Möchtest du auch was?» Nach der ausgedehnten Stille klingen die Sätze deplatziert. Miriam wirft Aaron einen so merkwürdigen Blick zu, dass er befürchtet, er hätte Unsinn geredet. Jetzt lächelt sie jedoch richtig breit, was Aaron zwar unheimlich ist, weil sie das sonst nie tut, aber immerhin hat er sich wohl doch verständlich ausgedrückt.

Eine Frage. Sie hat nur den letzten Teil gehört – «… auch was?» – und will Aaron nicht bitten, sie zu wiederholen, um sich nicht auffällig zu benehmen. Andererseits bittet sie andere immer, sich zu wiederholen, also wäre das Nachfragen eher ein Zeichen für Normalität.

«Eis», wiederholt Aaron. Miriam schüttelt den Kopf. Sie hat sowieso fast keinen Bissen angerührt, obwohl sie immer wieder mit gespieltem Eifer in die Pastete sticht. Auf dem Weg zum Kühlschrank schaltet Aaron den Fernseher ein, was er schon viel früher getan hätte, wenn nicht am Schabbat die Regel gälte, dass beim Abendessen keine Nachrichten laufen sollen. Die Stimme des Nachrichtensprechers dämpft Sauls Worte in Aarons Hinterkopf und nimmt dem Kidduschkelch das Bedrohliche, doch die Stille von vorhin kann sie nicht überdecken, die dauert immer noch an.

DIE ÜBRIG GEBLIEBENEN Teilnehmer verteilen sich auf zwei Stuhlreihen. Eliza hat von ihrem Platz zwischen Nummer 41 und Nummer 62 einen direkten Blick auf Rachel, die, seit sie ihren Namen gehört hat, für sie nicht mehr einfach nur Nummer 36 ist. Schade, dass das Mädchen mit dem braunen Muttermal nicht mehr da ist, die war so praktisch zur Ablenkung, flog aber gestern bei AQUÄDUKT raus, sodass Eliza nichts anderes übrig bleibt, als sich auf Rachels nervöse Marotten zu konzentrieren. Rachel erweitert ihr Repertoire bei jeder Runde, wobei die Macken variieren, je nachdem, ob sie sitzt oder steht: Im Sitzen zupft oder kaut sie an ihrer Startnummer, bis die Ecken ausfransen und sich die Schnur in ihr Nackenfleisch gräbt. Je weniger Zeit, bis sie drankommt, desto heftiger zupft sie, und dazu wackelt sie mit dem Stuhl, dass es quietscht. Eliza muss sich beherrschen, um ihr nicht die Hände auf die Schultern zu legen, damit sie stillhält.

Inzwischen will Eliza erst recht gewinnen. Am liebsten mit einem ganz schwierigen Wort, bei dem ihr Vater einsehen muss, dass er sich getäuscht hat, weil sie sich längst von den Buchstaben leiten lässt.

Als Nummer 127 KUMQUAT buchstabieren soll, schließt Eliza die Augen, spürt, wie ihr Geist sich leert, und dann kommt ihr das K, in einem gleißenden Gelb, wie glühendes Metall. *Das hat Dad also gemeint.* Erstaunlich leicht geht das. Das K in ihrem Kopf lässt seine Arme verschmelzen, kippt um und streckt seine Ränder nach oben, bis ein U dasteht. Ihr Körper entspannt sich. Als sich das U langsam auf den Kopf stellt, einen scharfen Knick in der Mitte bekommt und die oberen Ecken sich zuspitzen, kribbelt es sie in den Fingerspitzen. Das M beult sich sodann von innen aus, der Kreis schließt sich, und ihm wächst unten ein kleiner Schwanz. Eliza atmet auf. Schon verdunstet der obere Rand des Qs, und der Schwanz verschwindet, sodass sich warm und gemütlich noch ein U in ihrem Bauch breit machen kann. Dann wirbelt das U wieder herum – wie das kitzelt! –, wird spitz, und ihm wächst ein Strich durch die Mitte: A. Die A-Beine schließen sich, sein Arm schwebt nach oben, und Eliza richtet sich auf – Rücken gerade, Schultern zurück –, wird selbst zum T. Sie schlägt die Augen auf, als wäre sie soeben aus dem Tiefschlaf erwacht. Nummer 127 geht unter donnerndem Applaus von der Bühne.

«Ich hab's geschafft!», bedeutet sie ihrem Vater mit Lippensprache quer durch den Saal.

Saul nickt strahlend. «Ich dich auch», formt er genauso wenig verständlich mit dem Mund.

In Runde sieben sind sie nur noch siebzehn. Bei Nummer 14, dessen kerzengerade Haltung den Eindruck untermauert, man hätte es mit einem Androiden zu tun, geht ein anerkennendes Raunen durchs Publikum, als er DWANDWA locker herunterbuchstabiert, ohne sich auch nur nach der Herkunft des Wortes oder nach seinem Gebrauch zu erkundigen. Als Nummer 22 ihr Wort falsch buchstabiert, muss Ohnekinn mit Gewalt ihre Hand vom Mikrophon loseisen. Nummer 33 glaubt mitten in PERIPATETIKER, er hätte sich vertan und verstummt, lässt sich lieber ausbimmeln, als das Wort zu Ende zu buchstabieren. Er steht einfach stumm da, bis die Zeit um ist. Als der Preisrichter das Wort vorbuchstabiert, wird offenbar, dass der Teilnehmer bis zu seinem Verstummen alles richtig gemacht hatte.

Nummer 36 wird ans Mikrophon gerufen. Rachel fällt auf dem Weg zum Bühnenrand fast hin, nimmt das Mikrophon aus dem Ständer und hält es sich an den Mund wie eine Jazzsängerin. Plötzlich erfüllt ihr nervöses Hecheln den gesamten Independence Ballroom.

«Nummer 36, dein Wort ist RHIZOPODE.»

Nachdem man sie darüber aufgeklärt hat, dass Rhizopoden

im Wasser treibende tierische Organismen sind und das Wort aus dem Griechischen kommt, bleibt Rachel nichts anderes übrig, als mit dem Buchstabieren zu beginnen. Nach jedem Buchstaben schlägt sie sich mit der flachen Hand an die Stirn, als ob sie den nächsten locker klopfen wollte, und da das Mikrophon nicht weit entfernt ist, klingt das jedes Mal wie ein mittleres Erdbeben.

«… O …» Wrrumm. «… D …» Wrrumm. «… E …» Wrrumm. «RHIZOPODE.»

Eliza macht sich auf den nächsten Schlag gefasst, aber es kommt keiner. Als der Preisrichter «Das ist korrekt» sagt, stürmt Rachel zu ihrem Platz zurück, um das Gezupfe an ihrer Startnummer wieder aufzunehmen, die inzwischen bereits erheblich geschrumpft ist.

Als Nummer 41 PURIM bekommt, hätte Eliza beinahe laut gelacht, doch dann wird ihr bewusst, dass so ein leichtes Wort für den Teilnehmer vor ihr ein schlechtes Omen ist, denn dann bekommt sie mit hoher Wahrscheinlichkeit etwas Grässliches. Nummer 41, der einzige Teilnehmer mit Jarmulke, macht mit PURIM kurzen Prozess und setzt sich mit einem benommenen Grinsen wieder auf seinen Stuhl. Der Richter ruft Eliza ans Mikrophon.

Beim Aufstehen holt sie plötzlich ihr Albtraum wieder ein: die erwartungsvolle Stille, das Gefühl, sie brauche zu lange, der endlose Weg von ihrem Platz bis zum Mikrophon. Wenn sie das nächste Wort schafft, egal, wie es heißt, dann ist ihr der Sieg praktisch sicher. Vom ersten Moment an schaut sie Saul direkt in die Augen, lässt sich von seinem Blick sozusagen ans Mikrophon dirigieren.

«Nummer 59, dein Wort ist HENDIADYOIN.»

«Hen-dja-djoin?» Eliza rutscht das Herz in die Hose. Vor ihrem inneren Auge ist es schwarz.

«Richtig. Hendiadyoin.»

Saul starrt sie so intensiv an, dass es sich anfühlt, als säße er direkt vor ihr, nicht in der Mitte des Publikums. Er soll gehen, er soll ins Flugzeug steigen und nach Hause fliegen.

«Hm, was bedeutet das?»

Der Richter hat eine unangenehm freundliche Stimme. «Ein Hendiadyoin ist der Ausdruck eines Gedankens durch zwei Begriffe, die mit ‹und› verbunden sind.»

Eliza flüstert das Wort vor sich hin, spürt ihm mit Zunge und Lippen nach und versucht, aus diesen Bewegungen seine Reise durch Raum und Zeit nachzuzeichnen. Woher kommt es? Wann wurde es geboren?

«Wovon stammt es bitte ab?»

Die Stimme des Richters ist neutral und verrät nicht das Geringste. «Hendiadyoin kommt aus dem Griechischen.»

Eliza versucht, sich mit den Augen des Richters zu sehen. Ob er wohl Lieblinge hat? Ob sie dazugehört? Oder sind für ihn alle austauschbar, ein endloser Strom nervöser Stimmen? Ihre Startnummer erinnert sie plötzlich an die Kontrollzettel, die auf neuer Unterwäsche kleben.

Sie muss sich konzentrieren. Sie hat nicht mehr viel Zeit. Sie kehrt zurück zu Hendiadyoin und schiebt alles andere beiseite.

Auf alle Fälle fängt es schon mal mit H an.

«Hen-dja-djoin.»

Anfangs ist es ein Kampf, bis sie ihr Hirn leer bekommt, denn das gaukelt ihr immer neue Bilder vor: das Gesicht ihres Vaters, ein Fließband, auf dem lauter Kinder mit Startnummern um den Hals liegen, aber irgendwann ist alles schwarz und leer. H, H, H, H, H, H, denkt Eliza, bis ein stolzes, ahnungsschwangeres H vor ihrem inneren Auge erscheint. Dann teilt sich der rechte senkrechte Strich, seine Bestandteile wandern an die Enden des linken Strichs. Die Buchstaben weisen ihr den Weg.

«H-E …»

*Hen-dja-djoin.* Die beiden nächsten Buchstaben sind leicht, aber dann kommt es drauf an. Nach dem D ein I, J oder Y? Und plötzlich gruppieren sich die Buchstaben in ihrem Kopf zu einem Wort, einem, das richtig aussieht, griechisch und richtig.

«N-D-I-A-D-I-O-Y-N. Hendiadioyn.» Es fühlt sich gut an.

Die Zeit verrinnt so langsam. Sie muss richtig gelegen haben, das Schweigen dauert schon so lange. Ihr Herz macht einen Satz. Walter Cronkite und der Pokal gehören praktisch ihr.

*Ding.*

Das Geräusch muss sie geträumt haben, sie hat Halluzinationen, sicher spielen ihr ihre Ohren einen Streich – aber da buchstabiert ihr der Preisrichter das Wort vor, und das Y war an der falschen Stelle, ausgerechnet der Buchstabe, mit dem sie zaghaft Freundschaft geschlossen hatte. Schon kommt Braunzopf mit ausgebreiteten Armen auf sie zu. Erst jetzt fällt Eliza auf, was für einen großen Busen Braunzopf hat und dass sie bei der Umarmung gegen ihn gequetscht wird, zum Beweis, dass es endgültig aus und vorbei ist.

MIRIAM IST unruhig. In Gedanken ist sie bei ihrem Wagen, den sie in der Nähe geparkt hat; es wäre so einfach, sich von ihm zum nächsten Haus und zu dem dort eingesperrten fehlenden Puzzlestück führen zu lassen. Teile ihrer selbst rufen aus verstreuten Gefängnissen wie biblische Heuschrecken nach ihr – ein andauernder schriller Lärm, der sich nicht ausblenden lässt. Wenn Saul wieder da ist, wird es schwieriger, ihre neue Mission zu verfolgen. Einerseits wird ihr das nur recht sein, das weiß sie, doch andererseits genießt sie den

Ausbruch aus der Routine, verursacht durch Sauls Abwesenheit, wie ein Schulkind, das sich über alles lahm legende Schneefälle freut.

Miriams jüngste Streifzüge durch Privathäuser verstoßen für ihr Empfinden mehr gegen Recht und Ordnung als ihre Rettungsoperationen in Kaufhäusern. Dabei hat der empfundene Grad der Regelverletzung nichts mit dem materiellen Wert der Gegenstände zu tun. Miriam hat schon Seidentücher und Besteckkästen, Bücher und Haushaltsgeräte geklaut, und die Keramikschale ist nicht mal flohmarkttauglich, würde an einem guten Sonntag vielleicht einen Vierteldollar einbringen. Doch die Kaufhäuser laden sie ein: Die Türen stehen weit offen, Musik spielt, gewienerte Böden möchten von ihr betreten werden. Die Gegenstände dort sind explizit zum Berühren da, zum In-die-Hand-und-mit-nach-Hause-Nehmen. Der einzige kleine Widerspruch besteht darin, dass Miriam einen gewissen konventionellen Austausch umgeht, eine Formalität, die sie für entbehrlich hält.

Die Schale dagegen hat in eine Umgebung gehört, auf die schon jemand anders Anspruch erhoben hatte. Durch das Mitnehmen der Schale hat Miriam kein anonymes Etwas, sondern eine Ganzheit verletzt, eine persönliche Sammlung von Erinnerungen und Wünschen, hinter denen sich ein Name und ein Gesicht verbergen. Auch wenn sie mit dem Strafgesetzbuch nicht bis in alle Feinheiten vertraut ist: Ihre persönlichen Prinzipien betrachten dies als das gröbere Unrecht. Die Keramikschale ist ein Test für ihre Hingabe an die Sache; sie ist eine Herausforderung. Wie weit willst du gehen? *Bis zum Ende*, würde sie am liebsten antworten. Noch nie hat sie den Drang verspürt, sich in etwas zu verlieren, das so viel größer ist als sie selbst. *Das ist Leidenschaft*, wird ihr klar, und plötzlich versteht sie die glühende Hitze all der Liebesszenen, ob echt oder fiktiv, die sie kalt gelassen haben. Am liebsten würde sie

Saul anrufen, bestimmt würde er sogar durch die Telefonleitung die Veränderung in ihr spüren. *So empfindest du also?*, würde sie ohne weitere Erklärung fragen, denn ihr Tonfall verriete schon genug. *So sollen wir beide also empfinden?* Die Frage wird sie nie stellen – aus Angst, eine Antwort zu hören.

ALS ELIZA in den Ruheraum gebracht wird, scheint dieser leer zu sein. Man setzt sie vor einen Keksteller und einen Becher Saft. Der Rest des Raumes ist durch einen Vorhang von ihr abgetrennt, hinter dem abgehackte Schluchzer immer wieder die Stille unterbrechen.

«Das ist *dein* Raum», sagt Braunzopf in einem Tonfall, den sie offenbar direkt aus dem Psychologie-Einführungskurs im letzten Semester übernommen hat, während sie mit einer Geste auf den Vorhang, die Kekse und einen aufblasbaren Punchingball in der Ecke zeigt. «Alles hier drin ist für *dich* da.»

Nummer 33 taucht mit roten, geschwollenen Augen hinter dem Vorhang auf. Seine Mutter fasst ihn am Arm, als wollte sie eine rinnende Blutung stoppen.

«Vielen Dank», sagt die Mutter von Nummer 33 zu Braunzopf und dirigiert ihren Sohn aus der Tür, wobei sie ihr Tempo seinen kleinen, schleppenden Schritten anpasst.

«Das hast du *toll* gemacht», ruft Braunzopf Nummer 33 hinterher, der sich nicht einmal umdreht. Der falsche, anbiedernde Tonfall in Braunzopfs Stimme wird von einem Blick begleitet, der offenbar bedeutsam sein soll, ihr aber tatsächlich den Anschein gibt, als hätte sie gerade einen kleinen Gegenstand verschluckt.

Saul kommt hereingerauscht und nimmt Elly in die Arme. «Gut gemacht, mein Schatz. Du hast dein Bestes gegeben.» Er gibt ihr einen Kuss auf die Stirn.

Braunzopf nickt ihm lächelnd zu. «Ihr beide könnt hier drin bleiben, *solange* ihr wollt. Der Vorhang schirmt euch von den anderen ab.» Eliza wird zusätzlich mit der besten Therapeutenstimme der Betreuerin beglückt, die sie sich wahrscheinlich durch übermäßigen Konsum von Familienserien unbewusst angeeignet hat: «Man *darf* weinen. Hier drin bist du sicher.» Dann zeigt sie in die Ecke gegenüber dem Punchingball, aus der eine knapp meterhohe, aus Holz und Draht gebastelte Biene herübergrinst. «Weißt du», sagt sie vertraulich, «manchen Teilnehmern geht es gleich besser, wenn sie sich erst mal mit der Kummerbiene unterhalten haben.»

Eliza blickt von Braunzopf zu ihrem Vater und zur Kummerbiene. Dann konzentriert sie sich auf den Saft in ihrem Plastikbecher.

«Ich glaube, wir kommen zurecht», sagt Saul.

Als dann Rachels letzter Konkurrent, Kush Thambinayagam, über BATHYSPHÄRE stolpert und Rachel wie von der Tarantel gestochen aufspringt, sitzt Eliza längst wieder mit Saul im Publikum. Rachel eiert ans Mikrophon. Der Ansager gibt ihr PIRANHA. Das Publikum stöhnt auf.

«Ist das Ihr Ernst?», fragt sie. «Piranha?»

Der Ansager wiederholt das Wort.

«Der Fisch? Mit den Zähnen?» Rachel bleckt ihre eigenen Zähne und beißt herzhaft ins Mikrophon. Das verstärkte Gekrache erinnert Eliza daran, dass Zähne eben doch nichts als nackte Knochen sind.

Der Ansager bestätigt Rachels Definition, wobei er ihre Live-Demonstration höflich übergeht. Rachel schlägt mit den Flügeln und singt die Buchstaben gleichsam ins Mikrophon. Das letzte A geht über in einen kreischenden Siegesschrei, bei dem sich das Publikum kollektiv blitzschnell die Ohren zuhält. Die Presse schwärmt auf die Bühne. Die Trophäe an die Brust gedrückt, ohne die Fernsehkameras überhaupt zu beachten, verfällt Rachel in einen Tanz zu einer erfundenen Melodie ohne erkennbaren Rhythmus, aber so sinnlich und elegant, dass alle sich wundern, weil sie bei einem jungen Mädchen mit blutig gekauten Fingernägeln so viel Anmut nun wirklich nicht vermutet hätten.

AN DIE ZEIT zwischen dem Verlassen der Einfahrt und der Ankunft vor diesem fremden Haus in einem ihr unbekannten Stadtviertel kann sich Miriam nicht erinnern. Bei einem Blick auf die Uhr stellt sie fest, dass sie fünfundvierzig Minuten vertan hat.

Wie beim letzten Mal ist das Haus beileibe kein stolzes Heim. Es wurde schlecht und schnell gebaut, von Menschen, die sich darauf verließen, dass es von irgendwem gekauft würde – nicht, weil es besonders schön wäre, sondern weil man sich im Moment nichts Besseres leisten konnte. Selbst der kleine, braune Vorgarten hängt im wahrsten Sinne des Wortes durch: Er ist in der Mitte eingesunken, sodass an dieser Stelle jetzt, nach dem Gewitter, eine schlammige Pfütze mit bösem Blick in den Himmel starrt. Als Miriam auf den Eingang zugeht, macht sie einen Bogen um die Pfütze, damit ihr Spiegelbild nicht zum Mitwisser wird.

Diesmal ist die Haustür abgeschlossen, und es liegt keine Fußmatte da, unter der ein Zweitschlüssel versteckt sein könnte. Miriam geht nach hinten, steigt durch eine Lücke in dem vermoderten Zaun, wo früher wohl ein Tor war. Wucherndes Gras reicht ihr bis an die Oberschenkel, und der Regen der letzten Nacht, der noch darin hängt, macht ihre Hose feucht. Die Küchentür ist ebenfalls verschlossen, doch ein Fenster steht offen. Miriam wuchtet sich mit den Armen hoch, ganz erstaunt über ihre Kräfte. Den Splitter aus dem Fensterbrett in ihrem Handballen bemerkt sie erst, als sie drinnen ist, und ohne mit der Wimper zu zucken zieht sie ihn heraus, dass es blutet.

Es riecht nach Küchenfett und Zigaretten. Miriam steht in einem dunklen Raum mit einer durchhängenden Couch, die etwas von dem Vorgarten hat. Ein zerlesenes *Penthouse* liegt aufgeschlagen auf einem der Sofakissen. An der Wand tickt eine Felix-the-Cat-Uhr mit wedelndem Schwanz und rollenden Augen vor sich hin; sie geht zehn Minuten nach. Auf der einen Sofalehne steht ein Teller mit vertrockneten Spaghetti, der wohl eher als Aschenbecher gedient hat. Normalerweise würde es Miriam in so einem Raum kalt über den Rücken laufen, und sie müsste sich mindestens fünf Minuten lang die Hände sauber schrubben. Aber nein, es kommt ihr vor, als befänden sich das Zimmer und sie gar nicht in derselben Sphäre. Da sind zwei Wirklichkeiten: einerseits das Haus und andererseits der spezielle Bereich, der nur ihr und dem Gegenstand bestimmt ist, den sie hier abholen will.

Sie merkt sofort, dass er nicht in diesem ersten Zimmer ist, und geht weiter in die Küche, wo der Boden klebt, das Spülbecken überquillt und der Müll dringend hinausgebracht werden müsste. Küchenschaben huschen herum. Ihr Magen macht keinen Mucks. Es ist, als wäre ihr beim Betreten des Hauses ein Panzer gewachsen, eine sichere Hülle um die normalen Empfindungen und Reize. Mit perversem Vergnügen macht sie den Kühlschrank auf, in dem ein angebrochenes Sixpack und eine verklebte Ketchupflasche stehen und irgendetwas vor sich hin schimmelt.

Das Objekt ihrer Begierde findet sie im Schlafzimmer. Es ist der einzige Aschenbecher ohne Kippen darin, aus getriebenem Kupfer mit einem Frauenporträt im Relief. Er fühlt sich warm an.

Mit dem Objekt in ihrem Besitz bekommt ihr Panzer Risse, und die abgestandene Luft, der Staub und Dreck kriechen ihr unter die Haut. Sie schafft es gerade noch auf die Toilette, bevor sie sich übergeben muss. Plötzlich versteift sie sich darauf, dass allein die Berührung mit irgendeiner Fläche in diesem Haus ihr den Garaus machen würde, sie zersetzen würde wie eine Schnecke in einer Salzlösung. Sie riecht ihren metallischen Schweiß, die Panik, die unter ihren Achseln hervorströmt und ihre Bluse dunkel färbt. Salzige Tropfen sammeln sich zwischen ihren Brüsten – dabei ist es überhaupt nicht warm. Das Haus hat sich in einen ungehobelten Fremden verwandelt, der einem in einem überfüllten Bus zu nahe kommt. Es bedrängt sie, schleicht sich in ihre intimsten Körperstellen. Miriam packt den Aschenbecher fester und hätte in der Eile beinahe nicht daran gedacht, aus demselben Fenster wieder auszusteigen, durch das sie eingedrungen war.

SAUL BEZEICHNET ihr erstes gemeinsames Essen nach der Rückkehr hartnäckig als Siegesmahl – ein Euphemismus, den Elizas lastendes Schweigen bei Tisch Lügen straft. Miriam ist unnatürlich munter, sie bombardiert Saul und Eliza mit Fragen, ohne zu bemerken, dass Eliza nur die Antworten ihres Vaters nachbetet.

Aaron richtet den Blick starr auf Sauls Hände: Dabei ist ihm sehr viel wohler, als ihm in die Augen zu schauen. Von Schuldbewusstsein getrieben, hat er in heller Panik vor Sauls Rückkunft zwei Schabbatkerzen aus dem Kästchen genommen und den Pegel in der Flasche mit Manischewitz angemessen gesenkt: unnötige Vertuschungsversuche, so viel weiß Aaron schon während der Aktion. Sein Vater ist kein Kerzenzähler. Und dass sein Sohn als der künftige Rabbiner in seiner Abwesenheit den Schabbat beachtet haben wird, daran hegt er keinen Zweifel.

Die Nachricht, dass Eliza nicht gewonnen hat, bewegt

Aaron zu einer aufrichtig mitfühlenden Umarmung, die sie seinem Eindruck nach ebenso überrascht hat wie ihn, ihr aber wohl nicht ungelegen kommt, so fest, wie sie ihn zur Antwort drückt. Er glaubt ganz sicher, den Anflug von einem Lächeln zu sehen, als sie über den Abendbrottisch hinweg kurze Blicke tauschen. Wie gerne hätte er ihr von dem ausgefallenen Schabbat erzählt; sie hätte sich bestimmt ausgeschüttet vor Lachen. Elizas angedeutetes Lächeln nimmt ihm etwas von der Angst vor der Lüge, die er den ganzen Tag mit sich herumgetragen hat und nun aussprechen wird.

Auf Sauls wiederholte Fragen versichern seine Frau und sein Sohn nachdrücklich, dass in seiner Abwesenheit nichts, aber auch gar nichts vorgefallen sei. Aaron erwähnt scheu einen neuen Freund und bittet zaghaft um Erlaubnis, ob er mit diesem Charlie morgen Abend Pizza essen und ins Kino gehen darf.

Beim Anblick von Aarons knallrotem Gesicht drängt sich Saul die Frage auf, was wohl hinter seinem Ansinnen steht, und er hakt amüsiert nach: «Bei diesem Pizza- und Kinounternehmen ist wohl nicht zufällig ein Mädchen mit von der Partie?»

«Nein, Dad, nichts in der Art. Ich meine, ich würde doch nicht …» Aaron war darauf gefasst gewesen, beim Schwindeln ertappt zu werden, aber dass sein Vater so überhaupt nicht durchblickte, traf ihn unvorbereitet.

«Ist ja gut, Aaron. Es muss dir doch nicht peinlich sein, wenn du eine Verabredung hast. Ich bin in deinem Alter auch schon mit Mädchen ausgegangen. Um ehrlich zu sein, ich hab mir in letzter Zeit allmählich Sorgen gemacht –»

Aarons Stimme klingt flach. «Dad. Es ist nicht so eine Verabredung.» Wenn doch bloß Elly und Mom nicht mit am Tisch säßen. «Ich meine, Mädchen sind nicht die Spur …» Weiter kommt er nicht. Es ist auch so sonnenklar. Das letzte

Mal, als er ein Mädchen auch nur angefasst hat, das nicht zur Familie gehörte, liegt nun schon drei Jahre zurück: der formelle Tanz bei seiner Bar Mizwa mit Stacey Lieberman. Blöd, wie er war, hat er sie in der Woche darauf zum Kino eingeladen, aber als sie ihn dann am Telefon so gnadenlos hat abblitzen lassen, ging ihm endlich auf, dass sie sich letztlich nur aus Höflichkeit als Tanzpartnerin für ihn hergegeben hatte.

Mit einem Mal sieht Saul seinen Sohn, der da so täppisch herumstottert, wie durch fremde Augen. Natürlich liebt er seinen Sprössling bedingungslos, so viel ist klar; trotzdem wird ihm deutlich, dass Aaron mit seinen sechzehn Jahren immer noch die gleiche Spottgestalt ist wie mit zehn. Sein Sohn ist eine wandelnde Zielscheibe, seine Kehrseite ziert für immer und ewig ein unsichtbares und doch nicht zu verfehlendes Schild mit der Aufschrift TRITT ZU. Logisch, dass kein Mädchen mit ihm ausgeht. Saul sieht den verletzten Ausdruck in Aarons Gesicht und schilt sich dafür, mit seiner Bemerkung Salz in die Wunden der Pubertät gestreut zu haben.

«Hey, Aaron, schon gut. Mach dir keine Gedanken deswegen. Ich wollte dir nichts in den Mund legen. Klar kannst du morgen mit Charlie ins Kino gehen. Was wollt ihr euch denn anschauen?»

So weit hatte Aaron nicht vorausgedacht.

«Ähm, ‹Ghostbusters›?»

«Hast du den nicht schon gesehen?»

«Doch … aber er ist gut, und Charlie kennt ihn noch nicht.» Vielleicht hätte er irgendwas total Absurdes wie «Bambi» sagen sollen, bei dem sein Vater gar nicht anders könnte, als Verdacht zu schöpfen.

«Mom, bist du in der Highschool schon mit Jungs ausgegangen?» Eliza will das Thema wechseln. Ihr Bruder lügt, so viel ist ihr klar; ein lang bestehendes Gefühl von Schuldbewusstsein und Verpflichtung ihm gegenüber treibt sie dazu, ihn zu schützen. Sie wirft Aaron einen viel sagenden Blick zu, aber der ist immer noch so gekränkt von Sauls Bemerkung, dass er ihren Einsatz nicht würdigt.

Die Frage trifft Miriam unvorbereitet. «Ähm. Tja. Nein. Ich war in einem Mädcheninternat. Hin und wieder gab es Tanzveranstaltungen mit Jungs von unserer Partnerschule, aber meistens habe ich die Zeit zum Lernen genutzt.»

«Wann hattest du denn deine erste Verabredung?» Eliza geht auf, dass sie überhaupt nicht weiß, wie sich ihre Eltern kennen gelernt haben.

«Hm … im College, schätze ich, aber ich bin nicht … Eigentlich habe ich mich voll und ganz auf mein Studium konzentriert.» Miriam wird rot. Sie wünscht sich ein Buch, und sei es noch so schmal, zum Thema «Als Mutter noch ein Teenager war», mit dem sie um dergleichen Gespräche ähnlich glatt herumkäme wie um die drängende Frage: «Woher kommen die kleinen Kinder?»

Eliza spürt das Unbehagen, das sich von ihrer Mutter auf sie überträgt, und behält wohlweislich alle weiteren Fragen für sich.

«Will jemand Nachspeise?» Ohne zu fragen, ob alle schon fertig sind, fängt Saul an abzuräumen und stellt jedem eine Schüssel Schokoladenpudding hin. Sehnsuchtsvoll betrachtet Eliza die glatte, unberührte Oberfläche des Puddings; mit Freuden würde sie darauf verzichten, ihn zu essen, wenn sie nur ein paar Sekunden so sein könnte wie er: in sich ruhend, mit sich und der Welt zufrieden. Als sie aufsieht, stellt sie fest, dass Aaron und Miriam noch nicht zum Löffel gegriffen haben, sondern genauso wehmütig wie sie auf ihre Schüsseln starren. Saul bekommt nichts davon mit, er setzt sich hin und fängt an zu essen. Zögerlich tun die anderen es ihm nach. Bis zum Ende der Mahlzeit ist nichts mehr zu hören außer Schluckgeräuschen und dem Klirren von Löffeln.

ZUVOR HAT Aaron seine Eltern nur ein einziges Mal bewusst angelogen, an seinem letzten Tag in der achten Klasse, vor dem Übertritt in die Highschool. Für die meisten seiner Mitschüler ist mit diesem Tag der Weg frei zur heiligen amerikanischen Dreieinigkeit von Ehemaligentreffen, Schulbällen und Football. Für Aaron haben damit die Sportstunden der Mittelstufe endlich ein Ende.

Die Schulfarben sind Blau und Gold, aber es wäre viel zu teuer, durchgängig goldenen Stoff zu verwenden, deswegen ist der Sportdress in Marineblau und einem kränklichen Gelbton gehalten. Die Shorts haben kein Fitzelchen Naturfaser und bescheren Aaron am Hintern und an den Oberschenkeln einen grässlichen Juckreiz, der sich an wärmeren Tagen zu einem Ausschlag auswächst. An dem Hemd ist eigentlich nicht viel verkehrt, außer dass er es in der Umkleidekabine überstreifen und sich dabei Tag für Tag die Kommentare über seine unnatürliche Blässe, seine schlaffen Muskeln und seine ganze milchbubihafte Erscheinung anhören darf.

Aarons Erwartungen an die Zukunft sind auf das Wesentliche beschränkt. In der Abington Highschool muss er insgesamt nur ein Jahr lang Sport belegen und hat damit das Ärgste in Sachen Pubertät hoffentlich hinter sich, bevor er wieder den prüfenden Blicken im Umkleideraum ausgesetzt ist. Vorausgesetzt natürlich, er wächst endlich mal ein Stück, woran er mittlerweile trotz der gegenteiligen Versicherungen seiner Eltern und der Ärzte ernsthaft zweifelt.

Erzürnt über seine schleppende Entwicklung, geht Aaron daheim unverzüglich in den Garten. Wenn überhaupt, dann muss er es gleich am Nachmittag machen, solange seine Mutter in der Kanzlei ist und sein Vater im Arbeitszimmer sitzt. Aarons Rachedurst gewinnt die Oberhand über seine tief sitzende Furcht, ertappt zu werden. Er muss es einfach tun.

Sorgsam legt Aaron Turnhose und Turnhemd mitten auf

die Terrasse. Sie kurz und klein zu schneiden oder zu verbuddeln, hat der Angsthase in ihm bereits erwogen – und verworfen. Er will es radikaler. In ihm schreit es nach Vergeltung. Er will sie brennen sehen.

Feuer zu machen ist natürlich streng verboten. Damit verstößt er ganz eindeutig gegen eine eherne Familienregel, und er weiß um die unliebsamen Folgen. Dem Blick aus Sauls hervorquellenden Augen standzuhalten ist wahrhaftig kein Vergnügen. Zu allem Übel gibt sein Vater stets der Enttäuschung Vorrang vor dem Zorn, was sich in Sätzen wie «Ich bin nicht wütend auf dich, ich bin nur sehr, sehr enttäuscht» äußert und auf Aaron weit schlimmer wirkt. Zorn ist eine große Welle, die über einen hinwegschwappt und deren Kraft alsbald verebbt. Enttäuschung ist etwas Schleichendes, ein Gift, das mit der Zeit immer stärker wirkt. Aaron erinnert sich an jeden einzelnen Vorfall, bei dem er seinen Vater enttäuscht hat. Und er ist sich sicher, dass er mit jedem Mal auf der Stufenleiter der väterlichen Verachtung unwiderruflich eine weitere Sprosse nach unten gerutscht ist.

Aber das hier, das muss Aaron einfach tun. Er überlegt, ob er Saul hinzuziehen soll. Nein. Sein Vater hätte ihm zwar wahrscheinlich liebend gern geholfen, die Ursache seiner mannigfachen Leiden in Brand zu stecken, aber bei dem, was er mit dieser Aktion sagen will, darf er sich nicht beeinflussen lassen. Nie wieder lässt er sich von einem Stück Stoff in eine Opferrolle pressen. Die ganze Sache verliert ihren Witz, wenn er erst hineingeht und seinen Abba um Erlaubnis fragt.

Dass der Dress so leicht Feuer fangen würde, hat Aaron nicht erwartet. Mit einem satten Zischen geht der Stoff in Flammen auf. Sie fressen Löcher in das Gewebe und färben es wunderschön schwarz.

Dann merkt Aaron zu seinem Entsetzen, dass der Dress gar nicht brennt. Er schmilzt. Die Polyestershorts verformen sich zu schwarz verkohlten Klumpen, die sich in die Terrasse einzufressen scheinen. Aaron rennt los und holt den Gartenschlauch. Das Wasser löscht die Flammen und überzieht den weißen Betonboden mit einer schmierigen schwarzen Schicht Asche. Aaron spürt Panik in sich aufsteigen, sein Hirn ist keiner Regung fähig; vor dem jede Minute drohenden Auftritt seines Vaters fühlt er sich gelähmt wie ein Kaninchen im Scheinwerferlicht.

Aaron geht ins Haus und holt ein Buttermesser. Mit der Kante schrappt er das geschmolzene Plastik vom Beton und fährt zusammen, weil es kratzt und schabt wie beim Zahnarzt. Er plagt sich ab, bis das Messer heiß und verbogen ist. Dann spritzt er den ganzen Dreck und die letzten Reste des geschmolzenen Sportanzugs mit dem Gartenschlauch auf den Rasen. Ein dunkler Brandfleck markiert das Epizentrum des eigentlichen Problems: Wasser und Asche haben den Betonboden hässlich grau verfärbt. Aarons Freude, den Sportanzug der Vernichtung anheim gegeben zu haben, weicht einer abgrundtiefen Angst. Er holt eine Flasche mit Bleichmittel und gießt es über die Stelle. Damit erzielt er genau die gegenteilige Wirkung: Jetzt ist sie deutlich heller als der fleckige Beton ringsum.

Die einzige Lösung liegt darin, die gesamte Terrasse einheitlich hellbraun einzufärben. Wild entschlossen hebt Aaron Grassoden aus und reibt den Beton gleichmäßig mit der Krume ein. Eben spritzt er die Terrasse ein letztes Mal aus, als Saul an der Küchentür erscheint.

«Was machst du denn da?»

Aaron lässt den Schlauch fallen. Hinter dem Fliegengitter erscheint sein Vater so düster und vage umrissen wie Aarons wachsende Furcht. Verdeckt von dem Gitter, im Dunkel des Hauses, bleibt Aaron wenigstens der Blick seines Vaters erspart.

Er ist den Tränen nahe. Seit Grundschulzeiten hat er nicht mehr vor anderen geweint. Dass es jetzt wieder so weit kommen könnte, ist so erniedrigend wie die Vorstellung, sich in die Hosen zu machen. Er erstickt den spontanen Impuls, alles zu gestehen, und zieht mögliche Alternativen in Betracht.

Auf den ersten Blick käme niemandem die Idee, dass er gezündelt hat. Die Streichhölzer hat er sicher in der Tasche verwahrt, und das Objekt seines Brandanschlags ruht wohl versteckt als Fetzen im Gras. Rein technisch gesehen, spricht nichts dagegen, dass er mit dem Gartenschlauch auf der Terrasse steht und die Mischung aus Erde und Wasser breittrampelt. Diese Überlegungen schießen ihm so rasend schnell durch den Kopf, dass seine Antwort auf Sauls Frage ohne verdächtiges Zögern erfolgt.

«Ich hab bloß … rumgespielt.»

Herrgott, was für eine elend lahme Erklärung. Saul wird ihm mit Leichtigkeit die Lüge direkt von der Stirn ablesen können. Es gibt nur eines, was schlimmer ist als Feuer zu legen: es abzustreiten. Lügen ist in Sauls Augen der schlimmste Verstoß überhaupt, untergräbt es doch die Kardinaltugend des Vertrauens. *Jeder Mensch macht Fehler*, hallt die Stimme seines Vaters Aaron durchs Hirn. *Fehler zu machen gehört zum Leben. Aber Lügen machen alles nur noch schlimmer. So gut ich kann, werde ich dir immer zur Seite stehen, solange du mir gegenüber ehrlich bist.* Aaron fürchtet sich mehr davor, dass seine Schwindelei auffliegt, als dass sein Vater herausfindet, was er eigentlich getan hat.

Aaron hat keine Ahnung, wie viel Zeit vergeht. Er steht stocksteif da und wagt seinem Vater nicht ins Gesicht zu sehen, denn wenn er das tut, wird er mit Sicherheit hinter dem Fliegengitter dessen bohrendem Blick begegnen. Er wappnet sich gegen das ohrenbetäubende Donnerwetter, das ihn auf der Skala der väterlichen Enttäuschung zu einem neuen

Tiefstand absinken lassen wird. Von dort, wo er steht, kann er Sauls verwirrten Gesichtsausdruck nicht erkennen.

«Okay.» Saul zuckt mit den Achseln. Die dunkle Gestalt verschwindet. Die Tür zum Arbeitszimmer schließt sich. Aaron lässt sich ins Gras fallen.

SAUL IST einigermaßen verblüfft, als Miriam ihm abends ins Schlafzimmer folgt und zu ihm ins Bett kommt, statt wie üblich noch stundenlang aufzubleiben.

«Alles in Ordnung mit dir?», fragt er. «Oder stimmt irgendwas nicht?» Vielleicht sollte er abschließen – Miriam lässt sich nur auf Sex ein, wenn die Schlafzimmertür versperrt ist –, aber wenn er das tut, überlegt sie es sich am Ende wieder anders. Es ist schon so endlos lange her.

Miriam sieht die Verwirrung und die Hoffnung in den Augen ihres Mannes. Ohne ein Wort legt sie seine Hand auf ihre Brust. Sie kann ihm doch nicht sagen, dass sie ihn in sich spüren muss, weil sie fürchtet, sonst davonzuschweben? Dass sie gegen etwas ankämpft und alle Kraft zusammennehmen muss, um dagegen ankämpfen zu wollen? Liebevoll betrachtet sie die Kruste, die sie dem Splitter verdankt. Selbst der Anblick einer Ketchupflasche erfüllt sie mit Verlangen, und der Ekel beim Gedanken an das Haus verschwindet vor dem Stolz über ihre Bravourleistung, ein weiteres fehlendes Stück zurückerobert zu haben.

Miriam versucht, sich auf Sauls Hände an ihren Brüsten zu konzentrieren, auf seine Zunge, die über ihre Haut leckt. *Es ist ganz normal, alle Leute machen das*, hält sie sich vor. Wenn sie an Saul wie an ein Haus denkt, vielleicht kann sie ihre Leidenschaft dann auf ihn richten, in seinen Kammern nach etwas suchen, das eigentlich ihr gehört. Aber er ist ihr einfach viel zu vertraut. Sein Brustkorb mit der erstaunlich dichten

Behaarung, seine lächerlich großen Brustwarzen. Vor Jahren hatten sie tatsächlich einmal über die evolutionäre Verirrung von Brustwarzen bei Männern gewitzelt. Damals konnte sie mit ihm noch über Körperliches sprechen. Die Erinnerung wird zum Gradmesser dafür, wie sehr sie sich seither verändert haben, sie zeugt von einer Zeit, in der sie noch nicht nebeneinanderher lebten, ohne einen Berührungspunkt. Sie kann nicht so tun, als ob Saul ein Haus wäre, denn sie hat sich schon geholt, was er zu bieten hat.

Tief in der Nacht geht Eliza von der Toilette zurück zu ihrem Zimmer. Erst denkt sie, dass der Wind die knarrenden Geräusche verursacht, aber sie sind zu laut und zu regelmäßig. Wie erstarrt steht sie im Flur. Sie weiß, was die Töne zu bedeuten haben.

«Glaubst du, dass unsere Eltern es tun?», hat Aaron sie vor Jahren gefragt, als Eliza noch keine Ahnung hatte, wovon er überhaupt redete. Er klang irritiert und auch ein bisschen traurig, als er es ihr erklärte. «Verheiratete Leute tun es ganz oft, heißt es jedenfalls, aber ich höre nie was, nicht mal, wenn ich bei ihnen an der Tür horche.»

«Vielleicht tun sie es nur, wenn sie sicher sind, dass du nicht lauschst», hat Eliza gemeint. Aaron hob die Schultern, der Zweifel malte sich auf seinem Gesicht ab. Im Lauf der Jahre ist Eliza ebenfalls zu der Überzeugung gekommen, dass sie es nicht tun; sie kann sich nicht vorstellen, dass sie sich an ihren verbotenen Stellen berühren, wenn sie es an den erlaubten schon so selten tun.

Darum kommt es Eliza nun, da sie das Knarren hört, so vor, als hätte sie einen seltenen Vogel erspäht. Aaron zu wecken kommt nicht infrage. Vielleicht will ihr Bruder von dem Quietschen im Schlafzimmer ja gar nichts mehr wissen, nachdem ihm in letzter Zeit alles und jedes nur Unbehagen zu bereiten scheint. Eliza steht stocksteif da und hält den Atem an, damit ihre Eltern nur ja nicht aufschrecken und mit ihren Geräuschen aufhören. Sie weiß, dass da unten Haare wachsen, und stellt sich vor, die quietschenden Bettfedern wären Grillen im dichten Unterholz zweier geheimer Wälder, deren Äste und Zweige miteinander verflochten sind. Sie hört ein Seufzen, als striche eine Brise durchs Laub, und dann ist es still. Eliza geht auf Zehenspitzen zurück ins Bett.

AARON ERWACHT mit einem nervösen Gefühl. Er studiert die Broschüren, die Chali ihm gegeben hat, als müsste er ihren Inhalt für eine Prüfung einpauken. Für seine Begriffe steht ihm tatsächlich eine Prüfung bevor, und nur die richtigen Antworten gewähren ihm Zugang zum Tempel. Es ist das Gleiche wie beim Sport – entweder wählen sie ihn in die Mannschaft, oder sie übergehen ihn wieder einmal.

Aaron wünscht sich so sehr, dass der Tag wie im Flug vergeht; stattdessen dehnt sich ihm jede Minute unerträglich lang. Um nicht mehr auf das träge Ticken seiner Armbanduhr zu achten, spaziert er zum Park, aber kaum ist er da, geht ihm auf, dass er unbewusst erwartet hat, Chali würde ebenfalls da sein. Ohne ihn wirkt der Park irgendwie kleiner. Aaron kann beim besten Willen nicht sagen, auf welcher Bank sie einander begegnet sind; mit ihren gewöhnlichen Holzlatten taugen die Parkbänke so gar nicht zur Bezeichnung des Ortes, an dem Aarons Leben eine schicksalhafte Wende genommen hat. Aaron geht wieder nach Hause, bevor die Öde des Parks auch noch seine Entschlossenheit ins Wanken bringt.

Die Tür zu Sauls Arbeitszimmer steht einladend offen. Seit sein Vater und seine Schwester aus Washington zurück sind, hat es keinen Buchstabierunterricht mehr gegeben. Aaron könnte einfach hineinspazieren und wieder in die Rolle des Gitarrenspielers und künftigen Rabbiners schlüpfen, als wäre sie ihm nie abhanden gekommen. Ein Blick von Saul würde den Pfad blockieren, auf dem er sich so eilig von ihm fortbewegt. Aaron geht in sein Zimmer und widmet sich wieder den Broschüren. So leicht lässt er sich nicht vom Weg abbringen, dafür ist er schon zu weit vorangekommen. Seine Tür bleibt hübsch zu, bis es Zeit wird, seinen Eltern Bescheid zu sagen, dass er ins Kino geht.

SAUL HÖRT seinen Sohn von draußen hereinkommen. Aaron hat den ganzen Tag die Unruhe geplagt. Selbst beim Frühstück wirkten all seine Bewegungen so fahrig, wie Saul es noch nie an ihm erlebt hat. Allerdings hat er bislang auch nie besonders darauf geachtet. Saul wollte sich eigentlich schon längst bei Aaron entschuldigen, weil er ihn damals vor seinem Arbeitszimmer so rüde abgefertigt hat, aber nie schien der richtige Zeitpunkt dafür gekommen, und jetzt ist das Ganze schon so lange her, dass man es wohl besser auf sich beruhen lässt. Schließlich ist Aaron in letzter Zeit ohnehin so empfindlich.

Saul hört den Fernseher im Nebenzimmer. Das Geräusch lenkt ihn ab, aber er will seine Tür offen lassen, als Angebot für Eliza. So gern er sich Eliza vornehmen und sie überreden würde, mit ihren Studien fortzufahren: Er weiß, dass vielmehr sie zu ihm kommen muss, wenn es irgendwie weitergehen soll. An die Orte, wohin er sie führen will, kann nur gelangen, wer sich aus freien Stücken auf den Weg macht. Vielleicht sollte er, bis es so weit ist, sich Aaron schnappen und ihn fragen, ob er ein bisschen Gitarre mit ihm spielen will. Es war doch albern, ständig am Schreibtisch zu hocken und auf Eliza zu warten wie ein Mauerblümchen auf eine Aufforderung zum Tanz. Lieber widmete er sich in der Zeit ein wenig seinem Sohn.

Saul nimmt seine Gitarre und geht nach oben. Aaron wird staunen; früher war immer er es, der zu ihm gekommen ist. Wenn Saul jetzt bei ihm auftaucht, wird Aaron das sicher als große Versöhnungsgeste verstehen. So gefällt sich Saul, als Mann der Tat und nicht des Wortes.

Aus irgendeinem Grund hat Saul nicht damit gerechnet, vor verschlossener Tür zu stehen. In Anbetracht dessen, was neulich zwischen ihnen vorgefallen ist, stellt ihn Aarons Tür vor Schwierigkeiten. Er kann wohl kaum anklopfen, nachdem er umgekehrt Aaron ebendeswegen so zur Schnecke gemacht hat. Er muss Aaron den gleichen Respekt entgegenbringen, wie er ihn von ihm erwartet, sonst hat er keine Chance, vor dem unbestechlichen Urteil der Jugend als cooler Vater zu bestehen. Breit lächelnd geht Saul die Treppe hinunter. Er wird die Tür zu seinem Arbeitszimmer offen lassen. Wenn Aaron wieder nach unten kommt, wird er seinen Sohn zu sich rufen.

VON AUSSEN ist es ein unscheinbarer Ziegelbau, in dem man vielleicht eine Steuerkanzlei oder eine Zahnarztpraxis vermuten würde. Was er eigentlich erwartet hat, weiß Aaron nicht – nur, dass er enttäuscht ist.

Er muss klingeln. Auf den Summton öffnet eine Inderin in einem Sari.

«Haribol.»

«Ähm, hallo. Ich habe von Chali gehört, dass es hier einen Gottesdienst gibt, zu dem ich, ähm, hinkommen kann.» Aaron fühlt sich wie auf einer Party mit lauter Fremden, zu der ein Freund ihn hingelotst hat, der selbst noch gar nicht eingetroffen ist.

«Willkommen. Der Tempel ist hinter der ersten Tür links. Du kannst deine Schuhe im Flur lassen. Ich sage Chali, dass du da bist.» Sie lächelt Aaron zu und verschwindet über eine Treppe nach oben.

Im Eingang riecht es nach Räucherstäbchen. Aus einem Flur weiter hinten dringen gedämpfte Stimmen bis zu ihm. Wie er so allein dasteht an diesem seltsamen Ort, verlässt Aaron mit einem Mal der Mut, der ihn bis dahin beflügelt hat. Und wenn jetzt Saul hereinstürmt und eine Erklärung fordert? Aaron sieht die Haribol-Frau vor sich, ihre braune Haut, ihren freundlichen Blick, ihr safrangelbes Gewand. Was haben sie und er gemeinsam? Nichts, gar nichts. Er hat einen Fehler begangen. Hier gehört er nicht hin, nie im Leben. Es wird für alle leichter sein, wenn er gleich wieder verschwindet, bevor Chali aufgeht, dass er ihn falsch eingeschätzt hat und lieber nicht hätte einladen sollen. Aaron will eben den Rückzug antreten, als Chali in einem hellgelben Gewand im Treppenhaus erscheint. Aaron staunt über seinen kahl rasierten Schädel, doch dann sieht er nur noch Chalis Gesichtsausdruck. Wann hat zuletzt jemand bei seinem Anblick so gestrahlt?

«Du hast es also geschafft! Wunderbar! Das hatte ich mir schon fast gedacht. Viele sagen ja, sie würden kommen, und dann sehe ich sie nie wieder, aber bei dir hatte ich gleich das Gefühl, dass du zu deinem Wort stehst.»

Chalis Händedruck ist warm wie eine Umarmung.

Er lächelt. «Das hier ist es also. Nicht so beeindruckend wie die in Detroit und New York, und die besten sind natürlich in Indien. Eines Tages werde ich sie hoffentlich mit eigenen Augen sehen. Aber für den Moment ist mein Platz hier. Komm, ich zeige dir alles.»

Chali führt Aaron durch den Flur in Richtung der Stimmen. Vor einer Flügeltür zieht Aaron seine Turnschuhe aus und stellt sie zu einem Sortiment von Sandalen. Gott sei Dank, an den Füßen wird er sich zumindest von den anderen nicht unterscheiden.

Sobald die Tür aufgeht, hört Aaron den Gesang. Der öde Flur ist vergessen, hinter ihm bleibt eine andere Welt zurück. Aaron betritt den Tempel.

Es ist ein großer, offener, lichtdurchfluteter Raum mit blank poliertem Holzfußboden. Er wirkt auf Aaron gar nicht wie ein Ort der Andacht, sondern eher wie ein Ballsaal; er stellt sich Frauen in Saris vor, die hier von Männern mit schimmerndem Haar herumgewirbelt werden. Beth Amicha erscheint ihm im Vergleich dazu glanzlos, St. Patrick wie eine düstere Höhle. Die zehn Anwesenden, überwiegend Männer, tragen lange Gewänder und stehen vor einem verzierten Podium mit zwei Statuen: einer männlichen mit dunklen Augen und dunklen Haaren, wunderschön in Gold gekleidet, die eine Flöte an die Lippen hält, und einer weiblichen in einer flammend roten und goldenen Robe. Ihre Hälse schmücken frische Blumenkränze in den gleichen Farben wie die geschnitzten Pfauen auf der Holzvertäfelung hinter ihnen. Ein uralter Inder mit einem Gesicht wie ein Ochsenfrosch sitzt auf einer Plattform gegenüber dem Podium. Erst auf den zweiten Blick fällt Aaron auf, dass der Mann sich nicht bewegt.

«Der ist nicht echt, oder?»

Chali lächelt. «Recht überzeugend, was meinst du? Als ich zum ersten Mal herkam, dachte ich auch, dass er lebt. Das ist unser Acarya, Srila Prabhupada, unser erster spiritueller Meister.»

Chali wirft sich vor dem wächsernen Greis auf den Bauch, mit dem Gesicht zum Boden, erhebt sich wieder und bewirft Kopf und Brust der Statue mit Blumen. So etwas kennt Aaron nur von Kultursendungen im Fernsehen, kommentiert von einer vornehmen Stimme mit britischem Akzent.

«Ist das … betest du ihn an?» Wenn Chali ja sagt, dann muss er auf der Stelle hier weg. Nie im Leben bringt er es fertig, sich vor einem Froschmenschen aus Wachs zu verneigen.

Chali lacht. «O nein. Wir beten nur Gott an. Prabhupada sagen wir Dank und erweisen ihm unseren Respekt. Es wirkt auf dich sicher seltsam, aber mach dir keine Gedanken deswegen. Wenn du erfährst, warum wir uns so verhalten, wie wir es tun, wirst du selbst sehen, dass alles seinen tiefen Sinn hat. Bis dahin sollst du dich nicht verpflichtet fühlen, irgendetwas zu tun oder zu sagen, was du nicht willst. Zu Krsna kommt ein jeder in seinem eigenen Tempo und auf seine eigene Weise.»

«Krishna?» Aaron bemüht sich, so höflich wie möglich zu fragen. Warum ist er nicht schon eher darauf gekommen. Das orange Gewand. Der rasierte Schädel. «So wie in Hare Krishna?»

Chali nickt. «Krsna ist unser Wort für Gott. Den Namen Hare Krishna haben uns Außenstehende gegeben, nach den Anfangsworten unseres Gebets, aber wir selbst nennen uns nicht so. Du hast also schon von uns gehört?«

Aaron bejaht zögernd.

«Nachdem du mehr von uns erfahren hast, würde es mich interessieren, ob deine persönlichen Eindrücke mit dem übereinstimmen, was du bisher nur aus dritter Hand weißt. Ich könnte mir vorstellen, dass du angenehm überrascht sein wirst. Wir nennen Gott Krsna, aber der Name spielt letztlich keine Rolle. Krsna, Jesus, Adonai, sie alle sind nur unterschiedliche Bezeichnungen für die eine allerhöchste Kraft. ISKCON, die Internationale Gesellschaft für Krishna-Bewusstsein, wirkt in Einklang mit den etablierten Weltreligionen. Wir haben uns zum Ziel gesetzt, in unserem Verständnis von Gott voranzuschreiten, unsere Beziehung zu ihm zu verbessern und dadurch selbst zu besseren Menschen zu werden. Aber ich will jetzt an dir keine Überzeugungsarbeit leisten. Gehen wir in mein Büro, dort bekommst du von mir, was du brauchst, um selbst zu entscheiden.»

Chali und Aaron gehen zurück durch den Flur und die

Treppe hinauf in ein kleines Zimmer mit einem Schreibtisch, Bücherregalen und einem Schrank. Aaron entspannt sich. Er ist wieder auf vertrautem Territorium, keine Wachsstatuen oder Gottheiten hier, mit denen er sich herumschlagen muss. Chali nimmt zwei Bücher aus dem Schrank.

«Du bist überwältigt, ich spüre es. Das ist okay. Du sollst auch überwältigt sein. Du hast so etwas bestimmt noch nie erlebt. Die judäisch-christliche Tradition kennt keine solchen Gottheiten und Tempel, wie wir sie haben. Ich bin gefragt worden, ob wir mit unserer Verehrung von Krsna nicht gegen das zweite Gebot verstoßen. Aber Krsna zu verehren ist kein Götzendienst, weil wir nicht voraussetzen, dass die Gottheit unsere Gebete erhört. Sie lenkt unsere Verehrung auf einen zentralen Punkt und vergegenwärtigt uns die Güte und Schönheit, die Krsna umgab, als er auf Erden wandelte – Eigenschaften, die uns inspirieren, sie in uns selbst zu entfalten. Aber wir erwarten von dir nicht, irgendetwas blind anzunehmen; du musst deine eigenen Erfahrungen machen. Wie die Juden sind auch wir ein Volk des Buches. Das ‹Sri Isopanisad› gibt dir die Grundunterweisung in die Veden, unsere heilige Schrift. Dies hier, die Bhagavad-gita, ist der bedeutendste Teil der Veden. Aber um das Krsna-Bewusstsein zu erlangen, gibt es noch etwas: das Allerwichtigste überhaupt und am leichtesten zu erlernen, ohne auch nur ein einziges Wort zu lesen.»

Chali zaubert aus dem Schrank eine Kette mit haselnussgroßen Holzperlen hervor.

«Das ist eine Japa Mala, aus dem Holz des heiligen Banyanbaums. Wir verwenden sie zur Anrufung von Gottes geheiligtem Namen.»

Aarons Miene hellt sich auf. «Du meinst so eine Art Meditation? Wie ein Mantra?»

«Ganz genau, aber es ist nicht einfach irgendein Mantra, sondern der Name Gottes selbst. Wenn wir unseren Mund, unsere Ohren und unsere Gedanken mit dem Klang von Gottes Namen erfüllen, befreien wir uns von unserer materiellen Existenz und werden uns unserer ursprünglichen und unverfälschten Beziehung zu Gott bewusst.» Chali reicht Aaron die Holzkette. «Jede Perle symbolisiert einen vollständigen Gesang. Wir nennen ihn Chant. Die Schnur hat insgesamt 108 Perlen. Eine vollständige Runde besteht aus 108 Chants. Als Anhänger chante ich mindestens sechzehn Runden pro Tag; wenn ich Zeit habe, auch mehr.»

Aaron beäugt unschlüssig die Perlen. «Und wie lange dauert das?»

«Bei mir zwei Stunden, aber du wirst anfangs länger brauchen, um richtig hineinzukommen. Du musst nicht gleich volle sechzehn Runden chanten. Probier einfach jeden Tag ein bisschen und schau, wie es dir damit geht. Am besten frühmorgens – bevor die materielle Welt dich mit ihren nichtigen Belangen beschwert.»

Aaron starrt auf seine Füße. «Aber wie ist es – spürst du wirklich Gott, wenn du das machst?», fragt er so leise, dass er schon fürchtet, Chali hätte ihn nicht gehört.

Chali wartet, bis Aaron den Kopf wieder hebt. Er blickt ihm fest in die Augen.

«Anfangs nein. Ich habe mich lockerer gefühlt, aber ich war immer noch zu sehr der materiellen Welt verhaftet, um Gott zu spüren. Als ich dann gelernt habe, mich von Maya, dem Reich der Illusionen, zu lösen, hat mich das Chanten mehr und mehr mit einem unglaublichen Glücksgefühl erfüllt. Gott ist in einem jeden von uns, aber das vergessen wir immer wieder. Das Chanten macht uns frei, uns daran zu erinnern.»

Aaron streicht über die Perlen. Von seiner Handfläche steigen wohlriechende Düfte auf. Das parfümierte Holz fühlt sich kühl und glatt an. Es liegt gut in seiner Hand.

IN DER SCHULE wird Elizas Niederlage auf nationaler Ebene mit keinem Wort erwähnt. Ohne Buchstabierlisten in der Tasche zieht sich der Unterricht zäh wie Kaugummi. Wie hat sie das früher bloß durchgehalten? Der erste Zeitungsartikel über sie («Elfjährige buchstabiert sich zum S-I-E-G») ist schon aus dem Schaukasten verschwunden; stattdessen hängt dort jetzt ein Beitrag über einen Drittklässler, dessen Spaniel neulich bei einer Hundeschau den vierten Platz belegt hat. Eliza darf sich in der Mittagspause auch weiterhin zu den braven Mädchen setzen, aber sie fühlt sich dort nicht mehr heimisch.

Und so wie früher nach der Schule fernzusehen macht ihr auch keinen Spaß mehr. Mit ihrem ewig gleichen, einst so tröstlichen Muster scheinen die Fernsehserien sich jetzt über sie lustig zu machen. Worauf die Episoden jeweils hinauslaufen, ist so absehbar wie Elizas Leben nach dem Buchstabierwettbewerb. Nach der heutigen halbstündigen Folge werden Blair und Jo sich wieder versöhnt haben, so sicher wie das Amen im Gebet, und ebenso sicher weiß Eliza, dass ihre Tage einander fortan gleichen werden wie ein Ei dem anderen: Bus, Schule, Bus, Zuhause, Bett, dazwischen essen und ein bisschen fernsehen. Nichts von alldem kommt auch nur entfernt dem Kitzel nahe, ein Wort bis auf seine kernigen Ursprünge zurückzuverfolgen und seine Abwandlungen über die Jahrhunderte hinweg aufzulisten. Ms. Bergermeyers Vorträge in näselndem Falsett sind kein Ersatz für die Randbemerkungen, die weitschweifigen Ausführungen und die gewagten Schlussfolgerungen ihres Vaters, der selbst von alldem so begeistert war, dass er es für sie wichtig und lebendig machte.

Eliza weiß, dass Saul auf sie wartet. Seit dem Nationalwettbewerb steht die Tür zu seinem Arbeitszimmer quasi in Dauereinladung ständig offen. Aber sie weiß auch, dass andere Spielregeln gelten, wenn sie sich dort wieder einfindet. Schluss mit Wörterbüchern und Herleitungen. Wenn sie weiter mit ihm arbeiten will, dann aus dem eigenen freien Willen heraus, «die Buchstaben kennen zu lernen». Aber wie soll sie etwas wollen, was sie gar nicht versteht und worüber vor anderen zu reden ihr nur peinlich wäre? «Die Buchstaben kennen lernen» klingt nach Spielen aus der Kindergartenzeit wie «Obstgarten» oder «Mit der Maus durchs Haus». Und trotzdem, eines weiß sie: Sobald sie bei ihm ins Zimmer schneit, wird ihr Vater so lange auf sie einreden, bis sie der festen Überzeugung ist, dass es schon immer ihr sehnlichster Wunsch war, die Buchstaben kennen zu lernen. Sie kann es nicht in Worte fassen, dazu hat sie weder die Zeit noch ein verlässliches Bild von sich selbst. Falls sie den Weg ins Arbeitszimmer findet, dann ist sie dran; aber was ist, wenn sie Saul nicht liefern kann, was er von ihr haben will?

Elizas Eindruck nach füllt Saul mühelos die Zeit, die für ihr Empfinden unerträglich langsam verrinnt. Sie weiß nicht, dass hinter seiner aufgesetzten Betriebsamkeit das Bestreben steht, ihr das Gefühl von Freiheit zu geben. Für sie ist es ein höhnischer Schlag ins Gesicht: *Ich komme auch ohne dich klar.* Sie fühlt sich ausgeschlossen, nicht länger gebraucht. Für die Zeit nach den Buchstabierwettbewerben hat sie sich Bilder von Vater und Tochter beim Drachenbauen und Plätzchenbacken zusammenphantasiert – ein weichgezeichnetes Idyll, das sie der Werbung verdankt, wie ihr neulich auffiel, als der Spot für Hallmark-Geschenkkarten nach langer Zeit wieder einmal im Fernsehen lief. Jetzt, nach ihrer eigenen Niederlage, weiß sie, was Aaron durchlitten haben muss, als sie ihn mitsamt seiner Gitarre aus Sauls Arbeitszimmer vertrieben hat. Kein heimlicher Triumph überlagert mehr das Schuldgefühl in ihrem Inneren. Statt dem Bruder den Vater abspenstig zu machen, hat sie alle beide verloren. So sieht es aus.

AARON IST wieder in seinem Zimmer. Nicht zu fassen, dass keine halbe Stunde von hier ein Ort existiert, an dem die Gegenstände, die Chali ihm gegeben hat, fraglos Sinn ergeben. Ohne die Bücher und die Perlen hätte Aaron vermutlich keine Schwierigkeiten, sich einzureden, dass der ganze Ausflug nur ein Traum war, dass es weder Chali noch einen Platz auf der Welt gibt, an dem sich Männer und Frauen in langen Gewändern versammeln und Beutel mit Japa Malas um den Hals tragen. Aaron streift seinen eigenen Beutel über den Kopf. Er schaut auf den Kleiderschrank, in dem kein Bügel mehr frei ist, er schaut auf die Bücher im Regal und auf den verstaubten Gitarrenkasten im Eck. «Maya, das Reich der Illusionen», flüstert er.

Aaron setzt sich im Schneidersitz auf den Boden, in einer Hand die Japa Mala.

«Hare Krsna Hare Krsna Krsna Krsna Hare Hare. Hare Rama Hare Rama Rama Rama Hare Hare.»

Die Worte klingen stockend, seine Stimme ist belegt. Kein Vergleich mit Chali, der einfach die Augen zugemacht und die Worte wie Wasser aus seiner Kehle hat rinnen lassen. Das hat Aaron wirklich umgehauen – wie glücklich Chali dabei ausgesehen hat, so glücklich, dass Aaron meinte, er müsste jeden Moment aufspringen und herumtanzen wie ein Wilder, denn wie wollte so viel Freude sich noch bändigen lassen? Jedenfalls war das der Moment, in dem Aaron entschieden hat, dass das Ganze einen Versuch wert ist. Auch wenn ihm die Wachsstatue und diese Krishna-Halbgottheit nicht ganz koscher vorkommen – Hauptsache, er fühlt sich wenigstens entfernt so, wie Chali beim Chanten ausgesehen hat.

Aaron macht die Augen zu und versucht es von neuem. In der fünften Runde findet er endlich zu einem Rhythmus und dehnt die a in «Rama» genauso wie Chali. Vor seinem inneren Auge sieht er einen Stein, der zu Tal rollt, schneller und immer schneller, das Ende eines Chants fügt sich Wort an Wort nahtlos an den Anfang, nur Aarons Finger, die sich an den Perlen entlangarbeiten, signalisieren Beginn oder Schluss. Nach fünfzig Runden hört Aaron jemanden die Treppe heraufkommen und hält abrupt inne. Keiner soll ihn hören. Morgen steht er früher auf als Elly und Saul und macht einen neuen Versuch.

FÜR ELIZA gibt es keinen Tag, an dem nicht mindestens ein Wort aus den Buchstabierwettbewerben sie anspringt. Wo immer es herkommt – aus den Fernsehnachrichten, einer mitgehörten Unterhaltung, aus einem Song im Radio –, jedes Mal versetzt es ihr einen Adrenalinschub, der alles um sie herum irgendwie intensiver und aufregender erscheinen lässt: ein Wort, das sich aus dem Meer der anderen heraushebt, gleich einem beliebigen Gegenstand, dem ein zufälliger Sonnenstrahl plötzlich ungeahnte Bedeutung verleiht. Das Leben will auf volle Länge und Breite erkundet werden. Elly ruft sich die Buchstaben erneut ins Gedächtnis. Sie steht wieder vor dem Mikrophon, der Sieg ist zum Greifen nahe, ringsum lauscht alles gebannt auf das eine Wort aus ihrem Mund. Aber sie kann den Moment nicht bis zum Ende auskosten: Das Wort verschwindet, lässt sie alleine, und sie fühlt sich so leer und hohl wie beim Karnevalsumzug, wenn der letzte Wagen vorbeigerollt ist.

Bei einer Folge von «Barney Miller» sagt Nick Yamana KUMQUAT, und da fällt ihr wieder ein, wie das Wort in ihrem Kopf Blüten getrieben hat und seine Buchstaben so fest zu ihr gehörten wie ihr eigener Knochenbau. Was hat ihr Vater damals gesagt? «Ein Jahr noch, dann hält dich keiner mehr auf.» Sie denkt an KUMQUAT und beschließt, ihm Glauben zu schenken.

IN DER FOLGENDEN Nacht wird Saul davon wach, dass Miriam seinen harten Penis mit dem Mund bearbeitet. Erst glaubt er zu träumen, aber das so ganz und gar nicht traumhaft anmutende Stück Zahnseide auf seinem Nachttisch überzeugt ihn vom Gegenteil. Seine Träume gehen nie so konkret ins Detail – ihre Hände, die seine Hüften umklammern, als hätte sie sonst keinen Halt mehr im Bett, ihr Haar, das die Innenseiten seiner Schenkel streift, während ihr Mund auf und ab gleitet.

«Miriam», flüstert er, aber sie hört ihn nicht. «Miriam», versucht er es etwas lauter und geht in Stöhnen über. Er muss sich auf die Ellbogen stützen und sie an der Schulter berühren, bis sie endlich zu ihm hochsieht, offensichtlich verblüfft, dass zu dem Objekt, dem ihre ganze Aufmerksamkeit gilt, ein Mensch gehört.

Sie hatte schon vor dem Garagentor gestanden. Erst da zwang sie sich, kehrtzumachen und vor den Verlockungen des Autos und eines fremden Hauses stracks ins Bett zu flüchten. Ganz zu Anfang, als er noch völlig schlaff war, wusste sie nicht sicher, ob sie überhaupt wollte, dass er aufwachte. Dann wurde er härter, und sie erkannte, dass es keine Rolle spielte. Sie brauchte nur eines: ihn in sich.

«Miriam, nicht so hastig. Komm zu mir, damit ich dich streicheln kann.» In seinen Phantasien hat er sich so etwas schon ausgemalt, aber es ist ihm nie tatsächlich passiert, dass eine Frau mitten in der Nacht über ihn herfiel. Vor langer Zeit, als sie noch unbefangen über solche Themen reden konnten, hat er es Miriam gegenüber einmal erwähnt – und sie gefragt, ob sie selbst nicht auch geheime Phantasien habe. Sie hatte ihn nur völlig verständnislos angesehen.

Miriam hat ihn offenbar nicht gehört. Es kann nicht mehr lange dauern, bis er kommt, obwohl oder vielleicht gerade weil er es zurückzuhalten versucht. Vielleicht sollte er sich entziehen und sie mit sich zusammen zum Höhepunkt bringen, aber es fühlt sich so gut an, und sie ist so wild entschlossen, als hätte sie eine geheime Mission zu erfüllen, er hält es nicht mehr viel länger aus, und jetzt schiebt sie ihn sich zwischen die Beine, und er spürt, wie trocken sie ist, fühlt den Widerstand beim Eindringen. Es muss ihr doch wehtun, denkt er, sie braucht mehr Zeit, er will ihn wieder rausziehen, aber sie rammt ihn so hart in sich hinein, dass alles zu spät ist: vorbei. Er sieht verwirrt zu ihr hin, doch sie schaut ihn nicht an, merkt nicht einmal, dass er schon gekommen ist, pumpt weiter, auf und ab, bis er sie wegstößt und sie endlich aufhört.

STATT AM Tisch sitzt Eliza jetzt auf zwei prall gefüllten Kissen. Das Wörterbuch hat Saul ins Regal zurückgestellt. Eliza schnuppert Staub und Papier und brüchiges Leder, und erst jetzt wird ihr klar, wie sehr ihr dieser Raum gefehlt hat. Ein lange nicht mehr verspürtes Wohlbehagen überkommt sie; dass es an den Geruch gebunden ist, mit dem sie väterliche Liebe verknüpft, geht ihr auch jetzt noch nicht auf.

Aber mit was für seltsamen Ideen ihr Vater daherkommt:

«Stell dir vor, dein Gehirn ist ein Muskel. Ein Läufer macht Dehnübungen, zum Aufwärmen. Mit dem Gehirn muss man ebenso sorgsam verfahren.»

An manchen Tagen lässt er Eliza wieder und wieder das Alphabet schreiben, mal mit rechts, mal mit links, wobei sie nicht auf das Blatt schauen darf. Sie solle sich nicht darum scheren, wie die Buchstaben aussehen, ob sie zu klein oder zu groß sind, sagt er. Wichtig sei nur die Bewegung ihrer Hand, das Gefühl, wie der Buchstabe aus ihr herauskommt. Eliza stellt sich vor, dass das Alphabet durch ihren Arm turnt und mit ihrer Hand Karussell fährt, bis ihre Finger sich ganz von selbst bewegen und sie auf dem Blatt nachlesen muss, was sie eigentlich geschrieben hat.

Manchmal gibt Saul ihr die Anweisung, sich den ersten Buchstaben, der ihr in den Sinn kommt, vor Augen zu führen, ihn anschwellen zu lassen, zu einer Nektarine, zu einer Melone, zu einem kleinen Hund, weiter und immer weiter, bis der Buchstabe größer ist als sie selbst, größer als das Haus, majestätisch bis zur Sonne reicht.

«Wie fühlt sich das an, ein ganzes Universum A? Oder ein Universum Q?», fragt er, meist ohne den Buchstaben zu erraten, der in ihrem Kopf wie im Zeitraffer vom Keim zur Blüte heranwächst. Mitunter bekommt sie kaum noch Luft, so riesig ist der Buchstabe in ihrer Vorstellung geworden. Er nimmt ihr schier den Atem.

Manchmal singen sie das Alphabet gemeinsam, vorwärts und rückwärts, einstimmig und jeder für sich, bis die Buchstaben sich zu einem fortlaufenden Klangband aus Elizas Mund formen. In diesen Momenten fühlt sie sich ihrem Bruder am ähnlichsten, sieht den Geist seiner Gitarre in den Raum schweben. Die Buchstaben werden zu Musik, das Alphabet ist ihr Zwiegesang.

«Okay, Elly, und jetzt mach deine Gedanken frei.»

Das ist der schwerste Teil. Ihr geht doch so viel durch den Kopf. Hat sie einen Teil zur Ruhe gebracht, lärmen die anderen umso lauter. *Nichts, nichts, nichts, nichts*, hämmert sie sich fieberhaft ein und fegt die übrigen Gedanken beiseite. Ihr Gehirn kommt ihr vor wie ein Tunnel, der tief in die Erde hineinreicht, *nichts*, und sich langsam mit Wasser füllt, von unten bis oben.

Saul sieht die Veränderung, die mit Elly vorgeht. Ihr Kiefer ist entspannt, ihr Gesicht gelöst. Ein paar Minuten erst hat sie die Augen geschlossen und ist schon in der «Zone», wie Saul sie nennt.

«Ist dein Kopf leer?»

Elly nickt.

«Dann öffne dich für einen Buchstaben.»

Elly hat gelernt, dass das nicht das Gleiche ist, wie an einen Buchstaben zu denken. Wenn sie sich richtig öffnet, weiß sie nicht, welcher Buchstabe es sein wird. Und irgendwie merkt Saul den Unterschied bei ihr sofort. Sie muss an Babys denken, dann funktioniert es.

Rings um sie ist es warm, sie treibt schwerelos im Raum, auf halbem Weg, ein Ganzes zu werden. Alle Buchstaben des Alphabets preschen auf sie zu, ein jeder nach seiner Art: X schlägt Rad um Rad, C hüpft zoing-zoing dahin, M und N marschieren im Gleichschritt, steifbeinig und entschlossen. Jeder will der Erste sein. Manche geraten ins Stolpern. Andere werden langsamer und kommen zum Stillstand. Vom ganzen Spektrum des Alphabets bleiben nur noch Teile übrig. Ellys Spannung steigt, je dichter die verbliebenen Buchstaben heranrücken. Einer setzt sich von den anderen ab, kommt näher und näher und findet schließlich Eingang in sie, füllt sie mit seiner A-heit oder R-heit, K-heit oder Y-heit, und jetzt beginnt sie zu wachsen, der Buchstabe ist da, in jedem zarten Herzschlag, in jedem neu entstehenden Tropfen Blut.

Sie macht die Erfahrung, dass die Buchstaben sich unterschiedlich anfühlen. Saul sagt sie lieber nichts davon – was würde er wohl denken, wenn er von ihr hört, dass L ihre Haut dicker werden lässt, F sie verflüssigt und dass bei Q wunderschöne Glasperlen auftauchen, die sie allein in ihrem Kopf klimpern hört. Die Empfindungen sind nicht immer angenehm. Bei E spannen sich all ihre Muskeln an, wie in Abwehr einer Attacke. K ist Schmirgelpapier, das sich um ihre Gelenke wickelt.

Dass Eliza ein Buchstabe gekommen ist, kann Saul ihr vom Gesicht ablesen. Eben noch entspannt, wirkt sie nun vollkommen konzentriert, als lauschte sie auf ein kaum wahrnehmbares Geräusch.

«Hast du einen Buchstaben?», fragt er, gerade laut genug, um ihre Aufmerksamkeit zu erregen, ohne sie zu zerstreuen.

Eliza, die Augen noch immer geschlossen, nickt.

«Gut. Und jetzt sollst du, ohne bewusst darüber nachzudenken, dich einfach für alle Wörter öffnen, die diesen Buchstaben enthalten. Lass sie durch dich hindurchfließen, so als wärst du ein ausgehöhlter Baumstamm, der in der Strömung treibt.»

Den Teil mag Eliza am liebsten. Allerdings hat es eine Weile gedauert, bis es so funktionierte, wie ihr Vater es sich vorstellte. Anfangs hat sie sich noch zu sehr bemüht, Wörter aus dem Gedächtnis abzurufen: Apfel, Ahorn, anstatt, Abteil. Der Clou ist, das Baby auf seinem natürlichen Weg ins Leben zu begleiten. Ein Buchstabe wächst in ihrem Inneren und sie mit ihm. Teile des Buchstabens spalten sich ab oder verschmelzen miteinander und bilden ihre Augen, ihre Nase, ihre Hände und Füße. Der Buchstabe krümmt sich zusammen und dehnt sich aus, und plötzlich rauscht ein Strom von Wörtern durch sie hindurch, so reißend, dass sie keines davon richtig aufnehmen kann, weil immer schon das nächste kommt. *Mantarantellarausserrandarband*. Ein Raunen, wie das Rascheln von Seide. Wörter, die sie bis in die Fingerspitzen spürt, während sie vor ihrem inneren Auge vorbeiziehen. Wörter, die sie hört, und Wörter, die darunter liegen, undeutlich bleiben, Wörter, mit denen sie noch nicht offiziell Bekanntschaft geschlossen hat, die aber schon darauf lauern, ins Zentrum ihres Bewusstseins vorzudringen. *Beim nächsten Mal*, vertröstet sie sie. Schließlich kommen für jede befruchtete Eizelle zahllose andere nicht ins Leben.

Saul hält den Blick unverwandt auf sie gerichtet. Hinter geschlossenen Lidern vollführen Ellys Augen einen wilden

Tanz. Ihre Finger flattern und zucken. Was einst dazu verurteilt schien, niemals geboren zu werden, nimmt als Traum in Sauls Innerem Gestalt an.

ZUNÄCHST LÄSST Aaron beim Chanten Musik laufen, damit ihn keiner hört; aber den Gesang zur Anrufung Gottes mit dem der Eagles zu vermengen erscheint ihm schon bald als arge Verwässerung. Die rettende Idee ist der Wandschrank. Dort ist es schön dunkel, die Hemden schmiegen sich weich und schützend an sein Gesicht, ein Polster aus Flanell und Baumwolle, in das er hineinsingt und das den geheiligten Klang von Gottes Namen in sich aufnimmt, sobald er aus seiner Kehle gedrungen ist. Ihm gefällt der Gedanke, dass all die aufgesogenen Töne die Hemden heilig machen, wie alle Nahrung, die man Krsna darbringt, von seinem Geist durchdrungen, zu Prasadam wird. Das Wort «Krsna» ist immer noch ein Fremdkörper in seinem Mund. Aaron erhöht sein Tagespensum auf drei volle Runden, damit Krsna ihm leichter von der Zunge geht. Er nimmt die Japa Mala in der linken Hosentasche mit zur Schule. Er chantet heimlich, wo immer es geht: in langweiligen Unterrichtsstunden, bei Schulversammlungen, in der Warteschlange beim Mittagessen. Das Chanten wird zur Endlosschleife in seinem Hirn.

Das erste Mal, als der Duft der Japa-Perlen an seinen Fingerspitzen haften bleibt, erschrickt er. Sie riechen stark, ein Gemisch aus Würze und Parfüm, das man dem farblosen Holz gar nicht zutraut. Aaron ertappt sich in den seltsamsten Momenten dabei, wie er ganz geistesabwesend seine Finger beschnuppert. Der Duft wird zu seinem Markenzeichen, er ruft ihm ins Gedächtnis, dass wahre Zugehörigkeit sich über unsichtbare Symbole definiert. Die Dankbarkeit, die er gegenüber den Japa-Perlen empfindet, bringt ihn anfangs in

Verlegenheit – wie kann er sich mit einem so simplen Gegenstand so tief verbunden fühlen? Doch bei seinem nächsten Tempelbesuch (ein weiterer Kinoabend mit Charlie, der zu Sauls großer Freude für Aaron zu einem guten Freund geworden ist) erscheint ihm die Vorstellung, gleich den Anhängern vor einer Statue von Gott Krsna zu beten, längst nicht mehr so abwegig.

Die vollen sechzehn Runden chantet Aaron erstmals an einem Samstag. Eigentlich wollte er nur acht schaffen und damit seinen bisherigen Rekord brechen, aber in der Mitte der achten Runde fühlt er sich nicht etwa zappelig und ruhelos, sondern wie ein Langstreckenläufer, der neuen Auftrieb verspürt. Die Hemden vor seiner Nase und die schale Luft im Wandschrank nimmt er kaum wahr. Seine Finger zählen wie von selbst die Perlen ab, losgelöst vom bewussten Denken, das in den Hintergrund getreten ist angesichts der Töne, die aus seinem Mund strömen. Sein ganzer Brustkorb und sein Bauch schwingen mit seiner Stimme mit. Das Gefühl schwemmt alles mit sich fort. Es löscht die Zeit aus, lässt ihn die Bewegungen seiner Lippen und Finger vergessen. Sein Überdruss an der Schule, seine wachsende Angst wegen der verstohlenen Besuche im ISKCON-Tempel sind wie weggefegt. Er ist nur noch Klang, der Klang von Gottes Namen aus seinem Mund, und zu erfüllt davon, um auch nur zu bemerken, dass er sich jetzt genau wie Chali anhört: Die Worte reihen sich schnell, aber präzise aneinander, Ende und Anfang jedes neuen Chants gehen fließend, nahtlos ineinander über. Erst als er innehält, sieht er, dass er sechzehn Perlen abgezählt hat – ein voller Zyklus. Er schaut auf die Uhr. Zweieinhalb Stunden sind vergangen. Die warme Luft im Wandschrank birgt ihn wie in einer Umarmung.

SIE SPRECHEN nicht über das, was bei Nacht geschieht. Nachdem ihre Tage so ablaufen wie immer, hat Saul sich schon fast mit Erfolg eingeredet, dass für die Nächte das Gleiche gilt und er sich da nur etwas zusammenphantasiert hat.

Zehn Abende hintereinander ist sie ihm nun schon ins Bett gefolgt. An sechs davon hat er nein gesagt, an zwei der sechs sich umstimmen lassen, weil sie anfing, vor ihm zu masturbieren. Die paar Male, bei denen er sich ihr klipp und klar verweigert hat, ist er irgendwann mit einem steifen Glied in ihrem Mund, ihrer Hand oder zwischen ihren Beinen aufgewacht. Wenn er sich noch rechtzeitig zurückziehen kann, bleibt er hinterher stundenlang wach, aus Angst, sie fängt später von neuem an. Er wünscht sich eine innere Uhr, die ihn bei der ersten Berührung aus dem Schlaf reißt, aber seine Frau schleicht sich äußerst geschickt und unbemerkt in seine Träume. Ein paar Mal ist er praktisch erst mitten im Orgasmus aufgewacht und hat das gleiche Schuldbewusstsein empfunden wie damals, als die ersten nächtlichen Ergüsse in der Pubertät ihm ungewollte Lust bescherten. Noch nie hat er sich so hin und her gerissen gefühlt. Ihm ist unklar, was Miriam im Schilde führt – einen Crashkurs in Sachen Leib versus Seele?

Er schämt sich, dass er es nicht fertig bringt, mit ihr darüber zu reden: Aber die Aussicht, dass sie am Ende damit aufhört, ist weniger verlockend, als dass sie weitermacht. Wann hat er zum letzten Mal im Skrotum dieses unverkennbare, himmlische Ziehen verspürt, wenn er es zu wild getrieben hat? Er erwägt, sein Dilemma in Worte zu fassen. *Was willst du eigentlich?*, wird eine innere Stimme ihn fragen. *Sei bloß froh, dass sie überhaupt noch will.* Und die Stimme wird wohl Recht damit haben. Um sein Unbehagen zu beschwichtigen, reimt er sich eine halbseidene medizinische Erklärung zusammen. Vielleicht ist Miriams neue Sinnenlust ja nur ein

Vorbote der Wechseljahre. Vielleicht, so lautet sein Argument, bietet ihr Körper jetzt noch einmal alles an sexueller Energie auf, bevor er in diesem Bereich die Schotten endgültig dichtmacht: umso mehr Grund, es zu genießen, solange es anhält. Stattdessen schläft er schlecht. Er träumt von Händen, die ihn umkrallen und nicht mehr loslassen.

Einer der Träume ist anfangs so realistisch, dass Saul nicht sagen könnte, ob er wach ist oder schläft. Miriam sitzt auf ihm. Schweißperlen zieren ihre Oberlippe. Sie schert sich nicht darum, dass er regungslos daliegt. Seine tiefer liegenden Partien reagieren blind auf die Bemühungen seiner Gattin, und plötzlich packt Saul der Zorn. *Schluss damit, ein für alle Mal.* In strengem Ton gebietet er Miriam Einhalt. Sie stutzt, ohne die Hände wegzunehmen, schaut auf Saul herab und zuckt mit den Achseln. Dann schließt sie die Finger um seinen Penis und fängt an zu ziehen. Ihr Griff ist fest, aber nicht unangenehm. Eben fragt sich Saul, was sie eigentlich vorhat, da löst sich sein Penis plötzlich so leicht und schmerzlos ab wie ein Klumpen Ton. Ohne ein Tröpfchen Blut. Als Saul wieder hinschaut, sieht er bloß eine blank polierte Stelle zwischen seinen Beinen, prall gespannt und leicht gerötet wie die erste neue Haut über einer Brandwunde. Miriam wälzt sich von ihm herunter, voll konzentriert auf ihr neues Beutestück. Statt Entsetzen empfindet Saul nur Erleichterung.

ES SIND vier Regeln zu befolgen: Keine Glücksspiele. Keine berauschenden Substanzen. Kein sexuelles Fehlverhalten. Kein Verzehr von Fleisch. Letzteres wird ihm schwer fallen, denkt Aaron spontan. Aber als Chali ihn darauf bringt, dass ein Hamburger Teil einer Kuh und ein Schlegel eigentlich ein Hühnerbein ist, wird ihm klar, dass er sich über das Vorleben von Fleischprodukten nie Gedanken gemacht hat. Mit einem

Mal sind sie nicht mehr bloß blutrote Klumpen in Frischhaltefolie auf Styroporunterlage, und damit lässt sich sehr viel leichter auf sie verzichten.

Gleich am ersten Abend, nachdem er gelobt hat, künftig Krsnas Regeln zu beachten, wird er auf die Probe gestellt. Saul hat draußen auf der Terrasse Grillhähnchen, eines von Aarons Lieblingsgerichten, zubereitet; der Rost steht keinen Meter von dem geheimnisvollen hellen Fleck auf dem Betonboden entfernt, über dessen Entstehung nur Aaron Auskunft geben kann. Aaron setzt sich an den Tisch und häuft Makkaroni auf seinen Teller. Er kann kaum hinsehen zu den gerösteten Hähnchenteilen, die sich vor seinem inneren Auge zu einem schwarz verkohlten toten Vogel zusammenfügen.

«Ich bin ab jetzt Vegetarier», sagt er zu Sauls Verblüffung und verweigert sowohl Schlegel wie Hähnchenbrust, die er doch bisher immer so gern gegessen hat.

Eliza schaut von ihrem halb verzehrten Flügel hoch und bemerkt erst jetzt Aarons Nudelteller. Ihr Essen so offenkundig zu genießen, während er Verzicht übt, wird ihr bestimmt wieder als Verrat angerechnet. Sie legt den Flügel weg und nimmt sich mehr Makkaroni, in der Hoffnung, damit ihre Solidarität zu bekunden, doch Aaron achtet gar nicht darauf. Elly bemüht sich, nur vom Fleisch abzubeißen, wenn ihr Bruder nicht hinsieht. Was meist der Fall ist: Deshalb ist der Hähnchenflügel bald abgenagt. Damit Aaron nicht auf sie aufmerksam wird, wenn sie um eine zweite Portion bittet, greift Eliza über den Tisch und bedient sich selbst. Sie macht sich über den zweiten Flügel her und denkt dabei, dass eine gute Schwester wenigstens keinen Nachschlag genommen hätte.

Aaron ist zu sehr auf Saul fixiert, um etwas davon zu bemerken. Seine Proklamation macht ihm weniger Bauchschmerzen als die Fragen, die sich todsicher daran anschließen werden, und die neuen Lügen, die er sich dazu ausdenken muss.

Die Erklärung seines Sohnes ruft Saul seine eigene kurzlebige vegetarische Phase aus Collegezeiten in Erinnerung. Mit der alternativen Lebensführung war es damals vorbei, sobald ihm deutlich wurde, dass die bestialischen Blähungen, die all die Bohnengerichte bei ihm verursachten, sich überaus nachteilig auf seinen Sexappeal auswirkten.

«Respekt, Respekt», bemerkt er. «Und was, wenn ich fragen darf, hat dich zu diesem Entschluss bewogen?»

Aaron beißt sich auf die Unterlippe, ein Zeichen, dass er nervös wird. «Also, Charlie ist auch Vegetarier, und was er mir davon erzählt hat, hat mir eben eingeleuchtet.» Könnte er ihnen doch die köstlichen Gerichte schildern, von denen er im Tempel gekostet hat und deren intensiver Geschmack es durchaus überzeugend erscheinen ließ, dass sie von Krsnas Geist erfüllt waren.

«Dieser Charlie scheint mir ein recht interessanter Zeitgenosse zu sein. Ich würde ihn gern mal kennen lernen.»

Was sein Vater wohl von Charlie halten würde? Bestimmt wäre er ihm sympathisch. «Na ja, Charlie hat kein Auto, und er wohnt ziemlich weit weg, aber vielleicht ergibt sich ja irgendwann mal die Gelegenheit.»

«Was machen denn seine Eltern?»

Chali hat noch nie von seinen Eltern gesprochen, und auch sonst von nichts, was nicht mit dem Leben im Tempel zu tun hat. Alles andere ist Maya, ist unwesentlich, ruft Aaron sich in Erinnerung. Leise schmunzelnd, macht er sich klar, dass diese ganze Unterhaltung hier, ja dass selbst Saul letztlich unwesentlich ist. Wenn er in den Tempel eintritt, könnte er sein gesamtes Leben hinter sich lassen, wie ein Hemd, aus dem er herausgewachsen ist.

«Sie sind auch Vegetarier», sagt Aaron, durch den letzten Gedanken kühn geworden. «Sie haben mich zum Abendessen eingeladen, damit ich die vegetarische Küche kennen lerne. Ich kann bei ihnen essen, sooft ich will, haben sie gesagt.»

«Das ist aber nett», sagt Miriam und versucht, sich dabei vorzustellen, wie es wohl bei Charlie zu Hause aussieht.

Eliza ist baff. Wieso kaufen ihre Eltern Aaron diese faustdicke Lüge ab? Sie ist doch so offenkundig. Genauso kaut er immer auf seiner Unterlippe herum, wenn er sie beim Monopoly übers Ohr zu hauen versucht, ihr den Opernplatz statt der Parkstraße andrehen will, weil Orange doch so viel schöner ist als Blau.

Eliza wirft Aaron einen fragenden Blick zu. Er funkelt sie an. Sie schaut auf ihren Teller mit den sauber abgefieselten Hühnerknochen und ist still.

NACHDEM SEINE ersten Meditationsversuche gewissermaßen in die Hose gegangen sind, beschließt Aaron, sich nur einen Tag in der Woche zu genehmigen, an dem Masturbation statt Meditation auf dem Programm steht. Rasch macht er die Entdeckung, dass er es genießt, auf den verordneten Termin hinzuleben. Den Dienstagen fiebert er fortan ebenso entgegen wie den Montagen, denn da ist der große Augenblick schon ganz nahe, steht Aaron bereits von Kopf bis Fuß unter Strom. Weicher Stoff an seiner Haut oder knubbelige Teppichknoten unter seinen bloßen Füßen machen ihn am ganzen Körper kribbelig. Die einzige Schwierigkeit besteht darin, die spontanen Versteifungen zu kaschieren, die ihn ab Montagnachmittag befallen. Einmal, mitten in der Mathestunde, erregt ihn der Gedanke an den nächsten Tag so sehr, dass der Kontakt mit der gespannten Unterhose ausreicht. Dass seine Aufmerksamkeit von den Gleichungen an der Tafel abgeschweift ist, merkt er erst, als ein leises Zittern durch seine Glieder geht und es zwischen seinen Beinen feucht wird. Er überspielt den Vorgang rasch mit einem Hustenanfall und bittet darum, draußen einen Schluck Wasser trinken zu dürfen. In einer verriegelten Toilettenkabine entledigt er sich seiner Unterhose und stopft sie tief unten in seinen Rucksack, inständig hoffend, dass diese ungekannte Freiheit im Schritt ihn nicht erneut in Verlegenheit bringt. Zur vorgesehenen Stunde am folgenden Morgen kommt er ins Grübeln, ob mit der überraschenden Entladung vom Vortag die wöchentliche Ration vielleicht schon aufgebraucht ist, und beantwortet sie mit nein: Schließlich hat er keinen Finger dafür gerührt.

Wochen nach seiner Bekehrung zum Vegetarier erkundigt sich Aaron scheu bei Chali, was genau unter sexuellem Fehlverhalten zu verstehen ist, und fühlt sich wie elektrisiert, als Chali ihm erklärt, dass dazu nicht unbedingt zwei Personen vonnöten sind. Das, denkt Aaron, wird seine größte Herausforderung sein, die wahre Probe seiner Ergebenheit. Mittlerweile chantet er sechzehn Runden täglich, außer dienstags, doch selbst ein Tag pro Woche fern von Gott ist noch zu viel. Aaron gelobt sich insgeheim, sein Leben ganz und gar Krsna zu widmen.

In den ersten paar Wochen fällt die Umgewöhnung noch schwer: keine montägliche Vorfreude mehr, keine Erregung beim Erwachen vor dem Weckerklingeln am Dienstag, wenn sein Körper noch auf das hinfiebert, dem er nun abgeschworen hat. Aaron wird zum leidenschaftlichen Anhänger von Wechselduschen: Die Schockwirkung von kochend heiß und eiskalt setzt ihn instand, sich auf das Chanten zu konzentrieren. Verklausuliert erwähnt er seine neue Disziplinierungsmaßnahme gegenüber Chali, der ihm von Herzen dazu gratuliert, die stärkste Anfechtung von Maya, der Welt der Nichtigkeiten, überwunden zu haben.

Obwohl er mit seinen weltlichen Kleidern und dem unrasierten Kopf immer noch heraussticht, fühlt sich Aaron im Tempel nicht mehr als Fremder. Die Anhänger teilen sich in zwei Gruppen: indische Familien und Weiße. Letztere sind überwiegend männlich und zwischen zwanzig und dreißig wie Chali, es gibt aber auch ein paar Ältere und die eine oder andere Frau darunter. Bei den Weißen zählt Aaron zu den Jüngsten, bei den Indern sind etliche Kinder dabei. Ein Mädchen, die Tochter eines Gurus, ist ungefähr in seinem Alter. Sonntags erläutert sie Krsnas Lehren anhand von Fabeln; der Glaubenseifer, der ihre Worte beseelt, fesselt selbst die Schmarotzer, die nur des Essens wegen hier sind.

Heute erzählt das Mädchen eine Geschichte aus Indien.

«Es war einmal eine alte Frau, die immer, wenn bei heiligen Prozessionen die Tempelgottheiten auf dem Rücken von Elefanten um das Tempelgelände getragen wurden, hinter den Tieren herging und ihren Dung beseitigte. Die Gläubigen, zu sehr damit beschäftigt, im nächsten Leben eine höhere Daseinsstufe zu erreichen, nahmen keine Notiz von ihr. Und doch war sie an jedem Feiertag mit Schaufel und Korb im Tempel zur Stelle. Eines Tages bemerkte ein Guru, der zu Besuch im Tempel weilte, die alte Frau. ‹Diese Frau›, so sagte er, ‹dient Krsna, ohne an einen Lohn zu denken, und wird also nach diesem Leben unverweilt ins ewige Reich erhoben werden.› Und als die Frau starb, ließ sie die Erde hinter sich, durchreiste die himmlischen Planeten und wurde ins ewige Reich erhoben, wo sie nun an Krsnas Seite sitzt.»

Tief in seinem Inneren weiß Aaron, dass ihm bestimmt ist, dereinst die Tochter des Gurus zur Frau zu nehmen. Mit ihr wird er ein neues Leben für Krsna erschaffen. Mit dem Segen ihres Gurus werden sie sich vermählen und – einige Monate darauf – mit ihrem Wunsch an ihn herantreten. Lächelnd erteilt der Guru ihnen Erlaubnis. Seite an Seite, mit freudestrahlenden Gesichtern, verkünden sie ihr Vorhaben im Tempel. Vor dem Festmahl chanten sie sechs Stunden zusätzlich, um die nötige spirituelle Läuterung zu erlangen, die ihnen ein Kind mit einer reinen Seele bescheren wird. Dann vollziehen sie den heiligen Akt. Den Leib des Mädchens hat sich Aaron bisher nur in Träumen vorgestellt, an die er keine Erinnerung mehr hat; in seinen Phantasien bei Tag, darauf bildet er sich nicht wenig ein, sieht er nur das lächelnde Gesicht des Mädchens vor sich – und ein Baby mit ihren Augen. Nach etlichen Wochen fällt ihm auf, dass das Kind in seinen Phantasien irrtümlich immer helle Haut hat; also retuschiert er das Bild seines imaginären Sprösslings und nähert es dem seiner imaginären Braut um eine Schattierung an. Er ist stolz: das Arbeitszimmer seines Vaters und die Stacey Liebermans dieser Welt hat er weit hinter sich gelassen.

Mit Visionen von dunkelhäutigen Babys im Kopf nimmt Aaron zum ersten Mal am Kirtan teil, tanzt und chantet mit den anderen, ohne noch länger darauf zu achten, was seine Arme und Beine tun. Bis dahin hat er immer Angst gehabt, jemand könnte ihn erkennen und sein Geheimnis würde entdeckt werden. Wenn die anderen im Tempel tanzten und chanteten, hat er sich abseits gehalten. Als Aaron sich nun mitten in den Raum zu den anderen gesellt, trifft ihn Chalis stolzer Blick, und sein Lächeln greift nach ihm wie eine ausgestreckte Hand, zieht ihn in den Tanz hinein. Duftende Rauchschwaden streifen sein Gesicht, die wirbelnden Gewänder der Tänzer rühren die Luft auf. Der süße, würzige Geruch hüllt ihn von allen Seiten ein, macht ihn sich zu Eigen.

Zum ersten Mal vergisst Aaron, die Tür im Auge zu behalten. Von der Energie des Kirtan fortgetragen, lässt er die Sorgen und Gedanken von Maya, seinem alten, nichtigen Leben, hinter sich. Sein neues Leben, das sind seine Arme und Beine, die sich bewegen, sind die Töne, *Hare Krsna*, die aus seinem Mund dringen. Plötzlich hat er ein Tamburin in der Hand, er schaut sich ratlos um und sieht das Mädchen: sie muss es ihm wohl gegeben haben. Er hält das Tamburin hoch über den Kopf und füllt den Raum mit seinem Klang. Das Mädchen lächelt. Ein Zittern durchläuft ihn – so stark, dass sein ganzer Körper in Zuckungen verfällt. Die Wonne versetzt ihn in Panik, er macht sich schon darauf gefasst, wie damals in der Mathestunde wieder zum Klo spurten zu müssen. Aber er bleibt trocken. Die Wonne, die er empfunden hat, war ganz und gar rein, unbefleckt von Maya, der Welt der Nichtigkeiten. Laut ruft er Gott beim Namen, so eindringlich, dass er die anderen mitreißt und der Raum von ihren Schreien widerhallt.

NOCH NIE hat es Miriam zu einem Viertel gezogen, das so nah bei ihrem liegt, und das macht sie nervös. Zwei Runden ist sie schon um den Block gekurvt, den Blick eisern auf die Straße und nicht auf die Bebauung zu beiden Seiten gerichtet. Trotzdem, das Haus ist da, sie spürt es jedes Mal im Vorbeifahren, es ruft förmlich nach ihr. Sie parkt drei Querstraßen weiter und schlendert betont lässig in Richtung ihres Zielobjekts. Das Viertel ist weniger nobel als ihres, aber nur um eine Spur. Die Häuser sind ein bisschen kleiner, ein bisschen ungepflegter, aber keineswegs so heruntergekommen, dass sie sich nicht vorstellen könnte, hier gelandet zu sein, wenn Saul und sie es im Leben nicht so weit gebracht hätten. In manchen Vorgärten sind kleine Boote aufgebockt. Die hölzernen Türschilder tragen weiße angelsächsische Namen wie O'Connoll und Waverley.

Miriam ist nur noch eine halbe Straßenlänge von ihrem Bestimmungsort entfernt, als sie jemand von hinten ruft.

«Miriam Naumann?»

Miriam fährt herum, ihr Hirn ist auf einen Schlag völlig blutleer. Wen sie erwartet hat, kann sie nicht sagen: auf jeden

Fall nicht diese lächelnde Fremde, die ihren Namen kennt. Von dem Schock wird ihr schwindlig. Sie setzt sich auf den Bordstein.

«Alles in Ordnung?» Die Frau hockt sich neben sie. «Ich wollte Sie nicht erschrecken. Madge Turner. Unsere Söhne waren zusammen bei den Pfadfindern. Ich habe von hinten Ihren Lockenschopf gesehen und dachte mir, den kenne ich doch. Sind wir etwa Nachbarn? Das wäre ja wohl zum Schreien, wenn wir die ganze Zeit bloß ein paar Straßen voneinander entfernt gewohnt hätten.»

Miriam ringt sich ein Lächeln ab. Solange Aaron bei den Pfadfindern war, ist sie brav jedes Jahr zu ihrer Weihnachtsfeier gegangen; nach dem Krippenspiel, bei dem Aaron und die beiden anderen jüdischen Jungen immer Ochs und Esel oder anderes Viehzeug spielen mussten, wurde dann noch das obligate Chanukka-Lied abgesungen. Saul war heilfroh, als Aaron endlich austreten wollte.

«Das Weihnachtsspiel?», fragt Miriam nach.

Madge Turner strahlt sie an. «Sie erinnern sich noch? Ich war für die Kostüme zuständig. Aaron war so süß als Ferkel, fand ich. Und ich fand es toll, dass er überhaupt mitgespielt hat. Letztlich war Jesus ja nun mal Jude.»

Miriam nickt halb betäubt. Von ihrem Standort kann sie das Haus sehen. Sie muss sich gewaltsam zusammenreißen, um nicht hinzustürmen und diese Fremde einfach stehen zu lassen, als hätte sie sie gar nicht bemerkt. Madge Turner verbreitet sich derweil über Young Life, die christliche Jugendgruppe, der ihr Sohn mittlerweile angehört.

«… und wissen Sie, sie ist wirklich offen für junge Menschen aller Glaubensrichtungen. Ihr Hauptziel ist, spirituelles Wachstum und rechte Lebensführung zu fördern, und das ist doch für jeden jungen Menschen wichtig, ganz gleich, aus welcher Religion er kommt.»

«Mrs. Turner –»

«O bitte, Miriam, sagen Sie doch Madge zu mir. Schließlich und endlich sind wir ja doch so was wie Nachbarn.»

«Madge, könnten Sie mir vielleicht helfen? Ich habe mich nämlich fürchterlich verfahren. Eigentlich wollte ich eine Abkürzung zur Route 73 nehmen, aber irgendwie muss ich falsch abgebogen sein, und jetzt bin ich einfach ausgestiegen und dachte, ich läute irgendwo und frage nach dem richtigen Weg.»

«Route 73? Die ist ja völlig woanders! Da haben Sie sich aber gründlich verfahren.»

Miriam lächelt schwach. Ob Madge ihr den Schwindel abnimmt? «Ja, das fürchte ich auch.»

«Aber es hat auch sein Gutes – immerhin haben wir uns auf diese Weise wieder gefunden. Geben Sie mir doch Ihre Telefonnummer, dann kann Matthew Aaron Bescheid sagen, wann das nächste Treffen von Young Life stattfindet.»

Miriam lässt sich Madges Nummer geben, kritzelt ihre eigene mit einem kleinen Zahlendreher auf ein Stück Papier und lauscht Madges Anweisungen, wie sie am besten zu einer Straße kommt, zu der sie gar nicht hinwill. Sie zwingt sich, äußerlich ruhig und nicht etwa wie ein gehetztes Tier auf ihren Wagen zuzusteuern. Im Vorbeifahren sieht sie das Haus, die Stein gewordene Manifestation ihrer Niederlage. Ein winziger Teil in ihrem Innern schrumpft zusammen und verwelkt.

DAS SCHULJAHR ist zu Ende. Ms. Bergermeyer hat die Rückseite von Elizas Abschlusszeugnis mit überschwänglichen Kommentaren voll gemalt, nennt sie ihren «kleinen Star» und schwärmt in höchsten Tönen von der «reizenden Überraschung, die sie uns allen in diesem Jahr bereitet hat». Die übliche Eins in Rechtschreibung ist diesmal eine Eins plus und bringt Eliza im Verein mit dem absoluten Novum von Einsern in Geschichte, Fleiß und Lesen erstmals in ihrer schulischen Laufbahn eine besondere Erwähnung für herausragende Leistungen ein. Saul backt zur Feier des Tages einen Kuchen, den er und Eliza allein aus dem Ofen holen – Miriam muss wieder einmal länger arbeiten, und Aaron ist anlässlich des letzten Schultages mit Charlie zum Pizzaessen und ins Kino gegangen. Die Zweiermahlzeiten sind zur Normalität geworden und werden daher von beiden, sofern es ihnen überhaupt auffällt, nicht zur Sprache gebracht. Die Vorstellung, nunmehr ganze lange Sommertage, eingesponnen in Wörter und Buchstaben, mit ihrem Vater zuzubringen, versetzt Eliza in Erregung. Was Saul betrifft, so hat er bis zum Sommer abgewartet, um ihre Studien auf der nächsthöheren Ebene fortzusetzen. Eliza ist reif für die Begegnung mit Abraham Abulafia.

Saul schneidet den Kuchen in Stücke und erhebt seinen Teller.

«Einen Toast», sagt er. «Auf den Abschluss eines grandiosen Schuljahres und den Beginn eines spannenden Sommers.»

Eliza muss kichern. Sie hebt ihrerseits den Teller und stößt mit ihrem Vater an.

Nach der ersten Portion bekommt Eliza wider Erwarten kein «Schluss jetzt» von Saul zu hören: Sie schaut vom Teller auf und sieht ihn selbstvergessen wie ein unbeaufsichtigtes Kind bei einer Geburtstagsfeier ein zweites Stück vertilgen. Eliza nutzt die Gelegenheit und verdrückt weitere vier Stücke mit je einer Blume aus Zuckerguss, der heiß begehrten Oneg-Trophäe. Volle fünfzehn Minuten lang ist nichts zu hören außer Beißen, Malmen und Zerkauen, unterbrochen von gelegentlichem Gekicher. Als endlich Ruhe einkehrt, sind von dem Kuchen, der leicht für vier gereicht hätte, nur noch Brösel übrig.

Sprachlos starren Eliza und Saul auf die leere Platte.

«Wir haben das ganze Ding aufgegessen», wispert Saul seiner Tochter mit reuigem Blick zu.

In den Fältchen um seine Augen, die Eliza bisher nur als Zeichen von Alter und Autorität gesehen hat, entdeckt sie nun plötzlich etwas Jugendliches. Sie sieht weniger tief eingegrabene Versionen ebenjener Linien in einem jüngeren Gesicht, das staunend eine Kolonie daumennagelgroßer Babyfrösche oder einen himmelblauen Swimmingpool betrachtet. Als die Jahre überdauerndes Spiegelbild malt sich für Eliza in den Zügen ihres Vaters der Junge ab, der er einst gewesen ist: ein Kind, mit dem sie sich anfreunden könnte.

«Aaron wird sauer sein, dass er nichts abbekommen hat», sagt sie.

«Wir erzählen ihm nichts davon», flüstert Saul eindringlich. «Und deiner Mom auch nicht.»

Eliza nickt kichernd. «Wir beseitigen alle Spuren.»

«Sie würden es sowieso nicht verstehen», sagt Saul, nun nicht mehr im Flüsterton, und sieht seiner Tochter in die Augen.

Eliza gibt ihm Recht.

SIE WIRD einfach wieder zu den Läden zurückkehren. Früher waren sie doch ein zentraler Bestandteil ihres Lebens; aber seit Miriam sich mit den Wohnhäusern eingelassen hat, sind sie unbemerkt in Vergessenheit geraten. Im Gegensatz zu den paar Häuserwochen erinnert Miriam sich an die Ladenjahre nur noch ganz entfernt, wie an eine Freundin aus dem College, mit der sie nichts mehr verbindet. Wenn sie von den Häusern loskommt, werden die alten Muster wieder ihr Leben bestimmen und ihre unziemliche Leidenschaft überlagern.

Zu den Läden zurückzukehren ist schwieriger als erwartet. Schon als sie ins Auto steigt, spürt Miriam, wie ihr Körper wahre Erfüllung fordert und sich nicht mit diesem herbeigewünschten Placebo abspeisen lassen will. Beim Gedanken an unbekannte Straßen beginnt ihre Haut zu kribbeln. Jedes Glied rüstet sich für den betont lässigen Schlendergang zu einer fremden Haustür. Auf den Parkplatz des Ladenzentrums einzubiegen bereitet ihr körperliche Qualen, die versagte Wonne schmerzt wie ein Muskelriss.

Sie steigt aus – und fühlt sich auf der Stelle völlig fehl am Platz. Jeder Atemzug fällt ihr schwer, erinnert sie daran, dass sie nicht dort ist, wo sie hingehört. Sie sieht und hört alles wie aus unendlicher Ferne. Es kommt ihr vor, als betrachtete sie ihre Umgebung durch ein umgedrehtes Fernglas, während im Hintergrund ein Band mit den typischen Geräuschen eines Vorstadtparkplatzes abläuft. Als sie auf das Einkaufszentrum zusteuert, muss sie sich immer wieder vorhalten, dass der Eingang nicht bloß eine täuschend echte Kulisse in dieser zweidimensionalen Welt ist, die sie mit ihrer Abkehr von den Häusern heraufbeschworen hat.

Sie zwingt sich mit Macht durch die Tür, vorbei an Kleidergeschäften, Geschenkboutiquen und Imbissständen bis zu einer Kaufhausabteilung. Sobald sie drin ist, ist sie in Sicherheit vor dem einstigen Irrweg, und die Welt füllt sich wieder mit Leben. Miriam holt tief Luft, tritt über die Schwelle in das Reich von Hochglanzböden und Musikberieselung aus der Konserve, riecht die vertraute Mischung von Parfüm und Klimaanlage und will sich mit aller Gewalt wieder zu Hause fühlen.

Es funktioniert nicht. Selbst hier, wo sie früher so kühl und gelassen auf Beutezug gegangen ist, wirkt plötzlich alles falsch bis ins Mark. Genau das, was ihr in Kaufhäusern sonst immer Wohlsein beschert hat, führt ihr jetzt nur ihren vorsätzlichen Verrat vor Augen. Die Lichter sind zu hell, die Farben zu grell. Zum ersten Mal fürchtet Miriam aufzufallen. Ihr Blick irrt hin und her, als suchte sie nach einem Fluchtweg. Ihre Hände wollen nicht stillhalten. Immer wieder macht sie kehrt: Sicher liegen überall Detektive auf der Lauer.

Miriam streift von einer Abteilung zur nächsten, wie eine Schlafwandlerin. Kein Leitstern weist ihr den Weg, kein inneres Gefühl sagt ihr, wohin sie sich wenden soll. Anklagend starrt sie auf jeden Gegenstand, an dem sie vorbeikommt: *Bist du es?* – aber wenn sie eigens danach fragen muss, wird sie keine Antwort bekommen, das weiß sie. Sie versucht, nicht daran zu denken, wo sie jetzt eigentlich sein sollte: einen abgetretenen Teppich unter den Füßen, die Nase voller Gerüche eines fremden Hauses. Hier, in diesem Universum des grellen Kunstlichts und der schönen Verpackungen, erscheint solch ein Ort ähnlich exotisch und unerreichbar wie ein Märchenland.

Es ist hoffnungslos, aber Miriam will nicht unverrichteter Dinge wieder abziehen. Blindlings schnappt sie sich einen Schuh aus dem Regal und lässt ihn, ohne hinzuschauen, in ihre Handtasche gleiten. Schwitzend steuert sie den nächstgelegenen Ausgang an und bricht damit gleich zwei ihrer Grundregeln für Kaufhäuser: niemals sofort gehen, nachdem du zugeschlagen hast. Immer zum gleichen Loch hinaus, durch das du hereingekommen bist.

Nach Verlassen der Schuhabteilung findet Miriam sich auf der zweiten Ebene eines Parkhauses wieder. Wenn sie zu ihrem Wagen will, muss sie entweder durch das Ladenzentrum zurück oder quer über die Parkebene ins Erdgeschoss, über eine Rampe, die nicht für Fußgänger gedacht ist. Sie entscheidet sich für die Rampe. Bei jedem Schritt schlägt ihr der Schuh in ihrer Handtasche gegen die Hüfte, als wollte er sich über sie lustig machen. Auf halbem Weg kommt ihr ein Fahrzeug entgegen, und Miriam muss sich eng an die Wand pressen, um nicht vom Seitenspiegel gestreift zu werden.

Bis sie endlich bei ihrem Parkplatz ist, hat sie das Gefühl, meilenweit und nicht bloß ein paar Minuten gelaufen zu sein. Im Auto öffnet sie die Handtasche. Der Schuh ist ein Ausbund an Scheußlichkeit, ein Monstrum in ihrem Schoß. Sie muss ihn loswerden, wenn sie nicht daran krepieren will. Miriam schleudert den Schuh in hohem Bogen aus dem Fahrerfenster. Er schlittert über den Asphalt und bleibt unter dem Vorderreifen eines geparkten Lasters liegen. Sooft Miriam sich auch die Hand an der Hose abwischt, ihrem Gefühl nach haftet er immer noch daran. Ihr Magen revoltiert – und kribbelt gleichzeitig vor Erregung. Die Zeit der Kaufhäuser ist vorbei.

ELIZA KÖNNTE nicht angeben, wie viele Stunden sie Tag für Tag in Sauls Arbeitszimmer zubringt. Sobald die Buchstaben da sind, ist die Zeit wie ausgelöscht. Sie lässt den Stift frei schweifen, weg von den Verankerungen eines Wortes, lässt ihn jede nur erdenkliche Buchstabenkombination ausloten, lässt alle Gedanken los, bis nichts mehr bleibt als die Bewegung ihrer Hand und das Fließen von Tinte auf Papier.

Ihr Vater nennt es Permutation und erklärt ihr, dass sie damit zum eigentlichen Wesen der Buchstaben vordringen kann. Wörter sind Barrieren, sind nötig als Tore, hinter denen sich das immense Reich der Buchstaben erstreckt. Die meisten Menschen machen dort Halt und nehmen ein Wort so hin, wie es da steht. BAHRE ist Bahre und sonst nichts. Aber in BAHRE steckt auch RAHBE und EHRBA. In BAHRE steckt HERAB. Indem man vom vorgegebenen Wortmuster abweicht und sämtlichen möglichen Kombinationen nachgeht, nähert man sich dem Wesen der Buchstaben. Die wahre Identität von H wird erst erkannt, wenn man es vor, hinter oder zwischen A und R setzt und betrachtet. Nur wenn man

H in allen Positionen kennt, spürt man sein Vorhandensein in DRACHE ebenso mühelos wie in SECHZEHN.

Zunächst hält Eliza sich an kürzere Wörter. Ein Wort mit drei Buchstaben enthält nur sechs mögliche Kombinationen, eines mit vier hat vierundzwanzig. Das sind die Grenzen, innerhalb deren sie sich sicher fühlt und weniger Angst hat, Fehler zu machen. Anfangs ist die Permutation ein entmutigendes Rechenexempel. Ein Wort mit fünf Buchstaben und den darin verborgenen 120 Möglichkeiten versetzt Eliza in Angst und Schrecken, und die 720 Kombinationen eines sechsbuchstabigen Wortes wird sie im Leben nicht beherrschen. Doch im Laufe der Wochen gewinnt sie an Selbstvertrauen. Sie schließt Bekanntschaft mit den Rhythmen, die den Buchstaben innewohnen. Das erste fünfbuchstabige Wort beschert ihr ein Gefühl von Befreiung, das sich bei den kürzeren nicht hat einstellen wollen. Sie erlernt die Geduld, keinen Buchstaben vorwegzunehmen, sich vielmehr ausschließlich von dem Stift in ihrer Hand leiten zu lassen und sich ganz der Macht des Wortes selbst zu unterwerfen.

Manchmal gerät sie ins Straucheln. Tief versunken in ihre Permutationen, kann es passieren, dass sie vom Weg abkommt und auf einmal nicht mehr weiß, was sie mit den fünf Buchstaben eines Wortes und ihren komischen inneren Schwingungen anfangen soll. Das Blatt Papier mit seinen unsinnigen Buchstabenkombinationen flößt ihr Angst ein. Wenn das passiert, wenden Saul und sie sich wieder dem Wörterbuch zu: Die stupide Abfragerei gewährt ihnen eine willkommene Rückkehr in die so genannte Normalität.

Mit einem sechsbuchstabigen Wort nimmt es Eliza erst auf, als sie dazu bereit ist, die Gewissheit in den Adern spürt. Sie greift zum Stift und macht die Augen zu. In Gedanken loszulassen ist mittlerweile ein Kinderspiel. Ein paar tiefe Atemzüge, dann ist der heutige Tag mitsamt allen Anklängen an gestern oder morgen wie weggewischt. Sie wartet auf das Wort, das da kommen wird.

MANTEL fährt in ihren Stift wie eine Bö, die ihre Hand zum Tanzen bringt. Die Linien und Kurven der Buchstaben füllen die Seite, bis er ihren Körper von Kopf bis Fuß erfasst, dieser stete Strom von Lettern, die zusammenschlagen und auseinander brechen, einander streifen und wieder verlieren. M macht den Weg frei für A und N, treibt weiter und trifft auf die übrigen Konsonanten. L, T, M und N ziehen einander magnetisch an und stoßen sich ab, derweil Eliza von NTLEAM über TLEAMN zu LEMANT vordringt. In ihrem Kopf hört sie die Misstöne und Wohlklänge jeder Kombination. Sie verspürt keinerlei Ermüdung. Eine halbe Stunde lang schießt ihre Hand nun schon fieberhaft über das Papier, 300 Kombinationen sind geschafft, 420 fehlen noch, aber sie zählt nicht mit. Die Buchstaben – mehr braucht sie nicht zu wissen. MANTEL entfaltet tief in ihrem Inneren seine Energie, lässt sie aufwallen und aus ihr heraussprudeln.

Nach einer guten Stunde liegt MANTEL vollständig vor: 720 Permutationen auf zehn Blättern, die wie abgestreifte Haut rings um Eliza verstreut liegen. Saul hat sie die letzten vierzig Minuten wie gebannt beobachtet. Er muss nicht nachsehen, um sich zu vergewissern, was ihr gelungen ist.

«Du hast es geschafft», flüstert er staunend.

So erschöpft und euphorisch, wie sie sich fühlt, kann Eliza nur nicken.

Saul erkennt, dass die Zeit gekommen ist, seiner Tochter alles zu sagen.

IM JAHR 1280 schreibt ein jüdischer Mystiker namens Abraham Abulafia ein Buch mit dem Titel «Chajej Olam HaBa», «Das Leben der künftigen Welt». Bis dahin hatten sich die

Mystiker in einer streng geschlossenen Welt geheimer Methoden bedient – einer Kombination aus Zauberwörtern, Talismanen und talmudischer Gelehrsamkeit –, um mit dem Göttlichen in Verbindung zu treten. Wer dieses Pfades für unwürdig erachtet wurde, den ereilte die Strafe in Form von Geistesverwirrung, Erblindung oder Tod.

Abulafias Buch ändert alles. Dort heißt es, die Sprache selbst sei der Schlüssel zur Transzendenz. Die Schöpfung geschehe durch Worte, ein «Und Gott sprach» leite jedes neue Stadium bei der Erschaffung der Welt ein. Gottes Allmacht werde in der Welt durch Sprache offenbar. Fundament der Sprache seien die Buchstaben.

«Buchstaben», sagt Saul. «Abraham Abulafia war der Ansicht, dass der menschliche Geist sich durch Konzentration auf Buchstaben von seinen Fesseln lösen und in Verbindung mit einem größeren Sein treten könne; Abulafia nannte es Schefa, Einströmung. Er glaubte, dass der Mensch in seiner persönlichen Existenz durch Barrieren vom großen Strom des Lebens, dem Göttlichen Intellekt, getrennt sei.»

Er hält inne, um zu sehen, wie seine Tochter all das aufnimmt. Eliza ist mucksmäuschenstill, lässt keinen Blick von seinem Gesicht. Tabula rasa, kommt Saul in den Sinn. Sie ist seine leere Schiefertafel.

«Man kanzelte Abulafia als Häretiker ab und verteufelte seine Bücher. Weder ‹Das künftige Leben› noch irgendeine seiner späteren Abhandlungen zum praktizierten Mystizismus sind je veröffentlicht worden. Aber sie haben überlebt, sind als handschriftliche Manuskripte vielfach kopiert und über die Jahrhunderte weitergereicht worden. Seine Ideen wurden nicht nur diskutiert, sondern auch in die Tat umgesetzt. Heute gilt Abulafia als einer der großen, anerkannten Kabbalisten.

Die Schritte, die Abulafia angibt, und die Methoden, die solchen Aufruhr hervorriefen, sind letztlich Anweisungen zur

Meditation. Abulafia setzt das Spiel mit der Sprache als Mittel zur Läuterung des Geistes ein, um sich so von den alltäglichen Sorgen und Gedanken zu befreien. Die Übungen, die wir hier vollziehen, stammen von Abulafia. Seine Methoden sind im Grunde so etwas wie jüdisches Yoga, eine Entspannungstechnik. Die meisten sehen in Abulafias Beschreibung von Schefa, dem Zustrom des Göttlichen, lediglich ein kurioses historisches Phänomen, das man interpretieren und über das man debattieren kann. Denn wenn auch jedermann Abulafias Anweisungen zur Permutation und Rezitation ohne weiteres folgen kann, ist es doch nur sehr wenigen vergönnt, durch sie zur Transzendenz zu gelangen. Ich bin nie so weit gekommen. Nach jahrelangen vergeblichen Versuchen kam ich für mich zu der Überzeugung, dass jenes Stadium der Transzendenz, das Abulafia beschrieb, auf einer besonders inspirierten Vorstellungskraft gründet oder vielleicht in der heutigen Zeit nicht mehr zu erreichen ist. Doch als ich dich beim Landeswettbewerb auf der Bühne gesehen habe, wurde mir klar, dass ich mich geirrt habe.»

Ein warmes Gefühl breitet sich in Elizas Magengegend aus. Es ist eine Mischung aus Schmetterlingen im Bauch und Übelkeit. Sie weiß, was auch als Nächstes kommen mag, es ist gewichtig. Halb wünscht sie sich, die Zeit anhalten zu können, damit sie diese vage Empfindung von Bedeutsamkeit noch länger auskosten kann, statt eine klare Definition zu erhalten. Sobald in Worte gefasst ist, was ihr Vater sagen will, wird nichts mehr so sein wie vorher.

«Ich glaube, Eliza, du verfügst über die gleiche Fähigkeit, wie Abulafia sie hatte – und die er für selbstverständlich nahm, als er seine Bücher schrieb. Du hast die Fähigkeit, seine Übungen so umzusetzen, wie er sie gedacht hatte: als Mittel zur Erlangung von Schefa. Ich habe es mit eigenen Augen gesehen. Du gehst weiter, als nur deinen Geist von Gedanken freizumachen. Du bist imstande, dich vollständig aus dem gewöhnlichen Leben herauszuziehen und das Reich des Grenzenlosen zu streifen. So war es mit EYRIR beim Landeswettbewerb. So war es heute. Aber beide Male hat sich nur zufällig eine schlummernde Fähigkeit gezeigt, der Hauch eines Hauches von Schefa. Um wirklich dorthin zu kommen, musst du noch härter arbeiten, musst du die Buchstaben nach Abulafias Methoden erforschen. Ich helfe dir auf den Weg. Das Buchstabieren ist ein Zeichen, Elly. Wenn du den Wettbewerb auf nationaler Ebene gewinnst, heißt das für uns, dass du bereit bist, in Abulafias Fußstapfen zu treten. Sobald du es schaffst, dich von den Buchstaben durch jedes Wort, das man dir nennt, leiten zu lassen, bist du bereit für Schefa.»

In dem stillen Raum sind nur Elizas und Sauls Atemzüge zu hören.

«Meinst du damit», flüstert Eliza, «dass ich dann mit Gott sprechen kann?»

Saul beugt sich vor, bis ihre Köpfe einander berühren. So zaghaft kommen ihm die Worte, dass nur der zarteste Flüsterton sie nicht gleich wieder erstickt. «Es lässt sich nicht beschreiben. Aber wenn ich Abulafia recht verstanden habe, ist es weniger ein Sprechen als vielmehr ein besonderes Lauschen.»

«Und du glaubst, das könnte ich?» Die Frage kommt lauter heraus, als von Eliza beabsichtigt, und beide fahren zusammen.

«Von all den Menschen», sagt Saul, nun nicht mehr im Flüsterton, sondern mit voller Überzeugung in der Stimme, «denen ich in meinem Leben je begegnet bin, bist du die Einzige, die es so weit bringen könnte.»

JEDEN TAG sagt Aaron etwas anderes. Er geht zum Rollschuhfahren, zum Basketballspielen in den Park, ins Kino, in die Bücherei. Ob es überhaupt auffällt? Er geht dazu über, an jedem einzelnen Wochentag jeweils das Gleiche zu sagen, einfach um zu sehen, ob Saul es bemerkt. Als das nicht der Fall ist, redet Aaron sich ein, dass er sich glücklich schätzen darf. Er will doch Freiheit – und nicht etwa einen Vater, der ihm ständig im Nacken sitzt und jeden seiner Schritte überwacht.

Im Sommer hilft Aaron Chali öfter bei der Büroarbeit, nimmt Anrufe für ISKCON entgegen, ordnet und füllt die Regale und passt gelegentlich auf die Kinder von Anhängern auf. Chali hat ihn gefragt, ob er mit ihm in die Parks gehen will, aber dazu ist Aaron noch nicht bereit, trotz der Provision, die er beim Verkauf von Ketten und Broschüren einstreichen würde. Stärker als dieses zusätzliche Lockmittel ist nach wie vor die Furcht, ertappt zu werden. Aaron will nicht riskieren, dass sein Vater von einem Fremden erfährt, was er in seiner Freizeit treibt.

Einen Großteil der Nachmittage verbringt Aaron in der Bibliothek von ISKCON. Nach «Sri Isopanisad» und «Bhagavad-gita, wie sie ist» wendet er sich der «Wissenschaft der Selbstverwirklichung» und einem schmalen Bändchen mit dem Titel «Om Schalom» zu, das erfrischend viele Parallelen zwischen der Wissenschaft des Krsna-Bewusstseins und dem Judentum aufzeigt. Mittlerweile wird Aaron von allen im Tempel Chaitanya gerufen, was in Sanskrit so viel wie Energie bedeutet. Sein neuer Spitzname gefällt ihm ungemein, und er müht sich nach Kräften, ihm gerecht zu werden. An den Kursen und Diskussionen beteiligt er sich ebenso lebhaft wie früher an den Schabbatgottesdiensten.

Auf der allwöchentlichen Fahrt zur Synagoge mit Saul und Eliza kreisen Aarons Gedanken um einen ganz anderen Tempel. Er schnuppert an seinen Fingern und beschwört so den

Duft der Räucherstäbchen herauf, die eben jetzt zu Füßen der Gottheit entzündet werden. Er sieht den Kampfer und das Butterschmalz und das Wasser in der Muschelschale vor sich. Und er stellt sich vor (obwohl er weiß, dass noch Jahre vergehen werden, bevor er auf dergleichen hoffen kann), wie er den Gottesdienst und das Chanten leitet, als Pujari. Den ersten Chant hat er schon auswendig gelernt – mit der gleichen Wonne wie damals, vor fast zehn Jahren, die ersten Rezitationen in Hebräisch für Saul.

Saul sitzt am Steuer, er pfeift das Lied, das er immer auf dem Weg zum Gottesdienst pfeift, und wirft verstohlene Blicke auf Aaron im Rückspiegel. Er sucht nach einem äußerlichen Anzeichen für die innere Wandlung seines Sohnes, der seinem Eindruck nach so viel Zeit wie irgend möglich außer Haus verbringt und Sauls Gesprächsversuche stets kurz und barsch abwürgt. Saul weiß natürlich, dass in der Pubertät das Streben nach Unabhängigkeit ein wichtiger Faktor ist, aber das Tempo, mit dem Aaron darauf hinzuarbeiten scheint, erschreckt ihn doch ernsthaft. Unwillkürlich fragt sich Saul, ob er Aaron mit dem Einstellen ihrer gemeinsamen Gitarrenstunden nicht unabsichtlich ein großes Stück in diese Richtung getrieben hat. Er vermisst die Zeiten mit seinem Sohn – Zeiten, in denen das Musizieren eine Nabelschnur zwischen ihnen spannte und Saul sich an die innige Stimmung der nächtlichen Fütterungen erinnert fühlte, als es auf der ganzen Welt nichts weiter zu geben schien als ihn und seinen neugeborenen Jungen. Ob Aaron aus jenen Zeiten wohl auch etwas geblieben war, was ihm noch heute vertraut im Ohr klang: das Knarzen eines Schaukelstuhls oder Sauls Herzschlag, wenn er das Baby an die Brust gedrückt hielt? Die eigentliche Frage lautete aber wohl, wessen Zeit abgelaufen war.

Früher fand Aaron es herrlich, weit vor dem Schabbatgottesdienst einzutreffen. Er rangelte mit Eliza darum, wer die Eingangstüren aufschließen durfte. Und dann war mal der eine, mal der andere mit dem Einschalten der Beleuchtung dran, hochrot im Gesicht und im Vollgefühl der Macht, diesen düsteren, verrammelten Raum in eine lichtdurchflutete Synagoge zu verwandeln.

Als Aaron ein kleines Kind war, verkörperte die Synagoge für ihn gleich den Bäumen zeitlose, gelassene Wahrnehmung. Durch ihre dunklen Fenster konnte die Synagoge sie nicht kommen sehen – und wurde von ihrem Eintreffen auch dann überrascht, wenn Saul den Wagen an der stillen Straße vor dem Gotteshaus abstellte und nicht auf dem weiter weg liegenden Kiesparkplatz. Das Knirschen der Reifen auf dem Schotter war Aarons Signal an die Synagoge: Jetzt bin ich da.

Es ist ein niedriger Ziegelbau, dem man seine Jahre ansieht. Ziegel und Mörtel sind im Lauf der Zeit nachgedunkelt, der einst frische Kontrast zwischen Ton und Zement ist trübe geworden. Links neben dem Eingang fällt eine hellere Stelle auf: die einzige Narbe, die von der Behandlung mit dem Sandstrahlgebläse geblieben ist. Irgendwer hatte dort am Tag vor einem der hohen Feiertage ein Hakenkreuz aufgesprüht. Aaron war damals noch in der Grundschule, doch er weiß bis heute, wie die Miene seines Vaters versteinerte, als der Anruf von der Polizei kam. Eliza war noch zu jung, aber Aaron durfte Saul begleiten.

Eine schmächtige, verängstigte Frau nahm sie am Tatort in Empfang. Sie hatte das Hakenkreuz auf dem morgendlichen Gang mit ihrem Hund entdeckt und umgehend die Polizei verständigt. Aaron hat noch immer ihre getragene, melancholische Stimme im Ohr, die eher zu ihren traurigen Augen als zu ihrem schmallippigen Mund passte. «Wir sind nicht alle so», hatte sie gesagt. «Warum setzen die Leute bloß solches Übel in die Welt?» Die überschäumende Wut seines Vaters hatte Aaron damals weit größere Furcht eingejagt als das Schandmal selbst: Klein und nichtig war es ihm im Vergleich zu Sauls rasendem Zorn erschienen.

Nun aber stehen die drei in der ersten Abendkühle vor den Toren, und Saul fischt in seinen Taschen nach den Schlüsseln. Das Schlüsselloch zieht Aarons Blick auf sich. Nichts unterscheidet es von demjenigen zigtausend anderer Türen. Genauso gut könnte es über den Zugang zu einem Tankstellen-WC oder einem Lebensmittelladen wachen.

Saul wird endlich fündig und fördert die Schlüssel zum Tempel mit einem dramatischen «Aha!» zutage. Das Vergnügen, sie ihm zu entringen, will Eliza sich vom offenkundigen Desinteresse ihres Bruders nicht verderben lassen, aber das Spiel ist auf drei angelegt und verliert allen Witz, wenn nur zwei mitmachen. Unlustig schließt sie die Tür auf und fühlt sich mit einem Mal zu groß für derlei Späßchen.

Der Geruch der Synagoge schlägt Aaron entgegen. Früher hat er die Tallith damit assoziiert, die Gebetsmäntel, die in langen Reihen an der Wand hängen, und das Entzünden der Schabbatkerzen zu Beginn des Gottesdienstes. Heute zersetzt sich der Geruch schon beim ersten Anhauch zu einer faden Mischung aus Bohnerwachs und Staub. Aaron sieht zu, wie Eliza Licht macht, und denkt dabei nicht an Verwandlung und Erleuchtung, sondern an den Schutzschalter mit dem Etikett «Ewiges Licht», der mit Klebeband so fixiert ist, dass er ständig aktiviert ist. Er blickt auf die Reihen der verbeulten Klappstühle aus Metall und auf die zerschrammten Fliesen am Boden. Die Fenster erinnern ihn nicht mehr an Augen. Die Wände beschwören nicht mehr die Vorstellung eines bedächtig schlagenden Herzens herauf. Verglichen mit den Farben und Düften des ISKCON-Tempels, ist Beth Amicha unscheinbar und reizlos, wie eine alte Jungfer, deren Hoffnung auf einen Bräutigam schon lange vertrocknet ist.

Die Gemeindemitglieder kommen hereingeschlurft und nehmen ihre üblichen Plätze ein. Aaron schaut betont nicht in Stacey Liebermans Richtung, sondern träumt sich stattdessen in ein Bild hinein, in dem Krsna einem Meditierenden erscheint. Sein Geist und sein Leib sollen rein bleiben.

Noch vor ein paar Jahren war das schallende «Schabbat Schalom», mit dem sein Vater den Gottesdienst einleitete, für Aaron das aufregende Signal, zusammen mit den anderen Kindern vom Sitz hochzuschießen und beim Anzünden der Schabbatkerzen zu helfen. Nun, nachdem er bei Kirtan mitgetanzt hat, fragt Aaron sich unwillkürlich, ob sein damaliger Eifer nicht die instinktive Erkenntnis spiegelte, dass kein Mensch Gott im Sitzen verehren kann. Der offene, freie Raum des ISKCON-Tempels scheint ihm dazu weit besser geeignet als die steifen Stühle in der Synagoge. Bei ISKCON würde Aaron heute Abend Japa chanten, damit er beruhigt schlafen gehen kann, den Namen Gottes auf der Zunge und im Herzen. Er säße nicht festgenagelt auf einem Stuhl, wäre nicht gezwungen, stillzuhalten und sich schmerzlich seines Körpers bewusst zu sein, der ihn von Gott trennt. Am liebsten würde Aaron still für sich chanten, um dieser Erkenntnis entgegenzuwirken, aber das ist ihm doch zu riskant: Die eine Religion in der anderen Andachtsstätte zu praktizieren könnte am Ende als multikonfessionelle Sünde ausgelegt werden.

Aaron bringt es nicht mehr über sich, die Erwiderungsgebete mitzusprechen, aber er versucht es wenigstens mit den Liedern, deren Melodien ihn früher doch immer so froh gestimmt haben – zu einer Zeit, da er seinem Vater noch nacheifern wollte. Jetzt kommt ihm Saul eher wie ein Leierkastenmann vor, der einem Trupp dressierter Affen den Takt vorgibt.

Dass Aaron praktisch stumm dasitzt, macht es Eliza noch

schwerer als sonst, sich auf den Gottesdienst zu konzentrieren. Immer wieder schaut sie zu Saul hin: Merkt er denn nicht, dass sein Sohn nicht mitmacht? Nein, offenbar nicht. Einmal glaubt Elly zu hören, wie Aaron etwas vor sich hin murmelt, aber als sie sich zu ihm dreht, hört er schlagartig auf. Beim Achtzehnbittengebet ignoriert Aaron Elizas Versuche, mit ihm Schäfchen zu spielen, und setzt sich gleich mit der ersten Welle der Gemeindemitglieder wieder hin. Elly hält durch, steht als Einzige noch aufrecht, als ihr Vater und Rabbi Mayer sich vom Toraschrein schon wieder der Gemeinde zuwenden. Sie will ihrem Vater ein Zeichen geben, will ihn wissen lassen, dass etwas nicht stimmt, aber Saul zwinkert ihr bloß zu.

Nach dem Gottesdienst, als der erste Oneg-Ansturm vorbei ist, verdrückt sich Aaron mit seinen Keksen in eine stille Ecke der Synagoge. Eliza gesellt sich zu ihm.

«Was ist?», fragt sie im Flüsterton, obwohl weit und breit niemand da ist, der sie hören könnte.

«Was soll sein?», gibt Aaron cool zurück und hofft, seine neugierige Schwester damit in die Schranken zu weisen.

«Hey, du hast nicht mal beim Singen richtig mitgemacht. Bist du krank?» Ist er nicht, das weiß sie.

Aaron schüttelt den Kopf. «Nein. Mir geht's gut. Alles wirklich total okay.» Und das stimmt auch. Beim Betreten der Synagoge hat er sich wie erstarrt gefühlt, aber jetzt weiß er mit Sicherheit, dass er etwas Besseres gefunden hat. Aaron beäugt Eliza von der Seite und denkt an die indischen Kinder bei ISKCON.

«Ich will dich mal was fragen, Elly. Was hältst du von der ganzen Geschichte hier?» Er zeigt auf die Stühle, auf die Bima, auf die Gebetbücher, die sich hinten an der Wand zu kleinen schwarzen Ziegelstapeln türmen.

Eliza schaut ihn ratlos an. «Was meinst du damit?»

«Ich meine, wie fühlst du dich, wenn du hier bist?» Wenn

er seine Kette dabeihätte, ließe es sich leichter erklären. «Hast du das Gefühl, dass du hier Gott nahe bist?»

Aarons Stimme klingt plötzlich ganz eifrig, die Erregung steht ihm ins Gesicht geschrieben. Es ist einer der seltenen Momente, in denen Elly sich in die Zeit zurückversetzt fühlt, da sie und Aaron sich noch nicht so fremd waren wie heute. Sie zermartert sich das Hirn, was sie anstellen soll, damit dieser Zustand weiter anhält.

Ihre Vorstellung von Gott ist Eliza ein bisschen peinlich. «Die Zehn Gebote», dieser Monumentalschinken, hat sie damals genau im richtigen Alter erwischt, und seither ist das volltönende Organ von John Huston aus den Wolken tief in ihren Geist einzementiert. Jahre ist das her, und immer noch erinnert Eliza sich an die Urkraft und die absolute Bestimmtheit jener Stimme. *Zieh deine Schuhe von deinen Füßen; denn die Stätte, darauf du stehst, ist heilig.* Wenn sie beim Schäfchenspiel während des Achtzehnbittengebets auf den richtigen Moment wartet, um sich wieder hinzusetzen, horcht Eliza immer noch gelegentlich auf die Stimme – und ist, egal, ob nur sie oder die ganze Gemeinde sie hören würde, jederzeit auf dem Sprung, im Fall des Falles ihre Schuhe von sich zu schleudern. Aber das wird ihren Bruder vermutlich nicht sonderlich beeindrucken.

«Ich habe mir immer vorgestellt, Gott wäre eine Stimme, die zu den Menschen sprechen könnte.» Sie wählt absichtlich die weniger verfängliche Möglichkeitsform. «Aber jetzt weiß ich nicht mehr so genau, was ich davon halten soll.» Die kleine Lüge lässt sie erröten; ihr Glaube an John Huston hat sich bei Licht und Tag wenn auch leicht erschüttert, so doch als standfest erwiesen.

Aarons verständnisvolles Nicken ist lediglich eine höfliche Geste. Wie hat Chali damals zu ihm gesagt: *Ein jeder kommt in seinem eigenen Tempo zu Krsna.* Eliza ist noch nicht so weit.

Wenn er sich ihr offenbart, wird sie Saul davon erzählen wollen. Und Aaron ist noch nicht so weit, sich seinem Vater zu stellen; außerhalb des ISKCON-Tempels stehen seine Überzeugungen vorerst noch auf tönernen Füßen.

«Ja, stimmt, da blickt keiner so leicht durch», sagt Aaron, und schon verschließt sich seine Miene, ist der Moment vorbei.

TAG UM TAG, den ganzen Sommer lang, haben sie zusammen gebüffelt, ohne dass Saul seiner Tochter auch nur eines seiner Bücher in die Hand gegeben hätte. Er verweist gelegentlich auf seine Bibliothek, aber damit versetzt er Eliza, ohne es zu wollen, kleine Stiche: Das sind die Spielzeuge, die ihr verwehrt, das sind die Türen, die ihr verschlossen bleiben. Eliza hat sich damit beholfen, die Bücher ihres Vaters ähnlich zu betrachten wie gerahmte Drucke oder Topfpflanzen: als dekorative Gegenstände, weitab von den unerforschten Welten, die Saul ihr in solch flammenden Worten und ohne jede Rücksicht auf ihre Gefühle schildert.

Als Saul schließlich doch nach einem schmalen, ledergebundenen Band greift, kann Eliza sich des Gefühls nicht erwehren, dass Großes bevorsteht. So sorgsam trägt er das Buch über die kurze Strecke vom Regal zu ihr hin, als wäre es nicht aus Leder und Pergament, sondern aus Fleisch und Blut gemacht. Geräuschlos wird es auf dem Schreibtisch abgelegt. Eliza kann ihre Erregung kaum mehr verbergen. Beim ersten Aufschlagen knarzt die Bindung wie ein altes Dielenbrett. Saul neigt sich tief über das Buch und bedeutet Eliza, es ihm nachzutun. Der würzige, trockene Geruch von Papier steigt ihr in die Nase, eine Mischung aus Staub, Leder und Vergangenheit.

«‹Otzar Eden HaGanuz›», sagt Saul. «‹Das verborgene

Eden›. Darin beschreibt Abulafia den Vorgang der Permutation. Vieles davon weißt du schon, manches wird dir neu sein. Dieses Buch ist die Zwischenstufe. Wenn du sie meisterst, hast du auch die Worte gemeistert, und dann bist du bereit, Schefa zu empfangen.»

Saul hält Eliza das Buch hin und lässt sie es in die Hand nehmen. Der Ledereinband ist rissig, aber die einzelnen Seiten sind glatt und bei weitem nicht so steif, wie sie erwartet hat. Begierig blättert sie weiter bis zum eigentlichen Textanfang – und hält inne. Sie versucht, ihre Enttäuschung zu bezwingen.

«Das ist ja Hebräisch», sagt sie leise.

«Ist es nicht wunderschön?», erwidert Saul. «Es ist die Reproduktion einer Reproduktion – die Kopie einer Abschrift, gefertigt irgendwann in den Jahrhunderten zwischen Abulafias Lebzeiten und heute. In der Anordnung der hebräischen Buchstaben, ihren Formen und Winkeln liegt etwas Plastisches, das ihnen eine zusätzliche Bedeutungsebene verleiht – und das natürlich in der Übersetzung, die du weiter hinten findest, vollständig verloren geht.»

Elizas Miene hellt sich auf.

«Du hast doch wohl nicht geglaubt, dass ich dir mit einem Buch komme, das du nicht lesen kannst?»

Zwischen den letzten Seiten steckt, dick genug, dass Eliza ihn eigentlich gleich hätte bemerken müssen, ein Packen linierter Blätter, in Sauls energischer Handschrift beschrieben.

«Das habe ich ein paar Jahre nach dem College übersetzt, ziemlich genau um die Zeit, als ich deine Mutter kennen lernte.»

Eliza findet es komisch, sich seine Hand – eine sehr viel jüngere Hand als heute – dabei vorzustellen, wie sie diesen Buchstaben selbstbewusste Gestalt verleiht; komisch auch, etwas in Händen zu halten, das ihr Vater gemacht hat, bevor sie auf der Welt war. Nachdem es keine Schnappschüsse ihres Vaters in jungen Jahren gibt, ist das hier für sie bisher am nächsten dran.

Eliza breitet die Blätter neben dem Buch auf dem Tisch aus und fängt an zu lesen. Es sind viele metaphorische Wendungen darin, über die sie nicht lachen soll, das weiß sie, auch wenn sie albern klingen; da wird zum Beispiel der menschliche Geist mit einem Pferd und jemand, der Buchstaben vertauscht, mit einem Krieger verglichen. Weiter unten heißt es: «Permutieren für Silber, Schmelzen für Gold, doch Gott sieht allein auf das Herz», was Eliza an «Langes Fädchen, faules Mädchen» erinnert und ihr ähnlich wenig sagt. Ihre anfängliche Begeisterung, endlich einen Blick in eines von Sauls Büchern werfen zu dürfen, schwindet dahin. Er muss sich geirrt haben. Von dem, was da steht, kommt ihr nichts vertraut, ja nicht einmal entfernt bekannt vor. Aber wie soll sie ihrem Vater beibringen, dass er ihr damit keineswegs neue Türen geöffnet hat, sondern sie gegen eine Wand hat laufen lassen? Sauls nächste Worte hören sich an, als hätte er ihre Gedanken gelesen.

«Lass dich von der blumigen Sprache nicht irritieren. Damals haben alle so geschrieben, aber irgendwann kommen sie auf den Punkt.» Er deutet auf einen Abschnitt in der Mitte der Seite. «Lies das und sag mir, was du davon hältst.»

*Mache dich bereit. Meditiere stets an einem besonderen Ort. Reinige dein Herz und deine Seele von allen Gedanken an anderes in der Welt und beginne alsdann mit der Vertauschung einer Reihe von Buchstaben. Vertausche sie in alle Richtungen und gelange so zur ersten Stufe. Durch Konzentration auf die Buchstaben wird dein Geist an sie gebunden. Aus diesen deinen Permutationen wird dir neues Wissen erwachsen, das kein überliefertes menschliches Wissen, keine kluge Zerglie-*

*derung dir je vermittelt haben. Es wird eines nach dem anderen viele Wörter in dir erwecken.*

Die Worte, eben noch so fern und tot wie Abulafia selbst, sind mit einem Mal ganz tief in ihrem Kopf verhaftet, als hätten sie dort und nicht Hunderte von Jahren zuvor jenseits des Ozeans ihren Ursprung.

«So ist es, genau so», flüstert Eliza voller Staunen darüber, ein Erlebnis, das sie als ihr ureigenes angesehen hat, so treffend beschrieben zu sehen.

«Es geht noch weiter», sagt Saul. Er überschlägt die Bibelzitate und zeigt auf eine Stelle, die er in seinem jugendlichen Enthusiasmus damals in dunklerer Tinte und größeren Buchstaben geschrieben hat:

*Sodann wird dir zumute sein, als ob ein neuer Geist in dir wohnt, der dich erweckt und stärkt, dir durch den Leib fährt und dir Wonnen bereitet. Du wirst in Ekstasen und Zuckungen verfallen. Und dir wird die Gewissheit zuteil, dass du auf diesem wundersamen Wege bis zu den Fünfzig Toren der Erkenntnis gelangt bist. Dieses ist das unterste Tor.*

«Das ist unser Ziel, Elly. Zwanzig Jahre lang habe ich es versucht, aber nie ist es mir gelungen, auch nur das unterste Tor zu erreichen. Wenn du es dahin schaffst, gehören die Wörter dir. Das weiß ich ganz sicher.»

Später in der Nacht stellt Eliza es sich vor, dieses erstrebenswerte Tor; im Traum sieht sie ihren Vater, wie er die Hand nach ihr ausstreckt.

HEUTE NACHT ist es so weit, so lautet Sauls Beschluss. Er trinkt kurz vor dem Zubettgehen noch eine Tasse Kaffee und nimmt einen Roman von Leon Uris mit hinauf. Um vier Uhr morgens steht Miriam in der Tür, die Bluse bereits aufgeknöpft und im Begriff, den Rock abzustreifen.

«Miriam, wir müssen miteinander reden.»

Beim Klang von Sauls Stimme fährt Miriam zusammen und bedeckt unwillkürlich ihre Brüste mit einem Arm.

«Ich wusste nicht, dass du noch wach bist.»

Es ist das erste Mal, dass sie bei diesen spätnächtlichen Zusammentreffen das Wort an ihn richtet. Ihre Stimme zu hören erfüllt Saul mit plötzlicher Zuversicht. Miriam knöpft die Bluse wieder zu und zieht den Rock hoch, dann geht sie ins Bad. Saul steigt aus dem Bett und folgt ihr.

Miriam ist beim Zähneputzen. Von dem Vorraum mit dem Waschbecken führt eine Tür zu Toilette und Dusche. Die Spiegel auf den beiden gegenüberliegenden Wänden reflektieren unendlich viele Miriams, die verbissen ihre Zähne schrubben, vor unzähligen Sauls, nackt bis auf eine ausgewaschene und schon leicht ausgeleierte Unterhose. Saul wartet, bis Miriam fertig ist. Als sie ausspuckt, sieht er Blut im Waschbecken.

«Die ganzen letzten Nächte sind so komisch gewesen», setzt er an. «Sag mir doch, was du eigentlich willst.» Seine Stimme ist freundlich, aber bestimmt. «Sag mir, was in dir vorgeht.» Stundenlang hat er sich alles genau zurechtgelegt, dabei kaum eine Zeile von seinem Roman gelesen, sondern bloß überlegt, was er sagen soll und welche Wirkungen jedes einzelne Wort wohl haben könnte.

*Ich will ficken,* denkt Miriam, selbst überrascht von ihrer rüden Sprache. *Weil ich Angst habe, dass sonst etwas passiert.*

«Ich will schlafen gehen», sagt sie. «Ich bin müde.»

«Miriam, bitte. Wir müssen darüber reden.» Er fasst sie bei

der Schulter, aber sie entzieht sich ihm und nestelt wieder an ihren Knöpfen. «Sag mir, was dich beschäftigt.»

*Ein Haus. Ein Haus, das ich noch nie in meinem Leben gesehen habe und in dem ein Teil von mir steckt.*

Saul folgt Miriam vom Badezimmer ins Bett. Miriam zieht die Decke bis zum Kinn hoch.

«Fandest du es denn nicht schön?» Sie muss flüstern, so sehr schämt sie sich der Frage, auf die sie eigentlich gar keine Antwort will, sondern lieber verlegenes Stillschweigen.

«Das ist es nicht», sagt Saul, zu rasch. «Denk bitte nicht, dass es das ist. Es ist bloß – es könnte doch noch viel schöner sein, wenn du dich … wenn wir einfach …» Wie viel Vergnügen hat es Saul früher bereitet, über Sex zu reden. Jetzt bringt er kein Wort heraus. «Bitte, lass mich dich richtig lieben», flüstert er, eher flehentlich als verführerisch.

Er streicht ihr durchs Haar, umfasst ihr Gesicht mit beiden Händen. Als er sie küsst, zwingt Miriam ihre Lippen zu reagieren. *Vielleicht klappt es ja,* denkt sie, aber ihre Haut bleibt unter seinen Händen so fühllos und tot, als wäre sie mit Novocain voll gepumpt. Soll sie Lust vortäuschen? Nein – Saul würde es merken, und sie will ihn nicht noch mehr demütigen. Da arbeitet er sich so tapfer an ihrem Körper ab, und sie analysiert seine Bemühungen, als gelte es, einen juristischen Schriftsatz zu bewerten und ihm innerlich ein Lob auszusprechen, weil er keinen wesentlichen Punkt auslässt. Reicht ihm denn nicht ein schlichtes «Bestanden»?

«Ich will es dir doch auch schön machen», flüstert er ihr ins Ohr, rau und verzweifelt. Er hat sich nicht von ihr anfassen lassen, ist trotzdem steif. Wenn er sie bloß ließe, würde sie mit ihm zwischen ihren Beinen endlich wieder die ersehnte Leere spüren, die sie nur in diesen Momenten erfüllt. Er aber hat nun seinerseits eine Mission zu erfüllen, mit Hand und Mund, tastend und forschend, ein Safeknacker mit dem Ohr am Schloss. Sie weiß nicht, wie viel Zeit verstreicht, schaut wohlweislich nicht auf die Uhr, bis er mit seiner Geduld am Ende ist und von ihr ablässt.

«Was willst du? Sag's mir doch einfach.» In seiner Stimme liegt eine leichte Schärfe.

«Ich hätte gerne Sex, bitte.» Was für eine lächerlich verklemmte Formulierung. Saul schüttelt es.

«Das stimmt nicht. Du bist doch ganz trocken. Jede Nacht ist es das Gleiche. Das kann es unmöglich sein.»

«Woher zum Teufel willst du das wissen?»

Sie sagt es ganz ruhig. Und dreht sich auf die Seite, ohne zu wissen, ob an Schlaf überhaupt zu denken ist. Sie überlegt, ob sie abwarten soll, bis er weggedämmert ist, um sich ihn dann zu schnappen. Sie hasst sich für den Gedanken, und doch schließt sie nicht aus, dass es so kommen wird. Aber da packt Saul sie grob und dreht sie zu sich zurück.

«Sex willst du? Schön. Kannst du haben.» Er spreizt ihre Beine und rammt sich in sie hinein. Ihr Schädel schlägt gegen das Kopfteil, unter ihrem Rücken wellt sich das Laken. *Ja, das ist es, genau das,* denkt sie, während Saul sie innerlich glatt und blank schrubbt und seine wilden Stöße ihr mehr zur Ruhe verhelfen als bei all den Malen, da sie allein agiert hat. Anfangs forscht Saul im Gesicht seiner Frau noch nach einem winzigen Zeichen, dass er aufhören soll, aber Miriam hat die Augen geschlossen und sieht so empörend gelassen aus, dass er zuletzt wegschauen muss und alle Frustration in seine Lenden legt. Nie, niemals in seinem Leben ist er so mit einer Frau umgegangen. Er hat nichts Grausames an sich.

«Danke», hört er sie sagen und spürt, wie es ihm feucht aus den Augen über die Wangen rinnt. Er versteht die Welt nicht mehr. Wie konnte es mit ihnen nur so weit kommen? Er hasst sich, weil es sich so gut anfühlt, er hasst sie, weil sie sagt, dass sie es so haben will, und jetzt ist es vorbei. Er kann aufhören.

Da ist Blut. Ihm wird übel. Er wälzt sich von ihr weg, heraus aus dem Bett.

Miriam hört die Schlafzimmertür ins Schloss fallen und merkt, dass sie allein ist. Sauls Schritte verhallen auf der Treppe. Heißt das, dass er sie verlassen will? Mit gespitzten Ohren lauscht sie auf das Geräusch der Haustür, doch es kommt nicht. Unten gibt es weder Decken noch Laken; vielleicht sollte sie ihm welche bringen, aber sie ist jetzt so himmlisch schläfrig, so müde wie seit Urzeiten nicht mehr. Sie schließt die Augen.

VON NUN an schläft er in seinem Arbeitszimmer. Die Kinder wissen nichts davon. Jeden Morgen schleicht er sich zum Anziehen nach oben. Einmal versucht sie es nachts bei ihm, aber die Tür ist versperrt.

ALS FRISCH GEBACKENER Besitzer eines eigenen Sanskrit-Spitznamens findet Aaron es nur recht und billig, dass man ihn endlich einlädt, ein Wochenende im Tempel zu verbringen. Den ganzen Sommer hat er darauf gewartet, wohl wissend, dass dies der erste Schritt auf dem Weg zum echten Anhänger ist. Ohne zu zögern, nimmt er an.

Was ihn nicht davon entbindet, sich eine Erklärung für seinen Vater auszudenken, warum er ein ganzes Wochenende fort will. Auch wenn Chali keinerlei Zweifel an seiner Ergebenheit hegt, das eine weiß Aaron: Solange er Saul nicht reinen Wein eingeschenkt hat, sind all seine Erwägungen bezüglich eines Glaubensübertritts reine Koketterie. Abstinenz von Fleisch und Masturbation ist ein Kinderspiel gegen das, was ihm bevorsteht, wenn er seinem Vater seine neuen religiösen Überzeugungen offenbart.

Aarons Entschlossenheit, das Wochenende im Tempel zu verbringen, ist ebenso groß wie die Gewissheit, dass Saul nein sagen wird. Ihn offen um Erlaubnis zu fragen wird die Sache nur noch komplizierter machen. Er muss sich eine Alternative ausdenken.

Von der Schule ist er zwar gedanklich himmelweit entfernt, aber von irgendwoher kommt ihm die Erinnerung, dass er vor den Ferien dort Plakate mit Freizeitangeboten des Sierra Clubs hat hängen sehen. Warum sollte ein Naturschutzverein nicht ein Sommerzeltlager anbieten? Den ganzen restlichen Tag sinnt er über seinen Plan nach. Soll er ein Anmeldeformular fälschen? So tun, als wäre er ganz wild auf den Ausflug oder eher indifferent? Bis zum Abend hat er sich sämtliche Möglichkeiten ausgemalt, wie sein Manöver ausgehen könnte – mit dem Erfolg, dass er sich vor Angst fast in die Hose macht.

Beim Abendessen gibt Aaron seinem Vater das überzeugendste einer Reihe von gefälschten Anmeldeformularen, die er heimlich auf einer Schreibmaschine in Chalis Büro entworfen hat.

«Sierra Club?», fragt Saul. «Ich wusste gar nicht, dass du da Mitglied bist.»

Doch auf diese und andere Fragen hat Aaron sich in den bangen Wartestunden gebührend vorbereitet. «Bin ich auch nicht, aber da kann jeder mit», gibt er zur Antwort, um eine feste Stimme bemüht. «So hat es jedenfalls auf dem Plakat in der Schulbibliothek gestanden. Ich bin seit den Pfadfindern nicht mehr zelten gewesen.»

Er hat Recht, denkt Saul. Die amorphen Gründe für Aarons wachsende Distanziertheit nehmen plötzlich feste Form an und zentrieren sich auf eine einzige Quelle: ihn, Saul, der nie mit seinem Sohn zelten gegangen ist. Idyllische Szenen aus dem Versandhauskatalog nehmen vor seinem inneren Auge Gestalt an: Vater und Sohn, lächelnd, in karierten Flanellhemden, vor einem Zweimannzelt beim Anzünden einer Kerosinlampe, ganz im Einklang mit sich selbst und ihrer Rolle in der Generationsfolge. Mangels jeglicher persönlicher Erfahrung in Sachen Campen fällt ihm zu dem Thema beim besten Willen nicht mehr ein.

«Wir könnten doch vielleicht zusammen zelten gehen», schlägt Saul zaghaft vor, worauf Aaron vor Schreck fast das Herz stehen bleibt; so viele Gesprächsverläufe er auch durchdacht hat, *die* Variante war nicht darunter.

«Ähm, na ja, klar doch, Dad», würgt er heraus, unsicher, ob diese unerwartete Wendung nun Gutes oder Böses zu bedeuten hat, aber da unterschreibt Saul schon das Anmeldeformular und gibt es ihm zurück. Die Erkenntnis, dass der Campingtrip, genauso wie der schon legendäre Familienurlaub, vonseiten seines Vaters nie mehr sein wird als ein Spruch, erleichtert und erzürnt ihn zugleich.

Saul lächelt und fügt im Geiste *Vater/Sohn Campingtrip* zu der Liste der Vorhaben hinzu, die er eines Tages ganz sicher in die Tat umsetzen wird.

SELBST WENN Aaron nicht nach Kräften damit beschäftigt wäre, zu verbergen, dass er ein ganzes Wochenende lang in einer orangen Robe Mantras zu chanten gedenkt, und auch wenn Elly nicht noch ganz von der Erregung erfüllt wäre, Abulafia auf dem Papier begegnet zu sein – beide würden ihren Eltern nichts anmerken. Saul weiß nicht, ob er froh oder entsetzt sein soll, dass das Leben einfach weitergeht wie immer, abgesehen von der Tatsache, dass er und Miriam einander bloß noch beim Abendbrot sehen und auch das nur, wenn sie rechtzeitig zum Essen heimkommt. Er weiß zwar, dass es die Arbeit ist, die sie immer länger von zu Hause fern hält, aber er wird den Verdacht nicht los, dass sie sich angesichts seines neuen Schlafplatzes am Ende jemanden gesucht hat, der weniger Bedenken hat, ihr das zu geben, wonach es sie angeblich verlangt.

Keiner von beiden hat über jene Horrornacht ein Wort verloren. Je länger Saul damit wartet, etwas zu sagen, desto surrealer wird das Ganze, bis es verschwimmt wie ein halb vergessener Albtraum. Er findet Trost in der nächtlichen Abgeschiedenheit seines Arbeitszimmers. Nach langem Drehen und Wenden kommt er zu der Überzeugung, dass sein Standortwechsel um Elizas willen stattgefunden hat. So ist er frei, sich ganz auf ihre Studien und die Frage zu konzentrieren, wie er seine Tochter bei ihren Fortschritten optimal anleiten kann. Letztlich bietet ihnen sein Umzug ins Arbeitszimmer die beste Chance, ihr Ziel zu erreichen. Und wenn Saul dieses neue Arrangement vor Eliza geheim hält, dann nur um sie nicht zu beunruhigen. Er will sie nicht mit alldem belasten, was er um ihretwillen auf sich nimmt. Mit der Zeit ist Saul sogar ein wenig stolz auf den Wandel in seinen Gewohnheiten und schafft es tatsächlich, beim Anblick seiner Frau nicht mehr ständig daran zu denken, wie sie blutend im Bett gelegen hat. Schließlich bringt er es sogar fertig, sich einzureden, dass er sich an ein Gespräch erinnert, in dem er und Miriam seinen Auszug aus dem gemeinsamen Schlafzimmer diskutiert und auch noch Witze darüber gemacht haben, sie würden sich dann kommendes Jahr im Juni, nach dem nationalen Buchstabierwettbewerb, wieder treffen.

Bei ihrer nächsten Übungssitzung schlägt Saul Eliza vor, sämtliche Buchstabenkombinationen laut zu rezitieren, aber dagegen sträubt sie sich. Sie ist es gewöhnt, die Umstellungen still für sich vorzunehmen. Ihre Stimme wird sie hemmen. Ihre Zunge wird über die merkwürdigen Folgen von Vokalen und Konsonanten stolpern, unbeholfen und schwerfällig im Vergleich mit ihrem leichtfüßigen Stift.

«Gott hat der Welt nicht schriftlich zur Existenz verholfen», hält Saul ihr vor. «Er hat sie ins Leben gerufen. Und Gott *sprach*. Irgendwann musst du bei deinen Permutationen überhaupt nichts mehr schreiben. Das ist der nächste Schritt auf Abulafias Leiter und der einzige Weg, *Keter* zu erreichen, die Krone, die Schefa erst möglich macht. Vergiss nicht, ganz gleich, wie albern eine Gruppe von Buchstaben auch klingen mag, ihr Laut gehört essenziell zu ihnen. Du kennst sie nicht, solange du nicht jeden ihrer Klänge kennst. Wenn es dir peinlich ist zu rezitieren, dann denk daran, dass es nur eine Zwischenstufe ist. Auf der höchsten Ebene findet alles in deinem Kopf statt.»

Die Vorstellung, sechs- und siebenbuchstabige Wörter in Gedanken beliebig zu verwandeln, gibt Elly einen ungeheuren Schub, lässt durch ihr geistiges Universum Kometen zischen, auf denen sie im Traum ihrer Bestimmung entgegenschießt: einem himmlischen Ort, an dem sie mehr sein wird als eine vergessene Buchstabierkünstlerin und ein namenloses Gesicht auf einem Klassenfoto.

Saul muss sich zusammenreißen, um die Fortschritte seiner Tochter nicht mit offenem Mund zu begaffen. Es dauert nicht lange, und selbst die sperrigsten Permutationen gehen ihr so glatt und fließend von der Zunge wie ganz gewöhnliche Wörter. Ihr neues Maß an Konzentrationsvermögen versetzt ihn in Erstaunen. Er muss lachen, als er an die Zeit zurückdenkt, in der sie Mühe hatte, die Geräusche des Fernsehers auszublenden. Einmal ist er, während sie rezitierte, hinter sie geschlichen und hat alle drei Riesenbände des Großen Webster fallen lassen. Sie hat nicht mit der Wimper gezuckt und, soweit er das beurteilen kann, von ihrem ungebremsten Aufprall auf dem harten Boden auch nicht das Geringste gehört.

Elizas anfängliches Zögern und ihre Befangenheit verwandeln sich in Ungeduld. So stolz Saul auf das hungrige Verlangen ist, das nun aus den Augen seiner Tochter spricht, er weiß, dass Vorsicht geboten ist. Abulafia warnt ausdrücklich vor den Gefahren einer verfrühten Transzendenz und verweist auf psychologische wie spirituelle Konsequenzen: *Viele bedeutende Männer und Weise sind gestrauchelt und gestürzt, in Fallstricke und Schlingen geraten, weil sie die Grenzen ihres Wissens überschritten haben.* Saul will seine Tochter nicht überschätzen und damit alles aufs Spiel setzen. Also lässt er sie keine der Schriften lesen, die über «Das verborgene Eden» hinausgehen. Stattdessen schreibt er Auszüge davon für sie um, damit Elly, wenn sie so weit ist, die neuen Bücher schon vertraut vorkommen, ohne dass sie zu früh mit ihnen bekannt geworden wäre.

Sie probieren eine Übung aus, die nicht in Abulafias «Eden» beschrieben steht. Eliza ist skeptisch, doch Saul versichert ihr, die neue Technik werde sie schneller voranbringen, und selbst Abulafia hätte ihr Beifall gezollt. Dankbar verzeichnet er, dass Eliza seinen Beteuerungen offenbar Glauben schenkt. So muss er nicht erklären, dass die Techniken von Bewegung und Vokalisierung die nächste Sprosse auf Abulafias Leiter zur Schefa darstellen und dessen Werk «Licht des Intellekts» entnommen sind – einem Buch, das seines Erachtens noch nicht in Elizas Hände gehört.

«Konsonanten sind das Rückgrat der Sprache», hebt Saul an. «Sie verleihen den Wörtern ihre Form. Doch Konsonanten allein sind sinnlos. Erst die Vokale verleihen ihnen eine Dimension. Ein H allein ist kaum vernehmbar, aber je nach seiner Stellung zu einem Vokal tritt es ins Leben. AH ist etwas gänzlich anderes als HA.»

Eliza nickt heftig. Das weiß sie besser als er. Am liebsten würde Saul ihr sämtliche Bücher in die Hand drücken, ihr einmal kräftig Schwung geben und dann zusehen, wie sie loslegt.

«Der Körper muss diese unterschiedlichen Klänge zum Ausdruck bringen. Schließlich ist Klang ja etwas Physisches. Ich will nicht bloß wissen, welches Gefühl diese Klänge in dir auslösen, ich möchte, dass du sie in Bewegung umsetzt.«

«So wie beim Tanzen?», fragt Eliza.

Saul wählt seine Worte sorgsam, er will nicht zu viel preisgeben.

«Ähnlich wie Tanzen, aber wahrscheinlich nicht mit so vielen Bewegungen. Sie können ausladend oder ganz klein sein, lang oder kurz dauern. Das Wichtigste ist, dass du die Klänge so ausdrückst, wie sie sich für dich anfühlen, und nicht, wie du meinst, dass sie aussehen müssten.»

Seinem ersten Impuls folgend, wollte Saul Elly die Bewegungen so lehren, wie Abulafia sie beschreibt; aber das hieße, Abulafias Prinzipien nur oberflächlich zu erfassen und alles zunichte zu machen, wonach sie beide streben. Simples Auswendiglernen verhindert ein tieferes Verständnis. Wenn seine Tochter eine reelle Chance haben soll, Schefa zu erreichen, muss Saul ihr freie Hand geben, aus sich heraus ein Gefühl für die Buchstaben zu entwickeln.

«Beginne mit dem Buchstaben A», lautet Sauls Anweisung. «Sprich ihn laut aus, zieh ihn lang, damit du ihn ganz und gar spüren kannst. Dann, wenn du so weit bist, sagst du ihn noch einmal und bewegst deinen Körper so dazu, wie der Buchstabe sich für dich anfühlt.»

Eliza nickt. Saul sieht ihr an, dass sie bereit ist. Es ist, als wäre in ihrem Hirn ein Dimmer eingepflanzt. Mit einer Drehung wird ihre volle Aufmerksamkeit nach außen auf unerschütterliche Konzentration nach innen umgeschaltet. Eine verblüffende Verwandlung geht mit ihr vor, und seine eigene Tochter wird ihm ganz fremd, als eine Jalousie vor ihrem Gesicht heruntergeht und sich das, was dahinter geschieht, seinem Blick entzieht.

«AAAAAAAAAAAAAAAAA.»

So rein ist der Klang, dass Saul, ohne hinzusehen, weder Alter noch Geschlecht seiner Quelle bestimmen könnte. Der Klang hüllt ihn ein, die Luft ist erfüllt von A wie vom Duft frisch gebackenen Brotes.

Eliza hält inne – in Erwartung einer Anerkennung von seiner Seite, wie Saul zunächst meint, aber ein weiterer Blick auf ihr Gesicht macht ihm klar, dass er von dem, was sie da tut, völlig ausgeschlossen ist. Die Erregung fährt ihm in die Glieder. Gleich wird Eliza sich bewegen.

«AAAAAAAAAAAAAAAAA.» Ihr Körper bleibt gänzlich reglos, die Arme hängen schlaff zu beiden Seiten herab, nur ihr Kopf dreht sich, langsam und gleichmäßig, von rechts nach links.

Das Blut weicht aus Sauls Gesicht. Er muss sich hinsetzen, sonst kippt er um. Nichts von dem, was Elly gelesen und Saul ihr beigebracht hat, hat ihr darauf auch nur den leisesten Hinweis gegeben. Sie kann es unmöglich gewusst haben. Und trotzdem vollführt sie die Bewegung haargenau so, wie Abulafia sie in «Or HaShekhal» («Das Licht des Intellekts») beschreibt, einem Buch, das Eliza nie gelesen hat.

«Dad, was hast du? Geht's dir nicht gut?» Plötzlich ist seine Tochter wieder da, hat wieder ihr Kleinmädchengesicht. Aus ihren Augen sprechen Sorge und der Wunsch, ihm Freude zu bereiten. «Habe ich es gut gemacht?»

«Phantastisch», bringt Saul heraus. Sie soll nicht mitkriegen, dass ihm eben glatt die Luft weggeblieben ist. «Du warst großartig.»

Eliza ist ebenso überrascht wie ihr Vater. Sie hatte sich vorgestellt, kraft der Buchstaben anmutig wie eine Ballerina den Raum auf Spitzen zu durchtanzen. Doch als der Moment gekommen war, wusste sie, dass alles außer ihrem Kopf zu viel sein würde, dass die Buchstaben ihre Macht schlicht aus sich heraus schöpften. Bei jedem Kopfdrehen schwangen die Buchstaben in ihr nach, als wäre ihr Körper eine gespannte Saite, die beim Anzupfen Klangwellen bis hinunter zu den Härchen auf ihren Füßen leitete. Sie spürte die verschiedenen Vokale bis ins Mark, spürte ihre Knochen wie Röhrenglocken, von Buchstaben durchweht. Erfüllt von dem Gefühl, angekommen zu sein, erschloss ihr jede winzige Kopfbewegung eine neue Welt.

Sie hat sich auf Enttäuschung gefasst gemacht: war das doch bestimmt nicht die große Geste, die ihr Vater gern gesehen hätte. Als er wider Erwarten beeindruckt reagiert, weiß Eliza, dass sie es fortan anders anpacken muss. Der Weg zur Schefa verlangt von ihr nicht, über ihren Vater zu spekulieren, sondern ihrer eigenen Stimme zu folgen.

Und damit ist klar, dass sie weiter gehen kann. Da sind die anderen Bücher, sie sieht sie doch, neben der Lücke, die «Das verborgene Eden» hinterlassen hat. Wann endlich wird Saul sie ihr zeigen? Schon der Name Abulafia lässt Musik in ihrem Kopf ertönen. A-bu-la-fi-a. Es ist Zauberei, das Sesam-öffne-dich, das alle Hindernisse zwischen ihr und ihrem Vater weggeräumt und ihr den Weg zur Sprache selbst freigemacht hat.

Sie bittet um mehr, aber Saul besteht darauf, noch zu warten. Erst muss sie den nationalen Buchstabierwettbewerb gewinnen und damit beweisen, dass sie so weit ist. Wozu braucht es da noch Beweise, denkt Eliza. Während der Permutationen öffnet sich jedes Wort in ihr gleich einer riesigen Sonnenblume, mit den Wörtern als Blütenblättern und ihr selbst als Mittelpunkt der Blumenkrone. Wenn sie Saul Glauben schenkt, wird ihre Zeit noch kommen. Wenn sie auf sich hört, ist sie längst da. Bei Schefa denkt sie an das rote Telefon auf dem Schreibtisch des Präsidenten, das ihn angeblich direkt mit der Sowjetunion verbindet. Schefa wird ihr rotes Telefon sein, ihre direkte Verbindung zu Gott. Sie wird in allen Fächern Einsen bekommen, ohne einen Strich dafür zu tun, sie wird alle überflügeln und eine untadelige Schülerin sein. Alle beliebten Mädchen werden sie ins Vertrauen ziehen, und dank Schefa wird sie ihnen sagen können, ob die Jungs ihre Zuneigung erwidern oder nicht. Sie wird so beliebt sein, dass Gina Whitworth sie als Erste anruft, wenn sie eine Party veranstaltet. Eliza sieht wirklich nicht ein, warum sie noch länger auf all die Segnungen warten soll, die Schefa für sie auf Lager hat.

Dass sie keine Bücher aus dem Arbeitszimmer nehmen darf, ist eine ebenso eindeutige wie eiserne Regel und Eliza von klein auf so vertraut, dass sie mittlerweile den Stellenwert eines Naturgesetzes erlangt hat. Nun dagegen zu verstoßen erscheint ihr zwar als Naturnotwendigkeit, aber trotzdem: Bei der Vorstellung, ohne ausdrückliche Erlaubnis von Saul ein Buch auszuleihen, bleibt Eliza fast das Herz stehen.

Am besten versucht sie es gleich nächsten Samstag, solange Saul bei seiner Bar-Mizwa-Klasse ist. Wenn Elly mit dem Buch im Arbeitszimmer bleibt und es rechtzeitig zurückstellt, bevor ihr Vater aus der Synagoge kommt, ist ihr Geheimnis gewahrt. Sie muss nur so tun, als wäre alles wie sonst, darf nicht durchblicken lassen, dass die Schülerin den Lehrer überrundet hat. Schefa wird all die Jahre der mittelmäßigen Zeugnisse ausradieren, wird all die Zeiten der unerfüllten Erwartungen ungeschehen machen und Elizas neuen Platz an der Seite ihres Vaters mit Brief und Siegel versehen. Schefa wird das Schuldbewusstsein mildern, das sie jedes Mal überkommt, wenn sie Aaron beim Abendbrot gegenübersitzt. Schefa ist Elizas Rückversicherung für den nationalen Buchstabierwettbewerb. Wenn Gott auf ihrer Seite ist, bis die Saison beginnt, dann kann kein Bimmeln und kein Trostbeauftragter ihr etwas anhaben. Mit Gott auf ihrer Seite hat sie die höchste Trophäe so gut wie gewonnen.

SCHLAFSACK UND Einmannzelt werden im Auto verstaut, um der Campingtour eine gewisse Glaubhaftigkeit zu verleihen. Dass Aaron tatsächlich vorhat, den Schlafsack zu benutzen, erleichtert die Sache. Seltsam, dass er besser lügen kann, seit Krsna in sein Leben getreten ist. Sicher aber wird er sein neu entdecktes Talent für Täuschungsmanöver nur kurze Zeit brauchen – bis er zum Anhänger geweiht ist.

Fast geht es ihm zu leicht. Saul hat zur Feier des Tages die Familienkamera ausgegraben und macht ein Foto von seinem Sohn neben dem Wagen. Als er ihm vorschlägt, den Apparat fürs Wochenende mitzunehmen, flickt Aaron in das Programm rasch noch eine Flussüberquerung ein, bei der die Kamera Schaden nehmen könnte. Saul sinkt ein wenig in sich zusammen.

«Ja, natürlich», sagt er mit dem gleichen Ton, den Aarons Stimme immer annimmt, wenn er hört, dass das Team schon komplett ist.

Eigentlich gibt es nichts mehr zu sagen, aber so wie sie weiter dastehen – Aaron neben der offenen Fahrertür, eine Armlänge von seinem Vater entfernt –, erinnern die zwei an ein Pärchen nach dem ersten täppischen Rendezvous. Aaron will nicht bei der Verabschiedung den Anfang machen, nachdem er schon die Kamera abgelehnt hat. Je länger die Starre anhält, desto stärker wird Aarons Gefühl, dass er hier und jetzt mit allem herausrücken sollte.

Dass Saul so stumm und still dasteht, hat ähnliche Gründe: Auch er wittert unterschwellig eine flüchtige Gelegenheit. Die Kamera hat sein Sohn verschmäht; statt ihrer will Saul ihm etwas anderes mit auf den Weg geben – vielleicht ein kleines Zeichen seiner Anerkennung von Aarons zunehmender Selbstständigkeit oder ein leises Eingeständnis, dass Saul sich in letzter Zeit zu wenig mit ihm abgegeben hat. Zwischen ihnen liegt etwas in der Luft, eine Unstimmigkeit, die durch die richtigen Worte leicht aus der Welt geschafft werden könnte.

«Dad?» Sauls Herz tut einen Sprung. «Was ich dir noch sagen wollte …» Es könnte so leicht sein, denkt Aaron, er schmeckt die Wahrheit schon auf der Zunge.

Und begeht den Fehler, von seinen Schuhen hochzugucken. Sauls Miene lechzt förmlich nach einer freundlichen Geste, so unverstellt, dass Aaron erschrickt.

«Ja, was ich dir noch sagen wollte, ein schönes Wochenende euch, okay?» Aaron spürt, wie er glühend rot anläuft. Enttäuscht von sich selbst, krallt er die Fingernägel in seine Handflächen.

«Danke, mein Sohn. Dir auch.» Was eben noch möglich schien, ist zu Peinlichkeit geronnen, der eine kurze Moment hat der Last ihrer unausgegorenen Verständigungsversuche nicht standgehalten. Saul nimmt seinen Sohn fest in die Arme. Eine Umarmung anstelle von Worten, die nun, da sie fehlen, aufgesetzt wirkt.

Mit einem Mal will Aaron bloß noch so weit wie möglich weg von seinem Vater. «Na, dann fahre ich wohl mal besser. Sie warten bestimmt schon alle.»

«Gut.» Wieder Schweigen, diesmal kürzer. «Ich hab dich lieb, mein Sohn.»

«Ja, Dad. Ich dich auch.» Aber das murmelt Aaron schon dem Sitzgurt zu, während er ins Auto steigt und die Fahrertür zuschlägt. Seine neu kultivierte Fähigkeit, sich und die Welt aus geistiger Distanz zu beobachten, lässt ihn im Stich: Ganz plötzlich fühlt er sich so tief in sich selbst verstrickt, dass er kaum noch Luft bekommt, schier erschlagen von dem, was er getan – und was er nicht getan hat.

Saul sieht seinem Sohn nach, wie er davonfährt, und wünscht sich, sie könnten die Zeit zurückdrehen und noch einmal von vorn anfangen.

Sobald der ISKCON-Tempel in Sicht kommt, wird Aaron leichter zumute. Er muss sich zusammenreißen, um nicht mit Karacho auf den Parkplatz zu fahren. Die Frau an der Tür ist ihm nun schon vertraut. Sie lächelt, als sie ihn kommen sieht.

«Haribol. Chali hat mir erzählt, dass du übers Wochenende bleibst?»

Aaron nickt und grinst. Nun, da er hier ist, kommt ihm die Lüge wegen des Zeltens, verglichen mit dem, was sie ihm ermöglicht hat, völlig läppisch vor. Er zieht die Schuhe aus und genießt den glatten Boden unter seinen Füßen.

«Chali ist oben. Er erwartet dich.»

Aaron zögert, aber die Frau macht keine Anstalten, ihn hinaufzubegleiten. Schließlich kennt er sich ja bereits aus.

Erst als Aaron sich seiner Jeans entledigt, wird er sich der vollen Realität dessen, was er da tut, bewusst. Bis dahin war die Idee, ein Wochenende im Tempel zu verbringen, ein reines Gedankenkonstrukt gewesen. Erst der Anblick seiner weltlichen Kleider am Boden macht ihm klar, dass es jetzt tatsächlich so weit ist. Aus dem safranfarbenen Tuch, das er um sich schlingt, steigt der Duft von Räucherstäbchen auf. Sein ganzer Körper soll danach riechen, wünscht sich Aaron, so wie seine Fingerspitzen nach den Perlen gerochen haben. Plötzlich kommt ihm ein Satz aus dem Schabbatgottesdienst in den Sinn: *Ich werde gesalbt mit wohlriechendem Öl.*

Das Gewand verändert alles. Sich vor den Statuen von Prabhupada und den Gottheiten zu verneigen ist ihm nun ganz natürlich. Er ist kein Außenstehender mehr. Wenn jetzt jemand in den Tempel käme, sähe er nicht Aaron, sondern einen Anhänger, der Arati vollzieht. Mit Wonne hört er, wie seine Stimme mit denen der anderen verschmilzt, als sängen sie alle aus einem Mund.

Nach den einleitenden Mantras und Anrufungen beginnt

der Hare-Krsna-Chant, ganz langsam, beinahe zerbrechlich, die Worte sind Blütenblätter auf Aarons Zunge. Der Chant ist ihm mittlerweile bis in die letzte Silbe so vertraut, dass er unbewusst und leicht vonstatten geht wie sein Atem. Dann setzt die Mridangatrommel ein, und der Chant wird schneller. Ohne hinzusehen, ob die anderen mittun, beginnt Aaron zu tanzen. Aaron, der beim Schulball immer an der Wand klebt. Aaron, der nie skaten gehen will. Seine Beine und Arme bewegen sich wie von selbst, mit jedem Muskel verströmt er den Rhythmus der Trommel, jede Schaltstelle in seinem Hirn hört die Botschaft des Chants. Plötzlich hält er Fingerzimbeln in den Händen. Er reckt sie hoch und spürt die Vibrationen im ganzen Arm. Aaron lacht, blickt schräg empor zur wolkenlos blau bemalten Decke. Die Tanzenden bilden einen Kreis um ihn. Jedes Gesicht lächelt ihn an. Jeder Arm streckt sich ihm entgegen. Als das Muschelhorn ertönt, weiß Aaron, dass er daheim ist.

ES IST gänzlich ausgeschlossen, dass jemand zur Tür hereinkommt. Und trotzdem, Eliza fürchtet sich halb zu Tode, als sie sich in Sauls Arbeitszimmer schleicht und ein Buch hoch oben vom Regal stibitzt. Halb und halb erwartet sie doch, im nächsten Moment ihren Vater hereinstürmen zu sehen und angesichts seiner Enttäuschung über ihren Betrug zur Salzsäule zu erstarren. Stattdessen läuft das Ganze so normal ab, dass die Enttäuschung eher auf ihrer Seite ist. Problemlos gleitet das Buch wie jedes andere auch vom Regal in ihre Hand. Ein paar Sekunden nur, und ein lebenslanger Bann ist gebrochen.

Der Band ist so schmal wie «Das verborgene Eden» und auf dem Lederrücken in Hebräisch beschriftet. Erst die Aufzeichnungen ganz hinten bestätigen Elly, dass sie das richtige

Werk erwischt hat. «Licht des Intellekts» liest sie dort in der schrägen Handschrift ihres Vaters. Die ersten Seiten langweilen sie mit geschraubten Wendungen und verschachtelten Bibelzitaten, aber Elly lässt sich nicht beirren. In einem einzelnen, vom restlichen Text abgesetzten Satz findet sie, wonach sie gesucht hat:

*Dies ist das Geheimnis, wie der Name des Höchsten auszusprechen ist.*

Was folgt, ist ihr so vertraut, als läse sie es zum zigtausendsten und nicht zum allerersten Mal. Abulafias Anweisungen zur Rezitation sind, abgesehen von ein paar zusätzlich eingestreuten «Heiligster der Heiligen» und «König aller Könige», identisch mit dem, was er im «Verborgenen Eden» schreibt. Spannend wird es erst, als er zu den Vokalen kommt.

Da Abulafia nicht vom Englischen, sondern vom Hebräischen ausgeht, heißen die Vokale bei ihm anders, klingen jedoch gleich. Eliza kennt sie: *Kametz, Tzeré, Chirek, Cholam, Shurek.* A, E, I, O, U. Und jetzt versteht Eliza auch endlich, warum Saul so begeistert von ihr war: weil Abulafia mit seinen Instruktionen zu jedem einzelnen Vokal genau das beschreibt, was sie von sich aus bereits tut.

Eliza steht allein im Studierzimmer ihres Vaters, das einsame Licht über seinem Schreibtisch wirft lange Schatten auf ihr Gesicht. Beim Weiterlesen stellt sie fest, dass Abulafias Anweisungen zur Rezitation von יהוה, *Adonai*, sich doch ein wenig von dem unterscheiden, was sie bisher geübt hat. An bestimmten Stellen soll sie atmen, an anderen nicht. Letztlich läuft es weniger darauf hinaus, die Buchstaben zu verwandeln, als ihren Klang in Zusammenhang mit jedem einzelnen Vokal auszuloten. Beim ersten Versuch muss sie sich noch Schritt für Schritt an der Übersetzung ihres Vaters entlanghangeln, bei jedem Fehler von vorn anfangen. Aber Abulafias Schilderung dessen, was sie als Nächstes erwartet, hält sie bei der Stange. Seine Anweisungen sind frei von blumiger Sprache und biblischer Verwirrung. Sie klingen so simpel wie ein Rezept. Wenn sich dir eine Erscheinung zeigt, verneige dich vor ihr. Wenn sich eine Stimme vernehmen lässt, antworte: «Sprich, o Herr», und bereite dich zu lauschen. An unzähligen Freitagabenden hat sie in der Synagoge vergeblich auf jene Stimme gewartet. Abulafias Worte klingen in Elizas Ohren wie eine Verheißung. Sie wird sie meistern, die Atempausen, die Vokale und die Bewegungen zu diesen vier simplen Buchstaben, und dann wird sie lauschen. Bis sie endlich die Stimme hört, auf die sie schon so lange wartet: die eine, die für alles eine Erklärung weiß.

MIRIAM STELLT fest, dass sie sich wohler fühlt, wenn sie allein schläft. Saul als Puffer einzusetzen, um sich von den Häusern fern zu halten, hat ihr nur noch mehr Energie geraubt. Die Schlacht ist so gut wie verloren. Es ist lediglich eine Frage der Zeit.

An manchen Abenden steckt der Schlüssel schon im Zündschloss, bevor sie sich Einhalt gebietet. Einmal hat sie sich nur noch damit zu helfen gewusst, dass sie im Auto kampierte. Mittlerweile findet sie keine Nacht mehr zur Ruhe, bevor sie nicht mindestens zweimal in der Garage gestanden hat und wenigstens bei einer dieser Gelegenheiten so weit gegangen ist, die Fahrertür zu öffnen.

Sie weiß, dass sie über dem, was sie so sehr beschäftigt, anderes vernachlässigt. Saul und Eliza gehen mehr und mehr in ihren Studien auf. Demnach wäre es wohl an Miriam, Aaron aufzufangen, aber Aaron ist von klein auf Sauls Kind gewesen, hat sich schon als Baby in seinen Armen sichtlich wohler gefühlt. Der Kampf gegen die verlockenden Häuser lässt Miriam gerade noch die Kraft, ihre Alltagsfassade aufrechtzuerhalten. Für mütterliche Ratschläge an einen Jungen, dem sein Vater seit neuestem ganz offensichtlich die Schwester vorzieht, reichen ihre Reserven nicht.

Miriam hätte erwartet, dass der Nacht, in der sie endgültig vor den Häusern kapituliert, irgendetwas vorausgehen würde, ein letzter Anstoß; doch sie unterscheidet sich in nichts von all den vorhergehenden Nächten. Gut, Aaron ist nicht da, das verringert die familiäre Anziehungskraft, aber letztlich geht es wohl eher um Miriams Widerstandskraft, die schlicht erschöpft ist, wie sie sich eingestehen muss. Als sie ins Auto steigt, verklingen die rationalen Argumente gegen das, was sie vorhat – höheres Risiko bei nächtlichem Eindringen, größere Wahrscheinlichkeit, dass jemand im Haus ist –, wie die Erinnerung an die gleichmäßigen Atemzüge ihrer schlafenden Kinder. Um ja kein Geräusch zu verursachen, lässt Miriam den Wagen mit ausgeschaltetem Motor rückwärts über die Zufahrt rollen. Sie fühlt sich plötzlich so grandios frei, als hätte ihr Inneres ein verborgenes Ersatzpaar Lungen zutage gefördert, das, aus der Erstarrung befreit, erstmals tief Luft schöpft. Sie fährt über den leeren Highway, durch die offenen Fenster strömt die Stille der Straße zu ihr herein. Wieso hat sie nur so lange gewartet? Über weite Strecken kommt kein anderes Auto in Sicht, es blitzen nicht einmal Scheinwerfer im Rückspiegel auf. Die Welt ist ein leeres Prachthaus, mit Räumen bis zum Horizont, die darauf warten, von Miriam bestückt zu werden. Da ist es wieder, das unsterbliche, das ewig junge Mädchen, das auf der vertrauten Nebenstraße die Scheinwerfer ausschaltet, weil ihm unmöglich etwas Böses zustoßen kann.

Auf der verlassenen Strecke hört Miriam, wie die Ausfahrtschilder an ihrem offenen Fenster vorbeirauschen. Der

Gedanke, dass die Schilder zu ihr sprechen, erscheint ihr einleuchtender denn je; ihr Zischen bestärkt Miriam in der Vorstellung, dass sie ihr von Anfang an den Weg gewiesen haben.

Sie landet in einer Reißbrettsiedlung mit vier Musterhaustypen in wechselnder Anordnung, die Vielfalt suggerieren soll. Statt Straßen gibt es hier nur Gässchen, Durchgänge und Verbindungswege. Das Haus ist dunkel, einzig die gelbe Dauerbeleuchtung über der Eingangstür ist eingeschaltet. Miriam parkt nicht weiter weg, sondern direkt davor, felsenfest davon überzeugt, dass alle schlafen und niemand sie sehen wird.

Zu dieser späten Stunde ist das Gras schon feucht von Morgentau. Die Nässe sickert durch die Aufschläge von Miriams Hose und leckt an ihren Knöcheln. Sie empfindet es als Segnung. So still, wie die Bilderbuchhäuschen mit ihren makellos manikürten Rasenflächen daliegen, erinnern sie an eine Filmkulisse und bestärken Miriam noch in dem Gefühl ihrer Unbesiegbarkeit. In dieser Show führt sie Regie und spielt zugleich die Hauptrolle, hält alle Fäden in der Hand.

Dass es das hübscheste Haus ist, dem sie sich je genähert hat, schreckt sie nicht ab, zum Vordereingang zu marschieren – der zu ihrer Überraschung verschlossen ist. Weder im Briefkasten noch unter der geknüpften Fußmatte will sich ein Zweitschlüssel finden. Sie ist schon auf dem Weg zur Hintertür, als ihr die Idee kommt, es mit dem Garagentor zu versuchen. An Häuser mit angebauten Garagen ist sie nicht gewöhnt.

Ihr erster zaghafter Versuch mit dem Riegel trifft auf keinerlei Widerstand. Die Luft ist kühl. Hier und da reibt eine einsame Grille die Beine aneinander, sonst bricht kein Laut die nächtliche Stille. Miriams Sinne sind so übermäßig geschärft, dass sie zu spüren glaubt, wie ihre Haut dort, wo die schwachen Lichtstrahlen ferner Sterne auf sie treffen, um ein Winziges abkühlt.

Sie hat das Garagentor schon halb hochgezogen, als ein Höllenlärm losbricht. Miriam wird rücklings zu Boden geworfen. Mit einem Schlag ist sie nachtblind, unter dem plötzlichen Ansturm schwinden ihr fast die Sinne. Sie merkt zunächst nicht einmal, dass sie zu Boden gegangen ist, versucht zu laufen und spürt verwirrt, wie ihre Beine sinnlos in der Luft zappeln. Etwas presst sich auf sie, gibt Geräusche von sich und liegt tonnenschwer auf ihr. Ihr Hinterkopf schlägt auf das Pflaster und schwillt sofort an. Noch während ihr aufgeht, dass ein Hund sie attackiert, bastelt bereits eine leise Stimme tief in ihrem Innern an einer Ausrede, um die Beule zu erklären.

Der Hund ist nicht besonders groß, aber schwer. Bei jedem Bellen schlägt Miriam sein Atem entgegen. Er stemmt ihr die Vorderpfoten auf den Brustkorb. Miriam setzt sich zur Wehr und rollt sich instinktiv zur Seite, will sich unter ihm wegwälzen, statt es direkt mit ihm aufzunehmen. Es gelingt ihr, sich auf den Bauch zu drehen und hochzurappeln. Sie steht. Und wünscht sich die nächtliche Stille zurück, nur einen Augenblick lang, um wieder zu Atem zu kommen, aber der Hund springt erneut auf sie los. Ihre Glieder sind plötzlich bleischwer, sie muss sich zwingen zu rennen, läuft zum Wagen, diesmal ohne auf den Tau zu achten, während der Hund bellend hinter ihr herjagt. Noch bevor sie bei der Fahrertür ist, wird im Obergeschoss Licht gemacht. Als sich ein Gesicht am Fenster zeigt, fährt sie bereits davon, verfolgt von dem immer noch bellenden Hund. Ein Glück, dass sie die Fahrertür nicht abgesperrt hatte.

Miriam wird nie erfahren, welche Sorte von Hund sie angefallen hat; in ihrer Vorstellung ist und bleibt es ein gefährlich knurrender Dobermann oder ein Schäferhund mit wütend zurückgezogenen Lefzen, obwohl ihre Haut weder Zahnabdrücke noch Bisswunden aufweist. Es wird ihr nie in den Sinn kommen, dass es ein Beagle war und sie eher der Schreck als seine Wucht zu Boden geworfen hat. Der Vorfall bewirkt, dass die Kinder des Hauses den Hund nun doch behalten dürfen: Eigentlich hatten ihre Eltern ihn weggeben wollen, weil er die Angewohnheit hatte, beim leisesten Donnergrollen einen Haufen in die Ecke zu setzen. Deswegen war er an jenem Abend nach der Gewitterwarnung auch in die Garage verbannt worden. Die Familie wiederum wird niemals erfahren, welche Sorte von Einbrecher ihr Hund in die Flucht geschlagen hat; in ihrer Vorstellung ist es ein verwahrloster, bulliger Kerl mit hinkendem Gang und abstoßenden Narben, der alle Schubladen nach dem Familienschmuck durchwühlen wollte. Nie wird es ihnen in den Sinn kommen, dass der Eindringling eine Ehefrau und zweifache Mutter aus der gehobenen Mittelschicht war, die es einzig und allein auf ihren chinesischen Teekessel abgesehen hatte.

AARON HAT Mühe einzuschlafen, umso mehr vielleicht, weil er weiß, dass er um halb vier wieder aufstehen muss – eine unmögliche Zeit, zu der alles möglich scheint. Halb vier gehörte bisher zur Welt der Erwachsenen, zu seiner Mutter beispielsweise, und war für ihn von großen Geheimnissen umwittert. Nun selbst einen Fuß in diese mysteriöse Zeitzone zu setzen wird ihn garantiert auf einen Schlag reifer werden lassen. Aaron hegt noch immer den Kinderglauben, dass «erwachsen sein» automatisch auch Selbstsicherheit und Selbstvertrauen bedeutet. Wenn er es schafft, um halb vier aufzustehen, wird ihm aus einem Samenkorn in seinem Innern, das nur darauf wartet, Wurzeln zu schlagen, die Stärke erwachsen, sich seinem Vater zu stellen.

Aarons Schlafsack ist kein sanftes Polster. Aber der harte Boden unter seiner Hüfte fühlt sich gut an, er genießt es, den Tempel bis in die Knochen zu spüren. Zum ersten Mal teilt er das Zimmer mit anderen und ist überwältigt, wie nah er sich ihnen fühlt, ihren gelösten Gesichtern, ihrer entspannten Haltung, dem ruhigen Heben und Senken ihres Brustkorbs. Er stimmt seine Atemzüge auf die seiner Schlafgenossen ab; in seiner Vorstellung sind sie alle eine Einheit.

Aaron macht die amüsante Entdeckung, dass Chali schnarcht.

Wie lange er so daliegt, zu aufgekratzt, um Schlaf zu finden, und seinen Gedanken über das Einssein und den Eintritt ins Erwachsenenleben nachhängt, vermag er nicht zu sagen. Ob er aufstehen und den Tempel bei Nacht erkunden soll? Seit Chali ihm anvertraut hat, dass er einmal auf dem Höhepunkt des Arati-Chants gesehen hat, wie Krsnas Arm sich bewegte, spürt Aaron das unbändige Verlangen, sich hinter den Vorhang zu schleichen, der nach jedem Gottesdienst die Statuen dem Blick entzieht. Vielleicht wird ihm, allein mit den Gottheiten, ebenfalls ein solches Erlebnis zuteil.

Er merkt nicht, dass es nur ein Traum ist, in dem er plötzlich regungslos auf dem Podium sitzt und Krsna ihn zu sich winkt. Als Aaron die Schulter des neben ihm schlafenden Anhängers streift, zieht Krsna ihn dicht an sich heran. Plötzlich beginnen seine Lippen sich zu bewegen: *Schma Israel adonai elohenu adonai echad.* Höre Israel! Der Herr ist Gott, der Herr ist einer. Es ist die Stimme seines Vaters, die da aus dem Mund des Gottes dringt.

Das erste Arati beginnt um halb fünf. Aaron taumelt in den Tempel. Der Traum flicht sich in die Speichen seines erwachenden Bewusstseins, er treibt ihn vor das Podium und lässt ihn angestrengt auf die Stimme seines Vaters lauschen. Chali zieht ihn sanft weg, hin zu den anderen. Aaron wird rot. Er hatte sich allein gewähnt.

«Die Umstellung ist hart», flüstert Chali ihm zu, «aber nach einer Weile geht dir diese Zeiteinteilung in Fleisch und Blut über.»

Aaron nickt. Jetzt ist er ganz wach – und begreift, dass der Traum eine Botschaft war. Das *Schma* aus Krsnas Mund zu hören beweist nur, dass Chali Recht mit dem hatte, was er ihm ganz zu Anfang einmal versichert hat. Krsna anzuhängen bedeutet keinen Verrat am Judentum, es bringt ihn nur näher zu Gott.

Am folgenden Morgen chantet Aaron zum ersten Mal Japa ohne Furcht, gehört zu werden. Statt wie gewohnt in seinem stickigen Wandschrank die Stimme nun frei im Raum erschallen zu lassen, fühlt sich an, als fiele eine Maske von ihm ab. Aaron sieht im Geiste den Jungen vor sich, der zwischen seinen Hemden kauerte, und erkennt ihn nicht mehr. Nie wieder wird er sich verstecken. Er chantet so laut, dass der Klang seiner Stimme von den Wänden abprallt, zurück zu ihm, und seinen Bauch vibrieren lässt.

Die erste Enttäuschung kommt beim Frühstück. Aaron will Cornflakes und kein Prasadam; beim Gedanken an Frosted Flakes mit Bananenstückchen überfällt ihn zum ersten Mal stechend das Heimweh. Als Aaron noch ganz klein war, hat Saul einmal mit Hilfe von Nadel und Faden eine Banane in der Schale zerteilt und seinen Sohn damit verblüfft, dass beim Abziehen lauter perfekte Scheiben in seine Schüssel purzelten. Ein Weilchen hat Saul ihn in dem Glauben gelassen, es handle sich um eine spezielle Bananensorte, die eigens als Zutat für Frühstücksflocken gezüchtet wird. Aaron würde Chali die Geschichte gern erzählen, aber sie sollen beim Essen nicht reden. Das lenkt sie von der Heiligkeit des Mahls ab.

Danach nehmen die üblichen Gebete und Pflichten, Kurse und Gesprächskreise Aaron für den restlichen Tag völlig in Beschlag. Es gibt keinen Moment, an dem er nicht irgendwo sein und irgendetwas tun muss. Beim abendlichen Arati geht ihm auf, dass seit dem Frühstück alle Gedanken an die Außenwelt für ihn wie weggewischt gewesen sind. Vom Gefühl her ist sein Heim keine halbe Stunde, sondern ein halbes Lichtjahr entfernt. Alles in ihm sperrt sich dagegen, dass es unmittelbar jenseits der Tür zum Tempel Leute gibt, die Auto fahren, fernsehen und einkaufen gehen. Wie profan, wie banal das alles. Welche Zeitverschwendung, wo doch hier keine Minute zu verlieren ist. Der Tagesplan des ISKCON-Tempels übt auf ihn letztlich den gleichen Reiz aus wie die sauber in Plastikvierecke versenkten Bestandteile von tiefgefrorenen Fertigmenüs. Es fällt Aaron nicht auf, dass der Tempel zu den Mahlzeiten mit ähnlich unterteilten Servierportionen aufwartet – und ihm das unbewusst durchaus gefällt. Er kann sich nicht erinnern, jemals am Ende eines Tages so zufrieden mit sich selbst, so sicher gewesen zu sein, dass er auf Bedeutendes hingearbeitet hat. Im nächsten Moment ist er eingeschlafen, zu müde für Träume.

DIE STIMMEN aus der Küche lassen Miriam verwirrt hochfahren. Sie ist so daran gewöhnt, als Erste auf zu sein, dass sie zunächst an Einbrecher denkt. Sie dreht sich zur anderen Betthälfte, um Saul zu wecken, doch da fällt ihr ein, dass sie ja jetzt allein schläft. Erst halb wach, stolpert sie über die Treppe nach unten in die Küche.

«Morgen, du Schlafmütze», sagt Saul. Er kann sich nicht erinnern, dass Miriam morgens je ungekämmt und im Nachthemd unten erschienen wäre. In den letzten Wochen hat er seine Frau eigentlich nur noch im Bürodress gesehen, und schon gar nicht so verschlafen wie jetzt. Das ist noch länger her. Plötzlich hat er Miriam als kleines Mädchen vor Augen, kann sich genau ausmalen, wie sie in Ellys Alter ausgesehen haben muss: die wilden Locken über dem Kopf zu einer Haufenwolke getürmt, ihre Händchen, die sich den Schlaf aus den Augen reiben. Was soll er tun mit dem Wesen, das da vor ihm steht, es küssen oder fürsorglich in den Arm nehmen? Beides wäre weit mehr an Kontakt, als er seit seinem Umzug ins Arbeitszimmer mit Miriam pflegt. Überwältigt von plötzlicher Liebe, gepaart mit schlechtem Gewissen, beschließt er, es erst einmal mit einer Umarmung zu versuchen.

Miriam bleibt stocksteif. «Warum hast du mich nicht geweckt?», fragt sie ausdruckslos, ohne auf seine Berührung zu reagieren.

Saul fährt zurück. Mit einem Mal ist er stinkwütend und staunt zugleich, wie schnell der Zorn in ihm aufgewallt ist. Was hat ihn ausgelöst, Miriams Worte oder die abweisende Reaktion ihres Körpers? *Weil ich nicht mehr weiß, wann du überhaupt noch zu Hause bist*, will er antworten. *Weil wir nicht mehr im selben Bett schlafen.* Wenn er mit ihr allein wäre, würde er kein Blatt vor den Mund nehmen. Aber er muss an Eliza denken. Also zwingt er sich ein Lächeln ab.

«Schatz, nachdem du sonst immer so früh wach bist, dachte ich, du hast es nötig, einmal richtig auszuschlafen. Komm, setz dich», er deutet zum Tisch, «Eliza und ich haben Arme Ritter gemacht.»

Sein falscher Ton bringt Eliza auf die richtige Spur: Ihre Eltern schlafen also nicht mehr zusammen. Kleinigkeiten, die sie schon vergessen hatte – hin und wieder zeigen sich morgens Stoppeln auf normalerweise glatt rasierten Wangen, das Sofa im Arbeitszimmer hat neuerdings einen verräterisch langen Abdruck, und in letzter Zeit ist ihr immer wieder Zahnseide auf Sauls Schreibtisch ins Auge gefallen –, formen sich zu einem ebenso unwiderleglichen wie so nicht erwarteten Ganzen. Wenn doch nur Aaron da wäre, um diese plötzliche Offenbarung zu bestätigen. Anklagend wandert ihr Blick zu seinem leeren Stuhl. Ihr Bruder hat Zelten nie ausstehen können. Sie weiß noch genau, wie er sich immer beschwert hat, über die Mücken, über das angebrannte Essen und die bösen Streiche, die sich mit Dreck und einem Schlafsack bewerkstelligen lassen. Elly wendet sich wieder ihrem Armen Ritter zu, den sie eben noch lustvoll in Sirup getunkt hat, und merkt, dass ihr der Appetit vergangen ist.

Miriam fragt sich, warum ihr Kopf und ihr Steißbein so schmerzen. Sie ertastet eine dicke Beule knapp oberhalb des Nackens und erinnert sich. Zieht die Hand weg, als hätte sie sich verbrüht.

«Bist du verletzt?»

«Alles in Ordnung», gibt Miriam, schärfer als beabsichtigt, zurück und sieht einen Augenblick lang den nackten Zorn im Blick ihres Mannes. Erschrocken geht sie rückwärts zur Tür hinaus und dreht sich erst um, als sie außer Sicht ist. Auf ihrer Flucht nach oben hält sie die Hand über dem Hinterkopf, für den Fall, dass Saul ihr folgt.

«Dad?», fragt Eliza mit ganz kleiner Stimme, als die Schritte verklungen sind und es im Haus so schrecklich still ist. «Was war das gerade?»

«Es wird schon wieder», sagt Saul, den Blick immer noch auf den Flur gerichtet. Beide wissen sehr wohl, dass er damit ihre Frage nicht beantwortet hat.

NUR EIGENS ausgebildete Geweihte dürfen Prasadam zubereiten, aber man lässt Aaron zuschauen und beim Putzen helfen. Die Küche des ISKCON-Tempels ist der sauberste Raum, den er je gesehen hat. Plötzlich muss Aaron an seine Mutter denken. Alles ist blitzblank. In jeder Oberfläche kann er sich spiegeln.

Bisher kennt Aaron nur Sauls Art zu kochen: ein wildes Hin und Her mit kurzen Pausen zum Probieren. Die Köche bei ISKCON bewegen sich mit einem feierlichen Ernst, wie ihn Aaron bis jetzt nur bei Priestern und Nonnen gesehen hat; da wird schweigend klein geschnitten und untergemischt, sorgsam verrührt und sautiert, ohne jemals abzuschmecken. Aaron schließt die Augen, um seine Sinne besser auf den Geruch zu konzentrieren: eine Gewürzmischung, von der die Töpfe seines Vaters nur träumen können, ein Duft voller Verheißung. Chali zieht ihn sanft beiseite.

«Als Anhänger von Krsna schnuppern wir beim Kochen nicht am Essen und probieren auch nicht davon. Jedes Mahl muss beim Servieren durch und durch rein sein, damit es der Anwesenheit von Krsna würdig ist. Nur dann wird es, erfüllt von Krsnas heiligem Geist, zu Prasadam.»

«Aber wenn sie nie probieren, wie wollen sie dann wissen, ob es überhaupt schmeckt?» Aaron denkt an seinen Vater, der beim Kochen immer in letzter Minute gern noch eine Prise Salz, Pfeffer, Oregano oder auch einen Schuss Sherry hinzugibt.

«Manche sind begnadete Köche, andere nicht. Angeblich hilft es, dabei an Krsna zu denken, aber als ich in der Küche Dienst tat, war das Prasadam ungenießbar.» Chali lacht. «Deswegen bin ich für die Rundbriefe zuständig und die Leute hier fürs Kochen. Jeder dient Krsna auf seine Weise.»

«Meinst du, ich könnte auch lernen, so zu kochen?» Im Geist sieht Aaron sich über den dampfenden Töpfen; die Idee, sich zu zügeln und weder zu schnuppern noch zu kosten, reizt ihn.

«Du kannst es ja schon einmal zu Hause üben. Bevor du gehst, gebe ich dir ein Rezeptbuch mit. Manche Anhänger haben bei sich zu Hause ihren eigenen Altar, an dem sie Krsna Speisen darbringen, damit sie auch außerhalb des Tempels nicht auf Prasadam verzichten müssen.»

«Zu Hause»: Aaron geht auf, dass das Wochenende fast vorbei ist. Er kann sich überhaupt nicht vorstellen, dass er bald schon wieder in seinem Auto sitzen wird. Wie soll er zurückfinden in eine Welt mit normalen Kleidern und Schulnoten und Fernsehen, in der es nicht nach Räucherstäbchen und dem Holz des Banyanbaums duftet?

«Ich will aber *hier* wohnen», sagt Aaron mit Tränen in den Augen. Wenn es doch nur so einfach wäre.

Chali fasst Aaron an der Schulter, wobei Aaron plötzlich auffällt, dass die Leute im Tempel einander eigentlich kaum je berühren.

«Das freut mich. Bei manchen, die zum ersten Mal ein Wochenende im Tempel verbringen, sieht man sofort, dass sie im Herzen noch nicht bereit sind. Die Umstellung ist nicht leicht, sie kann viel Zeit brauchen. Ich sage ihnen immer, dass sie nichts überstürzen sollen; sie werden es spüren, wenn ihre Zeit gekommen ist. Aber du bist anders, das merke ich.»

«Wann kann ich zum Anhänger geweiht werden?», flüstert Aaron. Was Chali da sagt, ist fast zu schön, um wahr zu sein. Er hat schon von der Zeremonie gehört, von dem Feuer, das auf einem Sandbett entzündet wird, von den Farben und Tänzen, die diesem Anlass vorbehalten sind.

«Nach sechs Monaten im Tempel darfst du an Hare Nama Diksu teilnehmen. Dann verleiht dein Guru dir deinen spirituellen Namen.»

«Und so heiße ich ab dann?» Aaron erinnert sich an die Dankeskarten nach seiner Bar Mizwa. Nach zehn Unterschriften schon erschien ihm damals sein Name nur noch als eine willkürliche Ansammlung von Buchstaben, die ebenso wenig mit ihm zu tun hatten wie der Stift, den er in der Hand hielt. Es war ein Zeichen, das erkennt er jetzt. «Aaron» war nie für die Ewigkeit gedacht.

«Als ich meinen neuen Namen empfing, wusste ich sofort, dass er der richtige für mich ist. John war so ein Allerweltsname. Ich fand es schrecklich, ihn mit so vielen anderen teilen zu müssen. Aber ich kenne niemanden sonst, der Chali heißt, du etwa?» Chali grinst. Aaron gibt ihm mit einem Kopfschütteln Recht. Insgeheim gelobt er sich, noch vor seinem achtzehnten Geburtstag einen neuen Namen zu tragen.

WIEDER OBEN, würde Miriam sich am liebsten verbarrikadieren. Auf dem Nachttisch liegen ein paar Bücher, mit denen sie leicht bis zum Abend auskäme. Bisher hat sie das Schlafzimmer nie als einen Ort zum Verweilen betrachtet – und diese Missachtung sieht man dem Raum auch an. Die kümmerlichen Verschönerungsversuche, ein Plakat von Chagall und ein x-beliebiger Druck von Amor und Nymphe über dem Bett, sind Saul zu verdanken. Das Zimmer könnte sonstwem gehören, in achtzehn Jahren haben seine Bewohner ihm nicht die leiseste persönliche Note verliehen. Ja, sie haben immer wieder einmal von neuen Laken und einem neuen Bettüberwurf gesprochen, wollten die grelle Deckenbeleuchtung durch eine intimere Lampe ersetzen. In einem besonders kühnen Moment hat Saul gar eine Skulptur ins Gespräch gebracht, mit fließenden Formen, leicht erotisch angehaucht, die gegenüber dem Bett zu stehen kommen sollte. Sie war mit allem einverstanden, aber keiner von beiden hat je die Zeit gefunden, sich umzuschauen. Saul wurde mehr und mehr von seinen Studien und sie von ihren Leserbriefen in Anspruch genommen. Die beiden Bilder stammen aus Sauls Collegezeit, sie waren eigentlich nur als Übergangslösung gedacht.

Dass sie immer noch da hängen, lässt den Raum umso steriler wirken.

Miriam schließt sich nicht ein. Ihr dramatischer Auftritt unten war peinlich genug und braucht keine weitere Steigerung. Die Ereignisse der vergangenen Nacht sind ihr ebenso schmerzhaft im Bewusstsein wie ihre Beule, doch weder das eine noch das andere hält sie davon ab, sogleich ihren nächsten Fischzug zu planen. Was war der eine Misserfolg schon gegen die Häuser, die ihrer noch harrten? Gut möglich, dass sie lange genug aushält, bis die blauen Flecken und die Schwellung an ihrem Hinterkopf abgeklungen sind, und doch spürt sie schon jetzt, stärker denn je, den Sog der Häuser, den Ruf des Highways.

Sie dreht den Hebel der Dusche voll auf heiß, spürt genießerisch, wie der Wasserstrahl auf sie herunterbrennt. Der einzige Moment, in dem sie sich wohl in ihrer Haut fühlt. Und unter dem Deckmantel der allfälligen körperlichen Reinigung Zeit findet, Arme, Beine und Brüste in Augenschein zu nehmen. Zu Anfang ihrer Ehe hat sie noch tapfer versucht, auf Sauls Wünsche nach gemeinsamem Duschen einzugehen, aber die Haare und Hautschuppen, die er dabei regelmäßig absonderte, bereiteten ihr Zustände. Selbst harmlose Aktionen wie Rückeneinseifen ließen sie nur an die Bakterien denken, die dabei per Hand übertragen wurden. Wenn er fertig war, blieb sie noch lange weiter unter der Dusche, spülte nach, bis Seife und Abfluss keine Spuren mehr von ihm zeigten, und fing dann wieder von vorne an. Offenbar blieb es Saul nicht verborgen, wie ihr diesbezüglich zumute war. Als er nicht mehr fragte, ob er ihr Gesellschaft leisten dürfe, war sie einfach nur erleichtert.

Sein Klopfen schreckt sie auf.

«Miriam? Alles in Ordnung mit dir?»

Sie hält einen Arm vor ihre Brust und sieht sich nach einem

Handtuch um: eine ebenso lächerliche wie ernst gemeinte Geste. Sie will ihn auf keinen Fall jetzt im Badezimmer stehen haben.

«Alles bestens, Saul. Tut mir Leid, wenn ich dich erschreckt habe. Ich bin wohl gestern im Schlaf gegen den Nachttisch gestoßen. Jedenfalls habe ich ein richtiges Horn am Hinterkopf.»

«Soll ich dir ein bisschen Eis zum Kühlen bringen?» Ein lachhaftes Angebot angesichts der dampfenden Schwaden, die unter der Tür hervordringen, aber ihm fällt nichts anderes ein, um sich Zutritt zu verschaffen.

«Ach, lass nur. Halb so wild. Ich komme gleich wieder runter.»

Damit ist er entlassen, aber Saul bleibt trotzdem weiter neben der Tür stehen und hört auf die unterschiedlichen Geräusche, die ihm verraten, ob seine Frau gerade unter dem Strahl steht oder nicht. Jetzt seift sie wohl einen Arm oder ein Bein ein, schrubbt sich, bis ihre Haut rosa anläuft. Traumverloren erinnert er sich, wie das Wasser ihr Haar aufweichte, es in losen, nassen Wellen an ihren Kopf schmiegte. Ganz unbemerkt haben seine Hände ihren Weg nach unten gefunden. Er starrt hin und lässt von sich ab. Das ist also aus ihm geworden: ein verheirateter Mann, der sich durch die geschlossene Tür seine Frau vorstellt und dazu masturbiert.

«Miriam?»

«Was denn?», kommt es eine Spur zu schrill von ihr. Sie hatte gedacht, er wäre längst gegangen.

«Ich wollte vorschlagen, dass wir abends zusammen essen, alle vier. Nachdem Aaron doch heute wieder heimkommt.»

Das klingt doch ganz in Ordnung. Was sollte dagegen sprechen?

«Hört sich gut an.»

Eigentlich will sie die Dusche ausstellen, aber womöglich

bleibt er dann noch länger da. Also seift sie sich erneut ein, obwohl das Wasser schon kalt wird.

BEI DEN Übungsstunden am Tag nach der heimlichen Buchausleihe wandert Elizas Blick immer wieder zu einem bestimmten Band auf Sauls Regal. Sie fürchtet, «Licht des Intellekts» aus Versehen verkehrt herum oder mit dem Buchrücken nach hinten zurückgestellt zu haben, forscht ein ums andere Mal ängstlich in Sauls Miene nach einem Zeichen, dass er ihre Trickserei durchschaut hat. Und dennoch zieht es sie weiter zu diesem Werk hin, das Verlangen danach ist so allgegenwärtig wie ihre Furcht. Jede Minute im Arbeitszimmer ist ein Kampf, nicht nach dem Buch zu greifen, Vater hin, Vater her, und wieder damit zu arbeiten, sich Abulafias Furcht erregender, wundersamer Verheißung einen weiteren Schritt zu nähern.

Denn Eliza hat seit der Enthüllung beim Frühstück viel nachgedacht. Für das, was ihre Eltern vor ihr geheim gehalten haben, kann sie sich nur zwei mögliche Gründe vorstellen: Entweder hat ihre Mutter Saul aus dem Schlafzimmer verbannt, weil er sich nur noch mit dem Buchstabieren beschäftigt, oder er hat beschlossen, ins Arbeitszimmer umzuziehen, um sich ganz ihren Studien zu widmen. Beides hat ursächlich mit Eliza zu tun – und bringt sie zu dem Entschluss, ihren Vater auf keinen Fall im Stich zu lassen.

ANDERS ALS erwartet sind die Beulen und Prellungen kein Hemmschuh für Miriams nächstes Unternehmen, sondern eine fortwährende Provokation. Es gibt noch viel zu viele verstreute Teile, die darauf vertrauen, von ihr zu einem Ganzen gefügt zu werden. Sie muss den Beweis antreten, dass sie nicht so leicht abzuschrecken ist.

Miriam begibt sich nach unten. Sie geht Schreibmaschinenpapier und Farbbänder einkaufen, nichts Dramatisches, alles ganz normal. Vorwände, die sich angesichts der geschlossenen Tür zum Arbeitszimmer als unnötig erweisen. Wohin ihr Weg sie führen wird, weiß sie noch nicht: jedenfalls nicht an den Schauplatz ihrer jüngsten Niederlage, so viel steht fest. Was immer sie in dem Haus erwartet hat, ist für sie tot, sein Ruf ist verstummt. Das passiert ihr nicht wieder.

Miriam verzichtet auf den Highway zugunsten einer Nebenstraße, die niemand findet, der nicht ausdrücklich danach Ausschau hält: eine einspurige, löchrige Asphaltstrecke, deren Baumbestand nur gelegentlich von einem Haus unterbrochen wird. Selbst die besser instand gehaltenen unter ihnen zeugen von einem Ausmaß an Armut, das Miriam so nie gesehen oder für möglich gehalten hat. Eingeschlagene Scheiben, notdürftig mit Brettern oder Pappe geflickt. Plastikplanen zur Abdeckung von Dächern. Schrottmühlen, auf groben Kieseinfahrten vor sich hin rostend. Im letzten Licht des Nachmittags sieht Miriam ein Kind mit einem Plastiklöffel im Dreck spielen.

Das Haus, das sie zu sich ruft, steht völlig frei genau an dem Punkt, wo die Straße in einen kümmerlichen, mit verwitterten Abfällen übersäten Pfad übergeht. Gras und Büsche sind ins Kraut geschossen und verstellen ihr den Blick. Vor ihrem inneren Auge sieht Miriam ein ähnlich verwahrlostes Individuum, das in seinem düsteren Wohnzimmer mit dem Jagdgewehr auf der Lauer liegt; trotzdem, sie muss da hinein. Furcht lähmt ihr die Glieder, hemmt sie bei jeder Bewegung. Ihr Magen verkrampft sich, sie spürt, wie ihr die Galle hochkommt und in der Kehle brennt. In der Stille des Spätnachmittags hört sie von fern den Highway rauschen und in der Nähe kleine Vögel zwitschern. Dann, nach schier endlosem Kampf, gewinnt Perfectimundo die Oberhand. Es ist stärker als sie, dieses Etwas, dem sie sich nun endlich erleichtert überlässt – um sogleich zu spüren, wie die Anspannung in ihren Armen und Beinen, der Druck auf ihren Magen sich lösen.

Wie es drinnen aussieht, kann Miriam durch die paar unvernagelten Fenster nicht ausmachen. Die Veranda schluckt selbst die Geräusche des Highways, spinnwebdicht hängt Schweigen in der Luft. Wie lange das Haus wohl schon leer steht? Und was mag es bergen, das sie so unwiderstehlich anzieht?

Die Haustür hängt schief und fällt komplett aus den Angeln, als Miriam dagegenstößt. Der dumpfe Aufprall auf dem wurmstichigen Boden trifft sie unerwartet wie ein Schlag aus dem Nichts, lässt sie scharf die Luft einziehen. Das vordere Zimmer ist ein einziger Dreckhaufen aus leeren Pizza- und Hamburger-Schachteln, zerschlagenen Flaschen und alten Zeitungen. Ein angesengter Stuhl hat, rußgeschwärzte Dosen zu Füßen, auf einem verkohlten Stück Bodenbelag zur letzten Ruhe gefunden. Die Luft ist eine übelriechende Mischung aus Schimmel, Staub und fauligem Teich.

Das hintere Zimmer ist noch dunkler und modriger. Durch das geborstene Fenster wächst ein Baum herein. An der Wand hängt ein Kalender von einem Eisenwarenladen, die Farben des Oktoberbilds von 1974 sind von der Sonne bis zur Unkenntlichkeit ausgebleicht. In einer Ecke lehnt eine Kommode schief und krumm an der Wand, aus der einzigen offenen Schublade quellen Zigarettencoupons der Marke Chesterfield. Miriam versucht, die anderen Schubladen herauszuziehen, aber sie rühren sich keinen Millimeter; jahrelang sich selbst überlassen, ist das Holz stark aufgequollen. Was auf den ersten Blick wie ein vergessenes Stofftier aussieht, entpuppt sich als mumifizierter Hund. Weiße Knochen ragen aus leblosen Streifen Fell. Miriam wird es flau im Magen, ihre Gedärme ziehen sich zusammen. Dass sie sich nicht übergeben muss, erfüllt sie mit einem perversen Stolz. Ihre Fortschritte sind mit Händen zu greifen.

In einem kleinen Nebenzimmer, das sie zunächst übersehen hat, findet Miriam eine hölzerne Truhe, um die sich Schuhschachteln mit halb verrotteten Fotos stapeln. Schon im Begriff, die Truhe aufzustemmen, erspäht sie ein einzelnes Bild am Boden: eine vergilbte, wasserfleckige Polaroidaufnahme eines kleinen, dunkelhaarigen Mädchens mit ernsten Augen, denen das Leben die großen Erwartungen schon ausgetrieben hat. Das Foto könnte in demselben Zimmer, vor wer weiß wie vielen Jahren, aufgenommen worden sein. Einen Augenblick lang steht Miriam wie gebannt da, glaubt sich tief innen an etwas erinnert. Auch als das Bild sich wieder zu den fremden Zügen des Mädchens zurechtgefügt hat, bleibt Miriam das Gefühl, dass irgendetwas sie mit ihm verbindet. Ehrfürchtig löst sie das Foto vom Boden und trägt es, sorgsam nur an den Ecken zufassend, zum Auto.

Sobald sie es neben sich auf den Sitz gelegt hat, schlägt etwas in ihrem Inneren um. Was Augen und Nase im Haus selbst nur wie durch Watte wahrgenommen haben, überfällt sie nun mit voller Wucht. Sie schafft es gerade noch, die Fahrertür wieder aufzureißen, bevor alles aus ihr herausquillt – der Schimmel, das verfaulte Holz, der Hundekadaver. Kaum fertig, überfällt sie ein unwiderstehlicher Drang, so schnell und weit wie möglich von hier fortzukommen. Die Tür ist noch nicht ganz zu, da fährt sie bereits los. Und hinterlässt nur tiefes Schweigen, unberührt von ihrem überstürzten Abgang.

AUF DER Rückfahrt hat Aaron das Gefühl, wie Dornröschen aus einem hundertjährigen Schlaf zu erwachen. Alles ist vertraut – und zugleich weit weg. Seine eigenen Erinnerungen kommen ihm vor wie Geschichten aus zweiter Hand. Selbst sein Spiegelbild starrt ihm aus den Fenstern neben dem Eingang fremd entgegen; der Junge in den weltlichen Kleidern ist bestenfalls ein entfernter Verwandter von ihm. Aarons Beine haben die Freiheit weiter Gewänder geschmeckt, sie sträuben sich gegen die steifen Nähte seiner Jeans, wollen wieder tanzen.

Auf Sauls heftige Umarmung zur Begrüßung ist Aaron nicht gefasst.

«Willkommen daheim, Camper. Na, wie war der Treck in die Wildnis?» Irgendwie ist Sauls Stimme zu dröhnend, sein Lächeln zu breit. Hinter ihm drückt sich Eliza im Flur herum. Aaron sieht ihren angespannten Gesichtsausdruck.

«Ist alles okay?» Als Saul ihm antwortet, fällt Aaron auf, dass seine Frage eigentlich Eliza gegolten hat.

«Alles in bester Ordnung. Wir sind bloß froh, dass du wieder da bist, weiter nichts. Ich koche gerade was besonders Feines, für die ganze Familie. Deine Mutter freut sich schon sehr darauf.» Womit für Aaron klar ist, dass hier etwas nicht stimmt. Er schaut wieder zu Eliza hin.

«Und, wo ist sie?», fragt er.

«Ach, sie ist noch unterwegs», gibt Saul zur Antwort. «Aber sie weiß Bescheid und hat versprochen, rechtzeitig zum Abendessen zurück zu sein.»

Aus der Küche kommt ein Summton, Saul grinst entschuldigend und verzieht sich.

Nach einer Weile, in der Aaron und Eliza einander nur stumm angestarrt haben, fragt sie: «Sollen wir rausgehen?», und Aaron weiß genau, was sie damit meint.

Der Baum liegt noch in demselben Winkel auf demselben Fleck, hat immer dort gelegen, solange sie sich erinnern können, gefällt von einem Blitzschlag. Seit sie vor fast sechs Jahren zum letzten Mal gemeinsam hier gewesen sind, hat Fäulnis das eine Ende aufgeweicht. Doch auch ohne den Schwund durch die Zersetzung kommt der Stamm ihnen kleiner vor, als sie ihn in Erinnerung haben, leidet im Vergleich zu dem Bild, das man sich bekanntlich immer macht – natürlich auch, weil Eliza und Aaron seit ihrem letzten Besuch ein beträchtliches Stück gewachsen sind.

Die Mischung aus Erde, Hartriegel und Holzapfel ruft in Eliza ein Bild wach, das in den Kammern ihres Gedächtnisses bisher unangetastet auf Eis gelegen hat, eingefroren und doch tief eingeprägt: ein Schnappschuss sinnlicher Wahrnehmungen, die sie für einen kurzen Moment einholen und das Ganze noch einmal erleben lassen. Wie alt sie da genau war, weiß sie nicht: jedenfalls noch so klein, dass ihre Füße, wenn sie rittlings auf dem Stamm saß, nicht den Boden berührten. Ihr ganzes Blickfeld wird von Aarons blau und orange gestreiftem Hemd eingenommen. Sie hält ihren Bruder fest um die Mitte gefasst. Von seiner Haut steigt ihr der Geruch nach Sonne, Gras und Schweiß in die Nase und mischt sich mit dem würzigen Aroma von Erde, Hartriegel und Holzapfel. Blitzartig durchläuft Eliza wieder dieselbe Erregung, versetzt die Erinnerung sie exakt in die Hochstimmung ihrer damaligen imaginären Reise. Noch flüchtiger, aber ebenso unverkennbar: wie sicher sie sich trotz allem Kitzel bei ihren gemeinsamen Abenteuern gefühlt hat. Wie ihre Hände in diesem einen, erinnerten Moment das Zuverlässigste überhaupt umklammerten, was ihr je begegnet ist.

Zunächst tappen Bruder und Schwester zögerlich um den Baum herum, als wäre er ein kostbares Museumsstück hinter einer Glasvitrine, die bei allzu heftiger Annäherung zu Bruch gehen könnte. Schließlich betritt Aaron mit einem Achselzucken den Kreis, den sie um den Stamm gezogen haben. Eliza folgt ihm auf dem Fuß. Nebeneinander statt rittlings wie früher sitzen sie da, gerade so, dass Hüften und Beine sich nicht berühren, und blicken zum Haus hin.

Durch das Küchenfenster sehen sie Saul am Herd stehen. Er kocht noch hektischer als sonst, lüpft ein ums andere Mal den Deckel und fügt neue Zutaten in den Topf.

«Wie lange ist er da schon zugange?», fragt Aaron.

«Eine ganze Weile», sagt Eliza. «Seit wir mittags in die Küche gegangen sind, um einen Happen zu essen. Da ist ihm aufgefallen, dass Mom nicht da ist. Sie ist schon den ganzen Tag weg.» Sie zupft an der Baumrinde und schält ein Stück ab. «Ich glaube, Dad und sie schlafen nicht mehr im selben Bett.»

Ein paar Straßen weiter heult ein Motorrad auf. In einem Baum über ihnen zirpt ein Vogel nach dem ewig gleichen Schema. Dreimal zwitschern, Pause. Dreimal zwitschern, Pause. Aaron hebt einen Zweig vom Boden auf und zeichnet damit einen Kreis in die Erde.

«Elly, wenn ich dir jetzt was erzähle, versprichst du mir, dass du es für dich behältst?»

Die Frage ist ihm ganz unwillkürlich herausgerutscht, aber mit einem Mal fühlt er sich unendlich erleichtert und ein Stück befreit von den inneren Zwängen, die ihn schon so lange im Griff haben, dass er sich mit ihnen abgefunden hat.

Eliza nickt nur; sie hat Angst, dass er es sich anders überlegt, wenn sie den Mund aufmacht.

«Ich war gar nicht zelten.»

Aaron wird rot, vielleicht aus Scham über die Entlarvung seiner Lüge, vielleicht auch, weil er sein Geheimnis preisgegeben hat.

Eliza schaut absichtlich weg, bis er ihrem Gefühl nach wieder seine normale Gesichtsfarbe haben müsste. «Das habe ich mir irgendwie schon gedacht», sagt sie ruhig. «Und», hakt sie nach, «wo warst du wirklich?»

Aaron fixiert durch das Fenster den Nacken seines Vaters.

Ob Saul sich umdreht, wenn er fest genug hinschaut? «An einem ganz bestimmten Ort», sagt er. Saul merkt nichts von seinem starren Blick, er steht weiter am Herd.

«Was denn für ein Ort?», fragt Elly, jetzt schon etwas kühner.

«Ein Andachtsort. Für Leute, die Gott näher kommen wollen.»

Er schaut zu Eliza, um zu sehen, wie sie reagiert, aber ihr Gesicht ist ganz offen, so vertrauensvoll wie damals, als er sie beide durch Raum und Zeit gelenkt hat.

«Und was macht man da?»

«Alles Mögliche. Beten. Kurse besuchen. Es gibt da so eine Art speziellen Gesang. Glücksspiele sind verboten. Und Fleischessen. Und … und … na ja, auch, an sich rumzumachen.» Er wird wieder rot, erholt sich diesmal aber schneller. «Es gibt Musik und Tanz. Und sogar ein paar Kinder in deinem Alter.»

«Ist es besser als Beth Amicha?»

Aaron nickt. «Viel, viel besser als Beth Amicha. Aber du sagst keinem was davon, okay?»

Eliza schüttelt den Kopf. «Nein. Nicht mal Dad», sagt sie in feierlichem Ernst. Weiß sie doch aus eigener Erfahrung, dass es Dinge gibt, die man Saul besser nicht erzählt.

AARONS ERSTER Gedanke, als Miriam endlich heimkommt: das ist nicht seine Mutter, sondern ihre verlotterte Zwillingsschwester. Nie hat er sie anders erlebt als frisch gewaschen, gebügelt und geschniegelt. Die Frau, die sich da zu ihnen an den Abendbrottisch setzt, hat Flecken auf der Bluse, Dreck im Gesicht und Nester im Haar. Ganz zu schweigen von ihrem Geruch. Normalerweise erschnuppert Miriams Nase jedes zum zweiten Mal getragene Hemd, jedes einzelne ungewaschene Haar, reagiert allergisch auf parfümierte Seifen aller Art. Und jetzt stinkt sie, als hätte sie den Abfall der letzten Wochen durchwühlt.

«Miriam?», fragt Saul so behutsam wie irgend möglich. «Alles in Ordnung mit dir, Liebling?»

Miriam rückt lächelnd den Stuhl ein Stück näher zum Tisch. «Tut mir Leid, dass ich ein bisschen spät dran bin. Hoffentlich habt ihr euch keine Sorgen gemacht.»

Die Reste von dem, was ein Familienessen hätte sein sollen, sind längst kalt; Miriam langt trotzdem zu, ohne auf die verdutzten Gesichter ringsum zu achten.

«Miriam, ist irgendwas passiert? Hast du einen Unfall gehabt?»

Seine Frau sieht ihn an, als wäre er ein herzensgutes Kind, wenn auch leider etwas schwer von Begriff. «Mir geht's prima. Ist irgendwas mit dir? Du bist so … komisch.»

«Miriam, komm mit zum Spiegel.» Saul will sie bei der Hand nehmen, sie sträubt sich, bis ihr einfällt, dass Eliza und Aaron zusehen.

Saul führt seine Frau in die Toilette und schaltet das Licht ein. Einen Augenblick lang herrscht tiefes, atemloses Schweigen. Miriam starrt die Fremde an, die ihr aus dem Spiegel entgegenblickt. Keine Minute ist es ihr in den Sinn gekommen, ihr äußeres Erscheinungsbild zu überprüfen, seit sie das Haus verlassen hat.

«O mein Gott.»

Die Stimme klingt weniger nach Miriam als nach einem Tier in großer Not. Für Eliza ist das Maß voll. Sie fängt an zu weinen, zu leise, als dass Saul sie hören könnte, aber laut genug für Aaron. Er legt ihr den Arm um die Schultern.

«Miriam, Liebes, komm doch nach oben», aber da ist Miriam schon zur Tür hinaus. Saul flitzt ihr hinterher: Wenn sie vor ihm im Schlafzimmer ist, hat er keine Chance mehr.

«Aaron», fragt Eliza ganz still, «was ist hier eigentlich los?»

Aaron tätschelt ihre Schulter und starrt in Richtung der verhallenden Schritte, immer noch die Stimme im Kopf, die entfernt nach seiner Mutter geklungen hat.

Nachdem Saul sich nicht mehr blicken lässt, gehen die zwei daran, die Küche aufzuräumen. Wortlos finden sie zu einem gemeinsamen Rhythmus, sind wieder geschwisterlich vereint im perfekt aufeinander abgestimmten Zureichen von Geschirr, im wechselseitigen Erraten, ob eben gerade Handtuch oder Schwamm gefragt ist. Wann immer sie ein echtes oder vermeintliches Geräusch vom Flur hören, halten sie inne und blicken starr zur Tür, in Erwartung ihres Vaters oder elterlicher Tröstungen. Ein ums andere Mal enttäuscht, gehen sie erneut ans Werk.

Sie lassen sich Zeit dabei. Eliza schrubbt Millimeter um Millimeter nicht vorhandener Flecken auf dem Küchentisch. Aaron würdigt die Geschirrspülmaschine keines Blickes und säubert jeden Teller von Hand. Abtrocknen tun sie gemeinsam, und zwar gründlich: Auf den Tellern, die sie sorgsam wieder in die untadelige Schrankordnung ihrer Mutter einfügen, findet sich kein Hauch von Feuchtigkeit mehr. Sämtliche Spuren des Abendessens sind getilgt – und Saul ist immer noch nicht wieder aufgetaucht.

Aaron holt die Putzmittel aus dem Schrank unter der Spüle, und Eliza greift nach den Gummihandschuhen. Sie macht sich an die Arbeitsflächen, Aaron nimmt sich Spüle und Herd vor. Dank jahrelanger Beobachtung wissen sie, welches Mittel wo und mit welchen Gerätschaften zur Anwendung kommt. Das geräuschvolle Schrubben und der vom Zitrusaroma kaum überdeckte Salmiakgeruch lösen ihre Spannung. Hier sind sie auf vertrautem Terrain; kein Blick wandert mehr zum Flur, selbstvergessen bringen sie Resopal auf Hochglanz und Edelstahl zum Funkeln.

Nächste Punkte in der Litanei: Kühlschranktür und Fußboden. Eliza poliert die Zierleisten, Aaron wischt mit Schmierseife. Keiner weiß, wer mit dem Pfeifen angefangen hat. Aaron folgt Elizas Vorgaben – albernes Werbegedudel aus dem Fernsehen oder Top-40-Hits, die sie eigentlich blöd finden. Irgendwann wissen sie plötzlich beide nicht mehr weiter und merken gleichzeitig, dass die Küche fertig ist und im Haus Totenstille herrscht.

«Sieht doch gut aus», sagt Aaron, und Eliza nickt zustimmend und denkt, was ihre Mutter wohl sagen wird, wenn sie herunterkommt und sieht, was sie alles geleistet haben. Da wird es ihr sicher gleich wieder viel besser gehen.

Es hilft nichts, sie müssen nach oben. Es ist schon spät, weit nach Elizas und auch Aarons Schlafenszeit. Von der Treppe spähen sie zum Elternschlafzimmer hinauf, aber die Tür ist zu. Eliza sieht es als gutes Zeichen: Demnach schlafen sie wieder in einem Bett. Aaron bemerkt ihr aufmunterndes Lächeln nicht; er starrt unverwandt auf die Tür, als wollte er durch sie hindurchsehen.

Beim gemeinsamen Zähneputzen sagt Aaron ja, bevor Eliza ihn richtig gefragt hat, ob sie bei ihm im Bett schlafen kann – ihre frühere Zuflucht bei schlechten Träumen. Seither sind beide ein ganzes Stück gewachsen und nehmen mehr Raum ein, aber selbst zusammengerollt passen sie noch immer auf die Zweiermatratze. Ihre Rücken berühren sich am Knick: zwei Schmetterlingsflügel, ein großer und ein kleiner.

«Aaron», flüstert der kleine, «gefällt es dir da besser als hier?»

«Elly», flüstert der größere zurück, «freu dich einfach für mich.»

Eliza spürt, wie die Lungenflügel ihres Bruders sich beim Einatmen weiten: Eine Sekunde lang drängt sich sein Rücken fester an sie.

«Wäre es dir lieber, wenn ich mit dem Buchstabieren aufhöre?» Elly muss ein bisschen weinen, aber das soll er nicht unbedingt merken. Sie ist doch kein Kleinkind mehr.

Aaron spricht mit sanfter Stimme. «Du hast da eine große Begabung, Elly. Die sollst du nicht verkommen lassen.»

«Heißt das nein?» Jetzt ist ihre Nase total verstopft, dabei hat sie doch kaum geweint.

«Es ist nicht deine Schuld», sagt Aaron schlaftrunken. «Wirst sehen, morgen geht's dir schon wieder besser.»

«Und was ist mit Mom? Geht's ihr morgen auch wieder besser?», flüstert sie.

«Schlaf jetzt», erwidert er.

Was sie dann irgendwann auch tut.

SAUL WARTET schweigend vor der Tür zum Bad, in dem Miriam so heiß duscht, dass die Temperatur im Schlafzimmer fühlbar ansteigt. Eingewickelt in einen bodenlangen Morgenmantel aus Flanell, kommt sie heraus. Sie sprechen kein Wort, kuscheln sich nur stundenlang still aneinander, ohne zu schlafen. Er kann sich nicht erinnern, wann er sie zum letzten Mal einfach so gehalten hat und ihnen dieses schlichte Beieinandersein vollauf genügte. Von neuer Hoffnung erfüllt, spricht er nicht aus, was er sich innerlich als Vorschlag zurechtgelegt hat; besser so, als dass sie Hilfe bei einem Fremden sucht.

IM TRAUM ist Miriam wieder in dem Haus. Sie sieht das Netzwerk der Risse an der Decke, sieht die schwebende Staubschicht über den Fensterbrettern. Vom vorderen Zimmer mit den Brandspuren und dem Müll am Boden begibt sie sich diesmal direkt in den Nebenraum. Die Truhe ist noch da, doch das Bild von dem Mädchen ist verschwunden. Miriam durchwühlt die Schuhschachteln, aber die Fotos darin sind alle unbelichtet. In der Truhe liegen die Leichen ihrer Eltern, das weiß Miriam ganz sicher. Sie rennt in das Hinterzimmer zu der Kommode mit den Zigarettencoupons, zerrt mit aller Gewalt an den verzogenen Schubladen, von denen eine ohne jeden Zweifel das Bild des Mädchens enthält – und sieht plötzlich, aus dem Augenwinkel, einen Umriss: den toten Hund. Sie wendet den Kopf, doch nein, es ist nicht der Hund. Viel zu groß, außerdem sind es zwei. Sie sind nicht offen aufgebahrt worden damals, zu entstellt, hatte der Mann vom Begräbnisinstitut gesagt, und jetzt liegen sie da: zum Gruseln heil und ganz. Der Aufprall hat ihre Köpfe zu Brei gequetscht, hier aber ist ihnen kein Härchen gekrümmt; sie haben nicht den kleinsten Kratzer. Sie starren Miriam aus unversehrten toten Augen an, und da überfällt er sie, der süßliche Verwesungsgestank von fauligem Abfall, der üble Geruch des Hauses, der ihr erst in ihrem eigenen Haus, von Saul zum Spiegel gelotst, in die Nase gestiegen ist.

GLEICH NACH dem Aufwachen stiehlt sich Eliza in ihr Zimmer zurück; von der Nähe, die sie nachts zu ihrem Bruder empfunden hat, bleibt in der ersten Morgendämmerung nichts als eine peinliche Röte auf ihren Wangen. Während sie zusieht, wie es vor ihrem Schlafzimmerfenster langsam hell wird, hört sie etwas durch die Wand: Also ist Aaron ebenfalls wach. Erst denkt sie, dass er nach ihr ruft, aber die Töne von seiner Seite kommen ohne Pause, mal schnell, mal langsam und offenbar immer wieder von vorne. Eliza will es genauer wissen; sie klettert aus dem Bett, schleicht sich in den Flur und drückt ihr Ohr an Aarons Tür.

Sie versteht nur «Haare», der Rest bleibt ihr so schleierhaft wie die Frage, warum dieses Kauderwelsch so tröstlich auf sie wirkt, bis sie begreift, dass es an der Art liegt, wie es ihrem Bruder von der Zunge kommt, so glatt und fließend wie ihr die Permutationen. Folglich haben sie, jeder für sich, in letzter Zeit ein ganz ähnliches Geheimnis gehütet. Die vertrauten Klänge lullen sie ein, verwandeln Aarons Stimme in kleine Wellen, die sanft an einen Bootsrumpf schlagen. Eliza kauert sich in eine Ecke des Stauraums – eine höchst unbequeme Lage, aber sie versucht trotzdem, Schlaf zu finden. Ihr Kopf stößt dumpf gegen die Bootswand. Das Wellengeräusch verstummt.

«Elly?»

Sie schlägt die Augen auf und ist wieder im Flur, traut sich kein Glied zu regen aus Angst, dass ihr Bruder herausschaut und sie beim Lauschen erwischt.

«Geh wieder schlafen, Elly», hört sie Aaron durch die Tür sagen. Und bleibt mucksmäuschenstill hocken, möchte einerseits fragen, ob sie reinkommen darf, andererseits sich davonstehlen, wie wenn sie nie dagewesen wäre. Als der Singsang erneut einsetzt, begibt sie sich schleunig zurück in ihr Zimmer und lässt sich, Lauscherin an der Wand, von ihrem Bruder wieder in ihre Träume zurücktragen.

IM NEUEN Schuljahr kommt Eliza zu Ms. Paul in die Sechste, ihre erste ungeteilte Klasse seit Ms. Lodowski. Keine Kerben auf den Pulten. Keine Wackelstühle. Keine Tierbabys mehr, stattdessen Poster von Präsidenten. Zum Zeitvertreib ordnet Eliza jedem Mitschüler und jeder Mitschülerin den Buchstaben zu, der am besten zu ihnen passt. Ms. Paul setzt sie in die erste Reihe um, aber auch dort behält Eliza ständig die Uhr im Blick, wartet nur auf den Moment, bis sie wieder frei ist.

Mittlerweile braucht sie weder Stift noch Papier; die Buchstaben wandern von allein in ihren Mund und ihren Körper. Und stellen sich während des Unterrichts schon beim flüchtigsten Blick ins Schulbuch um, gieren förmlich danach, ihre wahre Natur zu offenbaren. Deswegen kann Eliza auch nicht mehr laut vorlesen, aber als sie das zu erklären versucht, erntet sie nur eine Mitteilung an ihre Eltern und einen Termin bei der Schulpsychologin, wegen ihrer «Probleme, Realität und Phantasiewelt auseinander zu halten». Zum Glück hat Saul seine Tochter bis dahin so weit, dass sie Miss Osbourne nichts von ihrem intimen Verhältnis zur Welt der Buchstaben erzählt. Stattdessen malt sie brav, wie gewünscht, eine Menge Bilder und liefert auf Miss Osbournes vorsichtige Frage, ob vielleicht irgendetwas «Schlimmes» vorgefallen ist, über das sie nicht sprechen soll, eine zufrieden stellende Antwort, die ihr weitere Termine erspart. Im Folgenden müht Elly sich redlich, die Wörter lange genug im Zaum zu halten, bis sie sie vorgelesen hat. Es bleibt bei der einen Mitteilung; allerdings bedenkt Ms. Paul sie fortan mit dem gleichen Blick, mit dem sie immer Glenn Guerdo ansieht, wenn er mitten im Unterricht aufsteht, sein Buch fallen lässt und «Das nennt man Schwerkraft» sagt, bloß weil er wieder mal vergessen hat, seine Medikamente zu nehmen.

Es macht Eliza nichts aus, dass sie beim Mittagessen jetzt immer allein dasitzt und von den anderen ausgelacht wird, weil sie in der Pause Wörterlisten durchgeht. Was sie betrifft, so fängt der Tag erst richtig an, wenn sie wieder zu Hause ist. Das Einzige, was sie noch lieber mag als die Übungsstunden mit ihrem Vater, ist die Zeit, die sie ohne ihn im Arbeitszimmer zubringt.

Dann ringt sie mit den 200 Kombinationen, in die «Licht des Intellekts» das Wort «Adonai» zerlegt, und prägt sich Abulafias Anweisungen ein. Sie muss absolut fehlerfrei rezitieren, wenn sie den Lohn für ihre Mühen ernten will. Hebräisch rezitiert sich anders als Englisch, jeder Buchstabe trägt das Gewicht von Jahrtausenden. Die Schwere hat etwas Beruhigendes, das ihr gut tut und ihr immer wieder ins Gedächtnis ruft, dass sie sich Zeit lassen kann.

Jeden Freitagabend springt יהוה sie aus den Seiten ihres Siddur an. Es fällt ihr schwer, zu den Vokalen nicht die entsprechenden Kopfbewegungen zu vollführen. Sie erwischt sich dabei, wie sie in Abulafias sorgsam ausgearbeitetem Rhythmus atmet. Und hört die Gemeinde so locker über «Adonai» hinwegsingen, als wäre es ein Wort wie jedes andere. Nicht zu fassen, dass sie auch einmal so war, so blind für all das, was in «Adonai» steckt. Und verblüffender noch, dass ihr Vater es schafft, sich beim Vorbeten so überzeugend dumm zu stellen. Mit keiner Lippenbewegung verrät er, wohin einen das Wort führen kann.

ES IST Winter geworden. Sosehr es ihn freut – Aarons plötzliches Interesse an schulischen Arbeitsgemeinschaften setzt Saul doch einigermaßen in Erstaunen. Diskussionsrunden, Physikübungen, Schachklub, Jahrbuch und Umwelt-AG belegen in bunter Reihe jede freie Stunde nach Schulschluss und am Wochenende, mit der Folge, dass Aaron häufig erst lange nach dem Abendessen eintrudelt, außer am Freitag: Da besteht Saul darauf, dass er sich rechtzeitig zum Lichtzünden und zum Segnen der Kerzen einfindet. Falls Saul auffällt, dass Aaron bei den Schabbatgottesdiensten nicht mehr richtig bei der Sache ist, schiebt er es auf den neuerdings so voll gepackten Terminplan seines Sohnes und auf die Egozentrik, die jeder Teenager an den Tag legt. Aaron, sagt sich Saul, ist schlicht und einfach ein Spätzünder, der jetzt endlich mit voller Wucht loslegt. Das Beste, was er als Vater tun kann, ist, seinem Sohn freie Bahn zu lassen.

Seit der Nacht, in der sie sich allen Vorbehalten und Bedenken zum Trotz umarmt gehalten haben, herrscht zwischen Saul und Miriam eine Art ehelicher Waffenstillstand. Miriam hat zwar durchblicken lassen, dass es ihr fürs Erste lieber wäre, wenn Saul weiter unten schläft, ist abends dafür aber wieder wie früher um sechs daheim und auch an den Samstagen weitgehend präsent. Das Abendessen, bei dem Miriam «nicht ganz bei sich war» – so Sauls bevorzugte Formulierung –, ist nie offen zur Sprache gekommen, doch in Sauls Fragen nach ihrem Befinden schwingt seitdem eine zärtlich besorgte Note mit, die für seinen Teil alles sagt. Und die Fremde, in die Miriam kurzzeitig verwandelt schien, hat sich seither auch nicht mehr gezeigt, was alle Beteiligten insgeheim hoffen lässt, dass sie jenes Zwischenspiel nur lange genug mit Stillschweigen übergehen müssen, damit es sich irgendwann von selbst erledigt hat.

Zumindest haben sich damit alle Sorgen von Eliza erübrigt, vielleicht doch beim heimlichen Bücherstudium ertappt zu werden. Angesichts der Erschütterungen, die ihre Familie in den vergangenen Monaten erlebt hat, schlägt die Verlagerung eines einzelnen schmalen Bändchens aus seinem Regal auf Sauls interner Richterskala wahrhaftig nicht zu Buche.

DER TAG hat so normal begonnen. Als Eliza zum Frühstück herunterkommt, ist Aaron schon fast fertig, Saul sitzt im Arbeitszimmer, und Miriam ist fort, zur Arbeit. Eliza kann sich zwar nicht erinnern, dass Aaron sie und Saul je umarmt hätte, bevor er zur Schule fährt, findet es aber eigentlich ganz normal. Sie sind doch schließlich eine Familie. Aaron sagt ihr noch so leise, dass Saul es nicht hören kann, sie solle gut auf sich aufpassen, und Eliza nickt wie zu jeder anderen gewöhnlichen Bitte. Als sie ihm hinterhersaust, sieht sie sein

Auto gerade noch rückwärts über die Zufahrt rollen und dann davonfahren. Ihr Winken bekommt er schon nicht mehr mit.

Nachdem die Schule Eliza aus den Klauen gelassen hat, stürzen sie und Saul sich mit dem üblichen Eifer in ihre Studien. Saul macht nur eine kurze Pause, um etwas auf den Herd zu stellen. Eliza mag es, wenn es im Arbeitszimmer nach dem duftet, was ihr Vater gerade kocht. Es verleiht den Wörtern etwas Nahrhaftes, hält ihr vor Augen, dass sie damit gewissermaßen ihr Hirn speist.

Der Anruf kommt mitten beim Abendessen. Das ist die beliebteste Anrufzeit, vor allem für Vertreter, die einem Zeitschriftenabonnements oder günstige Fernsprechtarife andrehen wollen. Eliza widmet sich ihrem Teller und wartet auf Sauls pharisäerhaftes «Sie stören mich beim Abendessen mit meiner Familie», obwohl sie doch nur zu zweit sind. Stattdessen wird die Miene ihres Vaters starr und ernst. Immer wieder sagt er nur ganz kurze Wörter wie «ja» und «sicher», mit einer ganz kleinen Stimme. Wer ist da bloß am Apparat, dass ihr Vater sich plötzlich anhört wie sie selbst oder Aaron, wenn sie etwas ausgefressen haben und dafür zur Rede gestellt werden?

«Deine Mutter ist festgenommen worden», sagt Saul in ruhigem Ton zu Eliza, nachdem er aufgelegt hat. Die Worte klingen ihr vollkommen fremd im Ohr, sind viel zu unvorstellbar, als dass sie tatsächlich das bedeuten könnten, was sie sagen. Sauls Miene bleibt ausdruckslos, seine Züge wirken wie hingeklebt. «Ich schlage vor, du bleibst hier und wartest auf deinen Bruder, während ich zum Revier fahre. Ich melde mich, sobald ich weiß, was eigentlich passiert ist.»

Das Ganze kommt Eliza vor wie einer dieser Übungsalarme in der Schule oder eine Testdurchsage im Fernsehen für den Fall eines nationalen Notstands; das hier muss die Familienvariante sein, sie proben für ein Ereignis, das nie eintreten wird. Aber da greift ihr Vater schon nach seinem Mantel und ist zur Tür hinaus, und falls es doch nur ein Test ist, macht er jedenfalls keine Anstalten, ihn abzubrechen.

Eliza hört die Autotür zuschlagen. Nach dem Anlassen verklingt das Motorengeräusch allmählich in der Ferne, bis nur noch das Ticken der Herduhr zu hören ist. Zum ersten Mal in ihrem Leben ist Eliza ganz allein im Haus. Sie schaltet den Fernseher ein und fängt an abzuräumen, rumpelt absichtlich laut gegen die Schränke und klirrt mit den Tellern, um all den Raum zu füllen, der sich plötzlich um sie auftut. Solange sie mit Abspülen beschäftigt ist, schirmt der Lärm des Fernsehers sie noch vor der Leere des Hauses ab, aber dann ist sie fertig, und das Gelächter aus der Konserve hallt gespenstisch von den Wänden wider. Sie braucht etwas anderes.

Beim Gedanken an «Licht des Intellekts» sieht Eliza weder die ihr verschlossenen hebräischen Buchstaben noch die krakelige Übersetzung ihres Vaters vor sich, sondern das Gesicht, das sie seinem Autor zugeordnet hat. Dass jener Abulafia mit seinen freundlichen dunklen Augen und dem lockigen dunklen Haar eine ältere, männliche Ausgabe ihrer selbst ist, die Erkenntnis wird ihr erst später kommen. Jedenfalls ist es dieses Gesicht, das in ihrer Vorstellung zu ihr spricht, wie sie da hinter verschlossener Tür in ihrem Zimmer sitzt und still für sich die auswendig gelernten Instruktionen rezitiert. Abulafias imaginäre Stimme in ihrem Kopf ist genau die Gesellschaft, die sie braucht, um sich nicht so allein zu fühlen.

Obwohl Eliza es nun schon eine ganze Weile geduldig mit dem Permutieren von יהוה versucht, lässt die gewünschte Wirkung auf sich warten. Kein Bild ist vor ihr erschienen. Keine besondere Stimme hat sich vernehmen lassen. Nach jeder vollständigen Permutation hat sie sich eine Erklärung zurechtgelegt, warum sie wieder nichts gesehen oder gehört hat – irgendein kleiner Fehler in der Ausführung, ein Versprecher, ein falsch berechneter Atemzug. Eben weil ihr Ziel so gar nicht greifbar ist, nimmt es in ihren Gedanken immer mehr Raum ein. Viele Abende haben die göttlichen Visionen, die ganz sicher auf sie warten, sie in den Schlaf begleitet. Die klassischen Bilder hat sie schon durch, nun treibt ihre Phantasie raffiniertere Blüten. Gott ist ein Affenbrotbaum, mit Marienkäfern als Blättern, Gott ist ein tausend Stockwerke hohes Haus, das durch seine Türen und Fenster singt, Gott ist ein Schirm, der Regentropfen in Bonbons verwandelt. An der Stimme aber gibt es nichts zu rütteln. Die Stimme wird sie erkennen, das weiß sie.

An diesem Abend also beschließt Eliza, um nicht länger daran denken zu müssen, dass Aaron noch nicht zu Hause ist, ihre Mutter im Gefängnis sitzt und ihr Vater sie allein gelassen hat, um herauszufinden, wieso, es erneut zu versuchen. Sie hat sich in ihrem Zimmer eingesperrt, auf den Teppich gesetzt und geht nun die korrekten Kombinationen von *Yod, Vav* und *Heh* durch. Stimme und Körper sind perfekt aufeinander abgestimmt. Das Rezitieren geht nahtlos in Bewegung über, als hätte beides von jeher unauflöslich zusammengehört. In ihrem Kopf ist kein Raum mehr für die Überlegungen, wo ihr Bruder ist oder was ihre Mutter angestellt hat. Alles ist erfüllt von den uralten Buchstaben und den Klängen, die sie erzeugen.

Als sie zum Ende kommt, ist sie ein bisschen außer Atem und von Kopf bis Fuß mit einem feinen Schweißfilm überzogen. Nie zuvor ist ihr beim Rezitieren die Balance zwischen Vokalisierung, Kopfbewegung und Atmen so perfekt gelungen. Sie hört die Wörter aus dem Buch in ihrem Kopf widerhallen; unbewusst gerät ihr Abulafias Stimme zu einer Mischung aus ihrem Vater und Mr. Clean aus der Fernsehwerbung: *Wenn du eine Stimme hörst, sei sie laut oder leise, oder ein Bild vor dir siehst, dann hast du bei Gott oder Seinen Höchsten Engeln Aufnahme gefunden.*

Sie hält sich bereit für das verheißene Zeichen. Plötzlich überfällt sie Zorn auf die Bücher ihres Vaters und ihre Geheimnisse, zu denen kein Weg führt. Sie ist den Tränen nahe, weil sie wieder und wieder bei den Permutationen versagt, weil sie aus heiterem Himmel so schrecklich allein ist, doch da klingen ihr drei Worte Abulafias wieder im Ohr, erleuchten sie wie ein Sonnenstrahl, der plötzlich die Wolken durchbricht.

*laut oder leise*

Ihr geht auf, dass sie immer auf einen Donnerschlag gewartet hat, auf eine Erscheinung mit dröhnender Stimme, die sie bis ins Mark erschüttert. Nie hat sie in Betracht gezogen, dass es ja auch ein Flüstern sein könnte, von den Buchstaben selbst kommend, deren Gewisper sie schon gar nicht mehr wahrnimmt, so selbstverständlich ist es ihr nach all ihren Übungen geworden. Das Buch, an dessen Pforte sie so hartnäckig mit beiden Fäusten hämmert, ist die ganze Zeit offen gewesen, hat nur darauf gewartet, sie hereinzubitten. Sie schläft in der tröstlichen Gewissheit ein, dass sie nun für den nächsten Schritt bereit ist.

OBWOHL SAULS subversive Aktionen sich auf ein paar Anti-Vietnam-Demonstrationen beschränken, bei denen er «Make love not war» skandiert hat, und er seither auch nie mehr mit Drogen in Berührung gekommen ist, klopft sein Herz wie wild, als er dem Polizeibeamten gegenübersteht. Er hätte Eliza mitnehmen sollen, als lebenden Beweis für Miriams Mutterschaft. Was immer den Gesetzeshütern als Strafe vorgeschwebt haben mag, vielleicht hätten sie bei Elizas Anblick Miriam mit einem geringen Bußgeld und einem «Dass das nicht wieder vorkommt» laufen lassen. Plötzlich drängt es Saul, alles zu gestehen: jeden Joint, den er geraucht, jeden Trip, den er eingeworfen, und sämtliche Slogans, die er gebrüllt hat. Wider alle Vernunft ist er sicher, dass der Mann da vor ihm ohnehin Bescheid weiß und nur auf sein Schuldbekenntnis wartet; es ist die Vorbedingung dafür, dass Miriam jemals wieder freikommt.

Jetzt schlägt der Beamte, ein magerer Typ mit intelligentem Blick, eine Akte auf und legt los, ohne hineinzuschauen.

«Wir bekamen einen Anruf aus Jenkintown. Die ganze Familie war schon oben und hörte, wie jemand ins Haus kam. Der Ehemann wollte zum Gewehr greifen und nachsehen, aber wir haben ihn am Telefon festgehalten, bis die Streife eintraf. Mrs. Naumann befand sich im Wohnzimmer. Sie ließ sich ganz ruhig abführen, wollte allerdings um keinen Preis die Vase hergeben, die sie in der Hand hielt. Sie kann von Glück sagen, dass der Mann auf uns gehört hat, sonst wäre sie jetzt vielleicht tot.»

Saul wird blass. «Meiner Frau ging es in letzter Zeit nicht so gut. Ich hatte keine Ahnung –» Doch dann bricht er ab, überzeugt davon, sich mit seiner Unwissenheit lediglich eines anderen, aber nicht minder schweren Vergehens schuldig zu machen.

Der Beamte nickt knapp. «Wenn es Ihnen recht ist, Mr. Naumann, würde ich Ihnen gerne etwas zeigen.»

«Wann kann ich denn meine Frau sehen? Ist alles okay mit ihr?»

«Sie ist unten. Ihr geht es gut. Morgen Vormittag wird sie dem Richter vorgeführt, so lange müssen wir sie noch da behalten. Sie dürfen sie gern sehen, aber vielleicht besser erst, nachdem ich Ihnen gezeigt habe, was ich Ihnen zeigen möchte. Sie können bei mir mitfahren oder mir mit Ihrem Wagen folgen.»

«Dann nehme ich wohl meinen Wagen», sagt Saul. Er traut sich nicht zu fragen, ob er die freundliche Aufforderung auch komplett ausschlagen darf. Nichts will er im Augenblick weniger, als irgendetwas gezeigt zu bekommen.

Es ist eine lange Strecke durch ein Saul unbekanntes Industrieviertel, vorbei an fensterlosen Lagerhäusern mit Stahltoren, Parkplätzen für Laster und Busse und einem Salzsilo, vor dem Räumgeräte auf ihren Einsatz beim ersten großen Schnee warten. Den Parkplatz der Lagerhalle, auf den die beiden Wagen schließlich einbiegen, ziert das Maskottchen eines Streifenhörnchens mit voll gestopften Backen. Von seinem Rumpf ist die Farbe in langen Fetzen abgeblättert, und was darunter an streifig grauem Schilderblech zum Vorschein kommt, sieht aus wie eine ansteckende Hautkrankheit. Als sie aussteigen, tritt ein untersetzter Wachmann mit einer grellorange leuchtenden Jagdkappe aus seinem schummrigen Kabäuschen. Nach einem Blick auf die Polizeiuniform winkt er sie durch und schließt wieder hinter sich ab.

Nackter Boden, gesäumt von niedrigen, fensterlosen Gebäuden mit Schiebetüren aus Metall. Im Flackerlicht der Natriumdampflampen scheint jeder Passant vorübergehend an Gelbsucht erkrankt. Der Polizeibeamte bedeutet Saul, ihm um die Ecke zu den Gebäuden in der zweiten Reihe zu folgen. Bei einer der vielen Türen wartet er auf ihn und jongliert dabei lässig mit einem Schlüssel.

«Der Geschäftsführer war so freundlich, mir seinen Zweitschlüssel zu überlassen», bemerkt er in einem Ton, der Saul das Gefühl gibt, auf die Probe gestellt zu werden. Abgesehen von einem gelegentlich vorbeirumpelnden Laster und dem elektrischen Summen der Laterne an der Ecke, ist nichts zu hören, nicht einmal eine Grille. Vom Gefühl her liegt Sauls Welt Tausende von Meilen entfernt.

Der Beamte betrachtet ihn prüfend, als wollte er aus seiner

Miene etwas ablesen, und schließt dann die Tür auf. Saul ist überrascht, wie geräuschlos sie zur Seite gleitet.

«Möchten Sie nicht Ihres Hausherrnamtes walten?», fragt der Beamte.

«Was meinen Sie damit?»

«Das Licht. Warum schalten Sie es nicht ein?»

Sein Ton gefällt Saul nicht. «Wo ist es denn?»

Ein entnervter Seufzer ist die Antwort. «Nun kommen Sie schon, Sie wissen doch, wo es ist.»

«Herr Wachtmeister» – hat er wirklich Wachtmeister gesagt, er, Saul, der bei Collegedemonstrationen tapfer «Bullenschwein» gebrüllt hat, solange er sicher sein konnte, dass kein Uniformträger in Hörweite war? «Sir, ich bin zum allerersten Mal in meinem Leben hier.»

Achselzuckend greift der Beamte um den Türrahmen herum und betätigt einen Schalter. In grelles Licht getaucht, erstreckt sich vor ihnen ein Lagerraum von den Ausmaßen einer kleinen Turnhalle. Es ist totenstill.

«Das ist wunderschön», flüstert Saul schließlich ehrfürchtig, als befände er sich in einer Bibliothek, einem Museum oder einer Kathedrale. «Was ist das … alles?»

Der Beamte sieht ihn an. «Sie wissen es wirklich nicht?»

Saul schüttelt den Kopf. Es hat ihm die Sprache verschlagen.

«Ich glaub's Ihnen.» Die Schärfe verschwindet aus seinem Ton. Zum ersten Mal, seit er mit dem Mann zu tun hat, fühlt Saul sich nicht von ihm angegriffen. «Ich sehe schon, Sie sind wirklich noch nie hier gewesen. Tut mir Leid, dass ich Ihnen so zugesetzt habe. Aber bei einer derartigen Größenordnung mussten wir natürlich davon ausgehen, dass Ihre Frau einen Komplizen hatte.»

«Miriam hat – das alles hier gemacht?»

«Sieht so aus, Sir. Die Leute, die sie auf frischer Tat ertappt haben, wollten gar keine Anzeige erstatten. Sie hatten eher Sorge, ob Ihre Frau ganz gesund ist, geistig gesehen. Wir waren mit ihr schon auf dem Weg zu Ihnen nach Hause, aber da sagte sie plötzlich: ‹Ich nehme an, Sie wollen den Rest auch noch sehen›, und lotste uns hierher.»

«Aber woher stammt das alles?»

«Diebesgut. Ihre Frau hat diese Halle seit achtzehn Jahren gemietet, zahlt immer pünktlich, ist die beste und älteste Kundin der Firma. Ihrer Aussage zufolge hat sie das ganze Zeug in der fraglichen Zeit, vielleicht auch schon davor, zusammengetragen. Wir sind noch nicht dazu gekommen, es aufzulisten, aber Sie sehen ja wohl selbst, um wie viel entwendetes Eigentum es sich handelt – das ist wahrhaftig kein Kavaliersdelikt mehr. Allerdings geht es uns, offen gesagt, auch eher um die Frage, ob Ihre Frau noch ganz gesund ist. Von einem normalen Diebstahlsfall kann hier ja keine Rede mehr sein.»

Man kann keinen Schritt tun, ohne auf irgendetwas zu treten. Am ehesten geht es noch auf den Bodensektionen, die mit Knöpfen übersät sind. Verschiedenfarbige Perlmuttknöpfe, eingestreut zwischen größere Knöpfe in einander ergänzenden Formen und Schattierungen, vage zu Trittsteinmustern zusammengefasst, deren Gesamtarrangement Saul an Abbildungen des menschlichen Blutkreislaufs erinnert. Die Knopfsaumpfade sind nur einzeln begehbar und zu beiden Seiten eng von raffinierten Aufbauten größerer Objekte eingefasst, die sich jeweils bis zur Wand erstrecken: eine Landschaft nicht enden wollender Formen und Muster.

Eine Schuhspirale, die Absätze der Höhe nach geordnet, windet sich in Abstufungen von Braun bis Orange um ein Herzstück aus Ohrringen in diversen Formen und Farben, die streifen- und kreisförmige Muster aus funkelndem Metall und Bergkristall bilden. Die Schuhe wiederum rahmt ein sorgsam ausbalancierter, freistehender Zaun aus Füllfedern und Bleistiften unterschiedlichster Farbe und Form, in dessen prekärer Winkelkonstruktion das stumpfe Ende eines unbenutzten Bleistifts auf die Spitze einer Füllfeder zu liegen kommt. Ein Sortiment rosafarbener Radiergummis wird zur strengen geometrischen Regeln gehorchenden fleischlichen Kreatur.

Fast unmerklich gehen die Schuhe in Weingläser über, nehmen im Näherkommen ihre Formen an oder spiegeln sie wider. Am Boden liegende Gläser bilden eine Grenzlinie, die, gestützt auf Murmeln, Perlen und Schnapsgläser, anmutig geschwungen zu einer gut mannshohen Säule aus Weingläsern, Kognakschwenkern und Sektflöten führt. Einzelne farbige Stängel formen, losgelöst von ihrem Turm, eigene symmetrische Muster: ausgewogene Kompositionen aus Geraden und Kurven, die alle Helligkeit im Raum einfangen und verdichten. Der Turm ist ein Gewässer, in dem sich das Sonnenlicht spiegelt, ist ein Sternenhimmel bei Nacht, ist das gleichmütige, zeitlose Eis der Pole. Saul wünscht sich mitten in den Turm hinein, umgeben von Glas wie von einer zweiten Haut, innerlich angestrahlt von seinem Licht.

Zur Hecke aufgepflanzte Bücher bergen ein Miniaturlabyrinth aus Bilderrahmen, ein jeder mit seinem individuellen, kleinteiligen Mosaik bestückt. Perlen und Ohrringe, Manschettenknöpfe und Krawattennadeln ordnen sich zu makellosen Welten, die Saul jederzeit gegen seine eigene eintauschen würde. Kerzenständer, Glühbirnen, Salz- und Pfefferstreuer ergeben in Kombination mit Kämmen und Kaffeebechern ein so einheitliches, zwingendes Ganzes, dass sie als Einzelgegenstände mit ihren ursprünglichen Funktionen kaum mehr erkennbar sind. Ein jedes Ding präsentiert sich Saul in neuer Definition, in seiner wahren Funktion, seinem eigentlichen Daseinszweck. Plötzlich verspürt er das dringende Bedürfnis, sich seiner Schuhe zu entledigen. Ganz behutsam, um das Traumbild so wenig wie möglich zu stören, legt er sie hinter sich auf dem Knopfpfad ab.

Hüte aus Stroh, Filz, Baumwolle und Krepp nehmen flache Teller, kleine Teller und Salatteller in ihren Reigen auf: eine Studie von Kreisformen in unterschiedlichsten Mustern und Tönungen, zusammengenommen ein grandios schillernder Entwurf, bei dessen Anblick es Saul vor den Augen flimmert, bis er wegsehen muss, ganz so, als hätte er zu lange in die Sonne geschaut. Ein Ozean von Handschuhen und Schals, in dessen Strukturen Saul sich mit Leichtigkeit verlieren könnte, dessen Farben so raffiniert aneinander gereiht sind, dass kein Übergang von Grün zu Blau zu Lila festzumachen ist.

Wo er auch hinsieht: Überall wird seine Aufmerksamkeit voll gefordert, verweist ein Muster auf tiefer liegende Wahrheiten, erinnert ein Arrangement an eine vergessene Ordnung. Sinnlos, das Ganze auf eine abstrakte Ebene verlagern zu wollen. Die verborgenen Wesenheiten der hier versammelten Gegenstände greifen nahtlos ineinander, folgen zwingend den Gesetzen der Geometrie. Sind nicht bloß Muster. Wecken Erinnerungen. Jeder Blick von Saul fällt auf verloren Geglaubtes; der Raum versetzt ihn in einen gottgefälligen Stand der Unschuld zurück, den er längst vergessen wähnte: eine reine Daseinsform, die er tief im Unterbewusstsein nur flüchtig erahnt.

Tapfer bemüht, der Reizüberflutung Herr zu werden, blickt Saul zur Decke.

Spielen seine überanstrengten Augen ihm einen Streich? Nein, es ist keine Fata Morgana. Da hängen – an einem zarten Fadennetz – Silberbesteck, Hutnadeln und Pfauenfedern, Seidenkrawatten, Plastikfigürchen und künstliche Blumen, einzeln und in Gruppen so aufgeknüpft, dass sie beim leisesten Windhauch zum Leben erwachen und miteinander in Berührung kommen. Saul dreht sich um und sieht seine eigenen Bewegungen als wogende Schneise an der Decke nachgezeichnet: Unzählige Objekte drehen und wenden sich in Antwort auf seinen Weg vom Eingang bis dorthin, wo er jetzt steht. Das hier ist kein passives Objekt, das man kurz betrachtet und dann sich selbst überlässt. Es ist ein interaktiver Raum. Jeder, der ihn betritt, wird zum Gegenstand in seiner vollkommenen Ordnung, tritt mit ihm auf unendlich vielfältige, wohl ausgewogene Weise in Verbindung.

Saul fällt das Atmen zunehmend schwer; die unerfüllbaren Forderungen des Raums setzen ihm zu, bis ihm so eng wird wie in einem Kleiderschrank und sein Kopf zu pochen beginnt. Ihm kommen die Tränen – weil ihm alles zu viel wird und weil er zu einer neuen Erkenntnis gelangt ist. Wenn er imstande wäre, eine derartige Vision Wirklichkeit werden zu lassen, dann wüsste auch er nicht mit Sicherheit zu sagen, ob er der Versuchung widerstehen könnte.

Saul geht zurück zum Eingang. Ihm ist hundeelend.

«Das genügt», flüstert er dem Beamten zu, der an der Tür wartet.

«Ich kann es Ihnen nicht verdenken», antwortet er. «Ich kriege hier auch nach spätestens fünf Minuten Kopfweh. Aber trotzdem, es hat schon was. Eigentlich eine Schande, dass wir das alles zerstören müssen.» Bei dem Gedanken wird Saul noch übler.

Erst als er draußen auf einen scharfkantigen Kieselstein tritt, merkt Saul, dass er immer noch barfuß ist, und läuft eilig zurück, um seine Schuhe zu holen. Halb zögert er, sie wieder in Beschlag zu nehmen, überlegt, sie an Ort und Stelle zu belassen; an seinen Füßen erscheinen sie ihm irgendwie minderwertiger. Er schaltet das Licht aus und schließt die Schiebetür hinter sich. Der letzte Gegenstand, der von seiner Anwesenheit kündet, ist eine Feder, die direkt über dem

Eingang hängt. Sie dreht sich in dem schwachen Luftzug, den sein Abgang hinterlässt. Dann ist alles still.

Sie gehen zu ihren Autos zurück. Schon hier weht Saul jetzt aus den Steinen im Asphalt, aus den Wolken am Himmel und aus der fahlen Blässe, mit der das gelbliche Licht alles überzieht, die Ordnung des Raumes an; alles deutet auf seine Muster, so wie sich aus dem unbehauenen Stein bereits die Statue ahnen lässt.

«Ich wollte Sie noch etwas fragen», sagt der Beamte. «Hat das Wort ‹Kaleidoskop› eine besondere Bedeutung für Sie?»

Saul blickt ihn verständnislos an und schüttelt den Kopf.

«So hat Ihre Frau das hier nämlich genannt. Es sei ihr Kaleidoskop, hat sie gesagt.»

ERST BEIM Zurückfahren fällt Saul ein, dass er versäumt hat, zu Hause anzurufen. Zerknirscht malt er sich aus, wie Eliza und Aaron seit Stunden wartend beim Telefon sitzen. Er tritt aufs Gas, in dem Wunsch, die Kluft zwischen sich und seinen Kindern so schnell wie möglich zu überwinden.

Das Haus ist dunkel, als Saul in die Zufahrt einbiegt. Er hat erwartet, Aaron und Elly auf der Couch vor dem Fernseher vorzufinden, doch zu seiner Überraschung ist niemand im Wohnzimmer. Ihre Türen oben sind beide zu, nur unter der von Eliza dringt noch Licht durch den Ritz. Saul tritt leise ein.

Sie liegt voll bekleidet auf dem Fußboden und schläft, die Knie bis zur Brust angezogen, den Daumen im Mund. Saul ist sich ziemlich sicher, dass sie normalerweise nicht Daumen lutscht. Er kniet sich neben sie und streicht ihr sacht übers Haar.

«Elly?», flüstert er.

Sie murmelt etwas, ohne sich zu rühren.

«Elly, mein Schätzchen, alles okay. Daddy ist wieder da. Daddy bringt dich jetzt ins Bett.»

So zart, als wolle er ein aus dem Nest gefallenes Vogelkind retten, nimmt Saul seine Tochter auf den Arm. Sie ist erstaunlich schwer, dabei wirkt sie so zerbrechlich. Er legt sie aufs Bett und überlegt, ob er ihr ihren Pyjama anziehen soll. Als fürsorgliche Geste würde ihn das sicher beruhigen; mit einem Mal fühlt er sich verantwortlich für ihr leibliches Wohlbefinden. Es ist das Einzige an diesem aus den Fugen geratenen Abend, was er noch gut machen kann. Aber dahinter stehen selbstsüchtige Motive, das weiß er. Vermutlich ist Elly schon in einem Alter, in dem sie sich lieber selbst umzieht, wenn sie aufwacht. Er deckt seine Tochter zu, gibt ihr einen Kuss auf die Stirn und macht das Licht aus, bevor er die Tür hinter sich schließt.

Der Spalt unter Aarons Tür ist dunkel. Saul klopft leise an.

«Aaron?»

Aaron soll noch wach sein, bitte. Nachts sieht Saul oft vieles klarer als bei Tag. Er steht im dunklen Flur vor der Zimmertür seines Sohnes, hat tausend Dinge im Kopf, die er ihm sagen will. Als Erstes wird er sich für seine Gleichgültigkeit in der letzten Zeit entschuldigen, wird Aaron versichern, dass es nur an den Umständen lag und er ihn selbstverständlich genauso liebt wie eh und je. Er steht vor Aarons Tür, und sein Herz quillt über vor Liebe, sie steigt ihm in die Augen, rinnt ihm über die Wangen.

«Mein Sohn?», flüstert er, aber im Haus bleibt alles totenstill. Was er zu sagen hat, muss bis zum Morgen warten.

An Schlaf ist nicht einmal ansatzweise zu denken. Stattdessen nimmt sich Saul in den frühen Morgenstunden Miriams Sachen vor, durchwühlt Schubladen, die zu öffnen stets unter seiner Würde gewesen ist. In ihrem Kleiderschrank und ihrem Nachttisch sucht er nach einer Spur von der Frau aus der Lagerhalle – und findet nicht den kleinsten persönlichen Hinweis. Erst jetzt, da er seine Frau Stück für Stück durchsortiert, fällt ihm auf, dass ihre Existenz ein einziger Gemeinplatz ist: ein Schrank mit Allzweckgarderobe in praktischen Farben, vier Paar Schuhe von leger bis elegant in Schwarz oder Braun, kein Schnickschnack, kein Schmuck außer dem, den er ihr ganz zu Anfang geschenkt hat, als er noch nicht wusste, dass sie keinen trägt. Rückblickend ist es genug, um ihn vermuten zu lassen, dass ihr wahres Leben anderswo stattfindet.

Und dann findet Saul unter Miriams Bettseite eine Buster-Brown-Schuhschachtel. Sie ist schon ziemlich ausgeblichen; der Junge und sein Hund sind längst von Nike und Tretorn aus dem Bewusstsein junger Konsumenten verdrängt worden. In der Schachtel liegt zwischen mehreren Lagen Seidenpapier ein handtellergroßer quietschrosa Gummiball. Saul hält ihn unter die Nase und riecht ein Stück Kindheit. Als er den Ball zu Boden fallen lässt, sieht es einen Moment lang so aus, als würde er den physikalischen Gesetzen zum Trotz wieder in seine Hand springen. Saul möchte so gern daran glauben; ganz still sitzt er da, mit gespreizter Hand, und wartet darauf, dass der Ball zu ihm zurückkommt. Als nichts passiert, hebt Saul ihn auf und versucht es von neuem. Mit genügend Willen und Anstrengung muss es gehen, und er für sein Teil wird nicht lockerlassen, bis der Ball dort landet, wo er landen soll. Saul weiß, wenn er es nur mit aller Macht versucht, dann kann er die Dinge wieder ins Lot bringen.

ALS SAUL am nächsten Morgen herunterkommt, um Frühstück zu machen, sieht er den Anrufbeantworter blinken.

«Hi, Dad, ich bin's, Aaron.» Liegt es an der Verbindung oder an der Aufnahme, dass die Stimme so weit weg klingt? «Ähm, ich übernachte heute bei Charlie. Ich rufe später nochmal an und erklär's dir, wenn du wieder da bist.» Nach der Botschaft kommen zwei Klicktöne, vermutlich Aaron, der es nochmal versucht und gleich wieder aufgelegt hat. Saul lässt sich von der Vermittlung mit dem letzten Anrufer verbinden.

«Hare Krsna, mein Name ist Vraja Dasa. Wie kann ich Ihnen helfen?»

«Oh, Entschuldigung», sagt Saul. «Da habe ich wohl die falsche Nummer.»

Verwirrt geht er nach oben, klopft bei Aaron an und geht schließlich hinein. Niemand da.

«Eliza?», fragt Saul, als Elly aus ihrem Zimmer tritt und ins Bad will. «Ist Aaron gestern Abend nach Hause gekommen?»

Eliza ist noch so verschlafen, dass die Ereignisse der letzten Nacht in sicherer Entfernung von ihr bleiben. «Ich glaub schon», sagt sie, aber da fällt es ihr wieder ein: der Anruf beim Abendessen, der Aufbruch ihres Vaters und wie sie sich mit Abulafia in ihrem Zimmer verschanzt hat, damit ihr die Welt nicht über den Kopf wächst. Bei ihren Übungen hätte sie Aaron wohl nicht heimkommen hören, aber vor dem Schlafengehen hätte er sich doch bei ihr bemerkbar gemacht. Vielleicht hatte er ja vor dem Haus gestanden, aber den Schlüssel vergessen, war ausgesperrt gewesen, und sie hatte sein Klopfen nicht gehört, weil sie zu tief in eine Permutation versunken war. Der ganze Stolz, den sie letzte Nacht empfunden hat, verpufft, und ihr jüngster Fortschritt erscheint ihr bloß als weiteres Zeichen für ihre Selbstsüchtigkeit.

«Hast du das Telefon und den Anrufbeantworter denn nicht gehört?»

Eliza flitzt in Aarons leeres Zimmer. Vielleicht weiß er ja etwas, was sie nicht weiß. «Ist Aaron bei Mom? Kann ich auch hin? Ist alles okay mit ihnen?» Erst als sie die Tränen auf ihren Lippen schmeckt, merkt sie, dass sie weint – wegen ihrer Mutter, wegen ihres Bruders, wegen sich selbst, was weiß denn sie.

«Schsch», macht Saul. «Es wird alles wieder gut. Dein Bruder hat bei einem Freund übernachtet», sagt er nonchalant, als hätte er das nicht selbst gerade eben erst herausgefunden. «Und deine Mutter ist nicht im Gefängnis, sondern in einem Krankenhaus», was zwar nicht stimmt, aber bald schon der Fall sein könnte. «Die Polizei hat sie letzte Nacht aufgegriffen, da war sie ganz krank und durcheinander, und deshalb haben sie bei uns angerufen.»

«Kann ich zu ihr?» Noch nie hat Eliza ihrer Mutter so ähnlich gesehen. Diesen hoffnungsvollen Blick hat Saul bisher nie mit Miriam in Verbindung gebracht, tut es erst jetzt, wo er ihn in den Augen seiner Tochter widergespiegelt sieht.

«Ich weiß nicht», erwidert er. «Irgendwann bestimmt.»

Er lässt unerwähnt, dass er selbst Miriam auch noch nicht gesehen hat, weil seine Frau letzte Nacht nur mit ihrem Anwalt sprechen wollte, und er sagt Eliza auch nicht, dass er nicht sicher ist, ob Miriam nachher, bei der Vorführung vor dem Richter, mit ihm sprechen wird oder nicht.

«In manchen Krankenhäusern gibt es bestimmte Vorschriften für Kinder. Ich fahre heute hin, während du in der Schule bist. Bis du nach Hause kommst, weiß ich schon mehr.»

«Geht es ihr denn bald wieder besser?», fragt Eliza, immer noch mit dem Blick ihrer Mutter.

«Ich hoffe es.»

Saul geht mit Eliza nach unten und stellt ihr die Cornflakes hin. Hoffentlich schafft er es, sie rechtzeitig zur Schule zu schicken, pünktlich vor Gericht zu erscheinen und dabei so zu tun, als wäre das der ganz normale Tagesablauf.

GOTT SEI DANK ist die Vorführung vor dem Richter rasch vorbei. Miriams Anwalt nimmt Saul vor dem Gericht in Empfang und wirkt einigermaßen perplex, als Saul fragt, ob er und Miriam in derselben Kanzlei tätig sind. Sie müssen nicht lange warten, bis Miriams Fall aufgerufen wird, und dann hat einzig und allein der Anwalt das Wort. Seine Redegewalt und sein erstklassiger Anzug sind die beste Versicherung, dass alles nach Plan läuft. Miriam Naumann, verheiratet, zwei Kinder, keine Vorstrafen, Euer Ehren, wird aufgrund ihres ersichtlich labilen geistigen Zustands zur psychiatrischen Überwachung in das Holliswood Center eingewiesen. Während des gesamten Ablaufs zeigt Miriam kaum eine Regung, nickt mit knapper Not, als sie ihren Namen bestätigen soll. Irgendein Hauptschalter in ihrem Inneren, von dessen Vorhandensein Saul bislang keine Ahnung hatte, ist umgelegt worden. In den paar Minuten, die Saul noch bleiben, bis Miriam wieder abgeführt wird, legt er ihr die Hand auf die Schulter. Sie fühlt sich an wie ein Stück Holz.

«Es wird alles wieder gut», sagt er nun schon zum zweiten Mal an diesem Morgen und kommt sich dabei vor wie ein schlecht abgerichteter Papagei. Miriam schaut ihn an, schaut durch ihn hindurch, dann wird sie abgeführt. Zum Glück hat Saul noch ein anderes Ziel vor Augen. Vom Gericht fährt er direkt zur Abington Highschool.

Kaum ist er im Schulgebäude, überfällt Saul die Lust, einfach ziellos durch die Gänge zu streifen, in denen gedämpfte Geräusche aus den angrenzenden Klassenzimmern zu vernehmen sind, und sich wieder wie ein übermütiger Schulschwänzer zu fühlen, wie damals in seiner Jugendzeit, als die Regeln sich noch flexibler auslegen ließen. Die Flure sehen eindeutig nach Mittelstufe aus und riechen auch so: Kaugummi mit künstlichem Traubenaroma und billiges Rasierwasser. Was der Besen des Hausmeisters übrig gelassen hat, windet sich wie der Brotkrumenpfad im Märchen als Staubfaden durch die Korridore. Doch nun genug mit den sentimentalen Ausflügen in die Vergangenheit. Aaron hat schon lange genug gewartet.

Saul betritt das Sekretariat und schafft es, sofort die Aufmerksamkeit auf sich zu lenken. Diese Kunst hat er auf der Bima erlernt. Er erklärt, dass es sich um einen «Unglücksfall in der Familie» handelt und schaut der Sekretärin dabei fest in die Augen. Dass hinter seinen Worten und seinem Auftreten eine bittere Wahrheit verborgen ist, bringt ihn nicht von dem Gefühl ab, dass er nur Theater spielt, dass er und diese wichtigtuerische Sekretärin, die sich in ihrer Statistenrolle ganz offensichtlich gefällt, einzeln und gemeinsam genau diesen dramatischen Moment eingeübt haben. Saul wird sie einfach nicht los, diese innere Distanz. Die Vorgänge innerhalb der vergangenen vierundzwanzig Stunden ließen sich wesentlich leichter verdauen, wenn er sie jemand anderem aufhalsen könnte.

Sauls Eingeständnis, dass er nicht wisse, welchem Klassenzimmer sein Sohn für die Hauptfächer zugeteilt ist, stimmt die Sekretärin merklich kühler. Sie konsultiert die Liste für die entsprechende Jahrgangsstufe und lässt Saul den Namen wiederholen, arbeitet sich auf dem Blatt bis N vor und beginnt laut zu lesen: Nassen, Nastor, Nattandi, Nauger. Die vielen Nachnamen geben Saul zu denken. Jeder der zugehörigen Väter könnte an seiner Stelle stehen. Saul wendet sich zur Tür, halb schon in Erwartung der Herren Nassen, Nastor, Nattandi und Nauger. Sie werden ihm verschwörerisch zulächeln. Ihm versichern, dass er nicht allein dasteht.

«Auf der Liste ist er heute als fehlend eingetragen.» Die Stimme der Sekretärin lässt Sauls Vision verfliegen. Er hätte schwören können, dass die Frau eben gesagt hat, sein Sohn sei nicht im Haus.

«Fehlend? Aber das kann doch gar nicht sein. Aaron hat gestern bei einem Freund übernachtet. Meine Frau ist nämlich plötzlich schwer erkrankt, und da ist er bei einem Freund geblieben. Ich war bis spätabends … im Krankenhaus –» So in den Raum gesprochen, klingt es ganz plausibel. «Jedenfalls, er war bei Charlie, und heute sind sie eben zusammen zur Schule gegangen.»

Vor ihrem inneren Auge sieht die Sekretärin ein Bett, links der Tropf, rechts eins von diesen Piepsgeräten für die Herztöne – wie die genau heißen, weiß sie nicht, bloß dass sie immer in «Emergency Room» vorkommen. In der letzten Folge hat der Doktor zu Laura gesagt, dass das, was da aus Lukes komatöser Nase rinnt, kein Rotz ist, sondern Rückenmarksflüssigkeit. Und dabei ist Luke so ein netter Kerl. «Das tut mir aber Leid mit Ihrer Frau. Wie heißt dieser Charlie denn mit Nachnamen? Ich will gern nachsehen, wo er momentan steckt.»

Großer Gott, denkt Saul. Er weiß nicht das Geringste über Charlie.

«Vielleicht habe ich da ja was missverstanden. Kann gut sein, dass Charlies Eltern Aaron gleich mit ins Krankenhaus genommen haben. Ich war heute Morgen so durcheinander, da ist mir das womöglich entgangen.»

Saul gibt vor, sich das Hirn über Ereignisse zu zermartern, die nie stattgefunden haben. Sein Schuldbewusstsein erstickt noch das letzte Fünkchen Zorn darüber, dass Aaron einfach so abgetaucht ist und Saul damit dasselbe angetan hat wie Saul ihm.

«Ja, ja, jetzt fällt es mir wieder ein. Sie haben gesagt, sie würden ihn ins Krankenhaus fahren. Bitte entschuldigen Sie, dass ich Sie so unnötig belästigt habe. Aber ich hatte es einfach völlig vergessen», und damit ist Saul auch schon zur Tür hinaus, während die Sekretärin ihm noch ihr aufrichtiges Mitgefühl ausdrückt.

Auf dem Weg zum Auto redet Saul sich selbst gut zu. Mit Aaron ist alles in Ordnung, er ist vermutlich schon zu Hause, oder er drückt sich irgendwo mit seinem mysteriösen Freund herum, bis die Schule aus ist, er ist eben ein Teenager und reagiert nach Teenagerart auf Sauls Unvermögen, mit dieser Krise fertig zu werden. Er wird jetzt nach Hause fahren. Und Eliza sagen, dass sie heute allein üben soll. Und wenn Aaron kommt, wird er seinen Sohn in die Arme schließen.

WENN IHRE Mutter wirklich krank wäre, dann hätte die Polizei sie in die Klinik gebracht und nicht aufs Revier. So viel weiß Eliza. Aber ihre Mutter ist doch Anwältin. Und Anwälte begehen keine Verbrechen.

Dann kommt es ihr. Ihre Eltern lassen sich scheiden. Dazu muss man doch vor Gericht, also wäre es auch logisch, wenn bei einer Scheidung die Polizei mit von der Partie ist. Ihr Vater hatte ihr nicht sagen wollen, dass er seit neuestem im Arbeitszimmer schläft, also wollte er ihr wohl auch nichts von der Scheidung erzählen. Deswegen hat er behauptet, die Polizei hätte ihre Mutter mitgenommen, statt zuzugeben, dass sie selbst dorthin gegangen ist. Schön. Wenn ihr Vater statt «sich scheiden lassen» lieber «krank sein» sagen möchte, dann macht sie das Spiel eben mit. Sie ist ja kein Baby mehr.

Eliza weiß, dass Kinder von geschiedenen Eltern sich meistens entscheiden müssen, bei wem sie leben wollen, aber ihr Fall liegt anders, findet sie. Schließlich schläft ihr Vater ohnehin schon in seinem Arbeitszimmer, und ihre Mutter ist so oder so nicht viel zu Hause. Wenn sie ganz auszöge, hätte sie niemanden mehr, der für sie kocht, und ihr würde überhaupt keine Zeit mehr bleiben, um Eliza und Aaron zu sehen. Also, entscheidet Eliza erleichtert, ist es für sämtliche Beteiligten besser, wenn alles genau so bleibt, wie es ist.

Beim Mittagessen spaziert sie zehn Minuten durch die Cafeteria und sucht nach Sinnas Tisch, bis ihr endlich einfällt, dass Sinna ja jetzt in der Siebten und damit an einer anderen Schule ist.

DER ANWALT hat Saul versichert, dass Holliswood das Nonplusultra an psychiatrischen Privatkliniken ist; trotzdem hegt Saul weiter die schaurigsten Vorstellungen von Stacheldrahtzäunen, rohem Mauerwerk und vergitterten Fenstern. Aber das hier sieht aus wie jede andere medizinische Einrichtung. Der Rasen ist tadellos gepflegt. Auf den Gehwegen schiebt hier und da eine Schwester einen Rollstuhl um die Kurve. Vor dem Eingang prangt ein gärtnerisches Prachtstück aus Zierbüschen und mehrjährigen Blumen. In der sonnigen Haupthalle gibt es bequeme Stühle, Zeitschriften mit Eselsohren und einen gedämpft vor sich hin brabbelnden Fernseher. Die Frau an der Anmeldung begrüßt Saul mit einem Lächeln. Saul kämpft gegen den Drang an, wieder hinauszugehen und auf dem Schild nachzulesen, ob er auch wirklich am richtigen Ort ist. Mit gesenktem Kopf nähert er sich der Anmeldung, er schafft es einfach nicht, der Frau in die Augen zu sehen. Dabei hat er doch keinen Grund, sich zu schämen.

«Kann ich Ihnen helfen?»

Überall die gleiche Frage: im Kaufhaus, in der Bücherei, in der Obst- und Gemüseabteilung. Es macht keinen Unterschied, dass es nun eine Krankenschwester aus der Psychiatrie ist, die ihm diese Frage stellt, und dass es bei der Antwort um seine Frau geht.

«Ähm, ja. Ich, ähm …» Saul hat sich immer einiges auf seine klare Ausdrucksweise eingebildet. «Mein Name ist Naumann. Saul. Ich möchte gern zu meiner Frau, Mrs., also, Miriam Naumann. Soviel ich weiß, ist sie heute morgen hierher gebracht worden.»

Die Schwester zieht eine Liste zurate, bestätigt, dass Mrs. Naumann aufgenommen worden ist, und fragt, ob Saul seinen Besuch vorher telefonisch angekündigt hat.

«Angekündigt? Gibt es hier denn feste Zeiten? Ich kann auch später wiederkommen, wenn Sie möchten.»

Die Schwester hat eine wunderbar melodiöse Stimme, wie eine von diesen Disneyfiguren, um deren Köpfe ständig zwitschernde Vögel flattern.

«O nein, Mr. Naumann, es geht nicht darum, wann Sie hier eintreffen. Es könnte nur sein, dass Mrs. Naumann oder ihre Ärzte verfügt haben, dass sie zurzeit für Besucher nicht bereit ist. Ich rufe in ihrem Flügel an und erkundige mich. Wenn Sie es sich einstweilen bequem machen wollen?» – was, wie Saul rasch versteht, keine Frage, sondern ein Befehl ist. Er kommt ihm so artig wie möglich nach und setzt sich auf den nächstbesten Stuhl, obwohl von «bequem machen» unter diesen Umständen nun wirklich keine Rede sein kann.

Im Wartebereich sitzt außer ihm nur noch eine ältere Frau, die lila Legwarmer trägt und mit dem Blick am Fernseher klebt. Ihre Perücke ist verrutscht. Gerade als Saul sich fragt, ob sie aus irgendeiner Abteilung entwischt ist und nun so tut, als wäre sie normal, schiebt eine Krankenschwester einen alten Mann im Rollstuhl durch den Flur. Die Frau springt auf und küsst den Mann auf seine schlaffe Wange. Er hat einen tipptopp gebügelten lila Seidenpyjama an, ist tadellos gekämmt und lässt mit keiner Miene erkennen, dass er soeben von dieser selbst leicht schräg wirkenden Person einen Kuss bekommen hat, die jetzt den Rollstuhl von der Schwester übernimmt und damit in den frühen Nachmittag hinausschiebt. Saul ist allein. Er sieht die Sonnenstrahlen, die durch die vorderen Fenster einfallen – und kann sich nicht dagegen wehren, sie mit dem Lichteinfall in einem gewissen Turm aus Weingläsern zu vergleichen.

«Mr. Naumann?» Saul wendet sich der Technicolorstimme zu. Eigentlich hat er erwartet, Miriam vor sich zu sehen und sich in ihrer Begleitung der Dame mit den Legwarmers und ihrem autistischen lila Gatten auf ihrem Gang durchs Gelände anzuschließen. Doch da steht nur die Frau von der Anmeldung.

«Alles geklärt», trällert sie. «Gehen Sie wieder beim Haupteingang hinaus und dann linker Hand den Fußweg entlang bis Gebäude drei. Dort müssen Sie klingeln, aber Sie werden erwartet.» Saul nickt dankend und eilt hinaus in die Sonne.

Als ihn durch die Sprechanlage eine weitere melodiöse Stimme willkommen heißt, fragt Saul sich unwillkürlich, ob die Fähigkeit, aus goldener Kehle ununterbrochen Frohsinn zu verbreiten, zu den Grundvoraussetzungen für diesen Job gehört. Die Stimme verführt ihn dazu, sich seine Frau vorzustellen, wie sie im Zauberschlaf liegt und darauf wartet, dass ein Kuss von ihm alles wieder gutmacht.

Ein Summton gibt den Weg frei. Dahinter keine Eingangshalle, sondern nur eine Schwester in der Tür. Als sie die Schachtel inspiziert, die er in Händen hält, kommt Saul der Gedanke, dass er statt eines rosa Gummiballs vielleicht besser ein Nachthemd, eine Zahnbürste oder wenigstens einen Kamm hätte mitbringen sollen. Er folgt der Schwester durch eine weitere Tür, die sie aufschließen muss und die mit einem unheildrohenden Klicken hinter ihnen wieder ins Schloss fällt.

«Ihre Frau ist im Tagesraum, Mr. Naumann. Folgen Sie einfach der gelben Linie hier durch den Flur und dann nach links.»

Saul hält die Schuhschachtel mit einer Hand umklammert und folgt der Linie, ohne durch die Fensterausschnitte der

Türen zu spähen oder die Menschen zu grüßen, an denen er vorbeikommt. Die gelbe Linie endet bei einer Doppeltür, gegen die er zuerst drückt, statt zu ziehen. Als sie hartnäckig geschlossen bleibt, fürchtet er schon, ahnungsloses Opfer eines Tests seines eigenen Geisteszustands geworden zu sein. Dann sieht er den Griff, der ihm vorher irgendwie nicht aufgefallen war. Und zieht.

Miriam ist allein. Sie sitzt in einer Ecke auf einer genoppten grünen Couch. Normalerweise ist immer wenigstens irgendwas an ihr in Bewegung, so kennt Saul sie jedenfalls. Wenn sie nicht gerade einer ihrer endlosen Verrichtungen nachgeht, klopft sie mit dem Fuß auf den Boden oder wippt mit dem Knie oder spielt mit ihren Fingern, um ihren Körper nur ja nicht zur Ruhe kommen zu lassen. Als er Miriam so steif und still dasitzen sieht, geht Saul auf, dass dieses Perpetuum mobile von einer Frau bisher ebenso sehr zu den Konstanten seines Lebens gehört hat wie das Ticken seiner Armbanduhr. Ihre starre Haltung ist es und nicht etwa die Ereignisse der vergangenen Nacht oder Miriams gegenwärtiger Aufenthaltsort, die Sauls innere Distanz zerbröckeln lässt und ihn zu der Einsicht zwingt, dass er nicht Zuschauer einer Seifenoper ist, sondern dass jetzt und hier seine eigene Familie auf dem Spiel steht.

«Was haben sie mit dir gemacht?», entfährt es ihm als Erstes. Er setzt sich neben sie, aber sie rückt weg. «Sie haben dich auf irgendwelche Medikamente gesetzt, stimmt's? Ich knöpfe mir gleich deinen Arzt vor. Das passiert nicht wieder. Es ist doch nicht zu fassen –»

«Saul.» Ihre Stimme ist flach, seine Ereiferung beeindruckt sie nicht im Mindesten. «Saul, sie haben gar nichts mit mir gemacht. Nach dem Aufnahmegespräch wollten sie mir irgendwas geben, ein Antidepressivum, glaube ich, aber ich habe ihnen gesagt, dass ich nicht will, weil es ohnehin nichts mehr ändert. Was passiert ist, ist passiert.»

«Du meinst, sie haben dich nicht … du stehst ganz bestimmt nicht unter Beruhigungsmitteln?»

Miriam lacht, aber völlig tonlos.

«Sehe ich aus, als hätte ich das nötig? Du hast mich doch vor Gericht erlebt. Frag die Polizei, gestern Nacht war ich genauso. Eine Mustergefangene.»

«Du bist keine Gefangene», hält Saul fest. «Du bist krank. Die Polizei hat dich gefunden.»

«Haben sie dir auch gesagt, wo?»

«Ja. In einem fremden Haus.»

«Und was habe ich da gemacht?»

Sauls Antworten kommen langsam und verbissen. «Eine Vase in der Hand gehalten.»

«Und gehörte, laut Auskunft der Polizei, die Vase mir?»

«Nein.»

Beide schweigen. Saul weicht Miriams forderndem Blick aus, er kann ihr nicht in die Augen sehen.

«Haben sie dir mein Kaleidoskop gezeigt?», fragt Miriam sanft. «Ist es nicht schön?» Zum ersten Mal, seit sie hier zusammensitzen, hört Saul einen Ausdruck in ihrem Ton, spürt etwas von der Miriam, die er einst zu kennen glaubte.

«So etwas habe ich im Leben noch nicht gesehen», gibt er zu, unfähig, das Staunen in seiner Stimme zu verbergen.

«Ich suche die fehlenden Teile schon seit meiner Kindheit, da wusste ich noch gar nicht, was aus ihnen werden würde. Du warst es, der mir vor Augen geführt hat, wozu sie bestimmt waren. Wir kannten uns damals erst einen guten Monat, aber in dem Augenblick wusste ich, dass du der Mann warst, den ich einmal heiraten würde.» Sie beugt sich näher zu Saul hin, ihre Augen glänzen, ihr Gesicht ist mit einem Mal lebendig. «*Tikkun Olam*, die Reparatur der Welt», flüstert sie. «Ich habe die zersprungenen Gefäße aufgesammelt, damit alles wieder heil und ganz wird.»

Saul erinnert sich nicht an dieses spezielle Gespräch; damals hat er keinen Grund gesehen, es gewissermaßen mental in Bernstein zu fassen. Für ihn war *Tikkun Olam* nicht mehr als intellektuelles Bettgeflüster, eins unter vielen: Hirngymnastik, um seine obergescheite, aus dem Bett strebende Geliebte noch ein Weilchen zu halten. Hat sie wirklich schon so früh damit begonnen, Dinge vor ihm zu verheimlichen?

Miriams Blick heischt nach einer Antwort. Er nickt, zu mehr reicht sein Mut nicht. Was will er denn eigentlich: losbrüllen oder betteln? Ankläger oder Bittsteller spielen? Wie hat sie das alles nur für sich behalten können? Hatte sie am Ende Angst, er würde versuchen, sie aufzuhalten? Vermutlich hat sie gut daran getan, ihm nichts zu erzählen; und trotzdem, im Nachhinein sieht er wehmütig, wie es auch hätte sein können. In einem anderen Leben wäre ein anderer Saul vielleicht ihr williger Komplize gewesen. Gemeinsam hätten sie die Geheimnisse von Farbe und Symmetrie ergründet und die Vision einer Welt geschaffen, die in sich geschlossener wäre als ihre jetzige. Eine Welt, in der sie nichts voreinander hätten verbergen müssen.

Doch er bleibt still. Die verstiegenen Betrachtungen eines übermüdeten und überanstrengten Ehemanns sind das Letzte, was Miriam momentan brauchen kann. Es wird das Beste für sie sein, wenn die wunderschönen Bestände ihrer Lagerhalle samt und sonders abgebaut sind, bis sie hier herauskommt. Schluss damit, so schnell wie möglich.

«Ich erwarte weder von den Ärzten noch von der Polizei, dass sie das Ganze verstehen», sagt sie, nun wieder sachlich. «Für dich und die Kinder ist auch weiterhin gesorgt. Ich habe dich schon vor längerer Zeit als Berechtigten auf das Treuhandvermögen meiner Eltern eintragen lassen. Besprich die Sache mit meinem Anwalt, er wird dich über die Details in Kenntnis setzen.»

«Miriam, was redest du denn da. Ich habe doch bereits mit deinem Anwalt gesprochen, und er meinte, du kommst bei guter Führung ganz sicher mit einer geringen Bewährungsstrafe davon, wenn du dich im Gegenzug einverstanden erklärst, ein paar Stunden gemeinnützige Arbeit zu leisten und eine intensive Therapie zu machen. Dann bliebe dir sogar ein Prozess erspart. Du könntest einfach nach Hause kommen. Ich … ich werde mich mehr anstrengen, dir das zu geben, was du brauchst, ich verspreche es. Wir können zusammen zur Therapie gehen. Vielleicht sogar die Kinder mitnehmen. Du brauchst nie wieder zu stehlen.»

«Ich habe noch nie in meinem Leben etwas gestohlen.» Kein Wenn und Aber in ihrer Miene.

«Miriam, dein Anwalt hat gesagt, das Beste wäre, ein volles Geständnis abzulegen, dich zu deinem Problem zu bekennen und aufrichtige Reue zu zeigen.»

Sie lächelt. «Aber es tut mir nicht Leid, es war kein Stehlen, und wenn ich könnte, würde ich es wieder tun.»

Saul redet sich ein, dass er nicht weiß, wovon sie spricht.

«Miriam, bitte.»

Sie lächelt nur noch breiter, geradezu trotzig. Er hält ihr die Schachtel hin. Das Lächeln ist wie weggewischt. Stattdessen zeigt sich etwas wie Staunen.

«Das hab ich gefunden.» Saul zuckt mit den Achseln. «Albern vielleicht, aber ich dachte, vielleicht hättest du es gern.»

«Du verstehst es also *doch*», flüstert sie und streckt langsam und ängstlich die Hand danach aus, als könnte die Schachtel ein Trugbild sein.

«Am Ende ist es gar nicht das, was du meinst. Es war unter deiner Seite vom –»

«Ich weiß sehr genau, was es ist», sagt sie und hebt dabei sorgsam die einzelnen Lagen Seidenpapier ab. «Ich danke dir.»

Drei Wörter, intimer als alles, was sie je zu ihm gesagt hat. Saul hat das Gefühl, wirklich in sie eingedrungen zu sein – weit über das rein Physische hinaus. Eine Verbindung jenseits des Fleischlichen.

Sie greift in die Schachtel und birgt den Ball ehrfürchtig in der hohlen Hand. Ist schon im Begriff, das geheime Wort auszusprechen, das niemand je von ihren Lippen gehört hat – da sieht sie die Schrammen. Der Ball ist unwiderruflich ruiniert. Ekel befällt sie bei der Berührung mit seiner aufgeschürften rosa Außenhaut, als wäre jede Schramme ein sich windender Wurm. Spontan will sie den Ball quer durch den Raum schleudern, aber damit würde sie nur unerwünschte Aufmerksamkeit erregen. Also lässt sie das leblose rosa Etwas zurück in seinen Sarg fallen.

«Geh jetzt bitte», bringt sie heraus, ohne zu schreien oder mit beiden Fäusten auf den Mann einzuschlagen, der für diese Blasphemie verantwortlich ist.

«Aber Miriam, ich bin doch gerade erst gekommen. Wir haben ja noch Zeit.»

«Pfleger!»

«Miriam, bitte. Da stimmt doch irgendwas nicht.»

«Pfleger!»

«Miriam, sprich mit mir. Sag mir, warum du so aufgebracht bist.»

Ein Mann in weißer Hose und weißem Hemd zeigt sich. «Mrs. Naumann, kann ich Ihnen helfen?»

Da ist sie wieder, die Allerweltsfrage, die nicht das Geringste zu bedeuten hat.

«Ich möchte gern zurück in mein Zimmer. Jetzt sofort.» Miriam ist schon bei der Tür und rüttelt an der Klinke, Saul setzt ihr nach.

«Bitte, Miriam, lass mich dir doch helfen.» Als er die Hand ausstreckt, streift er Miriam an der Schulter. Sie erstarrt.

«Wag es ja nicht, mich anzufassen», zischt sie, so mühsam beherrscht, dass Saul die Spucke im Mund trocknet.

«Mr. Naumann?» Der gelassene Ton des Pflegers macht ihn schier rasend. «Ich würde vorschlagen, dass ich Mrs. Naumann jetzt zurück in ihr Zimmer bringe, und danach können Sie mit ihrem Arzt sprechen.» Aus der Nähe betrachtet, hat er ein durchaus beeindruckendes Format.

«Ich will nicht mit dem Arzt sprechen», sagt Saul und reckt sich hoch, so gut es eben geht, «sondern mit meiner Frau.»

Miriam hämmert an die Tür. Der Pfleger geht mit dem Arm dazwischen. «Ich bringe Sie jetzt zurück in Ihr Zimmer, Mrs. Naumann. Beruhigen Sie sich. Mr. Naumann», sagt er noch über die Schulter hinweg, «Sie warten wohl am besten hier, bis der Arzt kommt. Er wird gleich bei Ihnen sein.»

Saul möchte auch in Raserei verfallen, will wie wild mit den Fäusten an die Tür schlagen. Will, dass ein großes, gleichmütiges Etwas ihn aufhält und zu einem Bett mit weichen Laken und einem riesigen Kissen führt, das alle Geräusche dieses Weltuntergangs von ihm fern hält. Stattdessen bleibt er wie befohlen am Platz. Wartet auf den Arzt, der wie angekündigt kommen wird. Und hört die Schritte seiner Frau auf ein Zimmer zusteuern, das er nie zu Gesicht bekommen wird.

BEI DER Vorstellung, dass heute Abend wieder niemand ans Telefon geht, wird es Aaron schwarz vor Augen. Er muss es hinter sich bringen, muss sagen, was er zu sagen hat, sonst platzt er. An Essen ist nicht zu denken, es wird nichts in seinem Magen bleiben, solange diese Sache im Raum steht. Als er letzte Nacht dreimal hintereinander nur den Anrufbeantworter gehört hat, konnte er kaum schlafen und hat stattdessen die ganze Zeit still für sich gechantet, um bloß nicht weiter darüber nachdenken zu müssen. Eins hält er sich immer wieder vor: Es geht nicht darum, seinen Vater um Erlaubnis zu fragen. Er will ihm einen Entschluss mitteilen.

Das ist ihm vor zwei Tagen in der Schule klar geworden. Seit September hat er nun schon rein mechanisch am Unterricht teilgenommen, Stühle in diversen Klassenzimmern besetzt und heimlich gechantet, bis er endlich wieder in den Tempel durfte, um dort bis zum letzten Arati zu bleiben, nach Hause zu fahren und am nächsten Morgen wieder von vorne anzufangen. Doch dann hat er sich vor zwei Tagen wieder einmal in einer Ecke umgezogen, wo niemand ihn sehen konnte, und dabei versucht, die Geräusche der Dusche, unter der er eigentlich hätte stehen sollen, und die spöttischen Fragen der anderen, wo er denn bliebe, zu ignorieren – und da ist ihm endlich klar geworden, dass er sich im Kreis bewegte. Sein Leben jetzt unterschied sich in nichts von dem in der achten Klasse. Und ebenso schlicht wie ergreifend kam ihm die Erkenntnis, dass damit nun Schluss sein musste. Er konnte und wollte den Kreis durchbrechen. Also umarmte er am folgenden Morgen seinen Vater und seine Schwester zum Abschied und setzte sich ins Auto. Nie zuvor hat er sich so leicht und glücklich gefühlt. Und sobald er diesen Anruf erledigt hat, fängt sein neues Leben richtig an.

ALS ELIZA nach Hause kommt, holt Saul sie zu sich an den Küchentisch. Vorher hat er vor dem Spiegel den passenden Gesichtsausdruck zu seinen Worten eingeübt.

«Eliza, Schätzchen, ich habe leider traurige Nachrichten. Wenn du irgendwelche Fragen hast, ganz gleich, welche, dann frag mich, ja?»

Eliza nickt.

«Gestern Abend ist deine Mutter in ein fremdes Haus eingedrungen, um sich etwas zu holen, von dem sie dachte, dass es ihr gehört, aber das stimmte nicht. Die Leute in dem Haus haben die Polizei gerufen. Die Beamten stellten dann fest, dass sie psychisch krank ist, und haben sie in die Klinik gebracht. Ich war heute da. Deine Mutter war sehr erregt und durcheinander, aber die Ärzte werden zusammen mit ihr daran arbeiten, dass sie wieder klar denken kann.»

Eliza lächelt. Guter Witz: Aber wir zwei wissen ja, was gemeint ist. «Ist schon okay, Dad. Du musst gar nicht so viel reden.»

Saul legt seiner Tochter die Hände auf die Schultern. «Ich weiß, über so was denkt man nicht gern nach, Elly, aber man darf es auch nicht unter den Teppich kehren. Kann sein, dass sie deine Mutter noch eine ganze Weile in der Klinik behalten.»

Eliza muss kichern. «Ist ja gut, Dad. Ich weiß schon. Und ich sag's auch keinem, wenn du nicht willst. Von mir aus kann sie zurückkommen.»

Saul wählt seine Worte bedächtig und behutsam, als wollte er jemanden davon abhalten, aus dem Fenster zu springen. «Elly, Schätzchen? Bist du so lieb und erklärst mir, wovon du eigentlich redest?»

Eliza strafft die Schultern und sieht ihrem Vater in die Augen. Mit ihrer besten Erwachsenenstimme sagt sie:

«Es ist okay, wenn du und Mom euch scheiden lasst. Ich sag's auch keinem. Ich hab Aaron erzählt, dass ihr nicht mehr im selben Bett schlaft, aber ich sag ihm nichts von der Scheidung, wenn du nicht willst. Du kannst Mom sagen, dass sie ruhig zurückkommen kann. Sie muss nicht so tun, als wäre sie krank.»

Saul steigen die Tränen in die Augen. «Ach, Elly, das hast du also gedacht? Dass deine Mutter und ich uns scheiden lassen?»

Eliza nickt eine Spur zu eifrig.

«Ach, Ellybelly, wenn's bloß so einfach wäre. Es stimmt, deine Mutter und ich hatten in letzter Zeit Probleme, und es stimmt auch, dass wir schon länger nicht mehr im selben Bett geschlafen haben, aber ich fürchte, sie ist wirklich ernsthaft krank. Sie hat gegen das Gesetz verstoßen, hat Sachen gestohlen, eben weil sie geistig ganz durcheinander ist, und jetzt ist sie in der Klinik und versucht, wieder gesund zu werden.»

«Sie ist eine Einbrecherin?»

Die Zuversicht ist aus Elizas Stimme geschwunden. Also war alles, was sie sich in der Schule so klug zurechtgelegt hat, umsonst. Saul spricht ganz behutsam mit ihr, als wäre sie ein gereiztes Tier.

«Der Arzt meint, irgendetwas Krankes in ihrem Gehirn redet ihr ein, sie müsste Sachen wegnehmen.» Er weiß, dass er mit ihr spricht wie mit einem Kleinkind, aber lieber das als den Wortlaut des Arztes, der ihm einen Heidenschrecken versetzt hat.

«Meine Mutter hat was gestohlen, weil sie verrückt ist? Und ist dabei erwischt worden? Und sitzt jetzt in der Klapsmühle?» Saul fährt zusammen. Er widersteht dem Impuls, die Hand nach Eliza auszustrecken, weil er fürchtet, dass sie, Miriams Beispiel folgend, zurückzucken wird, aber da fällt sie ihm schon in die Arme und bohrt ihren Kopf in seinen Brustkorb, als wolle sie ihn dort vergraben.

Saul streicht Eliza übers Haar und flüstert ihr allerlei Beruhigendes ins Ohr. Als ihr Zittern aufhört, versucht er es von neuem.

«Für das, was mit deiner Mutter passiert ist, gibt es viele Betrachtungsweisen, aber nicht alle sind hilfreich. Zu sagen, sie ist verrückt, wird dem Problem nicht gerecht. So nennen es nur Leute, die nichts davon verstehen oder es vor lauter Angst nicht verstehen wollen. Deine Mutter ist psychisch krank.» Mit «deine Mutter» tut er sich sehr viel leichter als mit «meine Frau». «Eine psychische Erkrankung ist, medizinisch gesehen, das Gleiche wie Diabetes oder Bluthochdruck, nur dass dabei der Körperteil, der nicht mehr richtig funktioniert, eben das Hirn ist. Und weil das Hirn so kompliziert gebaut ist, dauert es manchmal einfach länger herauszufinden, was genau verkehrt ist und wie man es wieder hinkriegen kann», – wenn überhaupt, denkt er in Erinnerung an die lockere Formulierung des Arztes von «gestörter Wahrnehmung» und seiner beiläufigen Erwähnung eines Begriffs wie «Schizophrenie».

«Muss sie denn ins Gefängnis?», fragt Eliza. Hätte er doch nur gewartet, bis Aaron zu Hause ist, denkt Saul. So darf er später das Ganze noch einmal erzählen.

«Das weiß ich noch nicht mit Sicherheit, aber ich glaube nicht. Wir haben einen phantastischen Anwalt, und der wird dem Richter alles erklären, und wenn sie verspricht, nicht mehr zu stehlen und eine Therapie zu machen, dann muss sie bestimmt nicht ins Gefängnis.»

«Wie lange bleibt sie denn in dem Krankenhaus?»

Wenn Saul doch nur irgendwem erzählen könnte, wie Miriam heute früh im Tagesraum der Klinik vor ihm zurückgezuckt ist und welch schöne Welt sie auf höhere Weisung aufgeben muss.

«Ich weiß es nicht, Schätzchen. Das liegt weitgehend bei den Ärzten und bei deiner Mutter.»

«Dad?», fängt Eliza wieder an, nachdem die beiden ein Weilchen dagesessen haben, ohne einander anzublicken. «Können wir einfach so weitermachen wie bisher? Mit dem Üben? Vielleicht hilft es ihr ja, wenn sie weiß, dass ich weiter dranbleibe. Dann will sie vielleicht schnell gesund werden, damit sie mir bei den nächsten Wettbewerben zusehen kann. Vielleicht können wir ja alle zusammen zum Finale fahren.»

Den zweiten Teil ihrer Idee behält Eliza für sich – der wird ihrem Vater ziemlich sicher nicht gefallen. Aber am besten kann sie ihrer Mutter doch nur helfen, wenn ihr Gott sein Ohr leiht. Wenn es stimmt, worauf sie letzte Nacht in ihrem Zimmer gestoßen ist, wenn sie wirklich eine Stimme gehört hat, dann ist sie reif für das nächste Buch aus Sauls Regal, für die letzte Sprosse auf Abulafias Leiter zur Schefa.

Es ist für beide eine Erleichterung, sich wieder ins Arbeitszimmer zu setzen, alles hinter sich zu lassen, was zwischen ihnen zur Sprache gekommen ist, und sich in die Welt der Wörter zu vergraben. Saul schärft Eliza zwar ein, dass sie allein weiterüben muss, wenn Aaron nach Hause kommt, weil er dann mit ihm in Ruhe über alles sprechen will, aber mit jeder Stunde, die verstreicht, überlassen sie sich bereitwilliger dem Sog. Saul denkt nicht mehr daran, dass er doch eigentlich auf das Öffnen der Haustür wartet und es längst hätte geschehen müssen. Als das Telefon sie endlich aus ihrer Versunkenheit reißt, sieht Saul mit Schrecken, dass es schon acht ist. Sie haben das Abendessen einfach ausgelassen, und das Haus ist immer noch leer.

«DAD?»

«Aaron, bist du's? Gott sei Dank. Wo bist du denn? Geht's dir gut? Wir haben uns schon solche Sorgen gemacht.»

«Dad, ich hab's dir doch gestern Abend auf Band gesprochen. Ich bin bei Charlie. Ich hab noch ein paar Mal angerufen, aber du warst nicht zu Hause.»

«Es tut mir Leid, mein Sohn. Aber es war wegen deiner Mutter. Sie hatte da einige Probleme … psychischer Natur … und ist deswegen im Krankenhaus. Ich war gestern bis spätabends noch bei ihr.»

«…»

«Aaron?»

«Geht's ihr gut?»

«Ich erzähle dir alles, wenn du zu Hause bist.»

«...»

«Aaron? Bist du noch da? Deine Mutter wird schon wieder. Komm einfach nach Hause.»

«Na ja, darüber müssten wir eben irgendwie reden. Ich möchte eigentlich nicht mehr nach Hause.»

«Aaron, was soll denn das? Ich verstehe es ja, mit gestern Abend, und auch dass du heute nicht in der Schule warst. Das war bestimmt ein ganz schöner Schreck für dich. Eliza war da, aber sie hat schon geschlafen und nicht gehört, wie du angerufen hast –»

«Dad? Hör bitte einfach mal zu, okay? Mein Freund Charlie heißt in Wirklichkeit Chali. Das ist ein spiritueller Name, Dad. Er lebt im ISKCON-Tempel. Ich war da in letzter Zeit ziemlich oft, und was sie da machen, ist etwas ... also, das ist sozusagen etwas, wonach ich wohl immer schon gesucht habe. Und jetzt, wo ich es gefunden habe, will ich es nicht mehr aufgeben, verstehst du?»

«Aaron, jetzt sag schon, wo du bist. Was du mir da erzählst, können wir genauso gut hier zu Hause besprechen. Es gibt eine Menge, worüber wir reden müssen, unter anderem über deine Mutter, aber auch darüber, wie ich dich in letzter Zeit übergangen habe. Dafür möchte ich mich auch bei dir entschuldigen, mein Sohn, aber das will ich dir lieber persönlich sagen, hier bei uns. Du bist ganz außer dir und kannst jetzt sicher nicht mehr Auto fahren, also sag mir einfach, wo du bist, dann hole ich dich ab.»

«...»

«Aaron? Weinst du?»

«Ich will dir nicht sagen, wo ich bin, Dad. Ich will hier bleiben.»

«Aaron, zwingen sie dich, das zu sagen? Halten sie dich

gegen deinen Willen fest? Aaron, mein Sohn, wenn sie dich nicht –»

«Nein, Dad, absolut nicht. Im Gegenteil.»

«Aaron, ich rufe die Polizei.»

«Nein! Dad, das ist es nicht, ich schwöre es. Okay, ich sage dir, wo ich bin, und du holst mich ab, und dann können wir reden. Okay? Aber bleib ganz offen, okay? Es ist nämlich echt wichtig, dass du mir ganz offen zuhörst, wenn ich dir davon erzähle.»

«Jetzt sag mir schon die Adresse.»

ER SCHICKT Eliza zu Bett, bevor er losfährt, um Aaron abzuholen, aber es kostet sie keine Mühe, bis zur Rückkehr der beiden wach zu bleiben. Wo wird das Gespräch wohl stattfinden? Im Arbeitszimmer vermutlich, weil Saul denkt, dass er da die Tür zumachen kann und keiner sie hört. Er weiß ja nicht, wie gut die Luftschächte den Schall übertragen.

Als sie ins Haus kommen, reden sie über Miriam und wie lange sie wohl fort sein wird. Aaron klingt ruhiger, als Eliza ihn in Erinnerung hat, aber sie weiß, dass die Stimme allein noch nicht viel sagt.

Einen Moment ist es still. Elly meint zu hören, dass die Tür geschlossen wird. Und dann plötzlich dröhnt die Stimme ihres Vaters los, von einer Sekunde zur anderen völlig verändert. Wenn Eliza, mit einem Stockwerk Abstand, schon so zusammenfährt, wie geschockt muss Aaron dann erst sein.

«Mein Gott, Aaron, was haben sie mit dir angestellt?»

Wenn sie doch nur wüsste, wovon ihr Vater redet. Von hier oben wirkte Aaron eigentlich so wie immer. Dass ihr Bruder vor dem wutschäumenden Saul überhaupt einen Ton herausbringt, beeindruckt Eliza ungeheuer.

Sie bekommt nicht alles mit, was Aaron sagt, aber es geht um irgendetwas, das er von einem Flugzeug aus gesehen hat. Dann hört sie Saul «Kult» und «Gehirnwäsche» sagen und Aaron etwas von Indien und östlicher Religion erwidern. Schließlich werden beide so laut, dass Eliza jedes Wort versteht.

«Du wirst nicht dort wohnen.»

«Dad, ich bin fast volljährig. Über kurz oder lang hast du mir nichts mehr zu sagen. Du kannst mir Steine in den Weg legen, aber du kannst mich nicht aufhalten.»

Es wird totenstill. Und dann reden sie weiter, zu leise, als dass Eliza ihnen noch folgen kann. Am liebsten würde sie sich nach unten schleichen und an der Tür horchen, aber dabei erwischt zu werden ist eine grässliche Vorstellung. Sie buchstabiert im Kopf, um sich wach zu halten, bis die beiden nach oben kommen. Sobald aus dem Elternschlafzimmer nichts mehr zu hören ist, tastet sie sich in den Flur. Aarons Tür ist zu.

Sie klopft leise.

«Aaron?»

Sie klopft noch einmal, ein bisschen fester.

«Geh weg, Elly.»

«Aaron, was war denn los? Kann ich nicht reinkommen?»

Schweigen. Eliza bleibt hartnäckig vor der Tür stehen.

«Bist du immer noch da?», fragt er nach ein paar Minuten, die für Ellys Gefühl genauso gut ein paar Stunden hätten sein können, weil sie notfalls die ganze Nacht da stehen geblieben wäre. «Na, dann komm eben rein.» Er sperrt auf.

Aaron spielt ganz leise Gitarre, kein bestimmtes Stück, nur eine Reihe freier Akkorde. Er sieht nicht zu ihr hin, als sie sich ihm gegenüber auf den Boden setzt.

Das orange Gewand, das er trägt, erinnert sie an die Badetücher, die sie sich als Toga umgeschlungen haben, als sie noch klein waren. An seinem Hals hängt ein merkwürdiger Stoffbeutel.

«Was ist das?», fragt sie und zeigt darauf.

«Darin bewahre ich meine Japa-Perlen auf», sagt er und klimpert weiter.

«Was sind denn Japa-Perlen?»

«Die brauche ich zum Chanten.»

«Das ist das, was du da neulich nachts gemacht hast?»

«Du warst also doch an meiner Tür.»

«Ja, aber nur, weil ich dich durch die Wand gehört habe.»

Eliza lauscht den steigenden und fallenden Gitarrenakkorden.

«Das mit Mom weißt du ja vermutlich schon.»

Aaron nickt, ohne mit dem Spielen aufzuhören.

«Weißt du», sagt er, «in den Veden heißt es, dass wir nur sterben, um wiedergeboren zu werden, immer und immer wieder. Wie viel Gutes wir in unserem letzten Leben getan haben, bestimmt darüber, in welcher Gestalt wir wiedergeboren werden. Irgendwann haben wir beide, du und ich, in Tierkörpern gelebt, aber es ist uns gelungen, zu Menschen zu werden. Und wenn wir wirklich gute Menschen geworden sind, können wir zu den Himmlischen Planeten und schließlich zur Gottheit selbst aufsteigen.»

Erst denkt sie, dass er Witze macht, aber sein Gesicht ist todernst. Eliza betrachtet ihren Bruder genauer. Abgesehen von dem orangen Gewand, wirkt er wie immer. «Glaubst du das wirklich?», fragt sie.

«Weiß ich nicht genau», gibt er schwach grinsend zu, «aber wenn es stimmt, dann heißt das, dass unsere Eltern nur ein Paar von den zahllosen Eltern sind, die wir schon gehabt haben und noch haben werden. Das ändert irgendwie die Perspektive.»

Eliza schüttelt den Kopf. «Wieso? Sie sind jetzt unsere Eltern, oder? Wenn wir gute Menschen sein sollen, dann müssen wir ihnen doch helfen? Ich meine, wenn ich irgendwas tun könnte, das allen helfen würde, Mom und Dad und dir, findest du nicht, dass ich es dann auch tun sollte?»

Aaron hört auf zu spielen. «Elly, wozu will Dad dich bringen?»

«Zu gar nichts.» Eliza schüttelt energisch den Kopf. «Es ist genau andersrum. Er weiß nicht, dass ich es tun will. Das heißt, er weiß es schon, aber er denkt, dass es noch eine Weile dauert. Aber ich bin mir ziemlich sicher, dass ich jetzt schon so weit bin.»

«Hey, Elly?» Aarons Stimme klingt jetzt anders, sanfter. «Weißt du noch, wie wir klein waren und ich dir alles Mögliche beigebracht habe?»

«So was wie die geheimen Tricks der Ninja Turtles und der Jediritter?»

Aaron lächelt. «Ja, so was.»

Und plötzlich überfällt Eliza eine ungeheure Wut. Sie hat keine Ahnung, woher die auf einmal kommt und wie sie so schnell in ihr hochsteigen konnte; jedenfalls ist die Stimme, mit der sie jetzt ihren Bruder anzischt, das pure Gift. «Das hast du doch alles bloß erfunden. Du konntest ja gar nicht richtig kämpfen. Hast da auf dem Boden gelegen wie ein geprügelter oller Köter –.» Zum ersten Mal seit damals sieht sie das Bild wieder vor sich: ihren Bruder, so blass und still, seine Augen so voller Erwartung, als wäre es ihre Aufgabe, ihn zu retten und nicht umgekehrt. Im nächsten Moment ist die Vision verflogen, der Zorn verraucht; Eliza fühlt sich klein und ein wenig beschämt.

«Aaron, es tut mir Leid», flüstert sie.

Er starrt müßig auf die Gitarre in seinem Schoß, als erinnerte ihr Anblick ihn an etwas.

«Ist schon okay, Elly. Es spielt keine Rolle. Und es ist auch okay, wenn du findest, dass ich in dem Gewand hier blöd aussehe –»

«Das habe ich nicht gesagt.»

«– und wenn du die Idee mit der Wiedergeburt völlig abwegig findest –»

«Das habe ich auch nicht gesagt.» Eliza ist wieder auf hundertachtzig, er erkennt es an ihrem geröteten Gesicht; anders als er wird sie normalerweise nie rot.

«Ich weiß, dass du das alles nicht gesagt hast, aber es wäre auch okay, wenn's so wäre. Das ist eine von den Sachen, die ich dir sagen will. Ich versuche dir nämlich jetzt was beizubringen, wovon ich wirklich was verstehe. Ich hab das nicht erfunden, okay? Ich weiß, dass du mit dem Buchstabieren zugange bist, aber nimm dich in Acht. Sieh zu, dass du es bist, die es will, und nicht Dad. Er kann nämlich manchmal ganz schön überzeugend sein. Okay?»

«Okay», sagt Eliza, auch wenn sie ziemlich sicher ist, dass er total daneben liegt.

SAUL WÄHLT die Nummer, die für ihn immer Miriams Büronummer gewesen ist. *Sie sind mit dem Anschluss von Miriam Naumann verbunden. Ich bin zurzeit nicht an meinem Platz, aber …* Dieselbe Botschaft, die er nie angezweifelt hat, weil Miriam immer zurückrief.

Als Nächstes sucht er die Nummer ihrer Kanzlei aus dem Telefonbuch heraus und erfährt dort, dass Miriam Naumann seit über zehn Jahren nicht mehr für sie tätig ist. Er ruft im Krankenhaus an, aber sie empfängt weiterhin keinen Besuch. Er spricht kurz mit einem Arzt, der ihm wöchentliche Behandlungsberichte per Telefon und Post verspricht und ihm von Miriam ausrichten lässt, er solle sich mit ihrem Anwalt in Verbindung setzen. Der Anwalt wiederum setzt Saul davon in Kenntnis, dass er als Berechtigter eines Treuhandvermögens eingetragen ist, das Miriam von ihren Eltern geerbt hat.

Sämtliche Rechnungen der letzten zehn Jahre sind nicht, wie Saul immer angenommen hatte, von Miriams Gehalt, sondern aus jenem Treuhandvermögen beglichen worden. Saul fragt den Anwalt, ob er irgendetwas über Kulte weiß, der Anwalt verneint und fragt, warum er das wissen wolle. Saul bleibt die Antwort schuldig.

Nach Aarons Darstellung ist es eine uralte indische Religion, die die Amerikaner als Kult bezeichnen, weil sie sich vor allem Fremden fürchten. Aaron hat Saul Bücher zu lesen gegeben, aber Saul will sie nicht lesen. Er will die Zeit um ein halbes Jahr zurückdrehen und merken, wie selten sein Sohn sich in letzter Zeit zu Hause aufhält. Er will seinem Sohn Fragen über seinen neuen Freund stellen. Er will Eliza ein Weilchen allein üben lassen, während er und Aaron Gitarre spielen.

Nun, da all dies nicht mehr möglich ist, will Saul wenigstens sichergehen, dass die Geschichte sich nicht wiederholt. Er will nicht, dass Aaron und er einander so fremd werden wie er und sein eigener Vater vor langer Zeit. Er will nicht, dass seine Enkel ihn bei seiner Beerdigung zum ersten Mal zu Gesicht bekommen. Saul ist nicht unschuldig daran, dass Aaron diesen Weg eingeschlagen hat, aber vielleicht kann er ihn ja noch zurückholen. Er wird die Bücher lesen. Er wird Aaron erlauben, ab und zu in diesen Tempel zu gehen. Und wenn Aaron abends zu Hause ist, werden sie miteinander reden. Saul bleibt nur noch ein gutes Jahr, um Aaron umzustimmen. Danach ist Aaron gesetzlich ermächtigt, seine eigenen Entscheidungen zu treffen. Saul tröstet sich mit dem Gedanken, dass nun, da sie weder länger geheim noch verboten sind, die Besuche bei den Hare Krishnas für Aaron an Reiz verlieren werden. Es ist eine Phase, hält er sich vor, eine Phase wie jede andere, aus der er herauswachsen wird.

Saul macht Arme Ritter, obwohl gar nicht Sonntag ist. Sie liegen schon bereit, als Aaron und Eliza zum Frühstück herunterkommen. Beim Anblick der Toasts und ihres entschlossen lächelnden Vaters setzen beide sich wortlos hin und fangen an zu essen. Eliza wirft ihrem Bruder verstohlene Blicke zu, doch der konzentriert sich mechanisch auf seinen Teller. Saul meidet alle Gesprächsthemen, die mit Aaron oder Miriam zu tun haben. Nach seiner Auffassung sorgt er damit für bitter nötige Normalität unter schwierigen Umständen – und glaubt selbst so fest daran, dass er nicht merkt, wie krampfhaft seine Kinder ihre Gabeln umklammert halten.

«Was meinst du, wann bist du heute zu Hause?», fragt er Aaron gezwungen beiläufig durch den Kloß in seiner Kehle. «Ich sehe zu, dass ich die ersten Kapitel von diesem Buch bis heute Nachmittag fertig gelesen habe, dann können wir uns nach der Schule darüber unterhalten.»

Eliza gibt sich wirklich Mühe, nicht hinzuhören; aber selbst so hört sie noch aus den Worten ihres Vaters den versteckten Befehl heraus: *Nach der Schule meldest du dich unverzüglich bei mir.*

«Ich weiß nicht genau», erwidert Aaron erstaunlich gelassen, wie Eliza findet. Ist die eigentliche Botschaft, auf die sie beide doch so geeicht sind, nicht bei ihm angekommen? «Wenn du willst, dass ich meine Mahlzeiten hier einnehme, muss ich nach der Schule erst einkaufen, und dann dauert es auch noch eine Weile, um mein Essen zuzubereiten.»

«Ich mache dir gern irgendwelches Extragemüse, Aaron.»

Aaron lächelt Saul an, als wäre der ein Kleinkind. «Das ist sehr nett von dir, aber so einfach ist es nicht. Es gibt spezielle Speisen, die auf spezielle Weise gekocht werden müssen. Ich habe noch keinen eigenen Schrein, deshalb kann ich hier kein Prasadam essen, aber ich will ihm wenigstens so nahe kommen wie möglich.»

«Prasadam.» Je unsicherer Saul ist, desto mehr neigt er dazu, seine Fragen als Aussagen zu formulieren.

«Geheiligte Nahrung. Neben dem Chanten ist das einer der wichtigsten Wege, um sich Gott zu nähern. Wenn du willst, kann ich ja für uns alle kochen, dann könnt ihr es probieren.»

Saul nickt zustimmend. «Und nach dem Abendessen unterhalten wir uns?»

«Klar, Dad. Gerne», sagt Aaron mit bangem Blick.

IN DER Schule überlegt Eliza, welche Buchstaben ihrer Mutter helfen könnten: ein paar Injektionen mit B zur Stabilisierung, Tinkturen von Q, damit sie ihre Familie nicht vergisst. Eliza ist der Buchstabendoktor, der alles Leid der Welt mit einem gezielt verabreichten Konsonanten oder Vokal zu kurieren vermag. Die Vorstellung trägt sie durch die gesamte Pause, ohne dass sich ein störender Gedanke an Vater und Bruder und die knisternde Spannung einschleicht, die bei ihnen jetzt selbst unter den banalsten Worten verborgen lauert.

Als Eliza aus der Schule kommt, wartet Saul schon auf sie. Sie stürzen sich in ihre Übungen wie übermütige Schwimmer zu Saisonbeginn in den Pool und kommen erst wieder an die Oberfläche, als Düfte aus der Küche ihnen sagen, dass das Abendessen fertig ist.

Schon im Flur riecht es nach Räucherstäbchen. Aaron steht stolz neben dem Herd, auf dem es aus drei Töpfen dampft. Er ruft Saul und Eliza zu sich und schöpft ihnen sorgsam je eine Portion auf ihre Teller, sehr darauf bedacht, die Inhalte der verschiedenen Töpfe nicht miteinander zu vermischen.

«Das sind Kichererbsen in Ghee, reinem Butterfett. Das hier sind Zucchini, und das ist Reis.» Aaron grinst so breit, dass er kaum reden kann. Eliza weiß nicht, wann sie ihn zum letzten Mal so fröhlich erlebt hat. «Vor dem Essen würde ich gern ein paar Dankesworte sprechen.»

Er fängt an, bevor Saul etwas darauf erwidern kann.

«Der weltliche Leib ist ein Klumpen unwissender Materie, und die Sinne sind ein Netzwerk von Pfaden zum Tode. Die Zunge ist die unersättlichste und unbeherrschteste von allen Sinnen. Doch Krsna hat uns dieses köstliche Mahl zukommen lassen, das uns hilft, die Zunge im Zaum zu halten. Lasst uns also aus diesem köstlichen Mahl die größte Befriedigung erwachsen, lasst uns den Höchsten, Shri Radha und Shri Krsna, lobpreisen und in Liebe Shri Chaitanya und Shri Naityananda um Hilfe anrufen.»

Eliza verbeißt sich mit aller Kraft das Kichern; Saul starrt Aaron an, doch der greift zur Gabel und sieht geflissentlich an den beiden vorbei.

«Ein Klumpen unwissender Materie? Pfade zum Tode? Hasst du dich selbst denn so sehr, Aaron?»

Aaron läuft purpurrot an. «Der Körper gehört zur materiellen Welt, Dad, und die ist eine Illusion. Nur wenn wir uns über den Körper erheben, können wir Gott nahe kommen.»

«Aber hat nicht Gott unsere Körper geschaffen? Heißt den Körper zu verachten nicht auch, Gott zu verachten?»

«Können wir bitte erst essen und die Diskussion auf nachher verschieben?» Aarons Stimme ist in ein Register gehüpft, das er seit seinem letzten Wachstumsschub glaubte hinter sich gelassen zu haben.

«Ja natürlich.» Saul nimmt eine Gabel voll Kichererbsen und lässt sie, wie vor ihm schon Eliza, knirschend zwischen den Zähnen zerkrachen. Ruhig legt er die Gabel neben den Teller zurück.

«Aaron?» Sanfte Stimmlage. «Wie lange hast du die denn kochen lassen?»

Aaron knurpselt verbissen weiter, will auf keinen Fall zugeben, dass das, was er da zusammengebraut hat, nicht im Entferntesten so schmeckt wie die Speisen im Tempel. «Ich dachte, ich hätte sie lange genug gekocht. So wie sie aussahen, waren sie gar.»

Die Kichererbsen schwimmen in zerlassener Butter, die auf den Tellern allmählich erstarrt. Eliza widmet sich den Zucchini, die zwar zerkocht sind, sich aber wenigstens leicht kauen lassen. Saul hat das Essen komplett aufgegeben.

«Hast du denn zwischendurch nicht probiert?»

Aaron platzt. «Man soll nicht probieren, klar? Das ist gegen die Regel. Du hast doch überhaupt keine Ahnung, wie soll ich so mit dir reden? Du brauchst es nicht zu essen, wenn es dir nicht schmeckt. Geh zurück zu deinem Fleisch. Ich esse in meinem Zimmer.» Er häuft sich angebrannten Reis und welke Zucchini auf seinen Teller und stampft damit die Treppe hinauf.

Als seine Schritte verhallt sind und die Tür krachend hinter ihm ins Schloss gefallen ist, sieht Saul mit einem traurigen Grinsen zu Eliza hin.

«Hilfst du mir, die Küche aufzuräumen? Wir sollten das Essen wohl aufheben, auch wenn es am Ende keiner will.»

Sie räumen schweigend ab. Als ihr Vater sich an die Töpfe macht, kann Eliza nicht mehr länger den Mund halten.

«Dad? Was hat Mom wohl heute zum Abendessen gekriegt?»

Saul hält nicht inne, sondern beantwortet die Frage, als wäre Miriam ein ganz normaler Gesprächsgegenstand.

«Ich weiß es nicht, Elly, aber ich möchte wetten, etwas Besseres als das hier. Soll ich dir noch einen Hotdog machen, bevor ich mit deinem Bruder rede?»

«Dad? Wann können wir sie besuchen? Wann kommt sie wieder nach Hause?»

Saul dreht den Wasserhahn zu und beugt sich herunter, bis sein Gesicht auf gleicher Höhe mit dem von Eliza ist.

«Elly, ich weiß es nicht, aber es kann noch eine Zeit lang

dauern. Im Augenblick empfängt sie überhaupt keinen Besuch, nicht einmal mich.»

«Lassen die Ärzte sie nicht?»

«Nein, es sind nicht die Ärzte.» Eigentlich hatte er seinen Kindern die wahren Hintergründe ersparen wollen, doch jetzt übermannt ihn der Zorn, und es rutscht ihm einfach heraus. «Sie empfängt niemanden, weil sie nicht will.»

Eliza macht einen Fischmund, aber es kommt kein Ton heraus. Ihre nächste Frage ist an den Fußboden gerichtet.

«Sie hat gesagt, dass sie mich nicht sehen will?»

Saul legt seiner Tochter die Hände auf die Schultern; sie fühlt sich an wie eine kleine steinerne Statue. Er möchte sie hoch in die Luft werfen und gegen den Uhrzeigersinn herumwirbeln, möchte die Zeit zurückdrehen.

«Nein, Elly, das hat sie nicht gesagt. Ihr geht es einfach noch nicht gut genug, um Besuch zu haben.»

Elizas Stimme ist ganz klein, klingt fast wie Windgesäusel. «Ist sie sehr wütend?»

Und jetzt hebt Saul sie wirklich zu sich hoch, aber sie ist totes Gewicht in seinen Armen, erinnert ihn zu sehr an Miriam. Schnell setzt er sie wieder ab.

«Ich glaube nicht, dass sie wütend ist. Sie ist bloß durcheinander.»

«Ich glaube, sie ist wütend», sagt Eliza, immer noch kaum hörbar, sodass Saul sich ein weiteres Mal hinknien und sie bitten muss, den Satz zu wiederholen.

«Warum glaubst du, dass sie wütend ist?» Er müht sich, seine Verzweiflung nicht durchklingen zu lassen, aber das ist wahrhaftig nicht einfach. Er will sich nicht auch noch um Eliza Sorgen machen müssen. Wenn das noch dazukommt, bricht er zusammen.

Eliza zuckt mit den Achseln. Saul tätschelt ihr den Kopf und sagt ihr, dass alles wieder gut wird. Sie soll allein im Arbeitszimmer üben, während er oben mit Aaron redet, denn das könnte länger dauern. Sie sagt okay, dabei wäre es ihr viel lieber, wenn er mit dem Grund für Miriams Wut herausrückte. Wenn ihr Vater einfach der Tatsache ins Auge blicken würde, dass ihre und seine Bemühungen eben zeitweilig ihren Preis haben, dass ihnen darüber die Menschen verloren gehen, die sie lieben, dann könnten sie wenigstens gemeinsam zu dem Schluss kommen, dass das Opfer sich lohnt. Denn sobald Eliza bei Gott Gehör gefunden hat, wird sie ihren Bruder und ihre Mutter zu ihnen zurückbringen können, das weiß sie, und ebenso sicher weiß sie auch, dass der Zeitpunkt gekommen ist. Heute Abend wird sie, um die Diskussion im ersten Stock zu übertönen, sich im Arbeitszimmer das nächste Buch aus dem Regal holen.

BEI DEM Gedanken, dass Saul im Haus ist, direkt über ihr, bekommt Eliza ein flattriges Gefühl im Magen. Bestimmt dringt ihr Zähneklappern als Morsecode durch den Luftschacht nach oben und verrät ihrem Vater, was sie vorhat. Eliza presst die Kiefer zusammen, damit das Zittern aufhört und ihr Körper sich gutwillig überreden lässt, ihr zu Diensten zu sein.

So leise das Stimmengemurmel von oben auch ist, den Tenor der Unterhaltung kann Eliza aus dem Tonfall heraushören. Ihr Vater spricht tief und bestimmt, in längeren, wohlbemessenen Sequenzen. Aaron dagegen klingt wie ein verschreckter Vogel, er stößt kurze, scharfe Laute aus, in denen für Elizas Ohren ihre eigenen Ängste Gestalt annehmen.

Sie muss sich einen Augenblick lang wappnen, um schließlich nach dem Buch zu greifen, das die letzten Schritte auf dem Weg zur Schefa enthält. Ist sie überhaupt würdig, es aus dem Regal zu nehmen? Sie hat ernsthaft die Möglichkeit in

Betracht gezogen, dass es sich ihrem Griff verweigern könnte.

Und hofft halb und halb, so zu scheitern. In ihrem zarten Alter findet sie die Vorstellung, dass ihr Vater nicht allwissend ist, ziemlich unerfreulich. Wenn sich herausstellt, dass sie ihre Fähigkeiten überschätzt hat, könnte Saul wieder seinen Platz als ihr weiser Berater einnehmen. Und sie könnte sich aufatmend wieder von ihm lenken lassen, in dem Bewusstsein, dass es ihr bestimmt ist, zu folgen und nicht zu führen. Als das Buch in ihre Hand gleitet, ohne dass Fanfaren erklingen oder die Seiten sich in Rasierklingen verwandeln, entscheidet Eliza rasch, dass die Stunde der Wahrheit kommen wird, wenn sie es aufschlägt.

Denn es muss eine Stunde der Wahrheit geben. Sonst wird der Band für Eliza nie die Macht beinhalten, die Saul ihm zuschreibt. Rasch überdenkt sie ihre Erwartungen. Ein Buch in die Hand zu nehmen, das kann jeder. Der Knackpunkt ist, es aufzuschlagen. Wenn sie für den Inhalt noch nicht bereit ist, wird das Buch für sie wie mit sieben Siegeln verschlossen sein.

Vorsichtig fasst Eliza den vorderen Einband zwischen Daumen und Zeigefinger. Lässt einen Augenblick lang ihre Finger einfach dort ruhen. Will sie überhaupt, dass das Buch ihr Zugang gewährt?

Als sie es endlich aufschlägt, knirscht der Buchrücken wie bei einem gewaltigen Folianten, dem die Macht der in ihm enthaltenen Wörter zusätzliches Gewicht verleiht. Die Blätter verströmen den Geruch von frischem Papier, vermengt mit dem bitterem Beigeschmack von Tinte. Das Innenleben des Buchs ist der Welt nicht lange genug ausgesetzt gewesen, es hat seinen ursprünglichen Duft bewahrt. Die Blätter erinnern Eliza an ihre eigenen geschützten Körperzonen, an die Blässe von Innenarm und Bauch – Hautpartien, die nur selten an die Sonne kommen. Keine Schmierflecken oder Fingerabdrücke verunzieren die Seiten, keine Spur von eingetrockneten Kaffeetröpfchen, mit denen Saul sich im letzten Band verewigt hat. Auch wenn Eliza die hebräischen Lettern nicht lesen kann – die hier sehen nicht so kalt und insektenartig aus wie die im Gebetbuch. Sie erinnern sie eher an Bäume als an Käfer. Zur Begrüßung springen die vier Buchstaben ihrer letzten Permutationsübungen sie von dem Blatt förmlich an, als sähe sie sie durch eine 3-D-Brille. Eine tröstliche Erkenntnis, dass sie in diesem fremdartigen Alphabet doch schon ein paar Freunde gewonnen hat. Im Weiterblättern geben die breiten, makellos reinen Ränder Eliza das Gefühl, durch frisch gefallenen Schnee voranzuschreiten. Ihr Vater mag diese Wörter übersetzt haben, aber sie sieht glasklar, dass er keinen Augenblick versucht hat, ihnen zu folgen. So weit ist er nie vorgedrungen.

Die Stimmen aus Aarons Zimmer klingen jetzt wieder eher gemäßigt und nach normaler Unterhaltung. Selbst mit dem Ohr direkt am Luftschacht versteht Eliza kein Wort, was sie grübeln lässt, ob Schall am Ende leichter als Luft ist, so wie Helium. Wenn ja, könnte es zu ihrem eigenen Nachteil sein; also deckt sie den Luftschacht mit einem Sofakissen ab, damit nur ja kein Laut von ihr nach oben dringt.

«Das Leben der künftigen Welt» ist so schmal wie seine Vorgänger, liest sich aber schwieriger und wimmelt von Schilderungen der Schefa, die selbst Sauls enthusiastische Darstellungen in den Schatten stellen. Ihnen zufolge sieht Eliza dank Schefa die gesamte Schöpfung, was so sein wird, als sähe sie in einem Spiegel sowohl ihr eigenes Gesicht als auch «die Gesichter aller Vorübergehenden.» Laut Abulafia wird Eliza Gott nicht nur hören, sondern auch schauen, wobei er jede Form annehmen kann, ob kleiner Junge, Scheich oder alter Mann.

Das hebräische Wort, durch dessen Permutation sie all das

erlangen soll, ist eigentlich gar kein Wort, sondern eher ein Buchstabenpuzzle. Der Name der Zweiundsiebzig besteht aus drei Toraversen mit jeweils zweiundsiebzig Buchstaben, die sie zu zweiundsiebzig bestimmten Dreiergruppen kombinieren soll. Jeder Buchstabe wird mit einem eigens zugeteilten Vokal ausgesprochen und von einer spezifischen Kopfbewegung begleitet. Zudem muss Elly hierbei auch ihrer Atemtechnik noch besondere Aufmerksamkeit schenken: Abulafia verlangt für jede Dreierkombination eine bestimmte Anzahl von Atemzügen.

Ein Berg türmt sich vor ihr auf. Hier muss sie alles zur Anwendung bringen, was sie je erlernt hat, mit oder ohne ihren Vater. Sie kann nicht einmal mit dem Namen selbst anfangen, sondern mit Permutationen anderer Wörter auf dem Papier, bis ihr der Stift von selbst aus der Hand fällt. Eliza muss an die Buchstaben- und Zahlentafel denken, über die sie und Aaron einmal versucht haben, Verbindung mit den Geistern ihrer Großeltern aufzunehmen. *Ich weiß nicht*, hatte der Zeiger ein ums andere Mal geantwortet, woraufhin Aaron sich fragte, ob wohl auch Geister an Gedächtnisschwund leiden konnten, und Eliza die Möglichkeit nicht mehr ausschloss, Dinge in Gang setzen zu können, ohne es zu wollen. «Das Leben der künftigen Welt» lässt keinen Zweifel daran, dass unwillkürliches Fallenlassen ihres Stifts sehr viel gravierendere Folgen nach sich zieht, als imaginären Geistern irgendetwas in den Mund zu legen:

*Bist du nicht würdig, werden deine Gedanken sich verwirren und dein Geist nicht mehr ein noch aus wissen. Nicht länger Herr deiner Vorstellungskraft, wirst du an Denkschärfe einbüßen und traumverloren in den Fluten eines großen Meeres untergehen.*

Selbst wenn sie es schafft, den Stift wie gewünscht fallen zu lassen: was sie dafür als Lohn erwartet, liest sich noch schauriger als die Strafe für jedwedes Versagen:

*Wenn die Feder deinen Fingern entfallen ist, wird das Göttliche von dir Besitz ergreifen und deine äußeren und inneren Organe schwächen. Am ganzen Leibe zitternd, siehst du dein Ende nahen, denn just in jenem Augenblick scheidet die Seele sich vom Körper, in Antwort auf die große Freude, die dir zuteil wird, wenn du solches siehst und erkennst.*

Eliza überlegt schon, ob sie nicht doch ihren Vater zu Hilfe rufen soll, als sie auf die einzigen Worte stößt, die ihren ehrgeizigsten Bestrebungen Recht geben. Sie hat immer gewusst, dass diese Worte das Zeichen sein würden. Wie sie da mitten auf der Seite stehen, als hätten sie von Anbeginn auf sie gewartet, rechtfertigen sie sowohl ihr heimliches Bücherstudium als auch ihren Wunsch, so weiterzumachen wie bisher, nämlich allein. In all den Jahren der stillen Achtzehnbittengebete hat sie darum gebetet, diese Worte zu hören:

*Zieh deine Schuhe von deinen Füßen; denn die Stätte, darauf du stehst, ist heilig.*

Und an diesem Punkt verlassen sie ihre Ängste so rasch wie die Turnschuhe ihre Füße.

Das Kissen vor dem Luftschacht dämpft den anschwellenden Geräuschpegel aus dem Zimmer ihres Bruders nur noch sehr mangelhaft, doch glücklicherweise bekommt Eliza von den zornigen Stimmen über ihr nichts mit. Sie ist so versunken, dass sie es nicht einmal bemerken würde, wenn Saul zur Tür hereingestürzt käme oder das Haus in Flammen stünde und die Sirenen schrillten. Was sie in Hunderten von Stunden gelernt und geübt hat, fügt sich nun zum Ganzen. Auf ihrem Weg zur Transzendenz muss sie nur noch den Namen der Zweiundsiebzig in seiner ganzen dreifachen Komplexität auswendig lernen.

Als sie fertig ist, hat sie das Gefühl, ein üppiges Mahl zu sich genommen zu haben, dabei hat sie doch nur ein schmales Buch gelesen. Bevor sie «Das Leben der künftigen Welt» ins Regal zurückstellt, schreibt sie die Drillingskombinationen und die dazugehörigen Vokallaute ab. Nun, da ihre Konzentration nachlässt, hört sie auch den erneut stärker tobenden Streit über sich. Saul brüllt irgendwas, dass Aaron seine Zukunft ruiniere, und Aaron hält ihm immer wieder scharf entgegen, dass Saul ihn nicht verstehe. Eliza ist fertig mit Abschreiben und hat das Buch zurück ins Regal gestellt, als oben eine Tür zuknallt und Schritte herunterkommen. Saul schreit, dass Aaron sich vor dem Problem drücke, wenn er einfach gehe, und verbietet ihm, die Autoschlüssel zu nehmen. Eliza steckt den Kopf zur Küche herein und sieht ihren Bruder an der Tür zur Garage stehen.

«Unsere Diskussion ist beendet», brüllt Aaron laut genug, dass Saul es oben hören kann. «Wenn du nicht auf der Stelle mein Zimmer verlässt, dann gehe ich.»

Über ihnen knarrt es. Auf der Treppe sind Schritte zu hören. Bevor Eliza auch nur ein Wort sagen kann, schießt Aaron durch die Küche und schlägt via Wohnzimmer einen eleganten Haken um Saul, der durch den Flur kommt. Als Saul die Küche betritt, hört man nur noch, wie Aaron die Treppe hinaufflitzt und die Tür hinter sich zuschmettert.

«Hoffentlich haben wir dich nicht zu sehr gestört.» Aus Sauls Stimme ist die Luft raus. Sein Gesicht hat plötzlich schlaffe Züge, die vorher noch nicht da gewesen sind.

Eliza steckt das Blatt mit den Dreierkombinationen in die hintere Hosentasche und zieht ihre Bluse über die Hose.

«Worüber habt ihr denn gestritten?», fragt sie, mehr um von sich abzulenken als aus echtem Interesse; sich da irgendwie einzumischen könnte als Parteinahme ausgelegt werden.

«Wir haben nicht gestritten», sagt Saul wenig überzeugend. «Wir haben eine theologische Diskussion geführt. Dein Bruder hat sich mit anderen Religionen beschäftigt.»

«Was meinst du damit?» Eliza macht große Augen. «Heißt das, er ist kein Jude mehr?» Wieso ist ihr das nicht schon früher eingefallen?

«Er wird nie aufhören, Jude zu sein.» Beim Klang von Sauls eisiger Stimme zuckt Eliza unwillkürlich zusammen.

«Ich geh jetzt ins Bett», sagt sie.

«Ellybelly», sagt ihr Vater zu hastig, «es ist alles okay. Dein Bruder und ich haben bloß eine Meinungsverschiedenheit. Ich versuche, ihm die richtige Sichtweise zu vermitteln, aber er ist in einem Alter, wo alles, was ich sage, verkehrt ist. Wir kriegen das schon wieder hin.»

«Zieht er aus?»

«Sobald das Gesetz es mir erlaubt», lässt Aaron zu ihrer beider Überraschung von der Treppe vernehmen.

Saul lässt Eliza stehen und hastet in den Flur. «Aaron, komm in die Küche.»

Aaron bleibt, wo er ist. «Ich gehe jetzt ins Bett, außer du willst mir das auch noch verbieten.»

«Wie sollen wir eine vernünftige Diskussion zustande bringen, wenn du dich aufführst wie ein Kleinkind? Da hätte ich ja bei Eliza noch mehr Erfolg.»

«Na klar doch. Sie würde zu allem ja und amen sagen, was von dir kommt. Von wegen Gehirnwäsche: Du bist da doch der Experte.»

Eliza will zurück ins Arbeitszimmer; da kann sie wenigstens vor alldem die Tür zumachen, doch Saul bedeutet ihr mit zornroter Miene zu bleiben.

«Ich verlange, dass du augenblicklich in die Küche kommst und eine Erklärung abgibst. Wenigstens deine Schwester hat eine Entschuldigung von dir verdient. Sie hat Unglaubliches geleistet. Deinen Mist kann sie wirklich nicht brauchen.»

Wenn Saul jemals mit dieser Stimme zu ihr spricht: das überlebt sie nicht, denkt Eliza. Dann ruft Aaron aus dem Treppenhaus herunter, und sie hört seiner Stimme an, dass er weint.

«Es tut mir Leid, Elly. Es ist nicht deine Schuld. Du kennst es ja nicht anders. Schlaf gut.» Die Stufen knarzen, und eine Tür fällt leise ins Schloss.

WENN SIE nicht zu Hause ist, kommt es Eliza vor, als hätte sie ein zweites Paar Augen, mit dem sie die geheime Welt erkennt, die in der gewöhnlichen verborgen liegt. Jedes Plakat, jedes Buch bringt sie zum Lächeln. *Ich weiß, wie ihr wirklich seid*, möchte sie den Buchstaben sagen, die da so unschuldig erstarrt auf Schildern und T-Shirts, im Fernsehen und in Zeitungen zu sehen sind. Es ist eine Offenbarung, so wie damals, als sie beim Blick durchs Schulmikroskop ein Universum winzigster Lebewesen in dem entdeckte, was ausgesehen hatte wie ein simpler Wassertropfen.

In der Schule schafft sie es meistens, so rechtzeitig mit einer Permutation anzufangen, dass sie überhört, was die anderen seit neuestem fragen: warum ihr Bruder keine normalen Kleider mehr trägt oder ob es stimmt, dass ihre Mutter in der Klapsmühle ist und nicht raus will. Früher oder später ließ es sich wohl nicht verhindern, dass die ältere Schwester von irgendwem Aaron in seinem Gewand gesehen hat, aber Eliza wüsste wirklich gern, wie die anderen das mit der Krankheit ihrer Mutter herausgefunden haben. Es gefällt ihr nicht, dieses «Wie die Mutter, so die Tochter», bloß weil sie in der Pause

Besseres zu tun hat, als mitzuspielen. Gute Tage sind die, an denen der Schulbus auf dem Rückweg grüne Welle hat.

Sobald die Tür des Arbeitszimmers sich hinter ihr schließt, ist die Welt da draußen so, wie Eliza sie haben will. Ihre Mutter ist nicht mehr im Krankenhaus, sondern im Wohnzimmer und schreibt einen ihrer Leserbriefe. Aaron und Saul kommen gut miteinander aus.

Die wenigen Stunden bis zum Abendessen, die Saul mit Eliza verbringt, sind für ihn der Höhepunkt des Tages. Wenn er morgens die Kinder verabschiedet hat, geht er heimlich zurück ins Bett und stellt den Wecker, damit er rechtzeitig zu Elizas Rückkehr aufwacht. Mittlerweile braucht er noch einen zweiten Wecker auf dem anderen Nachttisch, damit er auch sicher zum gewünschten Zeitpunkt wieder zu sich kommt; er hat sich nämlich angewöhnt, den einen ganz unbewusst auszuschalten. Er schläft unruhig, wacht manchmal auf Miriams Seite oder mit dem Kopf am Fußende auf. Seit sie fort ist, hat er das Bett noch nicht wieder frisch bezogen, um Miriams Geruch möglichst lange zu bewahren.

Die wöchentlichen Berichte vom Krankenhaus bewahrt er unter dem Bett auf, neben dem Gummiball. Auf die Fragen der Kinder antwortet er, dass ihre Mutter kleine Fortschritte macht. Sie hat angefangen, Medikamente einzunehmen, die ihr helfen sollen, ihre Gedanken zu ordnen und wieder festen Boden unter den Füßen zu bekommen. Er macht keinerlei Aussage darüber, wann sie ihre Mutter wieder sehen können.

Am Wochenende gibt er Aaron frei. Bis dahin hat sich die Spannung zwischen ihnen immer schon so unerträglich aufgestaut, dass beide diese Pause brauchen. Saul sagt sich, dass Aaron ja telefonisch erreichbar ist und die Hare Krishnas doch nicht so verrückt sind, wie er zunächst gefürchtet hat. Er hat einmal kurz mit Chali gesprochen. Der hat sich bei

Saul bedankt, dass er Aaron die Freiheit lässt, seine religiösen Überzeugungen auszuleben. Irgendwie war das für Saul kein Grund zum Jubeln.

Er hält sich vor Augen, dass es keine wahre Größe ohne Leiden gibt. Abulafia wurde von den Rabbinern geächtet, von seinen Schülern enttäuscht und von Juden wie Christen gleichermaßen verfolgt. Ehrgeiz hat seinen Preis. Das alles geschieht ihnen nur, weil seine Tochter ihrer Aufgabe würdig ist. Wenn ihn Gemeindemitglieder freitags fragen, wo Aaron ist, antwortet er, dass sein Sohn zurzeit einen anderen Tempel ausprobiert. Vom Gefühl her ist das nicht gelogen.

SIE LERNT die Dreierkombinationen zur Melodie von «Oh, Susannah» auswendig, um sie richtig auf die Reihe zu bekommen. Drei Durchgänge, dann ist sie fertig damit. Meistens schafft sie es still für sich, aber ein paar Mal hat Ms. Paul sie auch schon ermahnt, mit dem Summen aufzuhören, und dann weiß Elly wieder, dass sie sich besser in Acht nehmen muss.

Ms. Paul hat Eliza außerdem gewarnt: Wenn sie weiter so unaufmerksam ist, darf sie nicht am Buchstabierwettbewerb der Klasse teilnehmen, aber ihnen beiden ist klar, dass das eine leere Drohung ist. Dr. Morris hat Eliza bestimmt schon hundertmal versichert, wie sehr er mit ihr mitfiebert, und selbst die Angestellten in der Cafeteria erzählen ihr, dass sie sich ja schon so darauf freuen, wenn sie beim Schulwettbewerb auf der Bühne im Lunchraum steht, weil sie dann sagen können, sie wären leibhaftig dabei gewesen. Je näher der Buchstabierwettbewerb rückt, desto weniger wird Eliza noch gehänselt, als hätten sogar ihre Mitschüler erkannt, dass das, was da bevorsteht, größer und bedeutender ist als sie alle miteinander.

Ihr Vater wird langsam nervös, das spürt sie. Bei ihren Übungsstunden lässt das kleinste Geräusch, das die Stille bricht, ihn in die Höhe fahren. Ständig fragt er sie, wie sie sich fühlt. Darauf gibt sie keine Antwort. Selbst mit dem Rücken zu dem Buch kann sie spüren, wo sie im Verhältnis zum «Leben der künftigen Welt» gerade steht. Ihrer Ansicht nach liegt es an ihren Fortschritten mit dem Buch, dass sie sich inzwischen kaum mehr konzentrieren muss, um jedes Wort, das Saul ihr nennt, fehlerlos zu buchstabieren.

Die einsamen Übungsstunden sind ihr zu einem inneren Bedürfnis geworden. Was täte sie mittlerweile bloß ohne die allnächtlichen Wortgefechte zwischen ihrem Vater und ihrem Bruder? Unter der Woche hat Aaron nur einen Abend Ruhe, wenn Saul seinen Erwachsenenkurs in der Synagoge abhält. Dann hört Elly ihn immer in seinem Zimmer chanten, während sie an einer Permutation arbeitet. In diesen Momenten fühlt sie sich ihm am nächsten, ist mit ihm verbunden durch den Luftschacht, in dem sich die Töne aus ihrem und seinem Zimmer vermischen.

Wenn Saul beim Abendessen vom Tisch aufsteht und auf die Toilette geht, probiert Eliza von dem, was Aaron für sich gekocht hat. Erst wollte sie ihm damit einfach nur einen Gefallen tun, aber in letzter Zeit hat er wirklich Fortschritte gemacht, und sie meint es ganz ehrlich, wenn sie ihm sagt, dass er ein guter Koch ist. Aaron hat ihr erzählt, dass er vorhat, im Tempel Küchendienst zu machen, sobald er zum Anhänger geweiht ist.

Seit sie kaum noch schläft, denkt Eliza mehr denn je an ihre Mutter. Das mit dem Schlaf ist ganz allmählich gekommen. Erst hat sie immer nur eine halbe Stunde länger gebraucht, um nach einer Permutation nicht mehr so aufgedreht zu sein – ein ähnliches Gefühl, wie wenn sie beim Oneg zu viel gesüßten Tee getrunken hat. Aber in der Zeit, in der sie wieder runterkommt, bedrängt sie ein ganzer Wust von Fragen, die ihr Hirn offenbar einfach nicht abstellen kann. Es sind nicht die wesentlichen wie *Wie geht's Mom?* und *Was hat Aaron eigentlich?* oder *Ob ich den Buchstabierwettbewerb wohl gewinne?* Stattdessen überlegt sie lang und breit, ob sie besser auf der linken oder auf der rechten Seite liegen soll, weil sie nämlich mal irgendwas gehört hat, dass bei der einen mehr Druck auf dem Herzen lastet. Dann denkt sie an ihr Herz, das pocht und pocht, und macht sich Gedanken, ob es nicht irgendwann mal müde wird, so unentwegt, wie es schlägt. Sie drückt fest mit der Hand auf ihre Brust, aber das macht ihr bloß Angst, also denkt sie lieber an die Buchstaben und singt ihr Drillingslied. Nur damit kann sie die anderen Gedanken noch verscheuchen. Mittlerweile vergehen mindestens vier Stunden, bis ihr endlich die Augen zufallen.

Bei Tag sind es andere Fragen, die sie ständig verfolgen, aber das Gefühl ist das gleiche. So wie damals, als sie zur Schultoilette musste und ihr zwei große Mädchen hinterhergegangen waren, die dann über die niedrige Kabinentür glotzten, während sie versuchte zu pinkeln. Sie musste wirklich dringend, ihr tat schon die Blase weh, so voll war sie, aber unter den Blicken der Mädchen ging es einfach nicht. So fühlt sich Eliza jetzt die ganze Zeit: Irgendetwas drängt sie, ganz arg, aber sie kann nicht. Kann die kleinen blöden Fragen nicht beantworten, die ihr das Hirn verstopfen. Kann nicht einschlafen. Kann nicht mehr hungrig sein. In letzter Zeit schlingt sie alles nur noch herunter, damit sie es möglichst schnell hinter sich hat, schiebt sich Essen in den Mund und kaut, weil sie weiß, dass sie soll.

Wenn sie mit dem Buch allein ist, versucht sie nicht daran zu denken, wie sehr sie sich wünscht, der Stift möge sich spontan von ihrer Hand lösen. Das stört sie nur in ihrer Konzentration. Aber sie kann diese Dreierkombinationen, die sie endlich auswendig gelernt hat, nicht rezitieren, solange der blöde Stift nicht tut, was er soll. Die Zeit wird knapp. Eliza wollte Gott an ihrer Seite wissen, wenn sie in der Klasse zum Buchstabierwettbewerb aufstehen muss, aber sie hat sich schon damit abgefunden, dass Gott vielleicht noch ein Weilchen braucht. Dank dieser Erkenntnis ist sie jetzt abends bei ihren Übungen zur Transzendenz nicht mehr so verbissen, konzentriert sich weniger auf das, was ihre Hand tut, und mehr auf die Zuflucht, die ihr die Worte vorübergehend gewähren.

In letzter Zeit gibt es immer weniger, wovor sie Zuflucht nehmen müsste. Sauls und Aarons Debatten sind zu eisigem Schweigen verkommen. Saul besteht zwar nach wie vor darauf, die Stunden nach dem Abendessen mit seinem Sohn zu verbringen, aber Aaron erachtet die nicht enden wollenden Diskussionen mittlerweile als völlig sinnlos und ist mehr und mehr vom Teilnehmer zum Zuschauer geworden. Saul ist weniger gewillt, anzuerkennen, dass sie in einer Sackgasse gelandet sind, und interpretiert das ausgiebige Schweigen seines Sohnes als Zeichen, dass er allmählich Vernunft annimmt. Dieser Zahn wird ihm gezogen, als er bemerkt, wie unverwandt Aarons Hand bei ihren Gesprächen in der Hosentasche bleibt. Schließlich erkundigt Saul sich, was er denn da hat. Als Aaron die Antwort schuldig bleibt, greift Saul blitzschnell zu, bevor Aaron weiß, wie ihm geschieht, und zieht seine Hand aus der Tasche. An seinen Fingern baumelt eine Holzperlenkette.

«Was zum Teufel ist denn das? Ein Rosenkranz?»

Aaron schüttelt den Kopf, des Ganzen zu überdrüssig, um sich noch groß aufzuregen. «Das sind Japa-Perlen, Dad. Jede Perle ist aus dem heiligen Holz des Banyanbaums geschnitzt.»

Ein Duft nach billigen Räucherstäbchen steigt Saul in die Nase und erinnert ihn an die Dinger, die er im College immer angezündet hat, um eine verführerische Stimmung zu verbreiten, wenn Damenbesuch bevorstand. Ein Geruch, der ihn unter anderen Umständen vielleicht nostalgisch gestimmt hätte; doch wie die Dinge liegen, ist in dieser Konstellation der ISKCON-Tempel der Verführer und Aaron das minderjährige Opfer, das aufs Kreuz gelegt werden soll.

«Und wozu sind die gut?» Sauls Gesichtsausdruck straft sein Bemühen Lügen, objektiv zu klingen.

«Zum Chanten, Dad.» Aaron spart sich die Bemerkung, dass Saul das mittlerweile eigentlich wissen müsste, weil er ihm im Verlauf ihrer mehr oder weniger einseitigen «Diskussionen» davon erzählt hat.

«Und das hast du also die ganze Zeit gemacht, während ich mit dir geredet habe?»

Aaron ist stolz darauf, ihr allabendliches Gezänk zu etwas Sinnvollem genützt zu haben. Er nickt, ohne sein Grinsen zu verbergen. Saul steckt die Perlen ein.

«Was tust du da?»

«Es gibt passende und unpassende Zeiten für Gebete. Nachdem du nicht imstande zu sein scheinst, sie voneinander zu unterscheiden, helfe ich dir dabei.»

Ohne seine Perlen zur Schule? Unvorstellbar. Wenn, wie Prabhupada schreibt, ein aufrichtiger Anhänger Krsna zu allen Zeiten lobpreisen soll, dann braucht Aaron die Perlen, sonst ist die Schule nichts weiter als eine einzige ungeheuerliche Zeitverschwendung. Er tröstet sich damit, dass die Perlen, die sein Vater beschlagnahmt hat, nur eine Übungskette sind. Sobald er zum Anhänger geweiht wird, gibt sein Guru ihm seine richtigen Japa-Perlen. Gleich am Wochenende wird er Chali um ein neues Übungsset bitten. Und sich in Zukunft mehr in Acht nehmen.

AUF EINEM Kalender in seinem Arbeitszimmer hat Saul sämtliche Termine der Buchstabierwettbewerbe eingetragen, vom Klassenentscheid bis zum nationalen Finale. Zum Ende jeder ihrer Übungssitzungen streichen Eliza und er gemeinsam den jeweiligen Tag durch, arbeiten sich mit jedem X ein Stückchen weiter zu ihrem erklärten Ziel vor. Saul hat die Sondergenehmigung bekommen, am Tag des ersten Wettbewerbs mit in Elizas Klasse sitzen zu dürfen. Die Vorstellung, ein Elternteil im Unterricht dabei zu haben, hätte Eliza noch letztes Jahr vor Scham im Boden versinken lassen. Aber inzwischen ist sie nicht mehr das kleine dumme Mädchen von einst; die neue Eliza akzeptiert, dass ihr Vater für diesen Augenblick hart gearbeitet hat und mit genau demselben Recht dort sitzen darf wie sie.

Saul nimmt seiner Tochter das Versprechen ab, auch bei ganz simplen Wörtern Abulafias Methode anzuwenden.

«Und wenn es das Wort TAG ist, warte trotzdem auf die Buchstaben. Lass dich von jedem einzelnen ganz erfüllen, bevor du ihn aus dir herauslässt. Nur so kannst du Flüchtigkeitsfehler vermeiden.»

Das braucht er Eliza nicht eigens zu sagen. Sie weiß nur zu genau, wie leicht es schief gehen kann; ein einziger zu hastig gesprochener Buchstabe genügt, um ihren ehrgeizigen Bestrebungen den Garaus zu machen. Ihre Zukunft sieht sie mittlerweile klar vor sich. Fernsehinterviews, Einladungen zu Vorträgen, ein Besuch im Weißen Haus. Von der Schule wird sie freigestellt, weil selbst der Letzte nun zugeben muss, dass ihre Anwesenheit dort völlig überflüssig geworden ist. Man wird sie aus allen Erdteilen mit Fragen bombardieren, sie auffordern, Konflikte zu lösen, Patentrezepte zu entwickeln und den Hunger in der Welt zu bekämpfen. Allerdings hat sie auch ihre Grenzen. Wenn der Präsident sie bittet, eine Waffe gegen die Russen zu erfinden, dann erteilt sie ihm eine Abfuhr. Sie wird ihre Kräfte nur für gute Zwecke einsetzen. An diesem Punkt nehmen ihre Phantasien Zeichentrickcharakter an, wird sie zum Superhelden mit wehendem Umhang, der zwischen den Werbepausen für Freiheit und Gerechtigkeit in der Welt sorgt.

Und deswegen ist es so wichtig, keine dummen Fehler zu begehen. Deswegen wäre es ihr wirklich lieber, sie hätte es schon bis zur Schefa geschafft. Aber nachdem sie sich das wohl abschminken kann, stößt ihr Vater mit seinen Ermahnungen bei ihr auf offene Ohren. Man kann schließlich nicht vorsichtig genug sein.

AARON HAT bis zum Abend vor dem Klassenwettbewerb gewartet. Dann lässt er die Bombe platzen.

«Sie ist überhaupt nicht im Krankenhaus, stimmt's?»

Er sagt es so ruhig, dass Saul und Eliza, die ihm gegenüber am Tisch sitzen, meinen, sich verhört zu haben.

«Mein Sohn?» Mittlerweile kann sich jedes Wort, das sie aneinander richten, in Sekundenschnelle in ein Geschoss verwandeln. «Wovon sprichst du?»

«Ich spreche von meiner Mutter», sagt Aaron so laut, dass es von den Wänden widerhallt. «Und von dieser Geschichte, die ihr euch aus den Fingern gesaugt habt, von wegen sie ist im Krankenhaus. Ich war ja schließlich nicht zu Hause. Ihr hättet mir sonst was erzählen können.»

Beim Klang von Aarons Stimme wird Eliza übel. Wenn sie ihn nicht reden sähe, würde sie schwören, dass es ein anderer ist, der da spricht und mit jeder Silbe Gift versprüht.

Saul lässt nicht erkennen, ob die Stimme seines Sohnes ähnlich auf ihn wirkt. «Und was ist deiner Meinung nach tatsächlich passiert?», fragt er müde.

«Ich glaube, dass sie uns verlassen hat.» Aaron knallt sein

Glas so heftig auf den Tisch, dass es einen Sprung bekommt. Ein dünnes Wasserrinnsal sickert heraus, läuft am Glas herab und tropft langsam auf den Boden. Keiner rührt sich, um es aufzuwischen. «Ich glaube, dass sie eure Spielchen einfach satt hatte. Sie war es Leid, euch zwei ständig miteinander lachen zu hören und zu wissen, dass ihr damit aufhört, sobald sie an die Tür klopft. Ich glaube, es hat ihr gereicht bis oben hin, und dann hat sie bloß noch zugesehen, dass sie wegkommt. Und ihr habt's vertuscht, weil ihr genau wisst, dass es eure Schuld ist. Sag mir die Wahrheit, Dad. Warum kannst du dein elendes, blödes, einsames Leben nicht allein führen? Warum musst du Eliza und mich mit hineinziehen? Warum verschonst du uns nicht einfach damit?»

Es tropft immer noch Wasser zu Boden. Sonst ist es still. Als Saul aufsteht, gerät der Tisch ins Beben.

«Also gut, Aaron, du willst die Wahrheit wissen? Dann hör gut zu. Deine Mutter hat dich dein Leben lang angelogen. Die fundamentalsten Dinge, die du nie in Frage stellen würdest – stimmen alle nicht. Deine Mutter ist Anwältin, richtig?»

Aaron nickt argwöhnisch.

«Falsch. Sie arbeitet seit zehn Jahren nicht mehr, Aaron. Die ganze Zeit, in der wir dachten, sie sei in ihrer Kanzlei, war sie unterwegs und hat gestohlen. Irgendwelchen Schrott, der nicht mal wertvoll oder schön war. Seit zehn Jahren leben wir von dem Geld ihrer toten Eltern, während sie Sachen klaut, die sie leicht hätte kaufen können. Sie hat sich übrigens sehr geschickt dabei angestellt, Aaron. Ist nie erwischt worden. Weißt du, warum sie schließlich aufgeflogen ist? Weil sie angefangen hat, in Häuser einzubrechen. In Häuser, Aaron. Da hat die Polizei sie festgenommen und mir dann gezeigt, wo sie das ganze Zeug gelagert hatte. Aber das ist noch nicht alles.»

«Hör auf.»

«Sie hat es arrangiert. In Muster, wie nur ein Verrückter

sie sich ausdenken kann. Mir ist schlecht geworden bei dem Anblick, Aaron.»

«Bitte hör auf.»

«Also, zu deiner Information, deine Mutter ist in der Klapsmühle, und zwar weil sie tatsächlich komplett durchgedreht ist, und ich habe nicht die leiseste Ahnung, wann, wenn überhaupt, sie dort jemals wieder herauskommt.»

Aaron weint still vor sich hin; die Tränen machen sich seltsam auf seinem maskenhaft starren Gesicht. Eliza ist völlig ausgetrocknet, ihr Körper eine leere Hülse. In Mund und Augen kein Tröpfchen Flüssigkeit mehr, die Zunge klebt ihr an den Zähnen, ihre Lippen sind fest versiegelt. Ihre Haut fühlt sich so dünn und brüchig an, dass sie bei der kleinsten Bewegung zerbröseln wird, bis schließlich nur noch ihre Knochen und ein Häufchen rötlicher Staub, das einmal ihr Blut war, übrig bleiben.

«Das ist nicht wahr», flüstert Aaron, aber Eliza weiß es besser; ihre Mutter ist immer eine Fremde gewesen.

«Nicht wahr?», wiederholt Saul und fängt an zu lachen. Kein schönes Lachen. Keines von der Art, in das andere gern einstimmen würden. «Mein Gott, Aaron, wenn du Beweise willst, dann schau dich doch bloß an. Wie die Mutter, so der Sohn. Seit Wochen spazierst du in einem orangen Gewand durch die Gegend und erzählst mir von himmlischen Planeten und Wiedergeburt und schnüffelst an der Hand, die du für deine Gebetsperlen hernimmst, als hättest du damit eine Frau angefasst – nicht dass du wüsstest, wie *das* wohl riechen könnte. Warum kannst du nicht einfach so sein wie ich, Aaron? Als ich in deinem Alter war, hatte ich Freunde. Richtige Freunde und keine religiösen Spinner, für die ich nur ein gefundenes Fressen bin, um für sie Blumen auf dem Flughafen zu verkaufen –»

Und da fängt Eliza an zu schreien. Erst ist es nur jämmerliches Gebrüll, wie von einem Kleinkind bei dem aussichtslosen Versuch, vor einem grässlich großen und schnellen Untier davonzulaufen. Dann geht es in Worte über.

«Bitte hör auf damit, hör auf, Daddy, bitte, bitte, lass ihn doch in Ruhe», aber die Worte klingen verwaschen, sind nicht richtig zu verstehen.

Sauls Empörung verfliegt; er sieht das zersprungene Glas, das tropfende Wasser und die Gesichter seiner Kinder.

«Es tut mir so Leid», flüstert er und will sie beide in den Arm nehmen, doch da schießt Aaron wie der Blitz hoch, seine Handfläche zischt durch die Luft und trifft seinen Vater voll ins Gesicht. Dann tragen seine langen Beine ihn in Riesenschritten vom Tisch zum Flur. Elizas Körper wird von den Armen ihres Vaters schier erdrückt, die trockene Hülse, die von ihr noch geblieben ist, zerfällt unter seinem Griff in tausend Stücke. Er hält sie so fest an sich gepresst, dass sie seine Venen pulsieren spürt und den Luftstrom hört, der seine Lungen speist. Aarons Hand malt sich rot auf seiner Wange ab. Irgendwie bietet sie noch die Kraft auf, ihm auf seine Frage zu versichern, dass mit ihr alles in Ordnung ist.

SAUL IST früh zu Bett gegangen und hat Eliza vorher ermahnt, tüchtig zu schlafen, damit sie für den großen Tag morgen gut gerüstet ist. Aaron chantet schon seit Stunden; die Worte kommen in gefährlicher, rascher Folge wie scharf zugespitzte Pfeile aus seinem Mund. Durch ihre gemeinsame Wand kann Eliza ihn hören: ungebremst, in voller Fahrt. Als sie vorhin bei ihm angeklopft hat, ging sein Chant einfach weiter, wie ein Endlosband ohne Stopptaste. Da ist Eliza zu dem Entschluss gekommen, sich das Buch aus dem Arbeitszimmer ihres Vaters zu holen und mit in ihr eigenes Zimmer zu nehmen.

Saul wird es bestimmt nicht vermissen; er ist viel zu sehr mit anderem beschäftigt, um sein Fehlen zu bemerken. Außerdem überwiegt der Trost, den das Buch spendet, ihre Furcht. Eliza streicht mit der unbewussten Zärtlichkeit einer Mutter über den Einband. Das weiche Leder fühlt sich beruhigend an. Sein Hebräisch schüchtert sie nicht mehr ein. Das winklige Alphabet lockt sie wie der Märchenwald, in dem sie glücklich bis an ihr seliges Ende leben kann.

Das Chanten ihres Bruders verklingt, je mehr Eliza ihren Kopf freimacht. Heute schließt sie nicht wie sonst die Augen und wartet auf ein Wort, das sie zur Permutation leitet; es zieht sie zum «Leben der künftigen Welt». Die Spalten der hebräischen Schriftzeichen löschen die Zeit aus, die Geschichte hat ihre Formen unverändert gelassen. Eliza könnte in Jerusalem sein, 500 Jahre vor Christi Geburt, im Schatten des Zweiten Tempels; oder, gute elfhundert Jahre später, in der steinernen Stadt Sefat, in einer Synagoge, deren Decke die Farbe des Himmels trägt; sie könnte im Spanien des 13. Jahrhunderts Seite an Seite mit Abulafia sitzen. Wo auch immer, sie würde stets das gleiche Wort wählen, dessen Winkeln und Kurven weder Diaspora, Inquisition noch Alter etwas hatten anhaben können: אור, Hebräisch für Licht. Der letzte Buchstabe des Wortes, *resh*, zieht sie magisch an, als uralter Wegweiser zur Transzendenz. Sie forscht seinen Kombinationen mit Stift und Papier nach und rezitiert sie mit den Vokalen, die Abulafia ihr als Lehre über die Zeit hinweg geschenkt hat.

*Ah-va-reh, va-reh-ah, reh-ah-va.*

Sie sieht zu, wie ihre Hand sich über die Seite bewegt. Hand und Stimme arbeiten so harmonisch zusammen, dass es scheinen will, als reiche ihr Mund durch den Arm bis zur äußersten Spitze ihres Stifts und als manifestiere sich ihre Stimme in den Buchstaben. Sie denkt nicht bewusst darüber nach, wie viele Buchstabenkombinationen sie schon aufgeschrieben hat und wie viele noch bleiben. Bei ihrer Erkundung von אור durchquert sie hügeliges Gelände, im Rhythmus ihres Atems und ihres Blutes.

Nie ist sich ihre Stimme ihrer selbst so sicher gewesen, hat sie so fest in jeder Silbe geruht. Schon weiß Eliza nicht mehr, ob sie laut oder im Kopf rezitiert, so sehr erfüllt sie der Klang. Ihr Körper ist ein Netzwerk unsichtbarer Fäden, in dem jeder Buchstabe seine eigenen geheimnisvollen Resonanzen erzeugt. Bald schwingen in immer rascherer Folge andere Buchstaben mit, bis ihr ganzer Körper summt. Eliza spürt, wie ihre Haut Klänge durch jede Pore sendet, Klänge von einer Tiefe, die sie nur fühlen kann; Musik, die jeden Nerv erzittern lässt, bis schließlich alles aus ihrem Bewusstsein schwindet: der Boden unter ihren Füßen, die Luft um sie herum, ihre Kleider, ihr Zimmer, der Stift, der ihr aus der Hand gefallen ist.

Wärme durchflutet ihren Körper, überzieht ihn mit glänzendem Schweiß. Schweiß, der sich in ihren Augenwinkeln sammelt, über die Spalte zwischen Nase und Oberlippe in ihre Halsgrube rinnt. An ihrer Wirbelsäule und der sanften Wölbung ihres Magens herabperlt, ihren Bauchnabel füllt. Dickflüssiger Schweiß, der süßlich schmecken würde, wenn sie ihn probierte. Ihr Körper ist zur Bienenwabe mutiert.

Die Buchstaben summen und irrlichtern durch ihren Kopf, lassen ihre Augäpfel ins Vibrieren geraten. Worte zischen in rasender Geschwindigkeit, zu schnell, um noch Geräusche zu machen, durch ihren Schädel; sie spürt sie nur in ihrem Brustkorb, mit jedem jagenden Pulsschlag ihres Herzens. Kein Gedanke an die Außenwelt, keine sichere Entfernung, aus der das Ganze sich betrachten ließe. Jeder Moment, der verstreicht, ist für Eliza ein komplettes Universum, lässt keinerlei Raum für Betrachtungen von Vergangenheit oder Zukunft. Am ganzen Körper zitternd, sinkt sie zu Boden. Was ihre Arme und Beine da vollführen, hat nichts mit den Zuckungen von Hals und

Rumpf zu tun; ein jeder Körperteil sein eigenes Instrument, bespielt von seinem eigenen Paar wild gewordener Hände. Eliza befällt eine Ahnung von Furcht.

Was nun an Worten durch ihren Kopf strömt, kommt aus unbekannter Quelle und mit unbezähmbarer Geschwindigkeit. Sie ist nicht länger Schöpferin, ist Empfängerin der Worte: ein stummes Gefäß, der Aufgabe kaum gewachsen. Alle Sprachen von einst und jetzt hallen wider in dem unbedeutenden Kämmerchen von Elizas Schädel; lange vergessene Wörter schlagen mit jeder einzelnen Silbe gegen ihr Hirn wie lebendig begraben. Irgendwo tief in ihrem Kopf, an einer Stelle weit jenseits aller gewöhnlicher Empfindungen, spürt Eliza etwas in sich zusammenfallen.

Schmerz durchwindet sie vom Scheitel bis zur Sohle, bohrt sich ein bis zum Mark, treibt ihr die Tränen aus den Augen. Das eine ist gewiss, sie wird sterben, doch selbst dieses Wissen ertrinkt in dem Mahlstrom der Wörter in ihrem Kopf, die sie rufen, nach ihr schreien, um Gehör bitten. Schorfig sind sie, jene Wörter, reiben sich mit ihren rauen Kanten an ihrem Schädel, schmirgeln seine Innenhaut wie mit Sandpapier. Zermahlen ihre Gehirnwindungen zu einem glatten, dickflüssigen Brei, der wohlig warm ihre Ohren verstopft. An ihre Stelle tritt etwas Schweres, Hartes, das nicht in ihren Schädel passen will.

Sie weiß nicht, ob ihre Augen offen oder zu sind, als sich vor ihnen eine Erscheinung formt. Ein Umriss, dicht bedeckt von Figuren und Bildern, der immer größer wird, sich weiter und weiter ausbreitet und allen Raum einnimmt. Seine Oberfläche ist wild bewegt, alles verschiebt sich mit rasender Geschwindigkeit. Eliza glaubt tierische und menschliche Formen, krabbelnde Insekten und sich brechende Wellen auszumachen, doch dann erkennt sie, dass dies nur kümmerliche Versuche ihrerseits sind, mit vertrauten Begriffen Formen beikommen zu wollen, die alle Dimensionen menschlicher Erfahrung und Größenordnung sprengen. Was aussieht wie ein Baum, könnte ebenso gut eine Feder sein, eine Lunge, ein Flussnetz quer über einen Kontinent. Der Umriss wächst weiter, bis Eliza nur noch ein Pünktchen in seinem Schatten ist. So groß ist er nun, dass rings um sie tiefe Dunkelheit herrscht.

Unmöglich, noch zu unterscheiden, was Bild und was Klang ist; beides verschmilzt in einer unerhörten Kakophonie. Das schwere, harte Etwas hat sich in ihrem Kopf eingenistet und ist immer noch zu groß. Es soll heraus. In ihrer Verzweiflung beginnt sie wie wild mit dem Kopf zu schlenkern. Sie spürt keine Bewegung, hört nur ein leises Schwappen: eine Kelle Meerwasser in einem Plastikeimer.

Eliza hört nicht auf zu rezitieren. Die Muskeln um Mund und Nase verkrampfen sich im Gleichtakt mit ihren Zähnen, die auf die Zunge beißen. Ihr Kiefer öffnet und schließt sich, zum Zerreißen angespannt. Sie spürt einen metallischen Geschmack im Mund. Kiefer und Zunge verschmelzen zu einem einzigen Schmerz. Eliza hört den Klang nicht mehr, sie wohnt mitten in seiner ungeheuren Masse, richtet sich ein in einer unbeachteten, schon fast vergessenen Ecke. Sie glaubt zu spüren, wie etwas Flüssiges aus ihren Ohren rinnt. Sie fühlt jeden Zahn, wie er in ihre Zunge beißt, doch ihre Zunge fühlt nichts. Ihre Zunge gehört einer toten Kuh, liegt riesig und schlaff auf einem Brett in der Küche. Sie merkt nicht, wie der Urin sich unter ihr, mit Schweiß vermischt, zur Pfütze sammelt. Seine Wärme ist nichts gegen die glühende Hitze ihrer Haut. Sie möchte sterben, damit es ein Ende hat, wünscht sich den Tod herbei, damit es vorbei ist. Wie zur Antwort auf ihr verzweifeltes Flehen beruhigen sich die Wörter, werden zu Insektengesurr, zu Blättergeraschel, zu Wassergesicker durch Erdreich und schließlich zu nichts.

Die Ruhe ist ein Segen. Die Welt, und sie darin, ist still. Es ist die Stille einer unbewohnten Küste bei Ebbe, des Schoßes in dem Augenblick, da die ersten Schläge eines winzigen Herzens sich ankündigen. Von Dankbarkeit erfüllt, spricht Eliza die ersten sechs Dreierkombinationen von Gottes Namen aus.

Die Klänge werden bedächtig aus ihr herausgesogen wie geschmolzenes Glas aus einer Glasbläserpfeife. Mit jeder Silbe dehnt Eliza sich aus. Langsam, behutsam, streckt sie sich, wächst über ihre Knochen und ihre Haut hinaus. Nie hat sie wahrgenommen, wie unerträglich eng das Leben vorher war, als sie noch in ihrem lächerlich winzigen Körper steckte, kleiner war als Berge und Ozeane. Jetzt ist sie so groß wie der Umriss, vor dessen Riesengestalt sie sich so zwergenhaft gefühlt hat. Sie weiß, der Umriss hat ein Antlitz, und der alles entscheidende Moment ist gekommen, wenn dieses Antlitz sich in seiner ganzen Pracht enthüllt.

Eliza spürt, wie ihre Brust sich über dem Herzen hebt und senkt, wie ihre Adern sich mit jedem Pulsschlag dehnen. So äußert sich, wonach es ihren Körper verlangt. Alles in ihr ist nur auf das Antlitz gerichtet, das sich jetzt gleich zeigen muss. Die Hälfte der ersten sechs Dreierkombinationen ist geschafft. Sehen wird sie das Antlitz erst, wenn sie alle achtzehn Silben von Gottes Namen ausgesprochen hat, doch dieses Wissen treibt sie nicht zu größerer Eile an. Jeder Buchstabe muss von ihrem Atem in die Welt getragen werden, so gemächlich und unausweichlich, wie der Stein vom Wasser glatt geschliffen wird. Die köstliche Langsamkeit ist Teil der Wonne bei jedem Intervall, bringt sie unmerklich dem Wunder des letzten, entscheidenden Augenblicks näher und näher.

Dass eine Silbe so viel in sich bergen kann. Jeder Klang birst vor Möglichkeiten, ist ein Urelement, aus dem alles andere entspringt. Statt Schmerz empfindet sie nun Befreiung, alle Fesseln und Ketten fallen von ihr ab; ihr Körper ist ein unendliches Segel, endlich entrollt. Vor einer kleinen Ewigkeit ist ihr der Umriss noch zu groß vorgekommen. Jetzt stehen sie einander gegenüber, als sie die letzte Silbe spricht.

Die Zeit bleibt stehen.

Im Bruchteil einer Sekunde brechen die Bilder über Eliza herein, sie sieht sie und kann sie doch nicht bewältigen. Der Umriss hat ein Antlitz, in dem sich alle Gesichter malen, die es je gegeben hat. Seine Oberfläche wimmelt von Menschen- und Tiergestalten in unfassbarer Vielfalt, Wellen von Fleisch, die aneinander schlagen, sich in fortwährender Verwandlung verschlingen, überfluten und verdrängen. Die Gesichter der Jungen, der Alten, der Toten, der Ausgestorbenen. Schöne Gesichter und entstellte Gesichter. Fell und Fleisch und Federn und Schuppen. Alles zugleich, und alle fördern sie das Beste und das Böseste ihrer Naturen zutage. Ein Löwe fällt Eliza an und leckt sie sauber. Eine Kobra lässt sie ihre herrlich kühle Haut befühlen und beißt sie. Sie wird gefressen und umgurrt, aufgeschlitzt und geküsst, gestochen und gehätschelt, verfüttert und gefüttert. Unmöglich, Schmerz von Wonne zu trennen, eine Empfindung verschlingt die andere. Jahrmillionen im Bruchteil einer Sekunde. Jede Zelle ist bis zur äußersten Grenze belastet, synaptische Botschaften explodieren in Gängen, die einfach davonfliegen, der Damm ist gebrochen, die Flut der Sinneseindrücke überschwemmt die Städte und ertränkt ihre Bewohner, trägt Wälder und Herden und Säuglinge in ihren Wiegen mit sich fort.

Es gibt keinen gnädigen Moment, als das Antlitz wieder verschwindet, keine selige Ruhe, um auf ihren Atemfluss zu lauschen. Das Antlitz ist fort. Eben noch hat sie allen Raum ausgefüllt, jetzt schrumpft Eliza zusammen, rasend schnell schießt ihr wahnwitzig winziger Körper ihr entgegen. Es ist unendlich heiß und unendlich kalt. Irgendwie muss sie sich auf diese Rückführung in ihren Körper vorbereiten, aber es wird nicht anders gehen, als dass sie zerfällt. Sie spürt Teile von sich verbrennen und zerbröseln. Es gibt keine Rückkehr zu ihrem früheren Selbst. Was aus ihr geworden ist und was sie als leibliche Hülle zurückgelassen hat, wird einander beim Aufprall zermalmen. Sie ist dankbar dafür. Hat das Gefühl, zu ertrinken, zu ersticken; ihre Lungen füllen sich mit einer Substanz, die zugleich dicker und dünner ist als Luft. Es ist der Schmerz der Schöpfung, des Austritts aus dem Nichts ins Leben, der Leere, die ein Wesen gebiert.

ALS AM folgenden Morgen der Wecker klingelt, will Eliza am liebsten die Augen zulassen. Beim Anblick der Sonne, die durch ihr Fenster strahlt, seufzt sie erleichtert auf. *Es war nur ein Traum.* Doch dann merkt sie, dass sie auf dem Boden liegt, in klammen Kleidern, die nach Urin riechen. Ihre Kiefermuskeln schmerzen. Ihre Zunge tut bei jeder Bewegung weh und fühlt sich drei Nummern zu groß für ihren Mund an.

Das Buch liegt aufgeschlagen neben ihr. Sie hat Angst, es anzufassen. Mit der rechten Hand angelt sie nach einem Schuh und klappt es damit zu. Dann sperrt sie sich im Bad ein und wäscht ihre Kleider in der Wanne aus.

Als Eliza in die Küche kommt, ist sie blass und hat dunkle Ringe unter den Augen. Auf Sauls Frage, ob sie schlecht geschlafen hat, gibt sie keine Antwort.

«Ich möchte mich für gestern Abend entschuldigen», sagt Saul. «Ich habe da eine Menge Dinge gesagt, die ich gar nicht so gemeint habe. Die letzten paar Wochen sind einfach schlimm gewesen. Dein Bruder und ich sind in einer schwierigen Phase, und dass nun auch noch deine Mutter krank ist, macht es für alle noch ärger. Ich habe euch beide sehr, sehr lieb, und es tut mir Leid, dass das ausgerechnet am Abend vor dem Wettbewerb passieren musste. Ich hoffe bloß, du kannst es wegschieben und den heutigen Tag genießen. Du hast zu hart gearbeitet, um es dir von irgendetwas verderben zu lassen.»

Eliza nickt, und Saul gibt ihr einen Kuss auf die Stirn. «Du bist eine echte Kämpfernatur», sagt er.

Aaron setzt sich nicht zu ihnen an den Frühstückstisch. Er geht von seinem Zimmer direkt zur Haustür und ist mit dem Wagen schon rückwärts aus der Zufahrt heraus, bis Saul, seine Entschuldigung auf den Lippen, ihm hinterhergekommen ist.

Eliza sieht ihren Vater wie in Zeitlupe zur Tür hinauslaufen, sieht seine Beine sich strecken, seine Arme vor und zurück schwingen. Außer Atem und rot im Gesicht kommt er zurück. Ganz kurz denkt Eliza, sie sei immer noch in ihrem Zimmer und gefangen in dem Traum, der kein Traum war und an den sie sich nicht erinnern kann, denn plötzlich sieht sie im Gesicht ihres Vaters mehrere Gesichter zugleich, ein Anblick, der ihr sehr vertraut vorkommt. Dicht unter seiner Haut lauern die Gesichter vieler Männer und Frauen, wie Nachbilder, wie längst verstorbene Verwandte, deren Fotografien sie vielleicht gerade aufmerksam betrachtet hat, bevor sie ihrem Vater ins Gesicht blickte. Das Ganze geht unglaublich schnell, so schnell, dass Eliza nicht sagen könnte, ob sie es sich nicht doch nur einbildet; trotzdem entgeht ihr nicht, dass manche Gesichtszüge ihres Vaters Entsprechungen in den anderen Gesichtern finden und manche für sich stehen, einzig und allein ihm gehören.

Vielleicht ist Saul doch aufgefallen, dass Elly ihn so komisch anstarrt, denn er fragt sie, ob alles in Ordnung ist. Als sie ja sagt, wird ihr bewusst, dass sie diesmal nicht bloß sagt, was er hören will. Es ist wahr, sie spürt es ganz tief in ihrem Inneren, auf einer Ebene, von der sie immer geglaubt hat, dass dort die Wörter wohnten und von der sie nun weiß, dass da nichts weiter ist als Herz und Magen und Lungen.

Im Schulbus setzt sie für sich die Ereignisse der vergangenen Nacht zusammen und ist zugleich entsetzt und erleichtert, dass ihr so viele Teile fehlen. Sie hat das Buch aus dem Arbeitszimmer genommen. Hat angefangen zu rezitieren. Vage erinnert sie sich noch an einen Moment völliger Klarheit, in dem sie ihr Leben wie unter dem Brennglas gesehen hat. Dann beginnt alles zu verschwimmen. Ihr Kopf war an den Teppich gepresst, irgendwas oder irgendwer hielt ihn dort fest. Jedenfalls hatte sie Angst. Die Erinnerung an den Schmerz ist greifbarer, ihr Muskelkater und ihre Zunge zeugen davon. Was immer letzte Nacht geschehen ist, es war ihre Schuld. Und sie würde gern Vergebung erlangen. Im Busfenster sieht Eliza das Spiegelbild von Miriam in ihrem eigenen Gesicht. «Hallo», flüstert sie und lächelt. Das Fensterbild ihrer Mutter lächelt zurück.

Als Eliza durch das Schultor tritt, ist sie nicht mehr das Mädchen, das seine Kleider in der Badewanne auswaschen musste. Sie ist jemand anders, weiser, vielleicht die ältere Schwester jenes Mädchens. Es gefällt ihr, wie dieser neue Jemand an der Schulvitrine vorbeiläuft, ohne nachzusehen, ob drin noch die alten Zeitungsartikel liegen. Es beeindruckt sie, wie ruhig dieses neue Mädchen bleibt und, statt sich von einer bösen Erinnerung an die vergangene Nacht ablenken zu lassen, alle Aufmerksamkeit auf das Kreidestück in Ms. Pauls Hand richtet. Und besonders stolz ist sie darauf, dass die neue Eliza kaum je zur Uhr schaut, um auszurechnen, wie viel Zeit noch bis zum Beginn des Buchstabierwettbewerbs bleibt.

Saul erscheint pünktlich um viertel vor elf, frisch geduscht, rasiert und mit Krawatte. Er kann sich das Grinsen nicht verkneifen, obwohl er angespannt wirkt. Als er hereinkommt, wuschelt er Eliza durchs Haar und flüstert ihr «Auf geht's, Kleines» ins Ohr. Die anderen Schüler zeigen kichernd mit dem Finger auf ihn. Er nimmt seinen Platz auf der gegenüberliegenden Seite ein, starrt aber weiterhin wie ein verliebter Kater zu seiner Tochter hin.

Bei seinem Anblick fühlt Eliza sich unendlich alt. Als wäre sie seine Großmutter, als säßen sie beim Arzt, der ihm seine Spritze geben soll. Sie möchte ihn beiseite nehmen und ihm sagen, dass es nicht schlimm ist, dass es nur ganz kurz wehtun wird.

Punkt elf Uhr vormittags lassen sämtliche Lehrerinnen in sämtlichen Klassen der McKinley-Grundschule ihre Schüler aufstehen. Eliza erhebt sich nicht eifriger oder zögernder als der Rest. Hier und da ein Kichern oder ein bohrender Blick. Eliza bezweifelt, dass das, was sie vorhat, bei ihrer Mutter irgendetwas bewirkt, aber Aaron hätte sie gern dabei. Dem würde es bestimmt gefallen.

Ms. Paul arbeitet sich durch die Reihen und verteilt Wörter wie GRANULAT und RIESE und GUMMIBÄRCHEN. Saul strahlt wie ein Honigkuchenpferd; Eliza spürt seine Erregung bis zu ihr dringen. Wenn diese Kleinigkeit hier nicht ein Teil von etwas so viel Größerem wäre, würde sie ihm zu gern die Freude machen. Als Elly an die Reihe kommt, zerrt Saul an seinem Stuhl wie ein angeleinter Heliumballon, der auf die erstbeste Gelegenheit wartet, um himmelwärts zu schweben.

«Eliza, dein Wort ist MONOPOLY.»

Sauls Lächeln ist ansteckend. Ms. Paul lächelt nun auch, und die Worte kommen artig geschwungen aus ihren hochgezogenen Mundwinkeln.

«Monopoly», wiederholt Eliza. Das Wort ruft ihr ein Bild in den Sinn, das wenig mit Spielbrettern und farbigen Karten zu tun hat. Stattdessen sieht sie vor ihrem inneren Auge einen Umriss aus schier endlos sich entfaltenden Formen, der für nichts anderes Raum lässt. Das Bild bestätigt ihr die Richtigkeit einer Entscheidung, die Eliza, wie sie nun erkennt, bereits getroffen hat. Plötzlich wird ihr flau, als ob ihr Inneres von einem kleinen Erdbeben erschüttert würde. Ihre Beine beginnen zu zittern. Dann richtet sie den Blick nach vorn, auf die nachempfundene Holzmaserung des Lehrerpults. Das Gefühl klingt ab. Sie ist bereit.

Eigentlich hatte sie gedacht, im entscheidenden Moment würde sie ihrem Vater lieber nicht in die Augen sehen wollen, doch nun spürt sie, dass sie genau das tun muss. Sauls Miene ist starr vor Erwartung, er sitzt völlig reglos. Eliza muss an Aaron denken und an seinen Blick, als er vor so vielen Jahren da auf dem Schulhof gelegen hat. Damals gab es für Eliza nur zwei Möglichkeiten: entweder sich von dem Blick abzuwenden oder seinem Flehen nachzugeben.

Eliza macht die Augen nicht zu. Sie macht ihren Kopf nicht frei. Sie wartet nicht, bis die Lettern kommen, denn sie hat ihre Wahl bereits getroffen. Auge in Auge mit ihrem Vater spricht sie einen Buchstaben nach dem anderen aus.

«Monopoly», sagt Eliza. «M-O-N-O-P-O-L-I. Monopoly.»

Alle Anwesenden holen gleichzeitig Luft. Einen Moment lang fühlt es sich an, als würde sie nicht mehr reichen. Saul hält die Hand vor den Mund, wie um den Augenblick aufzuhalten und ein Wort aus dem Raum zu entfernen, das ihm nie unterstanden hat.

Ms. Paul macht ein Gesicht wie beim Zahnarzt. «Bist du dir sicher?», fragt sie, obwohl das nun wirklich vollkommen gegen die Regeln ist.

Eliza hat das Gefühl, wenn sie jetzt nein sagte, wäre keiner im Raum, der es sie nicht nochmal versuchen lassen würde.

Doch sie nickt. Sie ist sich sicher.

## Danksagungen

Ein Riesendankeschön an Charlotte Anne Arch, die mich so großzügig mit Inspirationen zu diesem Roman beschert hat.

Ich danke Wendy Schmalz, die an mich glaubte, und meiner Freundin und guten Fee Alice Peck, die mich zu ihr geführt hat. Danke, Amy Scheibe, für deine Begeisterung und dein Einfühlungsvermögen, und danke, Chris Min, für deine unschätzbare und unermüdliche Hilfe bei der Feinabstimmung.

Als Leitlinien bei der Arbeit an diesem Buch dienten mir der im Magazin *Granta* veröffentlichte Essay «The Spelling Bee» von Neil Steinberg sowie der Beitrag «Abraham Abulafia and the Doctrine of Prophetic Kabbalism» in Gershom Sholems Buch *Major Trends in Jewish Mysticism* und Aryeh Kaplans Ausführungen zu Abulafia in seinem Buch *Meditation and Kabbalah.*

Ich danke all denen, die dieses Buch gelesen und lektoriert haben: dem «Fall Cafe Fiction Workshop», Jeff Herzbach, Anthony Tognazzini, Mark, Ellen und Saryn Goldberg und Daupo.

Einen dicken, fetten Kuss für Lisa Rosenthal. Danke für deine Ratschläge, deine Ansichten, deine Unterstützung und deine unerschütterliche Freundschaft.

Jason – deine Liebe, deine Intelligenz und dein Mitgefühl haben mich zu einer besseren Schriftstellerin und zu einem besseren Menschen gemacht. Ich liebe dich.